왕국의 사료편찬관

L'HISTORIOGRAPHE DU ROYAUME
by Maël RENOUARD

Cet ouvrage a bénéficié du soutien des Programmes d'aide à la
publication de l'Institut français.
이 책은 프랑스문화원의 출판번역지원프로그램의 도움으로 출간되었습니다.

INSTITUT
FRANÇAIS

왕국의 사료편찬관

마엘 르누아르

김병욱 옮김

L'Historiographe du royaume

muʃintree
뮤진트리

▪ 일러두기

– 이 책은 Maël Renouard의 《L'Historiographe du royaume》(Grasset, 2020)를 우리말로 옮긴 것이다.
– 본문에 나오는 도서·영화의 제목은 원제목을 번역 표기하는 것을 원칙으로 하되, 국내에 번역 출간 및 소개된 작품은 그 제목을 따랐다.

차례

제1부

L'Historiographe du royaume

1

　나는 왕의 총애를 받은 적도 잃은 적도 많았다. 어느 경우
든 대개는 그 이유를 알 수 없었다. 나는 열다섯 살 때 콜레
주 루아얄에서 장남 왕세자와 같은 반에 배정되었다. 그 학
급에는 아랍 왕국의 옛 귀족 가문 출신이라든가, 페스 시市
의 지배층 출신, 모로코 왕정에 봉직한 행정 관료 집안의 자
녀가 왕국 내 그들 수에 비해 많았다. 당국에서는 왕세자와
학교생활을 함께할 청소년들을 사회 전 계층에서 두루 선발
하고자 했지만, 그들 중 나의 출신이 가장 비천한 축에 속한
다는 사실을 깨닫는 데는 오랜 시간이 걸리지 않았다. 이 특
혜를 갈망하는 수많은 부모와 또래 아이 중에서 내가 선택

받은 것은 분명 선생들의 추천과 우리 집안의 도덕성, 그리고 아버지의 장점—당국에 대한 아버지의 정성 어린 공손함은 언제나 깊은 인상을 주었다—덕분이었다.

사람들 모두 그런 특혜가 있음을 출처 불명의 소문으로 알고 있었지만, 베일에 싸인 그 선발 절차에 관해서는 그저 추측만 할 수 있을 뿐이었다. 왕세자가 새로운 학업 과정에 진학하는 시기가 되면 사람들 사이에 흥분이 감돌았다. 낯선 이의 존재가 사람들 눈에 띄게 마련인 작은 도시에서는, 어떤 이방인이 수도에서 내려온 고위 공직자다운 품위 있고 위엄 있는 행동거지를 보이기만 하면 사람들은 그가 왕세자의 동료 학생들을 탐색하러 온 '특사들' 중 한 명일 거라고 믿어버리곤 했다. 그래서 검은 정장 차림의 한 신사가 며칠 동안 학부모들이 꾸며내는 신화의 대상이 된 적이 있었다. 그러다 몇 주 정도 지나면 일상은 언제 무슨 일이 있었느냐는 듯 다시 본래 흐름을 되찾았다. 그의 방문 목적은 아마 전혀 다른 것이었고, 때로는 사람들에게 공개되기도 했지만, 그렇다고 해서 사람들의 환상이 사그라들지는 않았다. 예컨대 누군가가, "시청에서 일하는 내 동생 얘기로는 그 신사가 울레마 위원회 의장을 면담하러 온 분이라더군"이라고 한다거나, 아니면 "도로 확장 공사 지연을 불안해하는 정부의 질책을 전달하기 위해 우지다에서 특별히 파견된 분이라고 했어"라고 말하면, "당연히 그런 구실을 내세우는 거지, 그렇다고 해서 학교장을 만나러 가지 못하는 게 아니잖아"라고 대꾸하는, 의심이 많거나 공상을 즐기거나 영악한 누군가는 늘 있었다. 세월이 흘러도 특사의 존재를 증명하는 증거는 전혀 나타나지 않았고, 어떤 특수 현상이나 어떤 지표를 전혀 찾아볼 수 없었으니만큼 그런 믿음을 떨쳐버리는 게 합당한 일일 텐데도, 지방 사람들은 끊임없이 그런 믿음에 집착할 온갖 종류의 이유를 꾸며내는 것을 더 좋아했으며—그리고 결국 왕이 보낸 사절들의 주의를 끌지 못한 건 학교 아이들이라고 말하곤 했다. 하지만 그런 질책에는 언제나 애정이 깃들어 있었다. 왜냐하면 그런 좋은 기회 덕에 아주 화려하리라고 상상되는 운명 속으로 멀리 나아가는 일이 그 아이들에겐 결코 없을 테지만, 사실 그런 운명은 아주 막연하게나마 사람들을 불안하게 만드는 것일 수도 있기 때문이었다. 어쨌든 온 세상의 주인이 너그럽고도 자비롭게 그들 몫으로 정해둔 자질, 보잘것없지만 가슴 뭉클한, 그 불완전한 자질이 그들에게 약속하는 친숙한 미래 전망보다는 더 말이다. 사람들은 위안감을 주는 이런 생각과 어쨌거나 이 작은 도시에서 어느 날 누군가가 그런 비범한 특혜의 대상이 될 수 있다는 무언의 욕망 사이에서 흔들렸다. 내 자식이라고 그것을 누리지 못할 이유가 없지 않은가. 사람들은 모두 그런 생각을 품었지만, 혹시 그런 이기심에 대한 벌을 받게 될까 봐 겉으로 내색은 하지 않았다. 실은 너무도 소박하고 인간적인 욕심인데도 말이다.

시간이 흘러감에 따라 왕세자가 초등학교를 졸업할 때가 가까워졌다. 이때쯤이면 이치를 따져보거나 그만 싫증이 나서도 특사에 대한 믿음을 접을 만도 했지만, 내가 아는 여러 도시에서는 그 후에도 오랫동안 그런 믿음이 사람들의 머릿속에 계속 남아 있었다. 왜냐하면 그것은 마침내 인생에 무슨 일인가가 일어나, 마법처럼 단조로운 삶에서 해방되었으면 하는 어찌할 수 없는 희망의 가장 구체적인 한 형태이기 때문이었다. 사람들은 종종 내게 특사가 방문한 때가 언제였는지, 그들의 관심을 끌려면 어떤 덕성을 갖추어야 하는지, 그들 앞에서 어떤 마법의 말을 하는 게 좋은지 등을 물었다. 하지만 진실은 그 선택받은 당사자들이 어떤 방도와 동기를 통해 그런 은총이 자신들에게 이르게 되었는지 전혀 몰랐다는 것이다. 나는 특사를 만난 적이 없다. 그들이 실제로 존재했는지 아닌지 나로서는 말할 수도 없다.

콜레주 루아얄은 왕궁 경내에 있었다. 지붕이 초록색 기와로 된 경내 건물들은 회교도 거주지와는 멀리 떨어진 곳에 별도의 집단 주택단지처럼 지어져 있었다. 옛날에는 전원에 접해 있었으나 지금은 큰 대로들이 가로지르는 구역으로, 대로들 사이로 유럽풍 도시가 새로운 동네 몇몇을 바둑판 모양으로 펼쳐놓고 있었다. 사람들이 기차역까지 나를 마중 나왔고, 나는 그때 생전 처음으로 자동차에 올라탔다. 뒷좌석 차창은 커튼으로 가릴 수가 있었는데, 그런 것이 내게는 엄청난 사치의 징표처럼 여겨졌다. 나중에 알게 된 사실이지만 그 자동차는 공주나 왕의 총애를 받는 후궁이 사람들 눈에 띄지 않고 시내로 나들이 할 때 이용하는 차였다. 자동차는 큰 공원의 숱한 나무들이 가지를 늘어뜨리고 있는 긴 성벽을 우회하더니 어느 기념문 안으로 빨려들어 갔다. 차가 멈추자 하인 한 명이 다가와 내가 내리도록 자동차 문을 열어주었고, 다른 하인 한 명은 나의 짐가방을 챙겼다. 그들의 안내에 따라, 나는 마치 끝없이 이어질 것만 같은 정원과 바깥뜰과 안뜰을 가로질러 갔다. 저녁이 되었다. 장밋빛이 감도는 푸른 하늘에는 새들이 날아다녔고, 연못들 한가운데에서 솟는 분수의 물소리 외에는 사위가 고요했으며, 이따금 흰색과 붉은색 옷을 입은 하인이나 보초병이 눈에 띄지 않으려고 애쓰면서 아치형 통로들을 오갔다.

경내 여러 공간의 배치에 익숙해지는 데는 어느 정도 시간이 필요했다. 방대한 경내에는 회교 사원 하나와 여러 개의 주차장, 결혼한 노예들이 사는 건물 하나, 왕실 근위대가 유숙하는 또 다른 건물 하나, 병원 하나, 그리고 여러 개의 운동장과 동물원이 하나 있었는데, 동물원은 바버리 사자들을 야생 상태에서 모습을 감추기 직전인 1910년경에 수용했던 곳이었다. 사람들이 소위 궁전이라고 부르는 곳 안에, 사실은 긴 복도로 연결된 여러 채의 궁전이 있었다. 술탄의 궁전이 있고, 두 정실의 궁전, 즉 움 시디의 궁전과 랄라 바이아의 궁전이 있고, 또 여러 후궁이 거주하는 궁전이 있는데, 후궁들은 모두 궁전 내에 자기만의 거주 공간을 소유했다. 물론 나로서는 비밀 가득한 이 미로 같은 공간에는 접근할 엄두도 낼 수 없었고, 다만 술탄을 알현하라는 명을 받는 아주 드문 순간들을 통해 그 규모를 느꼈을 뿐이었다.

왕세자를 처음 만난 날, 내가 보기에 그는 신중하고 온화한 사람 같았다. 우리는 늘 붙어 다니는 그런 친한 사이도 아니었고 적대적인 사이도 아니었다. 몇 번인가 그는 나를 뚫어지게 주시하다가 들킨 적이 있었다. 그러면 그는 시선을 돌리지 않고, 시간 여유를 갖고서 자신이 시작한 그 말 없는 분석의 끝에 이르고자 했다. 내게 고정된 그 시선을 내가 의식했는데도 그는 시선을 바로 거두지도 거북해하지도 않았다. 나는 왕족의 그런 특권을 방해하는 행동을 삼갔다. 마치 아무 일도 없다는 듯, 혹은 교단 위에서 강의하는 선생의 일거수일투족을 하나도 놓치지 않으려고 애쓰는 체하며, 고개를 숙이고서 열심히 나의 노트만 들여다보았다. 나에게서 그는 우리의 계급 차이를 자신의 머릿속에 설정하는 데 필요한 모든 신호를 헤아려내고자 했던 걸까? 무슨 운명의 장난으로 자신은 왕세자로 태어나고 나는 특권 없는 평민으로 태어났는지가 궁금했던 걸까? 무슨 연유로 내가 그의 자리에 있지 않고 그가 나의 자리에 있지 않게 된 것인지를? 그는 나를 어느 다른 세상에 군림하는 분신 같은 존재로 보았을까? 아니면 이 세상의 아주 이상한 라이벌, 어떤 승리를 거두든 모든 승리가 그저 헛되기만 한 그런 이상한 라이벌 같은 존재로 보았을까?

우리 사이에는 파악하기가 어렵지 않은 확연히 대조되는 한 가지 차이점이 있었다. 분명 그는 신체적 노력을 즐기는 사람이었다. 왕이 된 후 그가 우리 군軍의 극장들에 오랫동안 머무르곤 한 것이 그의 그런 면모를 잘 보여주었다. 나는 그가 옛 격언을 인용하여, 좋은 술탄은 왕좌 대신 안장에 올라 하늘을 지붕 삼아야 한다고 말하는 걸 자주 들었다. 반면 우리 교관들은 나에게서는 아무것도 짜낼 게 없다는 사실을 이해했다. 그런 나의 허약함을 왕세자가 경멸한 것 같지는 않았다. 신체 훈련이 내게 가한 직접적인 고통, 그것이 내게 안겨준 지겨움, 내가 숨길 힘조차 없었던 그 침울한 지겨움은 아마도 그의 눈에 내가 정신의 영역에서 나타낸 여러 가지 우월함과 상쇄되는 것으로 비치지 않았을까 싶다.

물론 그에게 어떤 특혜를 주어 우등생 명부를 어지럽히는 건 있을 수 없는 일이었다. 우리 선생들이 그런 짓을 한 게 드러났다면 그들은 심한 질책을 받았을 것이다. 우리는 그런 불공정이 자행된다고 느낀 적이 한 번도 없다. 그렇지만 성적 발표 때 내 이름이 일등으로 호명되는 소리를 듣고, 내가 하늘과 땅을 가르는 선을 뒤흔들어놓은 게 아닐까 하는 생각이 든 게 한두 번이 아니었다! 나는 그런 순간들이 그에게 앙심이나 모욕감을 주지 않았을지 오랫동안 내심 궁금했다.

우리 학교에는 파리 윌므 가의 고등사범학교 출신 젊은 역사 선생님이 한 분 계셨다. 그는 조르주 퐁피두와 동기동창이었다. 우리가 그 사실을 알게 된 것은 물론 나중의 일이다. 당시 퐁피두는 전혀 알려지지 않은 인물이었다. 그가 우리 학교 교사로 임명된 데는 한편으로는 총독 부인과 인척 관계라는 혈연도 작용했지만, 다른 한편으로는 전전戰前의 저명 역사학자들에게 아주 일찍부터 인정받고 칭찬받은 재능 덕분이었다. 그의 고등교육 졸업 논문의 한 장章이 "1259~1337년 사이 아키텐 지방의 영불英佛 갈등과 교황

들"이라는 제목으로《경제 사회 역사 연감》에 게재된 게 약
관 스물세 살 때의 일이다. 그는 우리나라에 4~5년밖에 머
무르지 않았는데, 그가 생의 어떤 우여곡절로 인해 이 나라
에 오게 되었는지는 우리로선 알 수 없는 일이었다. 어쩌면
무슨 특별한 사연이 있어서가 아니라, 대학이라는 곳에서의
너무 단선적인 진로에 넌더리가 났던 건지도 모른다.

　역사 교사 중에, 자신이 가르치는 사건의 조연이 될 수
있었을 것 같은―혹은 언젠가 그렇게 될 수도 있을 것 같
은―느낌을 주는 이는 드물다. 그들은 무슨 구실을 대서든
역사를 그 자체로 닫아버리고자 한다. 우리의 들레 선생은
그와 정반대되는 태도로 우리를 당황하게 했다. 우리 중 일
부는 그의 그런 태도에 반발했다. 나는 그런 태도에 오히려
매료된, 좀 더 드문 학생 축에 속했다. 그는 우리에게 역사
적 상황을 바라볼 때 그 상황을 직접 경험하고 결정한 사람
의 눈으로 보도록 권했다. 당시의 어떤 선택은 결코 후세가
아는 하나의 의미만 갖는 게 아니라는 사실을 제시하곤 했
는데, 후세는 연관된 사건들의 교시를 받기 때문에 그렇다
는 것이다. 흔히 사람들은 어떤 결정이 여러 가능성을 닫아
버린다고, 그래서 결정들이 이루어질수록 무한한 가능성이
점차 줄어든다고 생각하지만, 사실 각각의 결정은 그것이
닫아버리는 것 못지않게 많은―심지어 그 이상의―가능성

을 열어젖힌다는 것이 그의 지론이었다.

"역사는 대사관 사무국 문제로 기술해야 해." 어느 날 그는 수업을 마치며 내게 그렇게 말했다. "그건 역사를 만들고 또 그 말과 행위의 다양한 의미를 항상 보존해야 한다는 걸 아는 사람들의 문체야. 그래서 그들은 여러 세계 속에서 사는 것이고, 여러 가지 중 하나로서 마침내 일어나는 일, 그건 오직 후세 사람들 눈에만 우리가 '현실'이라고 부르는 것의 무게를 지닐 뿐이야."

나는 알쏭달쏭한 문장들이 균형을 취하게 하거나 대립하게 하는 그 세계들을 즐겨 떠올려보곤 했다. 나중에 나는 왕세자에게 들레 선생이 내게 가능성이라는 것에 관해 눈을 뜨게 해주었다고 얘기했다. 그러자 왕세자는 그 선생이 자신에게는 필연성이라는 것을 확실히 깨닫게 해주었다고 대답했다. 그는 내게 이렇게 설명했다. "가능한 많은 일들, 실제와 아주 가깝기도 한 많은 일이 있지만, 결국 실제로 일어난 일은 더욱 큰 어떤 불가피한 거대한 힘에 소환되어 초래된 거라고 해야겠지." 나는 그가 취한 입장의 논리를 이해했으나 결코 나의 입장을 포기하지는 않았다.

1950년대 말에 유네스코 부국장 자리를 차지한 들레 선생은 조르주 퐁피두가 프랑스 공화국 수상이 되자―그 후 공화국 대통령까지 되었지만―자신이 우리나라의 프랑스 대사로 임명될 수도 있지 않을까 하는 희망을 품었다. 하지만 그의 소원은 이루어지지 않았다. 나는 들레 선생이 그 후 오랫동안, 왕이 된 자신의 옛 제자가 자신을 거부해서가 아니라 무슨 연유에서인지는 몰라도 별로 지지하지 않아서 임명이 좌절되었던 게 아닌지 궁금해했음을 알았다. 그런 속사정에 얽힌 얘기가 어떤 이들을 통해 그의 귀에 들어가기도 했다. 하지만 나는 둘 사이에 적대감이 생겨나는 것을 한 번도 본 적이 없다. 많은 세월이 흐른 후, 왕이 된 왕세자는 기자들에게 만약 운명이 자신을 왕위로 이끌지 않았다면 아마도 자신은 역사가가 되려 했을 거라고 몇 번이나 말했으며, 어느 인터뷰에서는 콜레주 루아얄 시절의 그 은사에게 특별히 경의를 표하기까지 했다. 어쩌면 그는 그저 단순히, 그 은사를 프랑스 대표로 마주하게 된다면 자신이 지난날의 어린 학생 처지로 되돌아가게 될 수도 있다는 것이 못마땅했는지도 모른다.

술탄 시디 모하메드는 왕세자를 엄격한 규율에 따르게 했다. 그래서 왕세자도 우리와 마찬가지로 기숙학교의 규정들을 준수했다. 그 규정들은 수십 년 전부터 변하지 않았고, 술탄은 이 전통적인 규율을 통해 아들을 강하게 키우고자 했으며, 아들도 그런 규율을 완화해주기를 기대하거나 안일하게 회피하려 하지 않고 솔선수범해야 한다고 생각했다.

사실 나에게는 그런 엄격한 분위기가 그리 힘들지 않았다. 매 순간이 불투명한 운명에서 조금씩 벗어나는 과정이었기 때문이다. 왕세자는 조금 지겨워하는 듯했다. 그는 저녁에 체스 게임으로 기분을 풀고자 했고, 같은 반 친구들을 하나씩 차례차례로 상대했다. 하지만 그들이 진짜 수가 서툴러서였는지 아니면 이기는 걸 겁내서였는지는 몰라도, 친구들은 너무 적수가 되지 않아 왕세자의 인내심이 금방 바닥을 드러냈다. 왕세자와 패권을 다투는 것은 불경이 되는 어떤 영역이 있기라도 한양, 그가 친구들 앞에서 체스를 "왕들의 게임"이라고 부르며 그들의 비겁함을—혹은 용기를—일부러 시험하곤 했다는 얘기는 해야 할 것 같다. 나는 그가 제대로 싸우는 시늉조차 하지 못하고 일부러 져주는 친구들을 경멸하는 걸 느꼈다. 그래서 나는 과감하게 첫판에서 승리를 거두었고, 이어서 그에게 복수할 기회를 주었다. 치열했던 두 번째 판에서는 그에게 승리를 양보한 것이다. 지나치게 느슨하게 두어 의심을 사는 일은 피하며 능숙하게 패배를 가장했다. 승부를 결정하는 판에서는 좀 더 쉽게 패하는 방식으로 판을 꾸렸다. 왕세자는 나를 자부심 강하고 끈질기고 겁이 없는 사람이라고 생각했다. 그는 내가 자신의 힘을 제대로 쓰게 했다며 칭찬할 수밖에 없었다. 그것이 내가 받은 첫 번째 총애였다.

첫 번째 실총은 바로 그 얼마 뒤에 찾아왔다. 몇 주 동안 나는 그의 유일한 체스 게임 상대였다. 나는 원래의 시나리오를 되풀이하면서도 거기에 상당한 변화를 주었다. 나의 장기는 처음에는 졸들을 이용하여 판에서 나의 세력을 확장했다가 하찮은 말 몇 개를 버림으로써 세력을 다시 물리는 기술이었는데, 물론 그것이 터무니없는 희생으로 여겨진다거나, 어떤 미친 자나 초심자의 부적절한 행동으로 비친건 전혀 아니었다. 나의 강한 말을 부당하게 버림으로써 싸움의 끈이 끊어지게 한 것은 아니었다. 하지만 어느 날 저녁, 약속 시간에 왕세자의 모습이 보이지 않았다. 내가 체스판을 놓아둔 곳은 학생들의 방으로 이어지는 복도 맨 끝, 우리가 으레 체스를 두곤 하던 작은 공동 거실이었다. 나는 등을 벽에 기대고서, 선 채로, 오랫동안 참을성 있게 기다렸다(왕세자 도착 전에 자리에 앉는 것은 부적절한 행동이었다). 그러고 있자니 학급 동료 한 명이 들어와 왕세자 전하께서 몸이 아파 우리의 체스 시합을 부득이 한동안 미룰 수밖에 없게 되어 유감스러워한다는 메시지를 전해주었다. 체스 시합은 그것으로 영영 끝이었다. 다음날 내가 본 왕세자의 모습은 멀쩡하기만 했다. 그는 입술 한 번 달싹이지 않은 채, 알아차리기조차 힘든 가벼운 고갯짓으로 내게 아는 체를 했다. 어느 저녁, 친구들과 함께한 자리에서 내가 지나치게 흥분하여 늘 써먹던 잔꾀들의 비밀을 지키지 못하고 한 동급생에게 발설해버리고 만 것이 화근이었다. 훗날 나는 알-쿠스하짐이 쓴 《접대술 개론》이라는 책을 읽어보았다. 귀족과 함께 생활하며 그들과 함께 식사도 하고 게임, 특히 체스 시합도 해야 하는 사람들을 생각해서 쓴 책이었다. 그 책에서 그는 군주는 자신에게 아부하려고 일부러 져주는 걸 알게 되었을 때 다른 어느 때보다 더 크게 분노한다고 말했다.

우리가 살던 시대는 세계의 운명이 결정되는 아주 혼란한 시대였다. 하지만 우리는 세상으로부터 동떨어져 있었다. 콜레주 루아얄 구역은 거의 모든 정보가 걸러져 버리는 필터 같았다. 내가 입학했을 당시는 서구의 대전이 끝을 향해 가고 있었다. 운명들이 무르익고 있었다. 우리나라의 운명도 아주 무시당할 만한 것은 아니었다. 프랑스의 운명과 결부된 끈들로 인해 우리나라는 수차례에 걸쳐 우리와 직접적인 관련이 없는 갈등 한가운데에 놓였다. 술탄은 전쟁 당사국들과 아주 미묘한 게임을 하고 있었다. 전쟁 당사국들은 그에게 자신들의 견해를 강요하려 들기보다 온통 서로 싸우는 데 정신이 팔려있었다. 그런 상황에서 그는 이득을 끌어낼 줄 알았다. 그는 비시 정부가 바라는 걸 모두 들어주지는 않았고, 미국 측 요청에 적대적인 모습을 보이지도 않았다. 프랑스 독립군이 자국 내에서 자유롭게 돌아다니며 조직을 구성하는 것을 방해하지 않았고, 성급하게 지로 장군을 드골 장군보다 더 환대하지 않았다. 또한 프랑스 민족 해방운동이 자국민 사이에서 세력을 확대해나가도록 내버려 두기도 했다.

이따금 술탄은 아들을 외교에 입문시키고자 데리고 다니며 외국 지도자들에게 소개하곤 했다. 그렇게 자신이 갑자기 기숙학교에서 해방되는 걸 알게 될 때면, 그 청소년의 얼굴은 천진하면서도 결의에 찬 환희로 빛났다. 그는 마치 먼 곳들을 자신의 영향권 안에 들어오게 하려는 듯, 시선을 엄숙하게 치켜뜨곤 했다. 하지만 어떤 실험을 위해 꺼냈다가 다시 우리에 가두는 실험실 동물처럼, 역시 갑작스럽게 그를 다시 우리 무리 속에 들이면, 그는 자신이 맛본 기쁨의 크기만큼 몹시 고통스러워했다. 그는 열이 오른 침울한 얼굴로 되돌아와 더욱더 조바심을 내며 어서 제 차례가 되어 이 세상에 자신의 힘을 행사하게 되기를, 통치하게 되기를 바랐다.

학급의 모든 학생—우리는 열두 명 정도였다—이 대학 입학 자격시험을 통과했다. 하지만 성적들은 신통치 않았다. 아들의 성적을 불만족스럽게 여긴 술탄이 그의 유급을 고려하고 있다는 소문이 돌았다. 왕세자의 유급은 곧 동급

생 모두의 유급을 의미했고, 거기에는 선생님들의 기대에 걸맞게 가장 좋은 성적을 거둔 나도 예외일 수 없었다. 하지만 온갖 사건이 아주 빠른 속도로 잇달아 전개되는 시기에 아들의 졸업을 지연시키는 것이 적절치 않다고 판단했는지, 아무 일도 일어나지 않았다. 왕세자는 운명이 언제라도 그에게 지울 책무들을 즉시 감당할 수 있어야 했다. 아버지 술탄은 보호국 프랑스가 그를 좀 더 잘 조종할 생각으로 일부러 불완전하게 방치했던 그 자신의 교육에 대해 설욕이라도 하려는 듯, 아들 왕세자가 더할 나위 없이 명민한 정신의 소유자가 되기를 바랐지만, 아들이 그가 바란 대로 되지는 않았다는 사실을 받아들여야 했다.

이제 우리 학급은 곧 해체될 참이었으나, 모두 그가 콜레주 루아얄의 어린 동료 여러 명을 생의 어느 시점에 다시 찾게 되리라는 것을 알았다. 전쟁 덕에 날이 갈수록 확실해지는 독립에 대한 전망이 모두의 머릿속에 들어있었으며, 언젠가 왕정이 제대로 시행되는 날, 왕세자와 고등학교를 함께 다닌 이들이 누구보다 먼저 국가 핵심 그룹의 단단한 핵을 구성하는 데 불려가게 될 게 분명했다. 그것이 5년 후가 될지, 아니면 10년이나 20년 후가 될지는 알 수 없었다. 독립 모로코의 첫 통치자가 술탄일지 아니면 아들 왕세자일지도 알 수 없었다. 동창들은 자신들이 기대를 저버리지 않는 한, 행정부나 군부 같은 공무에서 자신들을 기다리고 있을 각별한 임무들을 의식했다. 어떤 암묵적인 협정이 그들을 미래의 체제에 결속시키고 있었다. 해방 모의에 찬동하고 지지해 준다면―어떤 형태로든 간에―, 때가 되면 그들에게 좋은 직책이 대가로 주어질 터였다.

여름 초입, 술탄은 우리를 한 사람씩 맞이했다. 그는 우리의 진로 계획을 묻고 격려의 말을 해주고 우리의 성공을 장담했다. 그러면서 우리에게서 자신을 안심시켜줄 충성의 말을 듣고자 했다. 술탄은 기질 대로 말을 많이 하지는 않았지만 나를 아주 따뜻하게 대해주었다. 나의 의지는 동료들의 것과 아주 똑같지만은 않았다. 나는 권력이나 영향력을 추구하지도 않았고, 부의 축적이나 드높은 사회적 존엄을 추구하지도 않았다. 고등학교 과정 마지막 한 해 동안 나는 훗날 '바바리아의 애가哀歌'라는 제목으로 출간될 책의 초고를 집필하기 시작했었다. 나는 그런 일을 나의 소명으로 내세웠다. 술탄은 친절하게 고개를 끄덕였고, 독립은 정신적 투쟁이기도 하다고 말했다. 만약 훗날 술탄이 내게 국가 기관에서 어떤 직책을 담당해주길 기대한다면 당연히 나는 그를 위해 봉사할 마음의 준비가 되어 있었다. 파리로 가서 공부를 계속하고 싶다는 얘기를 꺼내자, 술탄은 내가 필요로 할 수단들을 마련해주겠다고 대답했다. 나는 신뢰 가득한 마음으로 자리에서 물러났다. 큰 은총을 받은 느낌이었다. 한편 왕세자는 보르도로 가서 법학을 공부하게 되었는데, 당시 나는 막연하게나마 이 같은 분산이 우리의 성적 차에 따른 결과라고 생각했다. 내가 정말 특별 배려를 받은 것인지, 아니면 나의 바람을 들어주면서 이참에 나를 멀리 떼어놓은 것인지 하는 의문을 품게 된 것은 세월이 좀 더 흐르고 나서였다.

당시 나는 다시 은총을 받았다는 느낌이 들었다. 그것은 오랜 훗날까지 내가 중대한 의미를 부여했던 한 가지 일 때문이었다.

몇 시간쯤 자유 시간이 주어질 때면, 나는 종종 왕궁 경내境內에서 벗어나—콜레주 루아얄은 경내에 있었다—바닷가로 산책을 하곤 했다. 바다는 꽤 멀리 떨어져 있었는데, 우선은 산책하는 이들이 거의 없는 큰 대로를 따라 걸어가야 했다. 그런 다음 바람이 심할 때면 공기 속에 휘몰아치는 먼지구름을 무릅쓰고 오세앙 가街를 가로질러서, 벼랑 가의 좁은 길을 따라 걸으며 거대한 잿빛 파도가 요동치는 광경을 보곤 했다. 대기가 뜨거운 날에는 주거지역의 그늘진 골목길을 타고 가다가 오른쪽으로 방향을 틀어 고곡涸谷 하구를 향해 갔다. 그러곤 어느 모래언덕 기슭에 자리 잡고 앉아, 작은 그물을 끌며 오가는 파란색 작은 배들을 바라보거나, 아니면 아예 모래사장에 드러누워, 깍지 낀 두 손을 배 위에 올린 채 바닷새들의 비상에 넋을 놓곤 했다.

그러던 어느 날 선창에서, 두 청소년—분명 나이가 나보다 약간 어렸을 것이다—이 웬 노인을 학대하는 장면이 눈에 들어왔다. 노인에게서 낚싯대를 빼앗아 노인의 손이 닿지 않게 가지고 놀며 놀리기도 하고, 물고기가 담긴 양동이를 발로 차서 바다에 빠트려버리려는 시늉도 했다. 아무래도 술에 취한 것 같았다. 그야 어쨌든, 녀석들은 그런 짓이 몹시 재미있는 듯했다. 그런 악의가 나의 피를 얼어붙게 했다. 나는 크게 소리를 치며 그들에게 다가갔다. 내가 매사에 용감한 사람이었다는 얘기를 하려는 게 아니다. 콜레주 루아얄 학생이라는 신분이 어떤 호신부처럼 내게 불사신이라도 된 듯한 감정을 불러일으켰고, 내게 필요했던 용기는 바로 거기에서 나왔다. 나는 꺼낼 필요조차 없는 귀중한 증명서를 몸에 지니고 있었다. 녀석들은 내게 욕설을 퍼부으며 물러갔다. 내게 대들 듯한 몸짓을 날리기도 했지만, 어쨌든 물러갔다. 결국 얼떨결에 이루어진 사태의 빠른 전개와 내가 보인 위엄에 나 자신도 놀랐다.

나의 행동에는 사실 또 다른 동기가 하나 있었다. 나는 선창 입구 근처의 벤치에 앉아 있는 한 사람을 진즉부터 눈여겨보고 있었다. 검은 안경을 쓰고 흰색 지팡이를 두 무릎 사이에 끼우고 있는 남자였다. 그는 방금 서술한 장면이 시작되었을 때, 멀찌감치 떨어진 곳에서도 몹시 주의를 기울이는 듯이 보였다. 사실 나는 이따금 술탄이, 마치 《천일야화》에 나오는 바그다드의 칼리프처럼, 민생도 되도록 직접 살피고 여론도 알아볼 겸 여러 모습으로 변장하고서 백성들 사이를 돌아다닌다는 사실을 알고 있었다. 누군지 알아볼 수 없게 꾸미고는 거리에 멈춰 서서 상인들에게 말을 걸기도 하고, 또 때로는 누군가의 차를 몰고 나가 무료 편승자를 태워 주고는, 운전사가 보통 사람이 아닌 줄 짐작조차 하지 못하는 그들과 자유롭게 대화를 나누곤 했다.

나는 그 시각장애인이 술탄이라는 데 걸었다. 나의 용감한 행동은 그의 주목을 받는 계기가 될 것이고, 아들 왕세자에게 버림받은 일도 어쩌면 없는 일이 될 수도 있을 것이다. 노인이 나의 두 손을 부여잡고 고마워하는 동안, 나는 벤치쪽을 바라보았다. 그 시각장애인은 사라지고 없었다. 모든 일이 정확히 나의 가설대로 진행되는 듯했다. 하지만 그 가설이 참이었음을 확정해주는 일은 전혀 일어나지 않았다.

2

　파리에서 나는 생-미셸 대로大縚 57번지에 거처를 잡았다. 지붕 바로 밑인 6층의 여러 거처 중 하나였다. 파리의 모로코 학생들이 주로 이용하는 숙소에 유숙하는 건 거북할 것 같아서였다. 보나파르트 가의 숙소는 '보호국'의 의미가 분명하게 내포된 곳이었고, 세르팡트 가의 숙소는 프랑스 당국이 민족주의자들의 본거지로 여기고 있는 데다 조만간 경찰청의 명령에 따라 폐쇄될 곳이었다. 나에게는 중립적인 장소가 필요했다. 내가 거처로 정한 아파트는 카사블랑카의 부유한 상인들 소유였는데, 그들은 프랑스에 투자 중이었지만 술탄 가문과 먼 인척 관계라고 말했다. 왕궁은 너그럽게도 그들의 말을 공개적으로 폄훼하지는 않았다. 그것은 호의의 표시였고, 그런 호의는 그런 주장이 진실이냐 거짓이냐 하는 것보다도 무한히 더 중요했다. 그 아파트는 프랑스 내 북아프리카 학생 연합(AEMNAF) 본부에서 그리 멀지 않았다. 이 학생 연합 본부는 포르-루아얄 쪽으로 좀 더 올라가는 생-미셸 대로 115번지에 있었다. 거기가 바로 파리를 방문하는 마그레브 민족주의자들의 집결지로, 언제나 비상한 열기로 가득한 곳이었다. 사람들은 그냥 '상켕즈(115)'라고 불렀는데, 그렇게만 불러도 다들 알아들었다.

알제리인과 튀니지인과 모로코인을 나누는 뿌리 깊은 차이점들—역사라든가 생활 방식, 그리고 해방 이후 바라는 정치 체제 등과 관계된—은 비밀 사회의 일원이라는 그 장소 특유의 유쾌한 패거리 분위기 속에서 사라져버렸다. 그것은 각 나라 별로도 마찬가지였다. 나는 국왕이 최고 권력을 갖고 종교가 가장 큰 영향력을 갖기를 바라는 우파 독립당 사람들과 모로코 공산주의자들이 라탱 지구의 문지방 위에서는 형제처럼 지내는 모습을 보았다. 내가 파리에 머무를 당시는 해방 수년 전으로, 단결에 대한 요구가 사람들의 정신을 지배하고 있었다. 사람들은 아주 사소한 분열도 프랑스인들에게 이용당하는 결과를 초래할 것이라고 말하곤 했다. 망명도 유대를 강화하는 데 한몫했다. 심각한 분열상이 나타나고 때로는 무력 충돌로까지 번지게 되는 것은 훗날의 일이다.

종종 나는 115번지에서 열리는 집회나 강연회에 참석했다가 돌아오는 길에 동료들을 집으로 초대하곤 했다. 그래서 57번지의 나의 작은 아파트는 "반⁴ 115"라거나 "57과 반"이라는 별명이 붙었다. 수년의 세월이 흐른 후, 어느 공식 석상에서인지는 모르겠으나 내가 모로코에서 벤 바르카를 만났을 때, 그의 첫마디가 "그러니까 57과 반의 사나이가 바로 당신이오?"라는 말이었다. 수학 교사 시절의 옛 추억을 떠올리는 것이 기쁜 듯, 그는 그런 중고등학생 식 유머가 마냥 즐거운 모양이었다. 그는 내가 콜레주 루아얄에 입학하기 전에 거기에서 수학을 가르쳤었다. 장남 왕세자가 그의 제자였는데, 이 선생에 대해 불평하거나 하는 일은 없었던 것 같다.

나는 1951년 파리에서 그의 강연을 들으러 간 적이 있었으나, 강연회가 끝난 후 그에게 다가가지는 않았다. 더구나 그 모임은 내가 자발적으로 참석하려 한 것도 아니었다. 당시 자주 어울리던 누레딘 메스티리라는 튀니지 학생이 같이 가자고 해서 따라간 거였다. 그 후 누레딘은 어찌 되었는가? 60년대 말에 나는 그의 수감 소식을 들었다. 그는 튀니지 학생 총연맹 창설에 가담했는데, 그의 정치적 견해는 언제나 좌파 쪽으로 많이 경도되어 있었다. 곧바로 그는 튀니지의 초대 대통령 부르기바를 주축으로 설립된 체제에 반대했다. 체포 당시 그는 마오이즘을 튀니지의 풍토에 맞게 순화하는 데 전력을 기울이고 있었다. 그는 파리의 북아프리카 청년 지식인 동아리에 속해 있었는데, 이 동아리는 사르트르가 정기적인 만남을 수락해준 동아리였다. 이 위대한 작가는 가까이하기가 그리 어렵지 않은 사람이었다. 수다스럽고 재미난 면모가 있었다. 동아리 청년들은 그를 만나러 팔스타프 2층으로 가거나, 아니면 좀 더 드물지만, 보나파르트 가의 그의 집으로 가곤 했다.

누레딘의 청에 따라 나도 여러 차례 그를 방문했다. 사르트르는 초기에는 나를 경계하거나 조롱했다. 그가 가진 세계관의 범주 속으로 내가 잘 들어가지 못했기 때문이었다. 그가 보기에 콜레주 루아얄 학생, 즉 왕세자의 학급 친구인 나는 그에게 매우 낯선 전통 세계에 속했고, 그런 세계에서 해방의 신조를 표명한다는 건 뭔가 수상쩍거나 아니면 대단히 영웅적인 일로 여겨졌으리라는 걸 나는 곧바로 깨달았다. 국제적 불공정이 실제로 존재하고 있었던 만큼, 그가 보기에 자신들의 사회에서 억압적인 옛 엘리트 계층은 논리상 결국 식민 체제의 편일 수밖에 없었다. 식민 체제는 그들에게 유사 권력을 보장해주면서 그들을 민중과 인위적으로 떼어놓는 일에 세심한 주의를 기울였다. 만약 그들이 모로코 독립을 지지한다면, 조만간 그들은 통찰력이 뛰어나서든 무분별해서든 지배 계급으로서의 자신을 희생시킬 수밖에 없었다. 더욱이 나는 부유하지도 혈통의 특혜를 누리는 사람도 아니어서 특히 더 복잡했다. 콜레주 루아얄 시절에 대한 나의 추억담은 그를 몹시 곤혹스럽게 했다. 어느 날 그는 내게 이렇게 말했다. "그러니까, 전국에서 최고의 학생들을 선발하여 같은 학급에 넣는다는 말이지? 프랑스의 앙리 4세 고등학교에 입학하는 고등사범학교 준비생들처럼? 허, 그 참 특이하군." 어쨌든 그는 그런 나를 흥미로워했다. 두세 번쯤 그는 내게 모로코 사회에 대해 자세히 물어보았다. 물론 그렇다고 해서 그의 세계관이 달라지지는 않았다. 결국 그는 내가 그에게 제기한 문제들을 다음처럼 간략하게 풀어냈는데, 그가 점친 나의 운세는 이렇다. 왕정에 대한 나의 애착은 순수한 관습에 따른 것이거나 아니면 *허위의식*의 결과로서, 언젠가는 내가 반성적反省的 의식에 이르러 거기에서 해방될 것이요, 그때가 되면 군주가 케케묵은 자기 체제의 충견으로 만들기 위해 내게 쳐둔 딸랑이들을 땅바닥에 내팽개쳐버릴 것이요, 내가 보편적인 프롤레타리아 계급의 대의를 품고서 진정한 정의를 위한 투쟁에 나서게 되리라는 것이다. 사실 사르트르의 말들은 나를 별로 동요시키지 못했다, 하지만 나는 기꺼이 그의 얘기에 귀를 기울였다. 이야기를 늘어놓을 때의 그는 누구라도 결코 지루해할 수 없는 이야기꾼이었기 때문이었다.

나는 더욱더 예상치 못했던 또 다른 우정에 끌렸다. 어느날, 생제르맹 대로의 한 카페에 앉아 있는데, 법학과 학생 두 명이 내게 시비를 걸어왔다. 카페의 긴 의자에 앉아 조용히 책을 읽고 있는 나에게 큰 소리로 "모하메드"라고 부르며 악의 어린 농담조로 내게 온갖 저열한 명령을 날려댔다. 물론 그것은 누구나 짐작할 수 있듯 내가 새롭게 경험하는 장면은 아니었다. 그 시절에 그런 일을 한 번도 경험한 적이 없다고 말할 사람은 아무도 없을 것이다. 설령 왕자라 할지라도 말이다. 하지만 이번 경우 주목할 만한 사실은 나에게 극도의 경멸감을 표했던 그 두 친구가 불과 얼마 지나지 않아 나를 더 없이 지체 높은 인물로 바라보며, 자신들의 끔찍한 행동을 벌충하려는 마음에 내게 더욱더 열렬한 우정을 표했다는 점이었다. 그 자초지종은 이렇다.

나는 그 카페에서 역사학과 여자 동기생 한 명을 기다리고 있었다. 그녀는 그 두 망나니의 친구이기도 했다. 카페에 들어선 그녀는 자신이 목격한 광경에 깜짝 놀라고 침통해져서 이 일을 최대한 빨리 종결짓기로 마음먹었다. 그녀는 두 친구의 저열한 행동을 크게 꾸짖고는, 그들에게 내가 누구인지 특히 어느 면에서는 내가 비록 보호국의 감시하에 있는 나라이긴 하지만 장차 일국의 군주가 될 왕자의 궁정에 속하는 사람임을 알려준다면, 나에 대한 그들의 판단이 일시에 바뀔 것이고 그들이 나의 환심만을 사려고 안달하리란 걸 통찰한 모양이었다. 사실인즉 그들은 둘 다 자기들 나라에 왕정이 복구되길 열렬히 지지하는 학생들이었다. 나중에 들은 얘기지만, 알고 보니 그들도 조상 중에 여럿이 프랑스 국왕들을 모신 적 있는 아주 유서 깊은 가문 출신이어서 더욱더 그런 내게 관심을 가졌던 모양이었다. 우리 양쪽 모두의 친구가 나를 그들에게 소개한 순간, 사태는 역시나 그녀의 예상대로 전개되었다. 그들은 내게 회교 군주국의 제도에 관한 온갖 질문을 해댔고, 그들의 호기심은 끝이 없었다. 모로코의 알라위 왕조가 세상에서 가장 오래된─내가 그들에게 알려주었듯이, 영국의 젊은 여왕의 왕조보다 더 오래된─왕조라는 사실을 알고서 그들은 거대한 꿈에 빠져들지 않을 수 없었다. 나라는 존재가 그들의 눈에 점점 더 매력적으로 비치는 게 분명했다. 콜레주 루아얄 재학 때 선생님들과 학급 동료들이 왕세자를, 왕위를 승계할 왕자에게 사용하는 공식 호칭인 "므슈"로 불렀다는 사실을 알려주자, 그들은 내가 바로 이제 그들에게는 더는 존재하지 않는 군주이기라도 하듯 머리를 조아리고서 나의 손에 입 맞추지 못해 안달이 난 듯했고, 갑자기 모로코 독립이라는 대의의 신봉자라도 된 듯 굴었다. 모로코를 보호 통치하는 공화국, 말하자면 자신들이 본의 아니게 그 시민이 되어버린 이 공화국보다 자신들의 꿈에 더 가까운 체제가 마그레브에 꽃피었으면 하는 바람에서 말이다.

그들의 이름은 장 드 말그레브와 프랑수아 드 보르퀘이였다. 한동안 우리는 잠시도 떨어지지 않고 붙어 다녔다. 그들은 리요테 원수의 휘하에서 장교로 복무했던 숙부들이며, 좀 더 먼 과거로 거슬러 올라가, 포로 송환을 협상하기 위해 '모로코 왕국'에 파견된 사절단에 들었던 선조들까지 찾아냈다. 그들 덕에 나는 문장紋章 언어에 취미가 생겼다. 그들은 내게 자신들 나라의 귀족층을 관통하는 미묘하면서도 뿌리 깊은 식별 표지들, 그들에게 더없이 순수한 한 집단의 일원임을 느끼게 해주는 그 표지들 몇몇을 알려주었다. 그들은 자신들 가문의 영지로 나를 초대하기도 했는데, 그들의 조상이 다스리던 소작지며 숲이 내 눈에는 더없이 광대해 보였다. 그 선조들은 영지 주변의 마을 유지들에게 어떤 천부적인 권위를 행사했는데, 참으로 뜻밖이지만 내가 보기에 그 위엄은 마치 사물의 질서 속에 각인되어 있기라도 한양, 이 나라 국민의 거듭된 혁명에도 불구하고 거의 퇴색하지 않은 듯했다.

이 왕정 지지자들은 이따금 우정에 금이 가는 이상한 언쟁을 벌이기도 했다. 언젠가 나는 그런 언쟁의 목격자이자 본의 아니게 언쟁의 원인을 제공한 처지가 된 적이 있다. 보르케이는 나를 자신의 사촌 누이 중 한 명인 카롤린 드 프레쿠르에게 소개해주어야겠다고 결심했는데, 왜냐하면 그녀가 바로 젊은 시절에 리요테 원수와 가장 친하게 지냈던 사람의 손녀로, 리요테 원수가 자신의 할아버지에게 보낸 편지들을 지금까지 간직하고 있었기 때문이었다. 나는 말그레브와 보르케이에게 우리 회교 군주국에서는 민족주의자들조차 리요테 원수를 언제나 명예롭게 기려 왔다고 말해준 적이 있는데, 그래서 그들은 내가 그 편지들을 몇 통이라도 두 눈으로 직접 본다면 무척 기뻐하리라고 생각한 것이다. 또한 편지 소유자인 그녀도 그 편지들의 가치를 남달리 잘 감상할 수 있는 방문객에게 편지를 보여주는 걸 명예롭게 여기리라고 믿어 의심치 않았다. 모두가 이 계획에 적극적으로 찬성하여, 며칠 뒤 우리는 생제르맹 대로에 있는 프레쿠르의 집을 방문하여 각종 진귀한 가구들로 장식된 거실에 둘러앉았다. 나는 그렇게 해서 카롤린을 알게 되었고, 그녀는 여러 시기에 작성된, 우리가 흥미로워할 내용이 담긴 편지 네댓 통을 골라왔다.

그녀가 읽어보라고 권한 첫 번째 편지는 아직 서른 살이 안 된 리요테가 1882년에 샹보르 백작을 알현한 일을 이야기하는 편지였다. 수년 전, 왕위에 즉위했다면 앙리 5세로 불렸을 이 왕자는 삼색기를 포기하라는 터무니없는 요구를 내세워, 여러 정황이 자신에게 가장 유리했던 바로 그 시기에 왕정복고의 가능성을 오랫동안 위태롭게 했다. 지금 그는 오스트리아로 망명하여 고리츠 시에서 살고 있었고, 리요테는 바로 그곳에 사는 그를 찾아뵈었다. 샹보르 백작이 왕위에 오르지 못했다고 해서 당시 그와 연대한 젊은 왕정주의자들의 열기가 식은 것은 아니었다. 그것은 리요테가 자신의 친구에게 쓴 편지에 잘 나타나 있다. "지금 막 그분을 알현하고 나왔네. 몹시 감동한데다 그분의 영향력이 얼마나 컸던지, 그 은총의 몇 시간 동안 그분께 바친, 그분 안에 녹아들어버린 나 자신을 아직도 되찾지 못하고 있다네. 프랑스의 왕!—나는 그분을 보았고, 그분을 만졌고, 그분의 목소리를 들었네…." 나는 이 문장들을 바로 그날 저녁 노트에 적어두었다. 우리는 보호국 통치라는 것은 공화국이 만든, 빛의 세기의 철학이 만든 작품이라고 단단히 교육받았었기에, 그것을 누구보다도 잘 구현한 사람이 쏟아내는 이같은 왕정주의적 감정 토로에 나는 놀라움을 금치 못했다.

말그레브와 보르퀘이는 이 이야기에 몹시 감동한 것 같았다. 그들은 왕정복고가 하나의 진지한 가설로서, 언제나 사회의 폭넓은 지지를 받았던 그 당시에 대해 잘 알지 못했다. 물론 지금은 공상을 즐기는 극소수 사람들의 한낱 꿈일 뿐이다. 그들이라고 그걸 모를 리 없었지만, 그래도 그들은 여전히 이 우수 어린 유희에 사로잡혀 있는 듯했다.

카롤린 드 프레쿠르가 우리에게 보여준 두 번째 편지는 그들의 기분에 더한층 중대한 여러 가지 결과를 초래했다. 샹보르 백작은 고리츠에서의 접견 다음 해에 후손 없이 사망했다. 그러자 왕정 지지자들은 이제 그의 친척인 파리 백작을 왕위 계승자로 받아들여야만 하는지를 놓고 고민에 빠졌다. 파리 백작은 그들에게 고통을 안겨줄 수 있는 인물이었다. 그는 오를레앙 가문의 사람, 즉 대혁명 때 루이 16세의 사형에 찬성했던 한 사촌의 후손이자, 1830년의 또 다른 민중 봉기로 부르봉 왕가의 마지막 국왕 대신 왕좌에 오른 루이-필립 국왕의 후손이었기 때문이다. 논쟁과 밀담이 거듭되었다. 찬성파는 10여 년 전에 샹보르 백작이 가계의 한 분파에 속하는 그 사촌을 영접하여, 마치 자신이 그를 프랑스의 미래 수장으로 여기고 있음을 공표하려는 듯 그에게 가능한 한 최대한의 예를 표한 사실을 상기시켰다. 이 계획에 반대한 이들은 그럴 바엔 차라리 공화국에 동조하고자 했다. 보수적인 정권이 들어서기만 한다면 그러는 편이 더 낫다는 것이었다. 리요테는 편지에서 자신의 친구들 사이에 벌어진 아주 격렬한 언쟁의 원인이 되었던 한 가지 일화를 이야기했다. 즉, 왕당파 우두머리 중 한 명이 파리 백작을 방문하고 돌아와 이 왕자가 간단한 악수로 인사를 하더라는 얘기를 전하자, 손에 입을 맞추게 하는 샹보르 백작의 관행을 알고 있던 모든 이들이 놀라움을 금치 못했다는 것이다.

이 대목을 읽고 있을 때, 말그레브가 놀란 듯 소파에서 펄쩍 뛰더니 내 쪽으로 몸을 돌려 우리 술탄의 조정에서는 어떻게 하는지 물었다. 나는 우리는 손에 입을 맞춘다고 대답해주었다. 그러자 그는 격분을 참지 못하겠다는 듯이 입을 열어 오를레앙 가계를 맹렬히 비난했는데, 그의 그런 태도에 친구들은 몹시 놀라는 듯했다. 이어서 그는 프랑스와는 달리 진정한 왕정의 관례를 보존해온 우리의 아랍 군주제를 다시 한번 예찬했다. 그러고는 그 나라의 나머지 다른 모든 영역이 엄청난 물질적·정신적 후진성에 빠져 그런 우아한 습속들을 포기할 수도 있었을 터이기에 그것이 더욱더 주목할 만하고 칭찬받아 마땅한 일이라고 덧붙였다. 그는 루이 14세의 손자가 스페인의 군주가 된 이후부터 그 나라에 있게 된 부르봉 가계를 거론하면서, 진정한 왕위 계승자는 현대성이 요구하는 것들에 아무래도 덜 굴복했을 것 같은 그 왕자들 가운데에서 찾아야만 하는 게 아닌지를 놓고 더없이 진지하게 고민했어야 하는 것 아니냐고 말했다. 보르케이는 처음에는 어안이 벙벙한 듯 망연자실한 표정으로 가만히 있다가 당혹감을 감추며 친구에게 이성을 되찾으라고 말했다. 그는 자신이 그 스페인 가설을 우스꽝스럽게 여긴다는 사실을 감추지 않았다. 물론 그것은 그가 이번에 처음 듣는 얘기가 아니었다. 그는 왕정은 그런 케케묵은 의식들에 집착하여 어떤 식으로든 현대적으로 되기가 불가능한 모습을 보여서는 되살아날 수 없을 거라고 말했다. 1873년에 샹보르 백작이 고집스레 흰 깃발을 요구하다가 모든 것을 잃어버렸던 게 그 좋은 예요, 모로코는 말그레브의 말과는 반대로 오히려 후진성 때문에 그런 예를 모방하지 않는 쪽으로 나아갔을 거라는 것이다.

지금 폭발한 이 언쟁은 사실 내가 관계되지 않더라도 언젠가는 일어날 다툼이었다. 왜냐하면 말그레브는 분명 꽤 오래전부터, 자신이 내뱉은 그 모든 이야기를 내심 생각하고 있었기 때문이었다. 하지만 나는 본의 아니게 내가 그 화약고에 불을 지핀 것 같아 속이 편치 않았다. 어쩌면 나의 두 친구가 마치 나의 존재와 평소에 내게 보여주던 그 존경 어린 태도를 문득 까맣게 잊어버리기도 한 듯, 한 사람은 스페인의 부르봉 가문을 내세우고 다른 한 사람은 그 왕자들을 반대하면서, 아랍 군주정의 후진성을 자신들 언쟁의 논거로 삼는 얘기를 들어서 더욱더 속이 쓰렸던 것 같다.

내가 시집 《바바리아의 애가》 집필을 마무리한 건 1952년 여름이 끝날 즈음이었다. 7월과 8월, 두 달 동안 나는 타는 듯이 뜨거운 내 아파트와 두 걸음 떨어진 뤽상부르 공원의 나무 그늘을 오가며 보냈다. 나는 들레 선생을 나의 첫 번째 독자로 삼기로 했다. 그와는 여러 차례 다시 만났다. 그는 일주일에 한 번 옵세르바투아르 가에 있는 해외 프랑스 국립학교의 아랍-무어 관館으로 강의를 나가고 있었다. 그의 강의가 끝나면 우리는 이 거리에서 몇 분 거리에 있는 뤽상부르 공원을 함께 산책한 후, 수플로 가와 생-미셸 대로 모퉁이에 있는 카페 카풀라드에서 담소를 나누곤 했다. 그는 칭찬의 말을 해주면서, 자신이 시에는 거의 문외한에 가깝지만 어떻게든 나를 도와주고 싶다고 말했다. 알고 보니 들레 선생은 레오폴 세다르 상고르와 아는 사이였다. 상고르의 《그림자의 노래》는 나도 읽은 책이었다. 두 사람은 고등사범학교 입시준비반의 같은 반에서 공부했고, 조르주 퐁피두도 같은 반이었다. 들레 선생은 나의 원고를 상고르에게 보내주겠다고 약속했다. 그 몇 주 뒤 내가 세네갈 국회의원이 부친 국회 휘장이 각인된 편지 한 통을 받은 걸 보면 그는 약속을 지킨 게 분명했다. 편지에서 상고르는 나의 시집에 실린 시 〈새벽 별 숭배자들의 애가〉에 대해 이렇게 썼다.

"친애하는 친구여, 배부른 유럽 선박들이 포르 카하르 알라 내포內浦로 들어서는 걸 몰래 지켜보는 해적 신드바드, 당신이 그린 이 냉혹한 음유시인의 준엄한 부드러움이 참으로 놀랍습니다. 특히 다음 시구들이 그렇습니다.

　분노의 사람들, 재난의 사람들, 검은 포도주와 흰 여자 포로들을 좋아하는 무절제한 우리 사람들.
　피의 형제, 참사의 형제들, 갤리선을 젓는 이교도 죄수들에게서 비명을 뽑아내는 어쩌할 수 없는 수 없는 우리 형제들.

당신이 잔혹함에서 끌어내는 시적 힘이 고스란히 느껴지는군요. 나는 문학 노래의 가장 드높은 소명을 보편성(정신의 견지에서)과 우애(감정의 견지에서)의 앙양에 두고 있지만 말입니다. 그래서 더욱더 당신의 젊은 재능에 감탄을 금할 수 없군요."●

나는 이 편지에 고무되어 시작품들을 〈아프리카의 존재〉라는 잡지로 보냈고, 그 대부분이 이 잡지에 세 번에 걸쳐 연속 게재되었다. 그 후 이 작품들은 1957년에 쇠이유 출판사에서 단행본으로 출간되었다. 상고르의 시집도 펴낸 유명 출판사였기에 나로서는 우쭐한 기분이 들지 않을 수 없었다.

나는 소르본 대학교 학부 졸업 논문에서, 1609년과 1666년 사이라는 한정된 시기 동안 살레 해적들의 활동이 어떤 정치적·경제적 맥락 속에서 전개되었는지를 다루었다. 왜 그 시기를 선택했는지를 설명하는 건 어렵지 않다. 스페인의 모리스코스●● 추방이 시작된 해가 1609년이었다. 그들 중 많은 이가 살레에 정착했다. 그들은 돈이 많았고, 얼마 지나지 않아 도시를 확장하고 전함들을 갖췄다. 그리하여 '해적질'이 다시 급격하게 맹위를 떨쳤고, 살레는 알제·튀니스·트리폴리와 경쟁하는 도시가 되었다. 살레의 선

● 어쩌면 사람들은 말그레브와 보르퀘이의 나에 대한 우정이 이 시의 착상과 아주 무관치 않다는 사실을 알고 놀랄지도 모른다. 보르퀘이의 숙모 한 분이 코트 다쥐르에 있는 섬 하나를 통째 소유하고 있었다. 보르퀘이는 포르-크로라는 이름의 이 섬으로 이따금 휴가를 보내러 간다고 말하며, 이에 관해 내게 놀라운 이야기들을 들려주었다. 그 섬에서 몇 해리 떨어진 곳에 포르크롤이라는 좀 더 큰 섬이 하나 있는데, 이 섬 이름의 어원을 설명하기 위해 지역 학자들이 내세운 가설 중 하나는 그것을 '포르 카하르 알라'라는 아랍 명칭의 변형으로 이해할 수 있다는 것이다. 이 명칭의 유래는 스페인 거의 전 지역과 코르시카까지 장악한 사라센 사람들이 프로방스 지방을 침입하여 거기에 해외 상관과 요새를 구축했던 아주 먼 옛날(10세기)로 거슬러 올라간다. 보르퀘이는 내게 그쪽 연안에는 이예르 인근에 있는 알마나르 코뮌처럼 분명 아랍어에서 유래한 듯한 지명을 가진 곳들이 여럿 있다고 말해주었다.
●● 8세기 이후 이베리아 반도를 정복한 무어인을 가리키는 명칭.(─옮긴이)

박들은 상선들을 신천지 어장까지 추적했다. 사디 왕조 말기에는 해적질이 이 도시 세관에 가져다주는 수익이 술탄이 왕국 전체에서 거둬들이는 세금보다 많았다. 그런 번영은 거의 완전한 정치적 독립을 가능하게 했고 그래서 사람들은 '살레 공화국'을 거론했다. 하지만 1666년, 알라위파가 중앙 권력을 장악하면서 사태의 이러한 추이에 막이 내리고 도시는 다시 왕국의 품속으로 돌아갔다. 물론 이 시기 이후에도 해적들은 있었다. 그러나 이제 그들은 매일 같이 수평선 너머로 자신의 생존과 전리품의 동정을 살피는, 바다 위에 둥지를 튼 자유 도시의 실력자들이 아니었다. 그들 가운데 가장 유명한 압델라 벤 아이샤는 2대 알라위 군주 물라이 이스마일에게 봉사했다. 군주는 그를 해양 왕으로, 외무부 장관으로, 그리고 프랑스와 영국 대사로 임명했다. 물라이 이스마일에 대해서는 앞으로 많은 얘기를 할 생각이니 미리 너무 앞서나가지 말자.

《바바리아의 애가》에 수록된 시 여러 편이 이 학술적인 연구 작업에서 탄생했다. 〈배교자〉는 예전에 네덜란드인이었으나 모라 라이스라는 이름의 선박 사냥꾼으로 큰 명성을 떨친 얀 얀스를 그린다. 〈소형 범선 예찬〉은 큰 삼각돛을 단 돛대 세 개짜리 범선의 기술적 우월성을 서정적으로 열거하는 랩소디다. 〈벤 아이샤의 유언〉은 이 해양 왕을 기리는 외전 서정시다.

그동안 나와 왕가와의 관계는 느슨해졌지만, 나는 파리에서 모로코인 동포들과 관계를 계속 유지하고 있었고, 어쩌면 그 동포들보다 알제리인·튀니지인과 더 긴밀한 관계를 맺고 있었다. 그것은 마치 내가 한편으로 독립의 대의에 참여하면서도, 혹시 발생할지도 모를 내밀한 골육상잔과 좀 거리를 둘 필요성을 느껴서 그런 것 같기도 했다. 사실 나는 막연하지만 아주 생생하게, 독립 투쟁의 와중에 혹시 그런 일이 벌어지면 어쩌나 하고 내심 두려워하고 있었다. 어쨌든 나는 당시 나의 힘과 갈망은 문학에 쏠렸다는 사실을 인정하지 않을 수 없다.

1953년에 나는 모로코 왕국이라는 전망은 오랫동안 요원하다고 굳게 믿었던 것으로 기억하며, 그래서 내가 그런 생각들을 이상하리만큼 무심하게 받아들였다는 사실을 깨달았다. 그해 프랑스는 이 회교 군주국을 속국으로 유지하려는 노력을 배가했다. 가을에 외국인학생기숙사 동네에 모로코관館이 낙성될 예정이었다. 3, 4년에 걸친 공사의 결실로서, 그간 여러 사람이 공사를 방해할 계획을 꾸미기도 했으나 실행에 옮기지는 않았다. 어느 날 저녁, 종종 우리 집에 모여 정치에 대해서만큼 문학에 대해서도 함께 얘기를 나누곤 하던 그 소규모 친목 모임 때, 카디자 메르시니가 오려낸 신문 기사 한쪽을 들고 불쑥 뛰어 들어와서는 우리 코앞에 들이밀며 격분을 억누를 수 없다고 강조했다. 그것은 모로코관 초대 관장 임명에 관한 기사였는데, 기사에는 장관이 관장 앞으로 쓴 임명장의 문구가 인용되어 있었다. "민족주의의 환상에 젖어 방황하는 청년 지식층을 다시 프랑스로 인도"하는 일이 매우 중요해진 시기에 "아주 까다로운 과업"을 맡기게 되었다는 것이었다. 이미 여러 해 전부터 식민 통치 당국의 특징이 된 그런 거창하고 시건방진 행정 언어는 우리에게 반항과 경악과 폭소가 뒤섞인 복합적인 감정을 자아냈지만, 이상하게도 나는 그것이 지겹기만 했다. 함께 모인 친구들의 격렬한 외침에 나도 동조하기는 했지만, 사실 그것은 나의 친구들을 놀라게 하지 않기 위해서였다. 그리고, 무수히 우리의 열정에 불을 붙이곤 하던 카디자의 독특한 아름다움이 발휘하는 마술적인 영향력에 나 역시 다른 친구들처럼 기꺼이 복종하던 평소 습관을 깨트리지 않기 위해서였다.

좀 더 거센 타격 하나가 그해 여름의 해방 운동에 가해졌다. 왕위 찬탈자 벤 아라파의 즉위가 그것이었다. 군주 모하메드는 독립의 대의를 너무 노골적으로 지지한 대가로 돌연 폐위되었고, 그의 사촌 중 한 명인 이 인물이 그를 대체했다. 결국 군주는 가족이랑 시종 몇 사람과 함께 코르시카로, 다시 마다가스카르로 망명길에 올랐다.

기숙사 시절 왕자에게 나의 소행을 고해바쳤던 학급 동료가 새로 즉위한 군주에게 봉사할 첫 번째 인물들 무리에 포함되었으나, 마지막 순간에 그를 임용하지 않는 쪽으로 결정이 내려졌고, 그래서 그가 앞날을 보전할 수 있게 되었다는 얘기가 들렸다. 그 얘기가 진짜인지 아닌지 나는 모른다. 내 귀에는 달콤한 얘기지만, 나를 기쁘게 해주려는 생각에서 나온 얘기가 아닌가 싶은데, 사실 나는 그런 소문이 완전히 조작되어 퍼질 수 있음을 너무나 잘 알고 있다. 기분 나쁜 사람들까지 괜히 자신들과 전혀 무관한 일로 고발당하는 그 음모들의 와중에 말이다.

이 왕궁 혁명은 국제 여론이 우리나라의 엘리트층이나 국민의 의지에 따라 벌어진 일로 믿을 수 있게끔 조작되었다. 하지만 사실 그것은 자신들의 이익을 위해 독립을 희생하려던 유력자들, 당시 식민 통치 당국의 비호를 받으면서 식민 통치가 무한히 연장되길 바라던 권문세가들의 작품이었다. 기욤 총독이 그들을 마음대로 주무르고 있었다. 그 세력의 우두머리인 글라우이 마라케시는 킹 메이커를 꿈꾸고 있었으나 실제로는 프랑스인들의 꼭두각시에 지나지 않는 것 같았다. 권모술수에 능한 이 노인은 여러 세계에 다리를 걸치고 있었다. 나중에 그는 자신의 잘못을 깨닫고, 자신의 배신을 부인하며 용서를 구했다. 그에게 아직 상당한 영향력이 있을 때였으므로, 그의 이 같은 돌연한 태도 전환은 그 자신이 왕위에 즉위시킨 허수아비 군주의 몰락을 재촉했다.

역시 벤 아라파는 대중의 지지를 전혀 받지 못했을 뿐만 아니라 자신의 권력을 힘으로 굳건하게 할 제도적 토대도 갖추지 못했다는 사실이 금방 드러났다. 하지만 초기에는 이제 모하메드 군주의 시대는 끝났고, 그도 그의 왕세자 아들도 다시는 왕좌에 오르지 못하리라는 상상이 터무니없지만은 않았다. 당시 나는 아주 멀리 떨어진 곳에서 사태의 추이를 관찰하고 있었고, 더는 우리 국민과 내밀하게 접촉하지 않고 있었으므로 군주에 대한 책망의 폭과 강도를 가늠하지 못했다. 그것은 사실 일시적이었다. 나는 그렇게 믿었고, 그래서 군주와 나의 옛 학급 친구에게 장문의 편지를 썼다. 나는 마지막 오마주로 생각하고서 쓴 글이지만, 나중에 그 편지는 즉각적이고 용기 있는 충성 서약으로 읽힐 수 있었다. 덕택에 나는 또다시 의도치 않은 총애를 받게 되었다.

내가 되짚어보는 사건들의 흐름은 이상과 같다. 군주의 왕좌 복귀와 더불어 1955년에 독립이 불가피한 일로 굳어졌을 때, 사람들이 어떤 이유에서 나를 불렀는지도 이해한다. 나는 군주가 망명에서 돌아와 정착한 생-제르맹-앙-레에 있는 왕실 내각의 첫 번째 조직의 일원이 되었다. 나는 특임 관리의 직책을 하사받았다. 교육 체계 개혁을 검토하는 것이 내 임무였으나, 실제로 하는 업무는 대개 회의록을 작성하는 것이었다. 나는 직을 수락할지를 놓고 망설였었다. 어쩌면 오랫동안 나를 문학에서 떼어놓을지도 모를 운명의 이러한 전환, 이제 막 나의 인생길을 문학에 종사하는 쪽으로 구성하려는 순간에 찾아온 이 전환이 두려웠다. 하지만 내가 이러한 부름을 암암리에 기대하고 있었음을 부인할 수는 없다.

군주가 왕위에서 물러나 있는 동안 파리 생활 초기 그의 은총 덕분에 누리던 나의 생계 수단은 완전히 고갈되었었지만, 나는 다른 방책들을 찾아내어 거의 내 뜻대로 하루하루의 삶을 꾸려나갈 수 있었다. 나는 일주일에 사흘은 린네 가에 있는 한 출판사에서 일했다. 접수된 원고를 읽고 출간 예정인 일부 원고를 수정하는 일이었다. 때로는 책을 사러 오는 고객들을 맞이하기도 했다. 발행인은 아랍 저자들의 책을 프랑스어로 번역하는 작업을 내게 맡길 생각을 품고 있었다. 만약 내 일의 양상이 달라지지 않았더라면, 아마도 그 작업은 푸아드 왕을 매료시킨 시인 무스타파 사데크 알-라피의 글들을 번역하는 일로 시작되었을 것이다.

그 출판사는 라탱 지구에서 희귀 서적을 판매하는 곳으

로 유명했다. 소르본 대학의 교수들이 자주 드나들었고, 대중적 인지도가 있는 저자들도 심심찮게 드나들었다. 내가 사르트르를 마지막으로 본 곳도 바로 거기였다. 즉시 나를 알아본 그는 내게 인사를 건네고는 곧바로 서가에 진열된 모든 책의 목록을 살펴보는 일에 골몰했는데, 몸을 숙여 사팔눈을 가려주는 두꺼운 안경을 책 등 가까이에 가져가며 진열된 책들의 제목을 낱낱이 살펴보았다. 그런 식의 서가 탐색이 얼마나 철저했던지 결국 그는 내가 눈에 띄지 않게끔 진열해둔 나의 《바바리아의 애가》를 찾아내고야 말았다. 그는 그 책을 들고서 내 쪽으로 되돌아왔다. "《바바리아의 애가》라, 허허, 멋지군, 꼭 상고르의 책 같아, 어디 보자…" 내가 보는 앞에서 그는 책을 뒤적거리기 시작했다. "역시 그렇군… 영향을 받은 게 보여…" 문득 나는 그가 나를 독창성 없는 제자쯤으로 여기지 않을까 불안한 마음이 들었다. 아마도 그런 마음을 알아차린 듯, 그는 자신이 뒤적거려본 몇 쪽에 대해 내게 찬사의 말을 늘어놓고는 책을 사기로 마음먹었다고 말했다. 그리고 모로코의 상황이며, 군주의 망명 생활, 나의 어려운 생활 여건 등등에 관해 몇 마디 동정 어린 말을 해주었다. 왕자들과 친하게 지내며 살았던 내가, 언젠가는 그들 왕국의 장관이 될 수도 있을 내가 이렇게 책을 팔고 있는 모습을 보고서, 분명 그는 그사이 내가 프롤레타리아 계급과 혁명 정신 쪽으로 많이 나아간 줄 알았을 것이다. 그는 케르고를레 백작이 일주일에 두세 차례 벽이 온통 책과 대리석으로 뒤덮인 자기 집 거실로 나를 초대한다는 사실을, 바로 내일도 그가 자신의 아랍어 실력이 좀 늘었는지 어떤지에 대해 나의 판단을 받게 된다는 사실을 알지 못했다.

사실 나는 카롤린 드 프레쿠르의 삼촌인 그 백작에게서 이미 상당한 기초 지식이 잡혀 있는 아랍어를 좀 더 가르쳐 달라는 부탁을 받았었다. 그는 전쟁 전에 은퇴했으나 프랑스 사절의 품위를 유지하고 있는 퇴역 외교관이었다. 1910년대에 타하 후세인이 파리의 소르본 대학에서 공부할 때 그를 알고 지냈다는 백작은 이제는 후세인의 작품은 물론 다른 이집트 작가들의 글을 "원전으로" 읽고 싶어 했다. 그는 그 나라의 저자들을 아랍 세계 전체에서 가장 뛰어난 저자들로 여겼다. 나는 이 아랍어 수업으로 꽤 두둑한 보수를 받았다.

다른 한편으로 나는 소르본 대학 역사학 박사 과정에 등록했다. 신생 미합중국이라는 나라에 이르기까지 많은 나라와 무수한 평화조약과 무역 협정을 체결한 인물로 알려진 군주 모하메드 3세의 대외 정책에 대한 긴 종합—문서들을 프랑스어로 번역하여 출간하는 것까지 염두에 두고서—을 시도해보는 것이 좋겠다는 생각에서였다. 이 작업은 내가 파리와 모로코 사이를 좀 더 자주 왕래하는 계기가 되어줄 것이다. 하지만 그 일에 바칠 시간이 별로 없어 작업을 완성하기까지는 20년 세월도 충분하지 않을 것 같았다.

들레 선생은 내게 "마크젠*을 소르본에 제물로 바치지 말라"고 분부했다. 그 자신 언제나 성찰과 행동 사이에서 고민하고 있었기에, 그는 어쩌면 내가 군주국의 탄생에 참여하게 될지도 모른다는 전망을 그 자신이 고백했듯 부러워하는 마음으로 거론하곤 했다. 협상의 추이에 대해 그가 모르는 일은 그리 많지 않았다. 종종 나는 그가 나보다 더 많은 것을 알고 있다는 느낌을 받았다. 나는 그의 조언을 따랐다. 그래서 나는 군주의 영예로운 귀환 직후인 11월 말경에 모로코로 되돌아갔다.

내가 들레 선생을 카풀라드 카페에서 마지막으로 보았을 때, 그는 짐짓 대화의 우연한 흐름에 따라 나온 지나가는 얘기인 것처럼 가장하여 내게 한 가지 일화를 들려주었는데, 그것을 나는 그가 내 머릿속에 새겨두는 것이 좋겠다고 판단하여 들려준 하나의 가르침으로 받아들였다. 플루타르크의 《영웅전》에는 셉티메 세베르 황제가 어린 시절 학교를 함께 다닌 어느 평민을 채찍질로 다스린 이야기가 나온

---

* 프랑스 식민 통치 하의 모로코 왕정.(―옮긴이)

다. 그 평민은 훗날 황제 행렬과 마주쳤을 때, 함께한 그 지난날을 믿고 그를 만나보는 게 좋겠다고 생각하고 다가갔으나, 신하들 일행이 꿈쩍도 하지 않았다는 것이다. 나는 들레 선생에게 그 얘기를 잊지 않겠다고 말하고는, 그런 일은 선생들에게도 마찬가지로 일어날 수 있는 일이라고 덧붙였다. 그러자 그는 왕자들이 종종 외국 선생들, 즉 옛 제자의 신하가 되지 않을 사람들에게서 교육을 받는 이유가 아마도 그 때문일 것이라고 대답했다.

3

군주가 결국 자신의 칭호에 집착한 것, 그래서 술탄 대신 왕이라는 칭호를 선호하여 모하메드 5세라는 이름을 취한 것은 다른 무엇보다 특히 식민 통치와 예속 상태에 대한 기억을 지우기 위함이었다. 정부 수반은 므바렉 베카이였다. 나는 교육부 장관실 기술 고문으로 임명되었다. 독립 초기 몇 달간은 활발한 정치 활동이 펼쳐졌다. 나는 식민 통치의 유산인 교육제도를 수습하고 확장—훗날 1957년 대개혁이라고 불리게 되는—하는 데 참여했다. 장관이 새로 임명되어도 나는 직을 유지했고, 나의 권한은 점점 더 확대되었다. 오랫동안 나는 별로 음모의 대상이 되지 않았다. 나의 역할

이란 게 그리 대수롭지 않아 사람들의 집요한 질투심을 일깨우지 않았다. 사람들은 국가 조직의 정점에 있는 나를 충분히 지지해 주었고 굳이 위험을 감수하면서까지 내게 해를 끼치려 들지 않았다. 나는 가끔 왕과 왕자를 만났고, 그들은 나를 애정으로 대하며 내가 하는 일에 경의를 표했다.

나를 중상할까 봐 가장 걱정되었던 쪽은 모하메드 5세의 세 번째 수상인 압달라 이브라힘의 측근들이었다. 이브라힘은 나보다 열 살쯤 연상이었다. 그는 1945년에서 1949년 사이에 파리에 체류했다. 그는 이스티크랄•에서 파견되어 소르본 대학에서 강의를 들었는데, 라탱 지구의 마그레브 공동체에서 상당한 영향력을 행사했다. 우리는 그리 많이 만나지는 않았다. 내가 프랑스에 도착한 지 얼마 되지 않아 그가 고국으로 되돌아갔기 때문이었다. 어떻든 나는 그가 나를 자신의 모임에서 떼어놓으려 한다는 느낌을 받았다. 나의 정치 참여가 너무 소심하다고 생각하여 그랬을 수도 있고, 아니면 전도가 너무 유망한 콜레주 루아얄 출신은 밀어주지 않는 게 좋겠다고 판단했을 수도 있다. 그는 이스티크랄의 좌익左翼을 대표하는 인사였고, 사르트르를 자주 만났다. 나중에 그는 민중연합당(UNFP)이라는, 이스티크랄의 분

• Istiqlal, 모로코의 정당 중 하나인 독립당.(─옮긴이)

열로 귀결된 신당 창당 주역 중 한 명이 되었다. 그것은 그의 수상직 임명 직후인 1958년의 일이었다. 좌익은 권력을 행사하는 위치에 올라섬과 동시에 제도적 자율성을 장악하고자 했다. 군주가 여론 상황을 고려하여 어쩔 수 없이 이브라힘을 선택할 수밖에 없었던 것도 사실일 테지만, 아마도 군주는 진심으로 정부의 이 같은 인적 혁신이 모로코가 줄곧 당면해온 몇 가지 문제를 해결하는 데 도움이 되리라고 기대했던 것 같다. 하지만 이브라힘은 일 년 반 뒤에 사임했고, 좌익은 왕정에 위협이 되었다. 이브라힘과 그의 측근들의 냉대로 인해 나는 아주 일찌감치, 그러니까 양측 관계에 금이 가기 전부터, 왕의 편에 섰다. 이는 자칫 나의 과실이 될 뻔도 했다. 모하메드 5세가 수상에게 몹시 협조적인 태도를 보이고자 했기 때문이었다. 그는 자신이 애써 존재를 부인하고자 하는 그 힘겨루기 관계에서 누군가가 그를 지지하고 나섬으로써 불에 기름을 붓는 걸 원치 않았다. 하지만 모하메드 5세와 압달라 이브라힘이 공공연한 대립 관계에 들어섰을 때는 나의 확고한 태도가 나에 대한 군주의 신임을 두텁게 하는 결과로 이어지지 않았나 싶다. 하지만 나는 시간 부족으로 그 결실이 무르익는 것을 보지 못했다. 그로부터 불과 몇 달 뒤, 그 모든 희망이며 영향력, 여러 가지 계산 등등에 대한 이런저런 추측들이 죄다 왕의 죽음으로 뒤엎어지고 말았다. 1961년 초의 일이었다. 그의 통치는 짧았다.

　나는 고인이 된 왕과 아들 왕세자 사이의 몇 가지 갈등에 대해 알고 있었다. 왕자가 종종 최고 권력을 갖지 못해 안달하는 모습을 보여주었다는 사실을 부인할 생각은 없다. 하지만 왕자가 부왕에게 수상쩍은 시술을 하게 해 그의 죽음을 앞당겼다며 그를 비난하는 소문 따위는 전혀 믿지 않았다. 그런 소문이 도는 것은 불가피한 일이었다. 전에는 다른 소문들이 돌았다. 고인이 된 왕 덕에 출세하고 권세를 누린 이들이 적지 않았다. 그들은 왕자가 즉위하면 그런 것을 잃게 될까 봐 겁이 났고, 그런 비방을 퍼뜨리면 실총을 피할 수 있으리라고 믿었으나 오히려 더욱 확실하게 굳혔을 뿐이었다. 독립한 지 일 년쯤 지났을 때 이미 나는 머지않아 왕세자 아들이 왕위를 승계하리라고 믿고 아주 일찍부터 왕세자를 위해 일한 사람들과 고인이 된 왕의 측근들 사이에 생겨나는 은밀한 적대관계를 감지했다. 늘 나는 왕세자보다는 고인이 된 왕의 총애를 받는다고 느끼고 있었다. 왕자가 콜레주 루아얄 시절에 내게 보여준 친밀한 태도는 끝이 난 게 분명했지만, 그래도 내가 그와 같은 반에 있었다는 사실이 앞으로는 내게 점점 더 유리하게 작용하리라고 생각했다.

　물라이 하산 왕자가 왕위에 즉위하여 하산 2세가 되었다.

개원 연설을 하게 된 그는 연설문 초고를 내게 보내, 주석을 붙이고 내용을 충실하게 다듬어줄 것을 청했다. 나는 몇 가지 제안을 했고, 그것들은 대부분 최종본에 반영되었다. 사흘 뒤 젊은 국왕은 나를 접견실로 불렀다. 나는 가벼운 마음으로 왕을 알현했다. 희망에 부풀어 있었다. 그가 내게 개인 고문직과 더불어 왕실 내각의 높은 지위를 제안하리라고 생각했다. 한창 재구성되고 있는 이 정부의 국무부 장관—혹은 차관—이 될 마음의 준비까지도 하고 있었다. 그것은 터무니없는 야망이 아니었다. 왕도 젊었고, 나라도 젊었다. 국민의 3분의 2가 서른 살 아래였다. 콜레주 루아얄의 다른 동기생 한 명이 국무부 통상 담당 차관에 임명되기도 했다. 아리송한 갖가지 말들이 내 앞에서 발설되곤 했다. 어떤 이들은 나를 이상할 정도로 공대했는데, 당시 내가 수행하던 직책에 어울리지 않는 그런 과도한 공경은 아마 앞으로 내가 얻게 될 지위와 관계된 것이리라는 생각이 들었다. 어쩌면 내가 그런 신호들을 너무 좋게 해석했을 수도 있다. 어쩌면 사람들이 나중에 내가 좀 더 지독한 실망감을 맛보도록, 그런 명예를 꿈꾼 내가 제정신이 아니었다는 생각을 하도록 일부러 나를 띄워주려 한 것일 수도 있었다.

나는 접견이 이루어지기까지 아주 오랫동안 대기했다. 나중에 들은 얘기지만, 군주가 방문객들에게 부과하는 대기 시간은 명확히 체계화된 규칙에 따랐다. 대기 시간이 두 시간 이내면 짧은 편으로, 그것은 곧 왕의 호의에 별다른 문제가 없음을 의미했다. 방문객에게 세 시간이나 네 시간 정도를 참고 기다리게 하는 건 왕이 불만스러워하지만 아직은 다시 왕의 총애를 받을 수도 있음을 일깨워주기 위한 것이었다. 대기 시간이 네 시간 넘는다는 건 방문객이 실총의 문턱을 넘어섰다는 뜻으로 여겨졌다. 당시에는 즉위 초기라, 이 같은 전범이 체계화될 시간이 없었던 것 같다. 아마도 내가 혹독한 대가를 치르고 그런 실험을 당한 최초의 사람들 축에 들 것이다. 하지만 나는 나의 대기 시간이 정확히 어느 정도였는지 잊어버렸다. 네 시간이 좀 넘었거나 좀 안 되었을 것이다. 어떤 규칙이 있다는 걸 몰랐기에, 나는 거기에 주의를 기울이지 않았다.

마침내 안으로 들어선 나는 내가 왕을 독대하는 게 아니라는 사실을 알고 실망했다. 그의 곁에는 이전 왕실 내각에서 일했던, 나를 별로 좋아하지 않은 나이 많은 고문이 있었다. 왕이 입을 열었다. 그날따라 그는 유난히 수다스러웠다. 그는 3년 전에 있었던 이프니 전쟁 이야기를 꺼냈다. 그 전쟁은 그의 승리였다. 당시 그는 아버지 군대의 참모장이었다. 그는 스페인인들에게서 타르파야를 되찾은 데 대한 자긍심과 이 도시를 새 모로코의 전초 기지로 만들려는 자신의 의지를 피력했다. 나는 그의 뜻에 동의했다. 군대 생활에 대한 그의 취미는 우리와 함께한 그 청소년 시절에 이미 학급 친구들의 이목을 끌었다는 사실을 상기시켜주고 싶었지만, 그런 식으로 지난날의 친밀한 관계를 상기시키는 것이 왕위에 즉위하여 우리에게서 무한히 멀어진 지금의 그에게는 분명 불쾌감을 안겨 주리라고 생각하여 참았다. 들레 선생이 들려준 셉티메 세베르 황제의 수학 동료 이야기가 생각난 것이다. 나는 그 이야기가 제때 생각난 걸 기뻐하는 한편, 왕이 내게 서둘러 들려주고자 한 그 전쟁 추억담이 무엇을 의미하는지 생각해보았다. 이내 당황하고 말았지만, 오만하게도 나는 사람들이 나의 역량을 아주 폭넓고 유연한 것으로 판단하여 군부에 어떤 소임을 맡길 생각인가보다 라는 생각을 잠시 했다.

나이 많은 고문은 왕이 그런 얘기를 늘어놓는 접견 시간 동안 내내, 마치 내게 예정된 실총을 미리 음미하기라도 하듯 시종 부드럽고 은밀한 몸짓으로 넥타이 주름을 펴고 있었다. 곧 그가 말을 할 차례가 되었다. 그는 이렇게 말했다. 내가 열성을 다해 재능을 온통 왕조를 위한 봉사에 바친 일을 폐하께서는 당연히 몹시 자랑스러워하시고, 내가 오랜 세월 동안 보여준 충정, 더없이 힘든 고난의 시기에도 전혀 흔들림이 없었던 그 충정에 대해 깊은 사의를 표하고 싶어 하시며, 그래서 폐하께서는 숙고 끝에 더없이 소중한 계획들에 나를 참여시키기로 하셨다는 것이다. 그의 이 같은 아부성 짙은 단속적인 언어는 좋은 전조가 전혀 아니었다. 잠시 뜸을 들인 후, 마침내 고문이 내게 미리 결정해둔 제안, 나로서는 당연히 거절할 수 없는 그 제안에 대해 입을 열었다. 그것은 나를 위해 특별히 만들었다는 직무, 즉 "타르파야 지역과 합법 영토의 교육 감독관" 직무를 수행하라는 것이었다.

마크젠의 온갖 간계와 표현법과 규칙에 숙달된 사람이라면 그런 화려한 칭호에 내포된 아이러니를 간파하는 데 그리 오랜 시간이 걸리지 않을 것이다. 교육 기관을 내세우기는 했으나, 내가 한 번도 가본 적 없는 그 타르파야라는 곳에 과연 초라한 초등학교 하나 정도 외에 다른 뭐가 또 있을지 심히 의심스러웠다. 서부 사하라의 "합법 영토" 역시, 지금도 여전히 스페인인들이 장악하고 있고, 병합에 대한 전망은 요원하기만 했다. 그러므로 내 직무는 완전히 가상의 것이라 할 수 있을 것이다. 늙은 고문은 내가 타르파야에 있는 옛 스페인 주둔군 건물에 알 쿠아라우이니 대학 분교를 설립하는 문제라든가, 다른 쪽 경계선의 라윤부즈두르사키아 엘 함라 지방에 미래의 모로코 사하라 대학을 구성하는 문제 등을 숙고해볼 수 있을 거라고 설명해주었다. 나는 내게 주어진 지시 사항들을 더없이 진지하게 수용하는 체했지만, 그들이 나를 가지고 노는 것 같다는 느낌을 지울 수 없었다. 그것은 썰렁한 휴가를 권한 것과 같은 의미였다. 그렇게 늙은 고문이 짧은 훈시를 끝냈고, 왕은 거기에 단 한 마디도 덧붙이지 않았다. 이 슬픈 알현이 진행된 접견실을 나설 때, 하마터면 나는 나의 오랜 적, 기숙사 시절의 그 배신자와 부딪힐 뻔했다. 그는 문 근처에서 자기 차례를 기다리고 있었던 모양이었다.

떠나기 전 2주 동안, 왕궁 복도에는 조신들이 이 갑작스러운 따돌림의 동기에 대해 떠들어대는 온갖 이야기가 메아리쳤다. 그들이 꾸며낸 억측 가운데 몇몇은 나의 귀에까지 들어왔다. 솔직한 태도를 중시하는 일부 고문들, 나에 관한 그런 소문을 내게 전해주는 것이 친구의 도리라고 여긴 이들이 차례로 그 소문들에 대해 알려주었다. 내가 왕이 총애한 여자 가수를 유혹했다는 소문도 있었고, 왕을 놀림감으로 삼은 풍자시를 썼다는 소문도 있었고, 콜레주 루아얄에 다닐 때 성적이 늘 그보다 좋았다는 사실을 자랑하고 다녔다는 소문도 있었고, 아들이 선생들에게서 아주 낮은 점수를 받은 국왕 근위대 대장의 불만을 내가 잠재우지 못해서 그렇게 되었다는 소문도 있었다. 어느 것도 사실이 아니었다. 나의 내밀한 적들이, 심지어 관계가 소원해진 옛 친구들까지, 내게는 일언반구도 하지 않은 채, 신이 나서 꾸며낸 그런 숱한 거짓들을 나는 감히 상상조차 할 수 없었다. 누군가가 단도직입적으로 이에 대해 질문할 때면 내가 무슨 잘못을 저질러 그 남부 오지로 속죄를 하러 가야 하는지 설명하기가 참으로 난감했다. 뭐라 대답을 하지 못하면 내가 아주 심각하고 부끄러운 어떤 짓을 숨긴다고 믿기 쉬우므로, 나로서는 차라리 뭔가 말할 게 있는 편이 더 나았을 것이다.

부당하게 당한 이 추락에 따른 여러 결과 가운데 하나는 너무도 중요해서, 나로서는 내가 겪은 이 불행 뒤에 어떤 은밀한 원인이 숨어 있으리라는 생각을 하지 않기가 어려웠다. 그 결과란 공공사업부 장관 딸과의 약혼이 큰 기쁨 속에서 거행될 결혼식을 불과 몇 주 앞두고 깨어진 것이었다. 장관은 우리의 약혼을 못마땅하게 본 것 같지 않았다. 왕자의 콜레주 루아얄 동기동창으로서의 나의 자질로 미루어볼 때 장차 높은 직책에 오를 사람으로 여겨지기도 했고, 그간의 경력 역시 국가 기구 안에서 그런 기대에 어긋나지 않을 만큼 순조로운 흐름을 보였기 때문이었다. 그랬던 그의 견해가 너무도 갑자기 변해버려서, 내게는 그의 딸 나시바를 다시 만나는 것조차도 허락되지 않았다. 나는 이에 대해 절망보다는 격분을 느꼈고, 내가 갈망해온 것은 비빌 언덕이 되어줄 혈족 관계가 아닌 다른 것이었다는 믿음을 접게 되었다. 한편 나시바는 왕에게 버림받은 사람과 운명을 함께한다는 생각이 주는 공포가 나를 잃는 슬픔보다 더 컸던 게 분명했다. 어쩌면 그녀 같은 강력한 가문의 인맥이 음모에 빠진 나를 지지해 줄 수도 있었을 터였다. 그런 지지가, 내가 막 그것을 얻으려는 순간 사라져 버린 것이다. 누구도 나와 함께 타격을 받게 될 위험이 없어 보였기에 나의 추락은 그만큼 더 쉽게 부추겨졌다. 그렇지만 나는 왕이 이 장관 가문의 비위를 맞추어서 덕 볼 일은 없었다는 것, 그리고 그런 나의 가정이 허황한 게 아니라면, 분명 왕은 머릿속으로 나를 파멸시키기 위해, 내게 수수께끼로 남은 어떤 이유를 짜내야만 했을 것이라고 확신했다.

제 2 부

L'Historiographe du royaume

4

모로코 왕국 남서부에 있는 타르파야는 대서양 쪽 사하
라의 광활한 공간을 마주한 연안 맨 끄트머리 도시였다. 대
서양 쪽 사하라는 아직도 스페인이 통제하고 있지만, 우리
가 조만간 실질적으로 지배하게 될 날을 기다리는 동안 머
릿속으로나마 관리하기 위해, 공식 분류상 "합법 영토"라는
이름으로 지칭하는 데 길이 든 곳이었다. 이 지역 국경은 최
근에야 그어졌다. 우리나라가 프랑스 보호령에서 해방되자
마자 우리 군은 남부의 스페인 점유지들을 공격했다. 국왕
이 내게 자랑스럽게 환기했던 그 이프니 전쟁은 몇 달 동안
지속되었는데, 그동안 여러 요새를 점령했다가 빼앗기고 다

시 점령했다가 빼앗기는 일이 되풀이되었다. 1958년 4월 협정이 사막과 대양 사이에서 교착 상태에 빠질 위험에 처한 이 반복된 전투에 종지부를 찍었다. 시디-이프니의 스페인 소유지, 구역이 축소될 테지만 어떻든 이 소유지를 유지하게 해주는 대가로 타르파야 지역은 모로코로 반환된다는 협정이 체결된 것이다. 비록 남부 방면으로의 보잘것없는 확장이지만, 이는 언젠가 때가 되면 드넓은 사하라 지방들을 장악하리라는 모로코 왕국의 결의를 느끼게 해주었다. 이 재정복이 모로코의 독립을 완성하게 해줄 것이다.

19세기 말, 유럽 열강들이 아프리카 대륙을 분점하던 시기에, 스페인 사람들은 어렵지 않게 이 사막 지역의 주인이 되었다. 수백 킬로미터에 달하는 긴 해안은 해상으로부터의 침입을 방어하기 어렵게 했다. 해안에는 유목 부족들이 드문드문 살고 있었는데, 수 세기 전부터 그들은 술탄에게 충성을 맹세하긴 했지만 셰리프 제국의 오지를 떠돌며 자유롭게 살았다. 스페인 사람들의 통치도 더 강압적이라 할 게 별로 없었다. 그들은 연안에 해외 상관을 몇 군데 구축했을 뿐, 그들의 야심은 그 정도로 충족되는 것 같았다. 그들은 이 고장 내부를 통치하려고 하지 않았고, 영구 정착할 식민자들을 무더기로 이주시키려 하지도 않았다. 산업이라고 해봐야 소규모 어업과 미역 채취가 전부였다. 언제나 관습법과 코란에 따라 분쟁을 해결하는 유목 서부 사하라 주민들에게 마드리드의 법은 별 영향력이 없었다. 그들은 스페인 사람들에게 세금을 내지도 않았다. 스페인 사람들의 보호가 약하다거나 유익하다고 판단될 때는 그들의 비위를 맞춰주다가도, 문득 자신들의 자부심이 타격을 받았다는 생각이 들 때는 연안에서 짧지만 격렬한 분탕질을 저지르기도 했다.

출발 전부터 나는 내가 새롭게 부여받은 임무와 관계된 이 아이러니한 실총이 이중적이고 교묘하다고 생각했다. 내가 임무를 수행해야 할 영토가 왕국의 모든 신하에게 그렇듯 내게도 금지된 땅일 뿐만 아니라, 비록 그 광활한 사하라 지대가 반환 협상이나 군사 정복을 통해 조만간 다시 우리에게 귀속된다고 하더라도, 가장 높은 수준으로 발전된 것이라고 해봐야 아직 겨우 통조림 공장 몇 개가 전부인 그곳에 어느 날 갑자기 내가 부여받은 임무대로 고등교육 기관들을 설립한다는 것도 터무니없는 일이었기 때문이다.

라바트에서 타르파야까지는 약 천 킬로미터에 달하는 먼 길이다. 나는 가다가 굴리미네에서 쉬어간다면 이틀은 걸리는 거리라고 생각했다. 앞으로 어떤 시련에 맞닥뜨리게 될지 분명하게 그려지지는 않았지만, 내가 우려하는 대로 굴리미네 이후로 길이 통행이 어려울 만큼 험악해진다면 그 이상도 걸릴 것이다. 내가 받은 유일한 배려는 군의 옛 엘리트 집단으로 위세가 막강한 왕실 근위대의 휘장이 있는 지프를 한 대 받은 것뿐이었다. 나는 추방을 당하면서 문장紋章을 하나 얻은 격이라고 생각하며 몹시 상한 기분을 달래고자 했다. 때마침 기억에 되살아난 말그레브와 보르퀘이의 강습을 돌이켜 생각해본다면, 그것은 녹색 바탕에 황금빛 5각별이 동체에 각인된 전륜 구동 자동차 문장이었다. 자동차보네트와 문짝에 각인된 그 별은 내가 통과해야 했던 도시와 촌락 주민들에게 강한 인상을 주었다. 이따금 어느 지역보초는 내 임무에 대한 설명을 듣고서 내게 거수경례를 했고, 어중이떠중이들은 자신들이 한 번도 본 적 없는 그 문장을 신기해하며 자동차 주위로 몰려들었다. 어떤 이들은 그문장을 안다고 자랑스러워하기도 했으나, 내막을 알고 보면틀린 경우가 대부분이었다. 하던 놀이를 중단하고 내 자동차 주위에 몰려들어 이러쿵저러쿵 떠들어대던 아이들의 공론에 마침표를 찍은 이는 아가디르*의 폐허 그늘에 앉아 있던 한 늙은 걸인이었다. 그는 사각 그늘에서 꼼짝도 하지 않은 채, 이상하리만치 자신에 찬 분명한 목소리로 정확한 답을 제시했다.

---

* 모로코 남서부에 위치한 도시로, 1960년에 대지진이 일어나 도시 대부분이 파괴되었다.(—옮긴이)

도로는 이프니의 스페인 구역을 우회하기 위해, 대서양 기슭에서 멀어져 티즈니트 이후부터 내륙 쪽을 향해 갈라져 나와 남쪽으로 곧게 뻗어있었다. 나는 저녁에 굴리미네에 도착했다. 사하라 입구에 자리 잡은 붉은 벽들이 특징인 이 작은 도시는 생기가 넘쳤다. 거리마다 투아레그족이 많았다. 나는 그들이 먼 선조 때부터 매년 초여름에 서는 큰 단봉낙타 장場에서 동물들을 팔고 사기 위해 사하라 각 방면에서, 종종 아주 먼 곳에서 여기까지 온다는 사실을 알았다. 모로코 왕국과 스페인 점유지 사이에 그어진 국경이 그들의 발걸음을 막은 적은 한 번도 없었다. 굴리미네 장은 제국 사람들의 손이 닿지 않는, 제국의 오지에 사는 이 신비로운 사막 세계의 의례에 속했다. 나는 그런 장이 있다는 사실을 알고 있었으나, 그 장이 내가 이곳을 통과할 때 설 수도 있다는 생각은 하지 못했다. 이 장 덕분에 굴리미네는 전국적으로 유명해졌으며, 심지어 일종의 전설, 안전한 수많은 도로가 사막을 가로질러 이곳으로 집중되었던 옛 황금시대의 전설, 신화적 번영의 전설을 간직한 도시가 되었다. 알랄 엘 파시가 주창한 "위대한 모로코"라는 관념이 언제나 내게는 그리 현실적으로 여겨지지 않았지만, 잠시나마 나도 사디 왕조와 초기 알라위 왕조 시절, 우리 제국의 영토가 팀북투까지 뻗었던 그 옛 세기들의 추억에 흔들렸다.

대상의 숙소로 변해버린 살람 호텔에는 빈방이 두세 개 뿐이었다. 사하라를 횡단하는 상인들에게서 버림받은 가장 아늑하지 않은 방들이었다. 하지만 상관없었다. 밤에 몇 시간 잠만 자면 될 터였기에, 나는 호텔 측이 제공하는 방을 군말 없이 받았다. 그리고 간단히 짐을 들인 뒤 다시 아래로 내려왔다. 접수계 사람이 이제 장이 막바지에 이르렀다고 알려주었다. 피곤했지만 나는 이 단봉낙타 큰 시장의 열기에 휩쓸릴 기회를 놓치고 싶지 않았다. 나는 단 한 번도 마라케시보다 더 남쪽으로 가본 적이 없었기에, 이 장은 나의 호기심을 크게 자극했다. 여러 주 만에 처음으로 나는 마크젠의 음모들을 잊고 내가 받은 이 유배형의 충격을 곱씹지 않을 수 있었다. 어둠이 깔리는 바깥에서는 푸른 옷차림을 한 사람들이 낮 동안의 협상을 잊고 휴식을 취하고 있었다. 새벽에 다시 떠날 사람들은 다양한 방식으로 이 도시에서의 마지막 순간을 보냈다. 자신들이 모래언덕의 세계로 가져갈 이미지들을 기억에 새기려는 듯, 아무 말 없이 거리를 느린 걸음으로 돌아다니는 이들도 있었고, 어두운 카페 안으로 스며들어 가는 이들도 있었다. 또 어떤 이들은 한데 모여 지난해의 이야기들을 주고받으며 다음 장에서의 재회를 기약하기도 했다. 많은 이들은 도시 외곽, 여자들이 구에드라 춤을 추는 천막들로 향했다. 나는 이 왕국의 남부 지방을 여행하는 이들이 놓쳐서는 안 될 주요 볼거리 중 하나로 널리 알려진 그 춤판을 눈으로 직접 구경하고 싶었다.

가는 길에 골목길의 어느 집 문 근처에서, 체스판 앞에 앉아 있는 두 사람을 만났다. 그들은 벽에 걸린 램프의 희미한 불빛을 받으며 체스를 두고 있었다. 주름진 마른 얼굴의 두 투아레그족은 내가 그들 곁에 잠시 멈춰 섰어도 적대적이거나 우호적인 어떤 시선도 주지 않았고, 그래서 나는 자유로운 느낌으로 그들을 관찰할 수 있었다. 나는 그들이 참 특이한 방식으로 체스를 둔다고 생각했다. 어쩌면 그들은 좀 다른 규칙을 따르는 건지도 몰랐다. 어쩌면 유목민들만이 전통으로 간직해오고 있는 미지의 전략을 구사하는 것일 수도 있었다. 하지만 그게 뭔지 간파하기가 쉽지 않았다. 말들을 너무 느리게 전진시켜서, 과연 그들이 폐장 전에 판을 끝낼 수나 있을지, 판을 중단하고 내년에 이어서 둘 생각은 아닌지 의심스러웠다. 판이 이미 오래전에 시작되었던 것은 아닌지, 수년 전부터 두 사람이 사막 이편과 저편에서, 자신들의 게으른 낙타 위에 앉아 사막을 가로지르며 매년 여름 굴리미네에서 주고받는 이런저런 공격을 깊이 숙고해왔던 것은 아닌지, 하는 재미난 상상도 해보았다. 기사騎士가 낙타를 타고 떠도는 유목민으로 대체된 거라고 상상해보기도 하고, 그렇다면 체스판 위에서 그에게 어떤 새로운 움직임을 부여해줄 수 있을지 궁리해보기도 하면서, 나는 이런저런 꿈 같은 생각에 잠겨 들었다. 그러다 그들이 자신들의 느림을 감내하는 그 인내심에 감탄하면서 그들 곁을 떠났다.

도시 경계를 벗어나자 절벽 위에 자리 잡은, 많은 군중의 그림자가 비치는 천막이 하나 보였다. 내 앞에 가던 세 사람의 실루엣도 그 천막 쪽으로 다가갔다. 나는 안에서 펼쳐지는 공연을 관찰하고자 천막 입구 쪽에 자리를 잡았다. 구에드라 춤판이 막 시작되려 하고 있었다. 유목민들은 침묵을 지키며 꼼짝도 하지 않았다. 무녀는 푸른색과 검은색의 폭넓은 천에 싸인 채 무릎을 꿇고 있었다. 그녀 주위에는 둥그렇게 자리 잡은 악사들이 구운 점토에 염소 가죽을 씌워 만든, 그래서 장중한 음을 내는 아주 작은 소북들을 막대기로 두들기고 있었다. 나는 구에드라가 춤의 이름이 되기 전에 이 소북의 이름이었다는 사실을 알고 있었다. 악사들 뒤에서는 여자들이 손뼉을 치며 노래를 불렀다. 이윽고 사람들은 무녀의 첫 번째 춤 동작을 보았다. 그녀는 두 팔과 어깨를 서두르지 않고 차례로 움직였고, 진주와 조개를 엮어 땋은 묵직한 검은 머리 타래를 회전시켰다. 손가락과 손목은 처음에는 천천히 움직였으나 점점 더 속도가 빨라졌고, 그녀가 찬 은팔찌들이 서로 부딪히며 소리를 냈다. 곧 그녀의 몸 전체가 우레처럼 커지는 주위의 목소리와 두들기는 소리에 실려 광란 상태에 빠져들었다. 내가 보기에 그녀는 마치 보이지 않는 허공의 북을 두 손으로 두들기는 듯한 몸짓을 하는 것 같았다. 그런 움직임 속에서, 그녀가 쓴 베일 몇 장이 떨어져 내렸다. 그렇게 그녀는 눈을 감고서, 몸을 굽혔다가 다시 일으키고, 다시 또 사방으로 몸을 뒤틀면서, 마치 어떤 내면의 불길에 타오르기라도 하듯 춤을 추었다. 이제 지쳤는가 싶으면 간간이 알 수 없는 어떤 새로운 힘이 솟아나 최면에 걸린 듯 그 급격한 움직임을 되살렸고, 그 어둠의 힘마저 완전히 소진될 때까지 계속 그렇게 춤을 추다가, 어느 순간 문득 그녀는 경련을 일으키며 바닥으로 무너져내리더니 등을 깔고 누워버렸다.

호텔로 돌아오는 길에 보니 체스를 두던 두 사람은 사라지고 없었다. 하늘에서 솟아난 거대한 손 하나가 그들을 바닥에서 들어 올려, 탑이며 기사며 광인 같은 작은 인형들과 함께 상자 속에 넣어버린 것 같았다. 나는 오마르 카얌의 다음 시구들을 떠올렸다. 파리 시절, 문학적 소양이 있는 친구들을 위해 내가 프랑스어로 재번역한 적 있는 시구들이었다.

우리는 행동에 굶주린 체스 게임의 말들일 뿐이다.
위대한 체스꾼의 명령에 따라,

인생의 체스판 위 여기저기로 이끌려 다니는,

그러다 판이 끝나면, 죽음의 작은 상자에 갇히는.

내 방으로 돌아온 나는 종이와 연필을 집어 들고서, 건조한 날씨 탓에 이음새들이 벌어진 좁은 나무 책상 앞에 앉았다. 책상 위에는 재떨이가 하나가 놓여 있었다. 삼각형의 마르티니 재떨이를 이곳에서 보고 나는 미소를 머금었다. 잠시나마 그 재떨이는 파리 라탱 지구에 살던 시절의 추억에 잠기게 했다. 속으로, 너도 나처럼 이곳으로 유배당한 모양이구나 하는 생각을 하면서, 나는 다음과 같은 시를 적어보았다.

오 작은 인형이여!

그대를 두 손가락 사이에 끼우고 자신이 원하는 곳으로 데려가는 저 거인을 불쌍히 여기라.

그도 칼리프의 두 손가락 사이에 끼워진, 너처럼 보잘것없는 한낱 나무 조각상에 지나지 않을지니.

오 체스꾼이여!

너를 제멋대로 정리하는 칼리프를 불쌍히 여기라,

그도 온 세상의 강력한 주인의 두 손가락에 끼워진,

다른 어떤 말보다도 약한 말, 현자들이 '왕'이라고 부른 말처럼, 그저 순하고 약한 존재이니.

이 시구들만으로는 성이 차지 않아, 거의 즉각적으로 떠오른 두 번째 영감에 사로잡혀 다음과 같은 새로운 절들을 적어나갔다.

체스꾼은 말을 두 손가락 사이에 끼우고서 민다, 흰 칸과 검은 칸 속으로;
칼리프는 체스꾼을 두 손가락 사이에 끼우고서 민다, 총애와 실총 속으로;
온 세상의 주인은 칼리프를 두 손가락 사이에 끼우고서 민다, 낮과 밤 속으로;

여기서 나는 잠시 손길을 멈추고서 마지막 절을 생각해보고는, 잠시 망설이다가 이렇게 적어나갔다.

하지만 무엇도 온 세상의 주인을 두 손가락 사이에 끼우고서 존재와 비존재 속으로 밀지는 않네!

나는 종이를 접어 지갑 속에 깊이 갈무리했다.

다음 날 아침, 호텔 밖으로 나서니 한 무리의 유목민이 나의 지프를 에워싸고는 손짓과 고갯짓으로 왕실 근위대 휘장을 가리키며 소란스럽게 떠들어대고 있었다. 나는 그들의 말을 몰랐고, 그들이 하는 말을 이해하지 못했다. 내가 다시 자동차 뒤에 매달아야 할 트렁크를 끌고 다가가자, 그들은 내가 지나갈 수 있도록 겨우 조금 길을 터주었다. 그들 중 한 명이 내게 휘장이 무엇을 의미하는지 물었고, 내가 대답해주자, 왜 유니폼을 입지 않았는지 궁금해했다. 그의 시선과 목소리에서 도전의 기색이 느껴졌다. 간밤까지만 해도, 왕국에서 좀 덜 떨어진 지방에서는 왕국의 상징들에 대한 존경이 느껴졌었으나, 남부의 오지에서 언제나 자신들만의 법에 따라 살아온 이 유목민들은 그것을 그리 공유하는 것 같지 않았다. 나는 그에게 내가 군인이 아니라서 그렇다고 대답해주었다. 그것은 진실이었지만, 어쩌면 침묵하는 편이 더 나았을지도 몰랐다. 그가 다른 투아레그족들에게 내 말을 통역해준 듯, 그들 중 여럿이 폭소를 터뜨렸다. 그러고 나서 그들은 다정한 인사말 하나 없이 느긋한 걸음으로 떠나갔다. 이제 출발해야 할 시간이었다.

당시만 해도 굴리미네 이후부터는 포장된 도로가 없었다. 비포장 도로망이 사막을 가로질러 나 있었고, 타르파야로 가는 길도 사람들이 가장 많이 왕래하는 주요 통행로였지만 곳곳에 함정이 있었다. 곧바로 나는 진행 속도가 느려지리라는 걸 깨달았다. 자동차 바퀴가 모래에 빠져 어쩔 수 없이 차를 멈춰 세우고는, 뜨거운 태양 아래에서 모래 구덩이에 판자를 끼워 넣고 다시 시동을 건 게 대체 몇 번이었던가. 차를 세우고 길을 되돌리는 일 없이, 그리 빠르지 않은 속도로나마 3~4 또는 5킬로미터만 안정적으로 나아갈 수 있어도 행복한 느낌이 들었다. 또 지면이 단단한 곳에는 지프의 기계 장치를 망가뜨릴 수 있는 다른 장애들—가시덤불 뭉치, 굵은 돌투성이 구릉, 깊은 홈 등—이 있었고, 그것들을 피해 멀리 우회하다가는 길의 흔적이 아주 불분명하여 길을 되찾지 못할까 봐 염려스러웠다. 너무나 넓은 공간에 바퀴 자국이 이곳저곳에 나 있어, 과연 어떤 자국을 따라가야 하는지, 어떤 자국이 막다른 길에 이르는 것인지 의문스러웠던 게 한두 번이 아니었다. 결국 알아보기 힘든 어느 갈래 길에서 함정에 걸려들고 말았다. 부주의로 부속 도로로 접어들어서는, 원래 내가 잠시 휴식을 취하며 기운을 회복해야겠다고 생각했던 작은 도시 탄-탄으로 가는 길을 놓쳤고, 눈앞에 어느 버려진 요새의 네 탑이 나타나는 것을 보게 되었다. 가까이 다가가자 사막의 색깔을 가진, 반쯤 무너진 낮은 성벽들을 구분할 수 있었다. 그리고 저 멀리, 때로는 지평선과 혼동되기도 하고 또 때로는 지평선과 분명히 구분되는, 바다를 닮은 푸른색의 가는 선이 간간이 나타나는 것을 보고서 예전 같았으면 꿈이라고 여겼겠지만, 지금은 나도 모르는 사이에 내가 바로 그 바다를 향해 차를 운전해왔으며, 바다가 바로 저기, 수백 미터 앞, 이제 곧 내가 꼭대기 가장자리를 따라 운전해갈 저 낭떠러지 아래에 있다는 것을 알게 되었다.

저녁이 가까워진 시간이라 대기는 서늘했다. 바닷가에 이르자, 저 아래쪽 해안 오목한 곳에서, 녹으로 뒤덮인 두 동강 난 어느 화물선의 잔해가 불쑥 모습을 드러냈다. 그 오른쪽, 강 하구에는 어부들의 오두막인 듯한 작은 건물 하나가 보였다. 나는 혹시 저기에 누가 살고 있지 않을까 하는 생각에 그쪽으로 차를 몰았다. 오두막은 나무판자와 돌조각과 커다란 플라스틱 덮개로 대충 만든 허름한 건물이었다. 내가 가까이 다가가자 두 사람이 밖으로 나왔다. 어부들이 아니었다. 해안 경비 임무를 맡은 우리나라 군인들이었다. 그들은 내 자동차 옆에 붙은 군대 휘장을 보자마자 내게 그렇게 말해주었다. 오두막 안으로 들어서자 한쪽 구석에 걸린 그들의 제복이 보였다. 그들은 마침 바닷가에서 생선을 구울 준비를 하고 있었는데, 나더러 함께 먹자고 청했다. 아무리 보아도 사건이랄 게 일어날 것 같지 않은 이 감시 초소에서 어부처럼 사는 그들의 생활 방식이 내 눈에는 진짜 어부들의 생활과 별반 다를 것 같지 않아 보였다. 그들은 내가 지나쳐온 그 성채가 식민 통치 시절에 세워졌고, 아오레오라 요새로 불렸다는 사실을 알려주었다. 폴리네시아에서 온 프랑스 군인들이 그곳에 그런 이상한 이름을 붙인 것 같았다. 두 군인 중 한 명이 하늘에 떠 있는 태양의 위치를 기준으로 사막에서 방향을 찾아가는 초보적인 방식을 내게 알려주려고 애썼는데, 내가 모르리라고 여겨서 하는 말처럼 들리지 않게 에둘러서, 하지만 만일의 경우 도움을 받을 수 있도록 아주 자세한 설명까지 곁들이는 그의 요령 있는 말솜씨에 나는 감탄을 금치 못했다. 그렇다, 태양이 있다! 내가 지칠 대로 지쳐, 이런 막막한 공간에서 길을 찾는 여행객들이 익히 잘 아는 그 방식을 잊어버리지 않는 한 길을 잃을 염려는 없었다.

그들은 이곳 근무가 하루빨리 끝나기를 기다리고 있었다. 그들이 고독의 무게에 짓눌린 듯했기에, 나는 좀 더 남쪽에서 나를 기다리고 있을 고독을 떠올렸다. 그들이 이 해안의 유일한 주민은 아니었다. 어부들, 진짜 어부들이 낭떠러지 꼭대기 가장자리에 늘어선 다른 오두막들에서 살고 있었다. 거칠고 과묵한 그 주민들은 밧줄을 잡고서 암벽을 미끄러지듯이 내려와 바다로 나갔다가는 다시 밧줄을 당겨 올라가는 모양이었다. 두 병사가 그들을 농담조로 "신비로운 사람들"이라고 부르는 걸 보면, 그들과 왕래를 거의 하지 않는 것 같았다. 그들은 나를 하룻밤 재워주었다. 마침 그들에게 체스가 있어, 우리는 해변의 모닥불 빛 아래에서 판을 벌였다. 그들은 게임을 하면 늘 같은 사람이 이겨 재미가 없어졌다고 내게 말했다. 한데 이상하게도 이날은 늘 이기던 병사를 내가 이겼고, 또 영원한 패자이던 병사가 나를 이겼다.

어떤 연유로 해서 내가 그들에게까지 오게 되었는지가 그들의 호기심을 자극했다는 사실을 알아차리고서 나는 놀라지 않았다. 잠을 자기 전에 혼자 좀 걷기 위해 그들의 오두막을 빠져나왔다가 막 되돌아가려고 할 즈음, 뜻밖에도 내 귀에 분명 나를 화제로 삼아 하는 듯한 그들의 대화가 들려왔다. 걸음을 멈춘 나는 숨을 죽이고 귀를 기울였다. 아무리 봐도 내가 지체 높은 사람 같은데, 내가 겪는 이 모험이 하도 기괴해서 그들로서는 답을 구할 수 없는 많은 의문이 드는 모양이었다. 하지만 그렇다고 해서 그들이 이에 대한 해명을 요구할 권리라도 있는 양 감히 내게 직접 물어보기에는 좀 불확실하긴 해도 나의 신분이 그들에 비해 너무 높다고 판단한 듯했다. 그들은 내가 어떤 유명인과 닮았다는 생각에 빠져 있는 듯했는데, 그때쯤 그들의 목소리가 작아져 나는 그들이 하는 말을 더는 알아들을 수 없었다.

다음 날 아침, 그들은 타르파야는 해안 도로를 따라가는 게 좋다며, 그 길은 좀 더 남쪽, 약 이십 킬로미터 떨어진 곳에서 시작된다고 설명해주었다. 내가 굴리미네 이후부터 운전해온 내륙 도로보다는 덜 험하지만 군데군데 낭떠러지에 바싹 붙는 구간이 있어 몹시 주의해야 한다고도 했다. 그래서 해가 넘어가기 전에 목적지에 도착하는 것이 중요하다며, 행여 가는 도중에 밤이 되면 차를 세우고 바닷가에서 야영하겠다고 맹세하게 했다. 그 길을 찾으려면 내륙 쪽으로 차를 되돌려 다시 탄-탄으로 가는 길로 접어든 다음, 몇 킬로미터 가다가 우회전하여 바닷가로 이어지는 다른 부속 도로를 타고 드라 강 물줄기를 따라가야 한다고 했다. 나는 그들의 지침을 따랐고, 그것은 내게 아주 유익했다.

조난된 승무원을 맞이할 수 있을 정도의 항구가 전혀 없어, 오늘날에도 선원들이 거리를 두는 이 굴곡 없는 해안 군데군데에 다른 난파선들의 잔해가 있었다. 나의 운명에는 매정해도 끊임없는 다채로움을 선사하는 그 광경이 부단히 나의 시선을 사로잡았다. 어떤 난파선은 바닷가, 보석상자 같은 하얀 모래 속에 평화로이 놓여 있었지만, 다른 것들은 좀 더 깊은 난바다, 수면에서 보일락 말락 하는 암초에 걸려, 날마다 그들을 부수기 위해 되돌아오는 너울의 느린 체형에 시달리고 있었다. 여러 조각으로 부서진 난파선도 있었고, 체스의 패한 말들처럼 옆으로 뒤집힌 것도 있었다. 항해하던 옛날처럼 자랑스럽게 선체를 우뚝 세우고서, 다시 물에 띄워줄 기적의 조수潮汐가 도와준다면 언제라도 다시 출항할 준비가 된 듯한, 겉보기에 멀쩡한 다른 난파선들도 있었다. 그 난파선들의 해체에 신경 쓰는 이는 아무도 없었다. 그것들은 사람이나 무역에 전혀 방해되지 않는 데다, 그 고철값이 이런 외진 곳에서의 해체 작업에 대한 보상이 될 리 만무했다.

내가 타르파야 시에 도착한 것은 해가 거의 다 질 무렵이었다. 나는 시 입구, 해변 길가에 차를 세웠다. 앞으로는 무수한 바다 일몰을 아주 여유롭게 감상하게 되겠지만, 그날 내가 처음 본 그곳의 바다 일몰 광경은 오래도록 기억에 남을 것 같았다. 바다 저 멀리에 솟아오른 거대한 먹구름 떼 하나가 마치 산맥 같은 형상을 그리고 있었고, 그 뒤로 태양이 모습을 감추었다. 그러다 수평선에 걸린 그 구름 떼의 좁게 벌어진 틈에서 다시 시뻘건 불꽃들이 잠시 일렁이는가 싶더니 곧 꺼져버렸고, 차츰 밤이 자리를 잡았다. 나는 거처로 지정받은 스페인 소보루小堡壘의 흰 장벽을 이미 식별해 두고 있었다.

5

타르파야! 사막과 대양의 변경에 자리 잡은 작은 도시, 추방자를 맞이하여 그의 마지막 야심마저 말려버림으로써 그의 오만에 대한 대가를 치르게 하기에 이곳보다 더 좋은 곳은 이 지상 어디에도 없을 것이다. 바람이 쉴새 없이 불어 대는 곳, 습하고 서늘한 북서풍인 무역풍과 눈과 목을 괴롭 히는 미세 모래알을 가득 머금은 건조하고 뜨거운 남동풍 셰르기가 계절에 따라 교차하면서, 메마른 땅 위로 겨우 몸 을 세운 드문드문한 몇 그루 관목을 비굴하게 구부러뜨리 는 곳이다. 지금은 바다 쪽으로 뻗어 나간 거대한 댐을 볼 수 있지만, 이 작은 도시에 비해 터무니없이 거대해 보이는 그 댐은 당시에는 아직 건설되지 않았다. 매일 저녁 보잘것 없는 소규모 어선은 맨손으로 줄을 당겨서 대고 제일 큰 보트는 낡은 트랙터를 이용해 끌어올리는 이 작은 항구를 카나리아 제도와 연결하는 선로를 구축한다는 건 당시만 해도 누구도 상상하지 못한 일이었기 때문이다. 기어코 이런 외진 곳까지 찾아온 여행객의 시선을 끌 만한 건물이라면 모래사장을 굽어보는 요새화한 저택 까사 델 마르뿐이었다. 만조가 되면 거대한 모래성 같은 외딴섬이 되는 이 성채는 밤이 되어도 파도에 삼켜지지는 않지만, 밀물과 썰물에 매일같이 서서히 침식당하고 있었다. 1920년대에 무명의 생텍쥐페리가 기항지의 대장으로 일했던 옛 항공우편 기지가 버려진 장소와 상징을 좋아하는 일부 관광객들의 관심을 끌 수도 있었을 테지만, 아직 그런 시대는 도래하지 않았다.

내가 이곳에서 가장 먼저 만나보아야 할 사람은 압데레자크 함무디라는 초등학교 교장이었다. 그는 학교 문제와 관련하여 나의 주된 대화상대가 될 사람으로, 내가 받은 임무 지침에는 "필요할 경우" 나에게 봉사하도록 그를 징발할 수 있다는, 말하자면 그를 나의 조수로 간주해도 좋다는 내용이 포함되어 있었다. 내가 도착한 날 저녁, 그는 주 광장의 가로등 아래에서 나를 기다리고 있었다. 그는 나를 몹시 따뜻하고 친절하게 맞아주었다. 아마 그도 나의 임무가 순전히 그저 하나의 유배 같은 것임을 금방 깨달았을 테지만 어쨌든 그는 국왕과 그렇게 가까웠던 사람은 한 번도 만나 본 적이 없었다. 그는 나에게 요지부동의 공경심을 품었고, 점차 우리 사이가 친밀해진 뒤에도 그런 마음을 버리지 않았다. 고맙게도 그는 나의 처지를 동정하는 듯했지만, 거기에는 추방 동기에 대한 일말의 의구심이 내포되어 있었다. 그는 체스 게임의 탁월한 파트너였다. 우리는 질리지도 않고 무수히 많은 판을 두었다. 그는 왕보다 더 잘 두었으나, 나는 절대 그런 말을 해주지는 않았다. 아마 그는 그런 찬사를 불경죄라도 되는 양 두렵게 받아들이며, 사람들이 어째서 이 미치광이를 자신의 도시로 유배시켰는지 깨닫게 되었을 것이다. 게다가 그는 빠트리지 않고 이를 상부에 보고도 할 터였다. 이 초등학교 교장이 자신이 맡은 일 외에 좀 더 은밀한 역할도 한다는 것쯤은 전문가가 아니어도 능히 짐작할 수 있었다. 나는 그의 반감을 사지 않으려고 그의 감시에 대해 전혀 아는 체하지 않았다. 앞으로 우리가 많은 시간을 함께 보내야 할 게 분명한 만큼, 우리 관계가 표면적으로는 최상의 관계로 보이는 게 나으리라고 판단했다. 하지만 나는 경험을 통해 알고 있었다. 만약 내가 언젠가 공식 소환을 받지 않은 채로 어느 비행기에 오르려 한다면 함무디 씨가 나를 만류하리라는 것을, 처음에는 최대한 예의를 갖춰서 만류하겠지만 그게 안 통하면 좀 더 강경한 수단을 동원하리라는 것을 말이다. 그 힘이 어느 정도인지 직접 경험해 보고 싶지는 않았다.

나는 불과 3년 전만 해도 스페인 주둔군이 점거하고 있던 소보루에 거처를 잡았다. 나는 내가 머물 감옥의 지킴이인 동시에 유일한 수감자였다. 나는 사령관의 방을 선택하는 호사를 누렸다. 교장은 학교 기자재실에서 의자와 책상 하나를 빼내 그 방에 가져다 두었다. 그것은 잉크 자국이 묻은 어린이용 나무 책상으로, 그가 찾아낸 가장 큰 책상이었다. 그는 당혹스러운지 거듭 사과하고는 성인용 책상을 구하는 즉시 가져다주겠다고 약속했다. 그는 자신도 이곳으로 온 지 얼마 되지 않았고, 영토회복 운동 이전의 타르파야에는 거의 아무것도 없었다고 말했다. 그가 너무도 진심으로 미안해하는 듯해 나는 그의 그런 사정 이야기에 의문을 품지 않았다.

곧 나는 교장의 소개로 이 도시 최연장자라는 이브라힘 카타니라는 노인을 알게 되었다. 그의 정확한 나이는 수수께끼였다. 두 눈동자는 아주 맑았지만 그리 잘 보지는 못했다. 하지만 기운 없는 목소리에도 불구하고 그의 말주변은 신기하게도 주변 사람들의 귀를 사로잡았다. 그는 쥐비 갑

岬이라 불리던 타르파야에서 복무할 당시 생텍쥐페리를 알았던 사람이었다. 나는 그를 처음 만났을 때부터 그때 얘기를 들려달라고 부탁했고, 그는 기꺼이 내 부탁을 들어주었다. 약간의 스페인어 억양이 인상적이었다. "그는 줄담배를 피웠습니다. 책을 한 권 썼고요. 아프리카 여우 한 마리를 키웠습니다. 어머니에게 편지를 많이 썼는데, 편지에서 그는 자신이 수도승처럼 살고 있고, 막사와 바다 사이 20여 미터를 산책하는데, 그보다 멀리 가면 총알 세례를 받거나 사로잡힐 위험에 노출된다는 등의 얘기를 들려주었지요. 그는 소보루 주위에 온통 철조망을 매설한 스페인 사람들과 함께 살았습니다. 그는 수도승처럼 살았지만 가까이 지낸 이들은 진짜 수감자들이었어요. 당시 항공우편 막사는 군 감옥으로 쓰이던 스페인 요새에 붙어 있었죠. 프랑스 사람들은 이따금 억류된 그 군인들과 함께 시간을 보냈어요. 카드놀이, 주사위 놀이, 오슬레 놀이 등을 했었지요. 밤에는 낡은 축음기에 음반을 돌리곤 했고요.

생텍쥐페리와 유목민의 관계는 나쁘지 않았습니다. 내가 그를 도와주었죠. 가끔 비행기가 고장나 비행사들이 쥐비 갑 기지에서 멀지 않은 사막에 어쩔 수 없이 비상착륙 하는 일이 있었어요. 그러면 상처를 입거나 성한 몸으로 무어족에게 사로잡혔는데, 생텍쥐페리가 그 부족의 우두머리를 만나러 가서 그들의 방면을 협상해야 했습니다. 그런 임무로 제가 그를 수행하곤 했었지요. 때로는 유목민들보다 먼저 그들을 찾겠다는 희망을 품고, 직접 비행기를 몰고 좌초한 비행사들을 찾아 나서기도 했는데, 활주로가 없는 상태에서 모래 위 착륙할 만한 장소를 찾느라 사막 위를 선회하곤 했답니다. 참 좋은 분이었습니다. 그가 귀국하게 되자 프랑스 사람들은 쥐비 갑에서 한 그의 선행을 기리기 위해 그에게 메달을 수여했죠. 그는 이렇게 말하곤 했습니다. *여기 사람들은 정원사가 봄을 기다리듯 새벽을 기다린다.* 그는 쥐비 갑에서 3년을 보냈습니다. 참 많은 일을 했어요. 그래도 제 생각에 그는 떠나는 걸 기뻐했을 겁니다."

이브라힘 노인은 서부 사하라 민족 고유의 이름이 없었고, 사막 부족들에 대해 말할 때 자신은 거기 출신이 아닌 것처럼 말했다. 어느 날 나는 함무디 씨에게 노인이 예전에 어떻게 이 타르파야로 오게 되었는지 물어보았다. 그는 이렇게 대답했다. "선생님, 그건 하산 1세 때의 일인데요, 어떤 이유로 그가 이곳으로 오게 되었는지는 모릅니다. 영국인들이 떠난 후, 스페인 사람들이 다시 이 지역을 통치하기 전의 일이긴 한데 말이죠." 나는 이 교장에게 하마터면 화를 버럭 낼 뻔했다. "그게 무슨 말이죠, 압데레자크? 하산 1세는 1894년에 서거하셨는데. ─ 예, 선생님. 하지만 이브라힘 노인은 아마 백 살은 되었을 거라고들 합니다. 그가 이곳에 왔을 때는 아주 젊었었고요. 그는 술탄과 아는 사이였고, 왕께서 그를 이곳으로 파견했다고 합니다. 까사 델 마르가 그의 거처였는데, 당시에는 폐허 상태가 아니었어요. 영국인들이 그 저택을 세운 지 얼마 지나지 않았을 때였죠. 아직 멋진 저택이었습니다. 그는 총독 같은 신분이었는데, 아마 대운하 건설 계획을 숙고했을 겁니다. 영국인이 떠난 후 술탄은 그 일을 프랑스 회사에 맡길 생각을 했으니까요. 그 계획은 영원히 실현되지 못했습니다. 그 후 이 지역을 통치한 건 스페인 사람들이었죠."

교장 선생과 이브라힘 노인을 통해서 나는 타르파야 해외상관을 책임졌던 영국인이 까사 델 마르를 건설했고, 이 연안에 운하를 파서 사하라 북서부 지역, 지면이 해수면보다 훨씬 낮아 과거에 물에 잠긴 시기가 있었을 것으로 추정되는 사막 지대에 거대한 인공 바다를 만들 생각을 했다는 사실을 알게 되었다.

나는 사람들이 나를 희롱하려고 작당하여 70년이 넘는 세월을 이 유배지에서 보낸 선임자를 한 명 꾸며냈다는 생각이 들었다. 게다가 몇 가지 지표를 통해 곧 나는 이 이브라힘 노인이 하산 1세의 신임 잃은 고문관이 아니라 스페인 군대의 보충병이었던 게 아닐까 하는 의심을 하게 되었다.

나는 이 함정에 대한 뒤집기를 시도했다. 합법 영토의 변경에서, 지난 세기말에 구상되었다가 버려진 이 위대한 사하라 바다 계획의 재추진을 왕에게 제안해볼 생각을 한 것이다. 나는 "위대한 모로코 해양국"이라 이름 붙일 수 있을 이 계획, 광범위한 국제적 협력 없이는 탄생하기 어려운 그런 공사판을 그렇게 아주 노골적으로 우리 소유로 한다는 건 시의적절하지 않은 일인 만큼, 단지 비공식적인 방식으로, 요컨대 은밀한 방식으로만 허용될 수 있을 이 계획에 대한 별난 보고서 초안을 끄적거려 보았다. "폐하, 소신은 폐하의 통치에 걸맞은 한 가지 야심 찬 공사 계획에 대해 폐하의 주의를 촉구하고자 합니다. 폐하의 왕국의 기치 아래 이루어질 사하라 바다 공사장의 재탄생은 그 지역 열강들의 평화 관계를 고정하는 성격의 것이라 할 수 있으며, 게다가 이 방대한 계획은 각국의 경제 성장에 유리한 국면을 창출할 것입니다. 새롭게 조성되는 이 수역은 특히 우리 이웃인 알제리 국민에게 그들이 갖지 못한 해양 진입로를 제공하게 될 터인바(알제리 남서부 지역이 물에 잠길 텐데, 그 규모는 면밀한 사전 연구를 통해 규명해야 할 것입니다), 그들이 분명 그 운하 입구를 탐내겠지만 통제권은 우리가 갖게 되지요, 등등."

하지만 나는 그저 내 기분을 풀어주는 것 외에 다른 효과를 내지 못할 이 농담을 감히 왕궁으로 보낼 배짱은 없었고,

그래서 모든 흔적을 없애버렸다. 그 사이 우리 군인들이 알제리 공화국 군인들과 싸운 단기간의 "모래 전쟁"이 이 농담을 더욱 씁쓸하게 만들었다. 어느 날 밤, 나는 그런 대담함에 대해 경고하는 듯한 꿈을 꾸었다. 어쩌면 바로 그것이 내 실총의 원천이었음을 짐작하게 하는 꿈이었다.

나는 왕과 함께 바닷가에 있었다. 우리는 아주 긴 해변을 걷고 있었는데, 타르파야 해변과 비슷했으나 좀 더 매력적이었고, 모래도 하얬고, 기슭은 소나무들로 수놓아져 있었다. 그것은 꿈에나 등장하는 상상의 풍경이었다. 빛이 아름다웠다. 나는 그것이 하루 중 몇 시쯤에 해당한다고 말할 수 없었다. 내가 기억하는 건 왕이 평소에 자유로운 복장이라고 부르던 옷차림 중 하나인 초록색 폴로 셔츠와 베이지색 바지를 입고 해수욕용 신발을 신었다는 것이다. 우리는 다정하게 얘기를 나눴다. 한 번도 그렇게, 콜레주 루아얄 시절에도 그렇게 다정했던 적은 없었다. 나는 큰 기쁨을 느꼈다. 왕은 바다를 마주하고서 걸음을 멈추었다. 바다를 바라보다가, 내 쪽으로 돌아서서는 공모의 징표처럼 여겨지는 미소를 보이며 말했다. "영원한 공간의 무한한 침묵이라…." 그러고는 뭔가를 앙갚음하려는 듯, 톡 쏘는 듯한 어조로 덧붙였다. "이건 파스칼이 한 말이지, 그렇지 않은가?" 지금껏 왕이 보여준 친근한 태도에 대담해진 나는 시선을 의기양양하게 수평선에 고정한 채, 무례임을 미처 생각지 못하고서 대답했다. 파스칼이 한 말이 분명하지만, 단어들의 순서가 좀 다르다고. 원래는 "무한한 공간의 영원한 침묵"이라고.

그러고는 왕 쪽을 돌아보자, 그는 이미 사라지고 없었다. 나는 내가 방금 범한 불경죄에 가슴 졸이며 한시라도 빨리 그를 되찾아 참회의 뜻을 밝히고자 했다. 해변 풍경이 급변했다. 더는 바다가 보이지 않았다. 나는 망연자실하고 말았다. 체스판의 거대한 말들이 모래밭에 박혀있었다. 길이나 익숙한 지표를 찾아 앞으로 나아가면 갈수록 말들의 수가 불어나고, 일 드 파크의 조상彫像들처럼 높아졌다. 어느 말 뒤에선가 함무디 씨가 나타났다. 그도 왕처럼 초록색 폴로셔츠를 입고 있었기에, 어디로 가면 왕을 찾을 수 있는지 그가 알고 있으리라는 생각이 들었다. 그는 나더러 따라오라고 했고, 그의 행동에서 나는 그가 생각한 '왕'은 사람을 가리키는 것이 아니라 저 거대한 말들 가운데 하나를 가리키는 것임을 깨달았다. 그는 의심의 눈길로 광인과 기사들을 탐색하듯 살펴보았는데, 마치 왕이 그들 속에 몸을 숨기고 있다고 여기는 듯했다. 그가 말했다. "이따금 몸을 숨기시거든요. 왕이 늘 사람들이 왕이라고 믿는 분은 아니랍니다." 그는 단호한 태도로 빠르게 걸어갔다. 평소보다 덜 뚱뚱해 보였다. 그는 내가 이해할 수 없는 언어로 혼잣말을 중얼거리며 아주 규칙적으로 입에서 이상한 소리를 냈다. 나는 그 소리가 사람들이 개를 부를 때 내는 호출 소리 같은 것임을 깨달았다.

나는 잠시 한눈을 팔다가 체스판의 숲에서 나를 안내해 주던 그의 자취를 놓쳐버렸다. 두 말 사이에 얼핏 사람 그림자 하나가 지나가는 듯해서 교장에게 저쪽을 살펴보고 올 테니 잠시만 기다려달라고 했더랬다. 그렇게 잠시 옆길로 샜다가 돌아와 보니―내가 예상한 대로 아무런 소득 없이―이미 그는 모습을 감춘 뒤였다. 나는 잠시라도 그를 놓치면 더는 그를 되찾지 못하리라고 예감하고 있었다. 그런데도 그런 바보 같은 짓을 해서 이제 체스의 말들 속에 혼자 남게 되었다. 처음에는 그 말들이 색칠한 나무로 되어있었으나 지금은 돌로 변해있었다. 이제 더는 흰색과 검은색이 아니라 돌의 잿빛이었다. 나는 시원한 물이 발에 와 닿는 것을 느꼈다. 바닥이 온통 물에 잠겨 있었다. 어디가 기슭인지는 여전히 알지 못했으나, 매끄럽고 무한한 바다 한가운데에서 헤엄을 치고 있는 내 모습이 보였다. 내 주위, 사방의 수면에는 말들의 큼지막한 둥근 머리만 솟아올라 있었다. 갑자기 하늘이 흐려지고, 바람이 불고, 파도가 일었다. 나는 추위를 느꼈고 점점 더 세차게 흔들렸다. 돌로 된 공들 중 하나에 매달리려고 했지만, 돌 공은 계속 커져서 품에 껴안을 수 없게 되었다. 곧 그것은 더는 손으로 붙잡을 곳을 찾을 수 없는 거대한 암벽이 되어버렸고, 나는 밀려드는 파도 때문에 매 순간 점점 더 격렬하게 그 암벽에 부딪혔다. 바로 그때 나는 화들짝 잠이 깼었다. 활짝 열린 큰 창문이 덜컹거리고 있었다. 비를 머금은 차가운 세찬 서풍이 책상 위의 종잇장들을 날려 보냈고, 나는 급히 그 종이들을 다시 주웠지만 그중 일부는 뿌려진 물방울들로 인해 군데군데 글자를 알아볼 수 없게 되어버렸다.

내 꿈의 원천을 분석하는 건 어렵지 않은 일이었다. 왕이 프랑스의 고전적인 저자들, 특히 파스칼의 말을 즐겨 인용한다는 건 이미 오래전부터 널리 알려져 있었다. 왕은 파스칼을 특히 편애하여 종종 그가 쓰지 않은 문장들을 그의 문장인 양 인용하곤 했다. 백성은 그의 그런 실수를 알아채지 못하고서, 프랑스인들에게 보란 듯이 내세울 만한 박식한 군주를 가졌음을 자랑스러워했다. 식자들은 그런 실수를 간파했으나, 그것에 웃음을 터뜨린다는 건 언감생심이었다.

왕은 즉위 후에 가진 어느 프랑스 언론과의 인터뷰에서, 뷔퐁이 한 유명한 말 "문체는 바로 그 사람 자체다"를 인용하며—무슨 이야기 중에 나온 말인지는 기억나지 않지만—그것이 파스칼이 한 말인 양 말했다. 글로 옮겨 적은 인터뷰 내용을 보고 당황한 파리의 신문사 편집국장이 왕궁으로 전화를 걸었다. 그래서 이 문제는 왕의 귀에까지 들어 갔고, 왕이 교육부의 내 사무실로 직접 전화를 걸었다. 그는 내게 뷔퐁의 위 문장과 비슷한 파스칼의 문장을 아는지 물어보았다. 나는 당장은 그런 문장이 전혀 머릿속에 떠오르지 않지만, 집에 돌아가는 즉시 파스칼의 《팡세》를 서둘러 다시 읽고 그의 소망에 부응하도록 애써보겠다고 말해주었다. 그러면서도 나는 왕에게, 그냥 저자의 이름을 수정하는 편이 한결 더 간편하지 않겠느냐고 물어보았다. 그러자 왕은 나의 조언에 감사를 표하고는, 아마 소득도 없을 텐데 그렇게 오래 뒤지는 수고는 하지 말라고 했다. 나에게는 해야 할 여러 가지 중요한 과업이 있으니 그런 일에서 손을 떼라는 것이었다. 그리고 나서 그는 전화를 끊었다. 그의 목소리에 약간의 짜증 기가 어려 있었으나 그것이 무엇 때문인지 나는 이해하지 못했다.

솔직히 고백하건대 나는 이따금 온갖 유명 인용구들을 엉터리로 블레즈 파스칼의 말로 돌리는 왕의 이러한 성벽을 내심 즐기기도 했다. 하지만 내가 누군가에게 그런 속내를 드러낸 적은 전혀 없다. 아무리 기억을 더듬어보아도 그런 실수를 범한 치명적인 순간은 찾을 수 없었다. 얘기에 열을 올리다가 우연히 그런 말을 내뱉었을 만한 순간도 없었고, 어떤 사람 앞에서 위험을 무릅쓰고 그런 무분별한 속내를 털어놓는다거나 기억나지 않는 어떤 착란이나 도취 상태에서 그랬을 만한 순간도 없었다.

이따금 3, 4급 조신들이 나를 방문하곤 했다. 그들은 이런 극지까지 와서 내게 동정을 표하며, 암암리에—어느 정도는 악의에서—나의 실총과 자신의 건재를 과시했다. 미래의 왕을 제자 중 한 명으로 꼽던 보르도 대학의 한 법학 교수, 왕궁에서 열린 여름 가든파티 때 궁중에 초대된 프랑스 늙은이들 무리에서 그 으스대는 모습을 나도 몇 번인가 본 적 있는 그가 어느 날 프로펠러가 달린 경비행기를 타고 와 이곳에 내렸다. 어떤 아리송한 임무를 부여받긴 했으나, 그는 그 임무를 왕처럼 대접받게 될 휴가를 정당화하는 구실쯤으로만 여겼다. 그가 가장 먼저 물어본 것은 바다로 가는 길이었다. 그는 자신이 파견된 장소에 대해서는 굳이 알아볼 필요가 없다고 판단한 모양이었다. 그의 환상은 곧바로 깨어졌다. 야만인들 틈에 떨어진 위대한 프랑스 영주인 양 거들먹거리며, 경멸하는 태도로 나를 잔뜩 주눅 들게 하던 그는 섣부르게도 이번 여행을 자신이 받는 보상으로 여겼으나 사실은 바로 그 자신이 우롱의 대상이었음을 깨달았다. 그는 이 도시의 두 여인숙 중 이가 덜 끓는 여인숙에서 며칠 밤을 보내야만 했다. 비행기는 착륙 직후부터 움직일 수 없는 상태가 되어있었다. 베일에 싸인 어떤 '정비' 작업을 받아야 한다는 게 이유였으나, 그 필요성은 방문객에게 부과된 이 재난 시나리오에 이미 포함되어 있었던 게 분명했다. 사람들 짐작대로 분명 방문객은 최대한 빨리 비행기가 이륙하기를 요구할 테니 말이다. 나는 그가 시간을 어떻게 보냈는지 모른다. 그의 이 강제 체류가 끝나던 날, 나는 의무를 다해 동이 트는 이른 시각에 활주로까지 그를 배웅해주었다. 마음 한구석에는 짓궂은 생각도 없지 않았다. 배웅하는 나의 존재 자체가 그에게, 도착 당시 그가 그토록 좋지 않게 보았던 나 같은 실총자들의 반열에 그 자신도 들게 되었음을 잔인하게 상기시켜주리라고 생각했기 때문이었다. 나는 그가 자신에게 닥친 불운의 전말顚末과 알 수 없는 그 원인에 대한 출구 없는 사념들에 골몰하다 지쳐 일그러진 얼굴로 떠나는 모습을 지켜보았다. 헤어질 때 나는 그에게―돌아가서 혹시 폐하를 뵙는 영예를 누리게 된다면―타르파야와 합법 영토에 교육 기반을 구축하는 작업이 "순조롭게 잘 진행"되고 있다고 꼭 좀 전해주시라고 당부했다.

계절이 거듭 바뀌었다. 빈 시간을 채워야만 했다. 꾀 많은 교장과의 체스 시합이 비록 뽐낼 만한 매우 높은 수준이었다고 해도 그것만으로는 충분치 않았다. 나는 이따금 한 어부를 따라 바다로 나가곤 하면서 그와 친해졌다. 그가 자기

배를 쓸 수 있게 해준 덕에 나는 건강을 유지하고자 해안 언저리에서 혼자 노를 젓곤 했다. 곧 나는 마을 어린이들을 위한 수업도 개설했다. 아주 어린 녀석들에게는 읽기와 쓰기 공부를 도와주었고, 제일 큰 녀석들에게는 역사의 개념들을 가르쳤다. 자랑하려고 하는 말은 아니지만, 타르파야에 큰 항구가 갖춰져 이곳을 찾는 여행객들이 남쪽으로 활짝 열린 길을 따라 여행을 계속할 수 있게 된 지금, 이곳 주민 중 일부가 그 낯선 방문객들에게 세 왕의 전쟁 이야기를 다른 누구보다 더 잘 설명할 수 있게 된 데는 아마 오래전에 해준 나의 수업이 조금은 도움이 되었을 것이다.

어느 날 깨닫게 된 사실이지만, 내가 그 수업에 쏟는 관심이 함무디 씨에게 깊은 인상을 남겼는지, 그는 나의 임무가 본래의 공식적인 목표를 잃고 바뀌어버린 게 아닐까 하는 생각을 한 모양이었다. 앞으로 내가 겉으로 전혀 드러나지 않게 이 고독한 오지에서 하게 될 일은 콜레주 루아얄의 왕자나 공주와 같은 학급에 들어갈 만한 재능 있는 아이들을 폐하의 이름으로 탐색하는 게 아닐까 하는 생각을 한 것이다. 그런 생각이 그의 머릿속에서 움터 하나의 소문이 되어 빠르게 퍼져나간 건 내가 이곳에 온 지 어느덧 5년이 되었을 때였다. 내가 이곳에 있는 이유가 새삼 정당화되었다.

타르파야 주민들과 나의 관계에서, 오랫동안 잊혔던 존경의 표현이 다시 나타났다. 당시 우리는 다방면에 조숙한 재능을 보이는 여자아이를 한 명 알고 있었다. 네 살 난 어린 공주가 학교 공부를 시작할 때 같이 공부를 할 만하다고 생각되는 아이였다. 나는 콜레주 루아얄 행정실에 이 여자아이의 장점들을 알리는 데 앞장섰다. 하지만 교장의 상상과는 달리, 이에 대한 어떤 지침이나 위임도 받지 못했다. 아이의 부모는 이 도시에 하나뿐인 담배 소매점을 운영했다. 그런 절차를 밟아야 한다고 그들을 설득하는 게 쉽지는 않았다. 그들 앞에는 나라는 선례가 있어서였다. 나는 그 학교 출신으로, 왕이 자신의 시야에서 최대한 멀리 떼어놓는 것이 좋겠다고 판단할 수 있을 만큼 충분히 잘 알고 지냈을 것 같은 사람이니 말이다. 하지만 내가 왕궁 쪽으로 한 교섭은 무위로 돌아갔다. 우리는 오랫동안 대답을 기다렸지만 어떤 대답도 없었다. 이 도시 사람들이 내게 보여주던 신뢰도 줄어들었다. 그들이 내게 그런 불가사의한 능력이 있는 줄 알고 더해놓았던 것보다 더 많이 줄어들었다.

어느 날 저녁, 나는 모래사장을 걷고 있다가 문득 세르토리우스 장군을 주인공으로 하여 극 작품을 한 편 써보면 어떨까 하는 생각을 했다. 그는 고대 로마의 여러 위인 중에서, 로마 제국 당시 마우레타니아 팅기타네로 불리던 이곳에서의 여러 가지 모험 때문에 모로코와 가장 관련이 깊은 인물인 것 같았다.

이 스페인 속주 장관은 마리우스파에 속해 있다가, 술라가 마리우스를 물리치고 독재자가 되자, 카르타헤나에서 배를 타고 아프리카로 피신해야 했다. 그 후 마우레타니아에서 그는 로마가 파견한 군대를 물리치고, 팅기스, 즉 현재의 탕헤르를 중심으로 왕국을 수립했다. 이 나라 주민들은 그의 통치를 반겼지만, 루지타니아 대사가 찾아와 로마에 대한 투쟁을 도와달라고 간청하자 그들을 떠나 스페인으로 되돌아갔다. 군인 생활을 좋아한 데다 숙적들을 몰아내고 로마로부터 이 반도 일부를 재정복한다는 희망으로 그는 마우레타니아에서 조용히 여생을 보낸다는 생각을 떨쳐버리고 다시 배에 올랐다. 그는 어렵지 않게 스페인 땅의 주인이 되었다. 루지타니아 사람들은 그를 신처럼 떠받들었다. 그는 백성들이 그에게 선물한 흰 사슴 한 마리를 항상 데리고 다녔다. 언제나 왕에게 최고의 조언을 할 수 있다고 믿어 그들이 신성시한 동물이었다. 그들에게 그는 로마인들의 군율을 가르쳤고, 그들을 위해 원로원을 구성했다. 그리고 지중해 전역을 무대로 활동하던 킬리키아 해적들, 시트 인들의 위대한 왕 미트리다테스, 이탈리아에서 봉기한 노예들 등과 동맹을 맺었다. 로마 최고의 두 장수 메텔루스와 폼페이

우스가 그를 굴복시키려고 애썼지만 실패했고, 그러다 그는 휘하 장수였던 페르페나의 배신으로 어느 연회 자리에서 암살당했다.

코르네유는 《세르토리우스》라는 비극 작품을 썼는데, 거기에는 다음의 유명한 시구가 나온다.

이제 로마는 로마에 있지 않다. 내가 있는 바로 이곳에 있다….

나의 극 작품은 알렉상드랭(12음절)으로 쓰이지 않았고 고전 비극 장르의 불문율인 3 단일의 규칙 — 시간·장소·사건의 일치 — 도 따르지 않았다. 나는 카이사르의 《크리스토프 왕의 비극》과 클로델의 《황금 머리》를 모델로 삼았다. 역사적 사실성에 관해서는 코르네유보다 더 많은 변형을 기했는데, 그것은 플루타르크 영웅전의 다음 에피소드에서 얻은 착상이었다. 세르토리우스는 아프리카로 가는 배에 오른 항구에서 시리아 선원들을 만났다. '행복의 군도群島'에서 귀환 중이던 그 선원들은 그곳에서 상상조차 할 수 없는 최고로 행복한 나날을 보냈다고 말했다. 그 군도는 분명 오늘날의 사람들이 카나리아 군도라고 부르는 곳으로, 타르파야에서 겨우 육십 마일밖에 떨어지지 않았다. 플루타르크에 의

하면 세르토리우스는 로마인들이 찾으러 오지 않을 그 군도로 가기를 망설였으며, 전쟁을 계속하는 편을 선호했다. 하지만 나의 극에서 세르토리우스는 스페인이 아니라 마우레타니아에 정착하여, 현재의 모로코와 크기가 엇비슷한 영토의 왕이 되었다. 이곳에서 그는 정의로우면서도 보기 드물게 온건한 정부를 구성했다. 어느 유목민 수장과 싸우기도 했지만, 다른 한 수장이 그를 군주로 인정하고는 자신의 동맹들도 그렇게 하도록 이끌었다. 하지만 세르토리우스를 파멸시키기로 맹세한 로마는 계속 그를 추적하면서 그에게 적대적인 유목민들을 후원했다. 그는 남쪽으로 후퇴하여 지금의 타르파야에 본거지를 두고 오랫동안 버텼으나, 결국 궁지에 몰리자 마지막 남은 부하들과 함께 허술한 선박들을 타고 '행복의 군도' 쪽으로 도주했다. 그 풍요와 평화의 군도로 향해 가던 그가 지상 낙원을 찾았는지, 아니면 좌초하여 결국 죽음의 문턱을 넘고 말았는지는 알려지지 않았다.

내가 교장에게 내 작품의 그런 내용을 읽어주자, 교장은 나에 대한 자신의 깊은 충성심과 비상한 애착을 강조하면서, "불온한 책들"로 괜히 내 평판을 위태롭게 하지 말라고, 폐하께서 내게 맡긴 임무를 소홀히 하지 말라고, 알라신의 영광스러운 왕가가 내게 베푼 후의, 신의 뜻으로 내가 입게 된 그 후의를 저버리지 말라고 권고했다. 정치적 색채를 띤 내 극의 일부 대화가 그에게 충격을 준 게 분명했다. 그런 말들을 일절 삼갈 뿐 아니라 감히 그런 얘기를 떠벌리는 사람들을 감시하는 데 익숙해진 그의 정신에 말이다. 나는 결코 반란의 인물인 세르토리우스 장군과 나를 동일시한 게 아니라고 항변했지만, 그가 틀린 것도 아니었다. 사실 이따금 타르파야를 영원히 떠날 수 없을 듯한 절망감에 사로잡힐 때, 나는 어느 고기잡이배에 돛을 달아 순풍을 타고 카나리아 군도 쪽으로 항해하는 꿈을 꾸거나, 아니면 사막 쪽으로 달아나서 기적적으로 어느 반란 부족의 수장이 되거나 하는 꿈을 꾸곤 했으니 말이다. 두말할 필요가 없는 일이지만, 그런 꿈을 실현할 생각은 추호도 없었다.

내가 유목민들과 가진 몇 차례 만남은, 바로 그 시기부터, 사하라 남부 영토의 재정복이 지금도 여전히 그 지역을 통치하고 있는 스페인 사람들이 떠난다고 해서 완성되는 게 아니라는 것을 예감케 했다. 나는 이 같은 직관의 이유를 명시한 종합 의견서를 작성해보다가, 나의 임무가 마침내 타당성을 찾았다는 생각을 하게 되었다. 어쩌면 이 의견서가 그것을 흥미롭게 여길 어느 고문의 책상 위에 놓이게 되어, 어느 날 나를 다시 왕궁으로 소환하는 결과로 이어지지 않을까 하는 기대가 이따금 뇌리를 스쳤다.

6

타르파야에 추방당한 지 7년의 세월이 그렇게 흘러갔다. 왕을 알현하지 못하고, 왕에게서 어떤 메시지도 받지 못한 채 긴 세월이 흐른 어느 날, 나와 일면식도 없는 왕궁의 한 젊은 고문이 내게 전화를 걸어, 내가 폐하를 알현하도록 소환되었다는 소식을 전했다. 나는 이 접견이 어쩌면 나의 실총에 종지부를 찍을지도 모른다는 희망을 품지 않을 수 없었다. 소형 비행기 한 대가 특별히 나를 찾아 날아왔다. 내 방의 낡은 거울에 비친 텁수룩한 내 모습을 보면서, 나는 그간 궁정의 관례며 치장 습관을 잊어버리지 않았을지 염려되었다. 오직 단 한 가지에 대해서만 우쭐할 수 있었는데, 그것은 바로 내가 첫 시도에서 넥타이를 매는 데 성공한 일이다. 내 마음에 드는 방식으로, 즉 사람들이 가장 많이 권하는 매듭이자 가장 단순한 매듭을 지어서 말이다. 그렇게 나는 나의 운명을 낙관하며 떠나갔다. 내가 불안해한 것은 바로 나 자신, 나의 몰골과 나의 몸짓과 나의 말들뿐이었다.

왕궁 안으로 몇 걸음 들어서자마자 목단나무 향기가 마치 마법처럼 아주 오래된 옛 추억들을 내게 전해주었다. 왕은 그 향기를 너무도 좋아하여 향로를 든 하인들을 상시 교체하곤 했다. 나는 아주 신속하게 알현실로 안내되어, 예전에 내가 알던 고문들을 다시 보고 자시고 할 겨를이 없었다. 내가 들어서는 순간 우프키르 장군이 밖으로 나왔다. 그는 내게 인사를 하고는 걸음을 늦추지 않은 채, 아주 잠깐 미소를 보냈다. 그는 누가 이미 자동차 문을 열어놓고 대기 중인 긴 자동차에 서둘러 탑승해야만 하는 듯했다. 나는 아주 오랫동안 그의 선글라스와 천연두 자국이 있는 얼굴을 보지 못했다. 모로코 왕국 곳곳에서, 심지어 남부의 지방들에서까지도, 이제 그가 많은 권력을 갖게 되었으며 왕과 떨어질 수 없는 사이이고, 모든 문제에 대해 왕의 상담역을 한다는 얘기가 돌았다. 거의 알아보기조차 어려울 만큼 미미하긴 했으나, 나는 그의 미소를 좋은 조짐으로 해석했다.

사람들이 벽을 따라 놓인 한 벤치를 가리키며 거기에 앉아 기다리라고 했다. 고개를 오른쪽으로 돌리면 볼 수 있는 단 위에 왕관이 하나 놓여 있었다. 나는 폐하께서 입장했을 때 내가 하게 될 몸짓과 말들을 생각해보았다. 나는 그의 오른손 손등과 손바닥에 열렬히 입을 맞출 것이다. 그의 통치가 물심양면으로 펼치고자 하는 대망이 내가 비천한 사절로 있는 그 먼 오지에서도 여실히 느껴진다고, 폐하의 명을 받들어 행하는 교육 기반 구축 계획이 연안의 어부들에게 희망과 활력을 불어넣고 있다고 말할 것이다. 궁중 언어는 그리 빨리 잊히지 않는 모양이었다. 이렇듯 내가 "물심양면으로" 같은 문구로 불안하리만큼 쉽게 초를 칠 수 있으니 말이다! 확신하건대, 왕은 이 문구를 마음에 들어 할 것이다. 들레 선생이라면 자신이 아끼는 "허풍기 묻어나는"이라는 형용사로 수식했을 그런 사고방식을 가끔 드러내는 위인이니 말이다. 어떤 초조한 평온함 같은 감정이 나를 사로잡았고, 나는 왕을 알현하기까지 걸리는 통상적인 지체 시간이 지나는 것을 알았으나, 처음에는 그것에 대해 경각심을 갖지 않았다.

물론 나의 기다림이 한 시간이었던 건 아니었다. 두 시간, 네 시간도 아니었다. 그것은 오후 한나절이 다 지나고, 한참 늦은 저녁까지 지속되었다. 실총의 모든 문턱을 추월했다. 이제 나는 배까지 고팠지만, 더는 감히 손목시계를 볼 수도 없었다. 그것은 벽 속에 숨어서 보는 눈동자에 불경한 몸짓으로 비칠 위험이 있었다. 과연 나를 이 체벌에서 해방해줄 자는 누구인가? 그자가 만약 나의 콜레주 루아얄 시절 숙적 이거나 아니면 나를 타르파야로 보낸 그 늙은 고문이라면 그야말로 최후의 일격일 것이다. 왕관 뒤의 문이 열렸다. 한 여자가 보였다. 미모가 빼어난 여자였으나, 그것이 내게 위 안이 되지는 않았다. 그날 저녁 나는 너무나 깊은 비탄에 잠 겨 그녀의 얼굴 생김새를 금방 잊어버렸다. 폐하의 서른 명 이나 되는 첩 중 한 명이었을까? 하지만 내가 알기로 그녀 들은 남자에게 말을 거는 게 허용되지 않았다. 그 여자는 자 신이 전하러 온 말, 즉 나를 이 괴로운 상황에서 해방하여, 왕의 최하위 신하로서 발길을 되돌리게 할 그 말을 상냥한 어조로 하려고 애쓰는 것 같았다.

나는 낙심천만하여 타르파야로 되돌아왔다. 얼마나 잔인 할지 상상조차 할 수 없는 더 끔찍한 실총에 빠지지 않기만 을 바랄 뿐, 더는 어떤 희망도 품을 수 없었다. 오래전에 지 금도 여전히 이해할 수 없는 이유로 잃어버린 왕의 호의를 이제 나는 영원히 되찾을 수 없을 것이다. 비행장에서, 나를 남부 지역으로 다시 데려다줄 경비행기가 부속 활주로에 주 차된 것을 보았을 때, 나는 일단 저기에 올라타기만 하면 비 행기를 사막이나 바다에 추락시켜 나를 없애버리는 것도 어 렵지 않겠다는 생각이 절로 들었다. 사람들은 그저 불행한 사고로 여길 뿐, 누구에게 그 죄를 묻거나 하는 일도 없을 것이다. 나는 기분이 너무나 우울했고, 거기에 분노와 짜증까지 가미되어, 저항은커녕 어서 빨리 그런 운명을 맞이하고 싶은 심정이었다.

그래야 한다면 까짓것 그러면 또 어때, 하고 나는 화가 나서 생각했다. 자동차에서 내린 나는 비행기 조종사를 바라보았다. 그는 우프키르 장군의 열성 추종자인 듯 두 눈을 검은 선글라스 뒤에 숨긴 채, 시가를 피우며 비행기 옆 활주로에 서 있었다. 내가 모르는 사람이었다. 야윈 얼굴에 호리호리한 몸으로 보아 군인 같았고 서른다섯에서 마흔 살쯤 되어 보였다. 어쩌면 그도 전투기 조종사였다가 나처럼 실총을 당해, 프로펠러가 달린 이런 작은 관광용 비행기 부대에 배속되어 나 같은 불행한 이들을 먼 오지로 실어나르고 있는지도 몰랐다. (실총 항공. 귀하의 망명길 동반자. 최구식 모델 비행기. 타락한 조종사. 불편 보장. 최소 안전.) 그리고 이제 그는 자신의 마지막 비행에 나섰다. 그는 모르고 있었다, 밤사이에 비행기가 손상당한 사실을. 한 비행 연대가 우리를 호위하러 오는 듯이 나타나, 비행기가 불타는 광경을 아무도 보지못할 어느 외진 지대에서 우리에게 총격을 가하리라는 걸 그는 모르고 있었다. 나는 그를 불쌍히 여기며 그에게 인사를 건넸다. 어쩌면 그는 사리 분별 못 하는 그런 중대 범죄의 희생자가 아니라, 자신의 역할을 잘 알고 있는 실행자가 아닐까 하는 생각이 들었다. 절망에 빠져서 나와 함께 죽을 작정을 한 사람일 수도 있었다. 아니면 로마의 가장 잔인한 황제들이 그랬듯이, 그도 왕에게서 삶에 종지부를 찍을 방법을 선택할 자유를 부여받은 사형수일 수도 있었다. 재판관들에게 그는 비행에 대한 자신의 취미가 너무도 강하니 비행 임무 수행 중에 불귀의 객이 되면 좋겠다고 했고, 바로 그런 임무가 그에게 주어진 것이다.

하늘은 맑고 평화로웠다. 내가 자리에 앉자 조종사는 비행 내내 날씨가 그럴 거라고 말해주었다. 어떤 폭우도 나의 이 지속적인 실추失墜를 멈추게 하지 않을 것이다. 왕과 학교를 함께 다녔고, 많은 과목에서 결코 그보다 못한 평가를 받지 않았던 나의 전 생애는 이제 그런 연이은 실추로 규정될 수 있을 것이다. 마침내 나는 나의 무절제한 상상력을 진정시키고서 알-무타나비의 책 읽기에 몰입했다. 내용 몇 단락을 프랑스어로 옮겨보았다. 하지만 작은 비행기가 흔들리는 바람에 책 가장자리에 그 번역문을 옮겨적기가 쉽지 않아 그냥 기억에 담아두어야만 했다. 나는 조종사가 바다 위로 비행하는 모험을 감행하지 않는다는 사실을 알아차렸다. 그가 증인도 구호의 손길도 없는, 사고를 조작하기 쉬운 사

113

막 위로 비행하기 시작하는 것을 보며 나는 졸리는 김에 아예 잠에 푹 빠지기로 마음을 먹었다. 기왕 죽는 거라면 죽는 줄 모르는 채로 그렇게 죽는 편이 좋았다. 하지만 내가 잠에서 깨어나자 어느새 우리는 타르파야가 보이는 곳에 이르러 있었고, 조종사는 착륙 작업을 완벽하게 수행하는 데 열중했고, 비행기가 정지하고 시동이 꺼지자 내게 미소를 지어 보이며 자신의 조종에 만족감을 나타냈다. 사람들이 나를 끝장내기로 한 날이 오늘은 아닌 모양이었다.

다음 날 아침 나는 내가 쓰던 스페인 대위의 방에 늦게까지 머물렀다. 이틀 전, 왕을 알현하고 나면 그 방을 떠날 수 있으리라고 믿었으나, 왕의 알현도 내가 간절히 받고 싶었던 새로운 임무도 없었다. 나는 타자기로 친《세르토리우스 장군의 비극》원고와 내가 처음에 끼적거린 메모들이 이룬 종이 뭉치를 오랫동안 응시했다. 마무리를 짓고 다시 옮겨 적기 전까지 수없이 퇴고를 거듭한 그 메모들이 무질서하게 쌓여 있었다. 그 극 작품은 내용도 길고 많은 인물이 등장할 뿐만 아니라, 언젠가 무대에서 상연될 가능성도 없는 작품이었다. 감히 왕에게 버림받은 사람의 작품을 상연하여 그를 우호적으로 추억함으로써 당국을 불쾌하게 만들 사람은 아무도 없을 터이기 때문이다. 우울한 기분에 나는 그것들을 모조리 찢어 그 조각들을 바다나 불 속에 던져버릴까 하는 생각이 들었다. 그런 쓸쓸한 마음이 깊어질 대로 깊어져, 나는 나 자신의 삶을 해칠 계획을 구상해보기 시작했다. 이상하게도 사람들이 어제 나를 이곳으로 실어다 준 그 조종사에게 깜박 잊고 맡기지 않은 그 임무를 완수하기 위해서 말이다.

교장이 내 방문을 두드리고는 긴급한 우편물인 양 봉투 하나를 급히 내게 넘겨준 것은 오전 11시 경이었던 것 같다. 봉투에는 최신 공보公報 한 부가 들어있었다. 그렇게 급히 전해주는 걸 보면 아마도 공보에 내가 꼭 읽어보아야 할 나에 관한 정보가 실린 모양이었다. 나는 '특별 문건' 란의 첫머리, 서명 위임된 여러 법령이 열거되기 전에 게시된 아래 고지 사항을 보고 깜짝 놀라고 말았다.

왕국의 사료편찬관 임명에 관한 1968년 8월 28일자 왕의 조칙 1-69-273호.

오직 신께 영광을! (하산 2세 폐하의 국새)

이 문서로 고하노니 — 신께서 그 내용을 드높이시고 굳건히 해주시기를!
우리의 국왕 폐하께서,
왕궁의 구성에 관한 1965년 11월 7일자 조칙 1-65-127호를 검토하시고,
폐하 앞에서 한 서약을 고찰하시어,

다음 사항을 결정함 :

제1항. — 1968년 9월 1일자로 압데라마네 엘자립 씨가 왕국의 사료편찬
관으로 임명됨.

제2항. — 현 조칙은 공보에 게재될 예정임.

1968년 8월 28일, 라바트에서 작성

　어느 날 다시 왕의 은총을 입는 기적이 일어나, 낡은 램
프에서 튀어나온 어느 착한 요정이 내게 소망을 빌어보라고
제안했다면, 분명 나는 시적인 명칭을 가진 바로 이 직책을
소망했으리라. 사실 나는 망명 생활을 글쓰기와 연구의 계
기로 삼을 때부터, 내 야심의 또 다른 한 측면, 즉 정부의 장
관이나 차관에 대한 꿈이 사막의 모래바람에 흩어지면서부
터 점차 이 직책을 탐하게 되었다. 내가 타르파야에 머무는
동안 일 년에 한두 번 내게 장문의 편지를 썼던 들레 선생은
한 편지에서 나의 주의를 이쪽으로 끈 적이 있었다. 그는 우
리의 젊은 군주가 왕위에 오르자마자 바로 왕국의 사료편
찬관 직책을 만든 점을 강조했다. 지난날 프랑스에서, 루이
14세 때는 라신과 브왈로가, 그리고 루이 15세 때는 볼테르
가 받았던 관직이었다. (나중에 알게 된 사실이지만, 실은 약간의

차이가 있었다. 프랑스 구체제 때는 *왕국의* 사료편찬관이 아니라 *왕의* 사료편찬관이었다.) 편지에서 들레 선생은 농담조로, 지난날 자신이 한 역사 수업이 그런 직책을 만드는 데 영향을 주었는지도 모른다고 하면서(우리가 그런 얘기를 나누었던가? 내 기억에는 없지만 그게 불가능한 일은 아니었다), 특히 내가 문학 수업 외에도 여러 학위를 취득한 덕에 언젠가 그런 직책을 수행할 적합한 인물이 되었다고 말했었다. 그의 편지가 마크젠의 여러 부서에서 개봉되고, 고위층에게도 읽혔으리라는 데는 의문의 여지가 없었다. 다시 말해 그 편지는 내 욕망의 방향을 잡아주었을 뿐만 아니라, 그것을 실현할 힘을 가진 사람들에게 그들이 그러는 게 좋겠다고 판단했을 때 그것을 실현하도록 시사해주는 역할까지 한 게 분명했다.

대개 군주들이 신하 중에 떠나보내고 싶은 자가 있으면 그의 경계심을 다른 데로 돌리기 위해 거짓된 선의로 속인다는 게 일반적인 견해다. 그렇다면 그들이 위로 끌어올리고 싶은 자가 있으면 그가 좀 더 온전히 감사하도록 거짓으로 그를 잔인하게 대할 수도 있지 않을까? 끝없는 기다림의 고문을 겪고 낙담했다가 갑자기 뜻밖의 총애를 받는 것, 그런 일을 나 혼자만 겪은 게 아니라는 사실을 나는 나중에야 알게 되었다. 왕궁에서 저녁때까지 왕을 기다리다 그의 그림자조차 보지 못하고 돌아간 사람들에게, 다음날 왕은 선물을 잔뜩 안겨주곤 했다. 거기에는 물론 사과를 구하는 뜻도 있었지만, 자신의 기분이나 어떤 불가사의한 의도에 따라, 어느 날에는 고통을 주고 어느 날에는 기쁨을 줄 수 있는, 인생의 장기판에서 어느 날에는 검은 칸에 두고 또 어느 날에는 흰 칸에 둘 수 있는 그들에 대한 자신의 절대 권력을 일깨워주려는 뜻도 있었다. 압데슬람 바그라슈라는 화가는 내게 어느 날 아침 왕의 부름으로 왕궁에 들어간 얘기를 들려주었다. 접견실에서 사람들은 그를 나처럼 벽을 따라 놓인 벤치에 앉아 기다리게 했고, 그는 오랜 시간 동안 단 위에 놓인 빈 왕관만 바라보았다. 마침내 한 고문이 쓰라린 인내로부터 그를 해방해주며 폐하가 표하는 유감의 뜻을 그에게 전해주었다. 폐하께서는 그를 접견할 것을 기뻐했으나 예기치 못한 무수한 의무들로 인해 뜻을 이룰 수 없었다는 것이다. 다음 날, 왕의 특사 한 명이 테투안에 있는 화가의 아틀리에로 방문하여, 그가 팔고 싶은 모든 작품을 그가 원하는 가격에 사고 싶다며 왕의 이름으로 부탁했다. 그날 이후 바그라슈는 왕국에서 가장 유명하고 가장 값비싼 화가가 되었다. 어떤 화가의 작품도 폐하의 개인 소장실에 그의 작품보다 더 잘 전시되지 않았고, 그 후에도 계속 왕은 해마다 그의 작품을 다량 구매했다. 왕의 그런 총애를 모방하기 바뻔 조정 대신들, 그리고 사회 각계각층의 신하들, 지방에서 수도의 취향에 따라 자신들의 취향을 열심히 가꾸는 신하들이 또 순전히 기계적인 연쇄 효과로 그의 명성을 드높여주었다. 하지만 나는 바그라슈가 왕을 단 한 번도 만나보지 못한 채 죽었다는 사실을 알고 있다.

수노로 돌아오기 전날 밤, 나는 꿈을 하나 꾸었다. 그것은 며칠 전에 받은 임명 통보로 갑자기 들뜨게 된 마음의 열기를 착 가라앉히는 꿈이었다. 꿈에 나는 화려한 가구들이 있는 큰 방에 있었다. 동양에서 체스 게임이 언제 시작되었는지에 대해 강연을 하기로 되어있었다. 내가 있는 곳이 어느 도시인지는 알 수 없었다. 어쨌든 깨어나면 전혀 기억하지 못할 그런 곳이었다. 하지만 내가 강연을 레오 아프리카누스의 다음 인용문으로 시작하리라는 것은 이미 알고 있었다. "좋은 환경에서 잘 자란 사람들끼리는 선인들의 관습대로 통상 체스 외에 다른 게임을 하지 않는다." 나는 이 말을 적어두려고 안달했으며, 펜을 몸에 지니고 있는지 확인하기 위해 저고리 안주머니를 더듬어보았다.

창문 밖, 격자창의 돌출 발코니 너머로 안뜰이 보였는데, 안뜰 중앙에 가장자리가 흰 대리석으로 장식된 커다란 연못이 있었고, 연못에는 청동 사자의 입에서 쏟아지는 아주 맑은 물이 가득했다. 나는 나중에 저곳을 산책하면서 맛보게 될 기쁨을 생각해보았다. 그전에는 먼저 내 마음대로 쓰라고 내어준 듯한 아파트를 한 바퀴 둘러보고 싶었다.

나는 커다란 거실을 보았다. 거실에는 금은으로 장식된 값비싼 천으로 뒤덮인 소파가 여럿 있었다. 그리고 바닥에는 코르두의 우미야드 칼리프들이 남투르키스탄과 엘브루즈의 산악지방에서 들여온 양탄자들을 상기시키는 손으로 짠 화려한 양탄자들이 깔려 있었다. 커다란 낮은 테이블에는 오래된 책이 몇 권 놓여 있었다. 책더미 맨 위에 있는 책은 알-마수디의 《황금 초원》으로, 나는 강연에서 이 책에 관해 얘기할 생각이었다. 인도와 페르시아 옛 왕들의 조정에서 체스 게임이 얼마나 중요했는지를 말해주는 흥미로운 증언이기 때문이었다.

벽에는 왕의 초상화가 하나 걸려 있었다. 그는 붉은 모자를 쓰고 있었고, 양어깨에 흰색 젤라바(긴 소매 달린 외투)를 걸치고 있었는데, 역시 흰색인 유럽식 셔츠 칼라가 바깥으로 드러나 있었다. 이 꿈을 꾸고 나서 며칠이 지난 뒤에야 나는 그 초상화가 사람들이 아주 오랫동안 우리나라 20상팀짜리 우표에서 보던 바로 그 초상화라는 사실을 깨달았다.

나는 내가 미치지 않았나 싶을 만큼 이상한 짓을 하는 것을 보았다. 그것은 꿈에서나 벌어지는 괴상한 짓이라고밖에 달리 설명할 수 없는 짓이었다. 나는 뭔가에 홀리기라도 한 듯 나의 짐 속에서 조지프 스탈린의 초상화를 꺼내, 이 초상화로 왕의 초상화를 덮어버렸다. 두 초상화의 크기가 똑같았다. 그리고 나서는 마치 어떤 익살맞은 악마에 쓰인 듯 속으로 쾌재를 부르며 나의 중죄를 응시했다.

나는 외출하기 전에 거울을 찾아보았다. 하지만 어디에서도 거울을 찾을 수가 없었다. 그러다 어느 문 뒤에서 감미로운 알로에 향이 풍기는 커다란 욕실을 발견했다. 욕실에는 이런 곳에 있을 법한 미용품들, 온갖 종류의 방향제며, 희귀한 향내가 나는 비누며, 감촉이 부드러운 커다란 수건 등 없는 것이 없었지만, 역시 거울은 전혀 찾아볼 수 없었다. 이상했지만 나는 불안해하지 않기로 마음먹었다. 그저 강연이 시작되기 전에 거울을 찾게 되기만 바랐다. 나의 외양이 어떤 상태인지 확인하지 않은 채 낯모르는 많은 이들 앞에 나서고 싶지 않아서였다.

나는 연못이 있는 예쁜 안뜰로 가는 길을 찾다가, 문득 집 바깥의 거리로 나서게 되었다. 나는 바닷가로 나가 나의 꿈이 만들어낸 어느 도시의 코니스를 따라 걸었다. 날씨는 습하고 서늘했으며, 햇빛은 생기가 없었고 빠르게 약해지고 있었다. 어느새 초가을에 접어든 게 분명했다. 그 후 나는 다시 사람들이 내게 내어준 그 아파트에 있었고, 예의 그 커다란 낮은 테이블 위에 책이 한 권 펼쳐져 있음을 알아챘다. 나 아닌 다른 누군가가 내가 없는 동안에 그렇게 해둔 것이었다. 그것을 보자 나는 겁이 더럭 났다. 스탈린의 초상화는 거기에 그대로 있었다. 누가 치워버리지는 않았지만, 이 거실에 들어온 사람이 나의 불경한 행위를 놓쳤을 리 없었다.

나는 큰 불행을 예감했다. 이곳에 나 혼자뿐이라는 사실을 알면서도, 왕이나 왕이 보낸 어느 특사에게 말을 하는 척 이렇게 큰소리로 외쳤다. "아아, 폐하! 어찌하여 내게 거울은 하나도 주지 않으시고, 바라볼 거리로 그저 폐하의 초상화만 주셨나요? 나의 이미지가 아니라 폐하의 이미지를 인정하라는 뜻인가요? 아니면 아예 그것을 폐하의 이미지로 대체해버리라는 뜻인가요? 폐하, 폐하께서 내게 그런 시련을 주지 않았다면, 내가 장난으로 폐하께 가한 모욕은 이내 그만두었을 텐데요. 사실 그것은 폐하의 막강한 권위에 바치는 경의이기도 하답니다." 그런 말을 하면서 나는 나 자신의 농담에 웃음을 터뜨리지 않을 수 없었다. 물론 나는 낮의 삶에서는 이제껏 한 번도 왕에게 이런 친근한 어투로 말을 한 적이 없었다. 꿈에서 깬 후에 기억을 더듬어보니, 이런 어투는 완전히 취한 사람이나 할 수 있을 것 같았다.

나는 펼쳐진 책 쪽으로 고개를 숙이고는 제목을 알아보기 위해 책의 표지를 넘겨보았다. 그것은 알-자히즈가 쓴

《키탑-알-타지, 국왕의 서》였다. 나는 나의 시선이 닿도록 일부러 골라둔 듯한 페이지에서 다음과 같은 문장을 읽었다. "국왕이 어떤 사람에게 각별한 정을 느껴 그와 농담을 하고 함께 웃을 만큼 그를 친근하게 대한 적이 있다면, 그 사람이 다시 국왕을 가까이에서 모시게 되었을 때는 둘 사이에 어떤 친분도 없었던 듯이 행동해야 하고, 예전보다 더한 공손과 존경과 순종을 표명하는 것이 왕궁의 관례이다." 나는 책이 의도적으로 이곳에 펼쳐져 있었다고 생각하지 않을 수 없었다. 나는 아주 혹독하게 나의 무례와 대면했다. 나는 아주 오래전부터 왕과 알고 지냈다. 그가 왕이 되기 전부터 그를 알았다. 그런 내가 이제 그 왕에게 좀 더 큰 친분을 과시할 게 아니라 알-자히즈가 말하는 이른바 "완전한 거리두기"를 해야 한다는 것이다. 나는 폐하가 마지막으로 나와 함께 웃은 때가 언제인지, 그리고 친분을 앞세워 내가 왕에게 공대를 소홀히 하지는 않았는지 기억해보고자 했다. 하지만 나는 기억이 흐려지는 것을 느꼈다. 앞으로 닥칠 일이 이제 몹시 불안하게 느껴졌기 때문이었다.

사람들이 알-자히즈에 대해 떠들어대는 전설에 따르면, 바소라에서 살았던 그는 어느 날 서재의 책들이 무너져내려 그 밑에 깔려 죽었다고 한다. 내가 있던 그 베일에 싸인 아파트에는 책들이 벽을 따라 정돈되어 있지 않았다. 하지만 어느 날 내가 이 일화를 왕에게 얘기해주자, 왕은 웃음을 터뜨리고는 농조로 내게 조심해야겠다고 말했다. 이따금 학자의 삶도 사람들의 상상과 달리 대로의 강도나 군인의 삶 못지않게 위험하니 말이다.

이 추억이 나의 두려움을 배가시켰다. 나는 달아나야겠다고 마음먹었다. 급히 그 거실에서 빠져나온 나는 이전에 보지 못했던 어느 복도로 접어들었다. 복도에는 무수히 많은 책이 곳곳에 널려있었다. 나는 언제 책들이 무너져 그 밑에 깔리게 될지 몰라 겁을 내며 최대한 빨리 뛰어갔다. 복도는 아주 길어 도무지 끝을 볼 수 없을 것 같았다. 어떻게 길을 헤쳐나왔는지 자세히 기억이 나지는 않지만, 마침내 나는 창살이 쳐진 궁형의 두 창문을 통해 바다가 보이는 큰 방에 들어섰다. 저 아래에서는 저택 발치에서 부서지는 파도 소리가 들렸다. 햇살은 구름이 많이 낀 하늘 탓에 대양을 에메랄드색으로 물들이고 있었다. 기슭은 보이지 않았다. 내 생각에는 창문이 난 쪽 반대편에 있을 듯했다. 이 저택은 바닷속으로 많이 들어가 있어 마치 내가 어느 배 속에 들어와 있는 느낌이었다. 방은 가구 하나 없이 텅 비어 있었다. 사방 벽의 돌이 검고 축축해서, 마치 밀물 때마다 바닷물에 잠기는 개펄에 좌초한 어느 낡은 배의 선체 같았다. 나는 지금 내가 까사 델 마르 안이나, 아니면 나의 꿈이 꾸며낸, 거기와 비슷하게 생긴 어느 저택 안에 있음을 깨달았다. 밀물 때가 되면 내가 있는 이곳은 물에 잠겨버릴 것이다.

나는 뒤돌아서다가, 창문을 마주 보는 벽에 걸린 거울 하나를 보았다. 거울은 갑자기 나타났다. 종종 꿈에서는 장소와 사물의 상태가 알게 모르게 변하지 않는가. 나는 거울이 걸려 있는 벽과는 달리 그 거울에는 오랫동안 바다에 노출된 흔적이 전혀 없어서 놀랐다. 거울 앞에 다가가서 서자, 나 자신의 얼굴이 아니라 어두운색의 딱딱한 사자 머리 마스크가 보였다. 그것은 얼마 전에 안뜰 연못가에서 보았던 그 청동 사자상과 아주 유사했다. 두 손으로 얼굴을 만져본 나는 그 마스크가 내 눈앞의 환상이 아님을 느꼈다. 그것은 실존했고, 금속으로 만들어졌으며, 어떤 방법으로 벗겨내야 할지 모르게 나의 두개골을 감싸고 있었다. 마스크 전면이 온통 하나로 만들어져 있고, 턱받이도 뭘 먹거나 마실 수 있도록 여닫게 되어있지 않아, 나는 공포에 질려 나의 운명을 생각해보다가 의식을 잃었고, 꿈에서 깨어나면서야 의식을 되찾았다.

제 3 부

L'Historiographe du royaume

7

    그 후 3년은 이렇다 할 사건이 거의 없는 기간이라 할 수 있는데, 이 시기의 나의 삶은 흥분 가득하면서도 규칙적이었다. 지난 망명 생활과 비교해보면 하루하루가 극히 하찮은 일들에서조차 대단한 기쁨을 발견하는 놀라움의 연속이어서, 그만큼 더 단순하면서도 그만큼 더 달콤했다. 야망을 이루지 못해 괴로워하는 일도 없었다. 그런 것이 말끔히 사라져버렸기 때문이다. 이제는 그저 나를 욕되게 하지 않는 것이면 무엇이건 나를 기쁨으로 가득 채웠다. 현재에 바라는 바가 없었으므로, 현재를 좀 더 순수하게 음미할 수 있었다. 나는 묘한 아이러니를 느끼며 언제쯤 국무장관이나 장관이 될까 초조해했던 지난날을 다시 떠올렸다. 그때는 정말 그런 일이 가능하다고 믿었고, 그런 능력이 없지 않다고도 생각했으며, 나보다 나을 게 없다고 여겨지는 다른 사람들이 그렇게 되는 것을 보았기 때문이었다. 지금 만약 누가 나서서, 10년 전에 내가 어느 정도 막연하게 갈망했던 고위직에 나를 앉히는 일을 추진한다면 아마 몹시 당황할 것 같았다. 예전에는 내가 명민하고 유연하며, 지칠 줄 모르는 활기찬 정신을 지녔지만, 지금은 고독과 단조로움 속에서, 야망을 유익하게 보좌하고, 야망에 언제나 자양분을 공급하는 그런 자질을 모두 잃어버렸기 때문이다. 절대 우리를 실망시키는 법 없이, 우리를 직무에서 부단히 발전시키는 그 자질들을 말이다.

나는 극도로 간소하게 진행된 수여식을 통해 직을 인수했다. 나의 전임자는 캐나다 대사로 발령이 났는데, 예전 같으면 아마 나도 몇 년 후 내가 이 직책에서 물러나게 될 때, 내 앞에도 그런 길이 열릴 거라는 그런 기분 좋은 생각을 품지 않을 수 없었을 것이다. 내가 진로 문제에 관해서, 수년간의 망명 생활을 통해 깨우친 그 초연함을 고수하지 않았다면 말이다. 우리는 둘 다 간단하게 소감을 밝혔고, 왕은 우리 두 사람 각자에게 몇 마디 뜨거운 인사말을 했다. 수여식이 끝난 후 왕은 나를 따로 불러 말했다. "압데라마네, 솔직히 말해서, 자네가 타르파야에서 너무 오랜 시간을 보낸 듯해 참으로 유감스럽네. 정말이지 나는 이프니 전쟁이 끝난 후, 스페인군이 자발적이건 강제로건 오래지 않아 사하라 연안을 떠나리라고 생각했다네. 결국은 그렇게 될 테니, 걱정하지 말게." 내가 맡았던 그 이상한 임무를 폐하가 거론한 것은 이때 딱 한 번뿐이었다.

나의 상황이 얼마나 급박하게 진행되었을지는 상상할 수 있을 것이다. 나는 짐을 챙기기에도 바빠, 타르파야에서 내 고독의 짐을 덜어준 몇몇 주민에게 작별을 고할 시간조차 거의 없었다. 오래된 지프는 교장에게 물려주었다. 그는 내게 (내가 떠난 뒤에도 내가 맡았던 임무는 그의 책임하에 계속 수행되어야 하므로) 사하라 오지를 탐험하는 데 지프가 몹시 유용할 거라고 말했다. 사하라 오지들이 왕국에 병합되는 즉시 고등교육 기관을 세울 최적의 장소를 알아보려 다니려면 말이다. 나는 전혀 아는 바 없고 깊이 알고 싶은 마음도 전혀 없었지만, 만에 하나 상부에서 '타르파야와 병합영토'의 새 '교육감'을 임명하기로 한다면, 그가 나의 후임에게 그 지프를 물려주면 될 일이었다. 나는 그 자동차를 가져가지 못한다는 게 참으로 유감스러웠다. 오랜 세월, 소금과 모래가 실린 바람의 끝없는 숨결을 꿋꿋이 견뎌낸 그 용맹함은 이렇게 버림받을 게 아니라 좀 더 나은 오마주를 받아야만 할 것 같았다.

나는 맡은 직책을 곧바로 수행함과 동시에 라바트에 거처도 구해야 했다. 예전에, 현대식 안락함에 매료된 마크젠 행정부의 젊은 간부들이 유난히 좋아하는, 식민 통치 말기에 지어진 그 크고 밝고 기능적인 아파트에서 살아본 적이 있었다. 이제는 우다야 카스바의 오래된 주택을 선택하기로 마음먹었다. 바깥으로는 바다를 굽어보는 테라스가 있고, 집 안은 작은 층계들과 복도들로 꽉 차서 거기에 많은 책을 놓아두면 알-자히즈가 맞이한 것과 같은 죽음을 맞게 될 위험이 다분한 그런 집 말이다. 타르파야에서는 큰 개인 서재를 갖추지 못해 절망했던 만큼, 정말로 나는 집에 많은 책을 들여놓을 생각이었다. 내가 고른 집은 유명 커피숍인 '무어인의 카페'에서 멀지 않았다. 나는 카페에서 연주회가 열리지 않을 때 이따금 타자기를 들고 그 카페에 죽치러 가곤 했다.

왕국의 사료편찬관 직무는 다양했다. 당연하지만 어떤 명확한 규정에 따라 규제받는 일이 아니었다. 문화재 관련 일부 문서는 국왕을 통해 직접 넘겨받을 수 있었다. 나로서는 문화부 당국, 특히 장관과 완전한 상호 이해 속에서 일을 진행할 필요가 있었다. 아마 장관은 내가 기분 나쁜 태도를 보인다는 느낌이 들면, 내가 그런 식으로 자기 영역을 침식해 들어오는 것을 몹시 유감스럽게 생각할 것이다. 예를 들면 폐하께서 모하메드 이븐 이브라힘의 산재한 작품을 검토하여 출간하도록 지정한 위원회의 업무 추진을 내게 맡겼을 때가 그랬다. 이브라힘은 마라케시의 위대한 시인이자 현대 모로코에서 대중에게 가장 인기 있는 시인이지만, 의문투성이의 삶을 산 인물이기도 하다.

내 업무의 중요한 한 부분은 왕의 문서 작성과 연설문 준비를 돕는 것이었는데, 그 양이 적지 않았다. 왕이 자신의 의사를 표명해야 하는 일은 거의 매일 있었다. 왕이 입을 여는 경우가 매년 전 국민을 대상으로 하는 중대한 라디오 방송 연설이라든가, 특별한 사건이 벌어졌을 때 하는 연설 정도라고 생각한다면 너무나 큰 오산이다. 외국 대사들에게 신임장을 수여하고, 어떤 특별 협회의 대표들을 접견하고, 수도에서 멀리 떨어진 어느 도시의 학교 개교식에 참여하고, 폐하께서 직접 경의를 표해야 한다고 판단되는 왕국의 연로한 봉사자들에게 훈장을 수여하는 일 등은 군주의 직접적인 발언 없이는 진행될 수 없는 일들이다. 군주는 자신이 해야 할 말을 너무나 잘 알고 있었지만, 다만 문제는 시간과 수고를 어떻게 잘 관리하느냐 하는 것이었다. 왕이 사용할 메모들은 고문들의 손을 거치는데, 다루는 사안에 따라 해당 분야의 고문이 그 내용의 정확성을 확인한다. 대개 메모들은 왕이 나를 개별적으로 만나지 않고도 곧장 왕의 책상

위에 놓이곤 했다.

그 외에도 나는 왕의 이름으로 간행될 책의 자료를 최대한 많이 수집하는 일도 시작해야 했다. 그 책에는 먼저 왕이 참여한 역사적 사건들과 개인적 추억에 관한 이야기가 실리고, 뒤이어 집권 첫 10년간의 정책에 대한 종합과 결산이 담기게 된다.

주로 왕에게 봉사하며 고전적인 시인들을 연구하는 조용한 일상이지만, 그런 일상을 약간은 혼란스럽게 한 두 가지 사건이 있었다.

어느 날 나는 폐하 앞에 모습을 나타내야만 하는 대사들이 여럿 모인 자리에 불려갔다. 홀에는 외무부 장관과 왕의 집무실에서 일하는 고문들도 여럿 보였다. 이 모임의 목적은 리비아를 새로운 북아프리카 동맹국으로 갖게 된 소련에 대한 우리 외교 정책의 큰 방향을 잡는 것이었다. 새로운 동맹이라기보다는, 리비아 국왕 체제가 젊은 대령 카다피를 위시한 장교들의 쿠데타로 전복된 이후 불가피하게 맺어진 동맹이라고 하는 편이 옳았다. 왕이 통치하는 우리 모로코 왕국은 이제 북아프리카 지역에서 공산 진영의 영향권에서 벗어나 자신의 체제를 유지하는 유일의 군주국이었다. 왕은 모임에 참석한 고관들에게 나를 소개하면서, 친절하게도 내가 왕국의 사료편찬관이라는 "탁월한 직무"를 수행하고 있을 뿐만 아니라 시집을 펴낸 "이름난 저자"이기도 하다는 사실을 밝혔다. 한데 왕은 별로 망설이는 기색도 없이, 시집 제목을 《바바리아의 애가》가 아니라 《모레스크의 애가》로 소개했다. 이 실수를 왕과 여러 사람이 지켜보는 앞에서 즉각 바로잡아야 할 것 같지는 않아서, 나는 불편한 속내를 내색하지 않았다.

회의는 무사히 진행되었다. 회의가 끝나고 모두 홀 밖으로 나왔을 때, 나는 복도에서 하던 이야기를 계속 이어가는 몇몇 대사와 고문들 틈으로 끼어들었다. 그들의 대화가 너무도 화기애애한 듯해 나는 왕의 착각을 그들에게 바로잡아줄 수 있을 것 같았다. 그들이 왕이 없는 자리에서는 그래도 마음껏 웃을 수 있는 자유를 누리지 않을까 하고 생각한 것이다. 물론 나를 그런 무의식으로 이끈 의지에는 자존심도 한몫했음을 부인하기는 어려울 것 같다. 사실 나는 그 고관들의 머릿속에 내 책의 존재와 책을 읽어보아야겠다는 호기심을 심어주지 않고 헤어지고 싶지 않았고, 이 구실을 그들에게 정확한 책 제목을 말해주는 계기로 삼을 수 있을 것 같았다.

하지만 그런 생각은 조금도 하지 않는 편이 나았을 법했다. 내 말을 들은 한 고문이 내 책의 원본을 왕궁의 여러 도서관과 일반 서점에서 반드시 모두 수거한 후 왕이 말한 제목대로 책을 다시 찍어야 한다고 말했기 때문이었다. 그의 말은 이제 그 원본은 "통용되지 않는" 책이 되었다는 거였다. 나는 처음에는 그가 농담하는 줄 알았으나 그의 얼굴은 더없이 진지해 보였다. 대사들 쪽을 보니 그들도 그의 말에 동의하는 눈치였고, 표정을 숨긴 채 나를 동정하는 듯해서, 그들이 어떤 생각을 하고 있는지에는 의문의 여지가 없었다. 바로 그때 우즈베키스탄 소비에트 사회주의 공화국의 수도인 타슈켄트 주재 우리 영사가 입을 열었다. 그는 자기만족에 찬 심각한 표정으로 한 가지 일화를 들려주었다. 그 이야기가 나의 불행한 책의 경우를 밝혀주기에 아주 적합한 일화일 것 같다는 것이었다―하지만 내가 보기에 그는 우리에게 그 일화를 들려주게 된 이 기회를 타슈켄트라는 하급 대표부에서 늙어가며 보낸 그의 오랜 세월을 보상해주는 하나의 기적처럼 여기는 것 같았다. 그는 부카라에 가면 원래 대상들의 숙소 용도로 디자인되고 건축된 유명한 마드라사(학교)가 하나 있다고 말했다. 바로 그 건물 낙성식 날, 사실을 잘못 안 왕이 "이렇게 멋진 마드라사"를 세운 대신을 치하하는 바람에 용도가 변경되었다는 것이다. 헤지라●
1032년의 일이었다. 왕이 틀린다는 건 있을 수 없는 일이기

● 622년에 시작되는 회교력.(―옮긴이)

에, 사람들은 좀 곤란하기는 해도 현실을 왕의 말에 맞게 바꾼 것이다. 그 건물의 건축 구조가 다른 어떤 마드라사에서도 찾아볼 수 없는 몇 가지 특징을 갖게 된 데는 그런 사연이 있었다. 사람들은 모두 우리 타슈켄트 영사의 재기를 잘 보여주는 교훈 가득한 이 이야기가 내 책의 경우 어떤 태도로 임해야 하는지를 잘 예시해준다고 판단했다.

그런 그들 앞에서는 최대한 성실하게 필요한 조치를 하겠다고 대답하는 것 외에 다른 선택지가 없었다. 나로서는 심히 괴로운 상황이었다. 왕국의 도서관과 서점들에서 그것을 수거하는 것은 그래도 생각해볼 수 있는 일이지만, 파리의 출판사 측에 연락해 상황이 이러하니 다른 제목으로 책을 다시 찍어 구판을 모두 새 책으로 교체해야 한다는 것을 이해시키기란 훨씬 더 어려운 일일 터였다. 교체할 수 있는 곳은 어디든 찾아가서, 심지어 책을 소장하고 있는 개인들에게까지 연락해가면서 말이다.

다른 한 사건은 내가 뜻밖의 은총들을 은근히 기대하다가 문득 다시 완전한 실총 속으로 떨어지면 어쩌나 하고 두려워하게 된 그 틈새 같은 잠깐 사이에 벌어졌다.

왕에게는 왕 직속의 이야기꾼과 어릿광대가 몇 사람 있었는데, 그들은 특별한 능력이 요구되는 이 분야에서 우리가 상상할 수 있는 최고의 익살꾼들이었다. 그들의 임무는 국왕의 저녁 식사에 초대된 손님들을 웃겨주는 것이었는데, 가끔은 대낮에도 연이은 고문 회의와 접견으로 왕이 지쳤을 때 특별히 그의 기분을 풀어주는 일을 하기도 했다. 그들은 궁중에서 아주 귀한 대접을 받았다. 사람들을 즐겁게 해주는 그들의 보기 드문 재능 때문에도 그랬고, 국왕의 보호를 받는다는 점에서도 그랬고, 말을 할 때 다른 사람들과는 달리 특별한 자유를 누린다는 점에서도 그랬다. 익살꾼들은 익살스럽게 포장만 한다면 폐하 앞에서도 진실을 말할 수 있었다. 여느 궁인에게서 듣는다면 아주 못마땅히 여길 진실들, 더구나 다른 궁인이라면 감히 입 밖에 꺼낼 생각조차하지 못할 진실들을 말이다. 궁인들은 이 익살꾼들의 표적이 되는 일이 다반사여서 특히 더 그들을 두려워했다. 왕을 즐겁게 해주기 위해 익살꾼들은 그들이 있는 자리에서, 그들의 우스꽝스러운 면면을 왕의 눈앞에 펼쳐 보이는 재주를 부리곤 했다.

사실 대단한 재능을 가진 그 사람들이 잠시 기운이 빠질 때면 서로 교대해 가며 직무를 수행한다는 사실을 나도 모르지 않았지만, 어느 날 왕이 어느 회의의 끝에 나를 따로 불러, 그날 저녁에 자신의 손님들로 구성된 소규모 청중 앞에서 고급 문학 전통에서 따온 이야기로 그들을 즐겁게 해줄 수 있는지 물어왔을 때 나는 적잖이 놀랐다. 내가 이 왕국에서 고급 문학 전통을 누구보다 잘 아는 사람 아니냐는 말도 덧붙였다. 나로서는 그저 긍정적으로 대답할 수밖에 없었고, 그런 찬사에 부응하도록 노력하겠다는 말로 왕을 안심시켰다. 하지만 곧바로 나는 왕이 나에게 맡긴 이 역할을 일종의 승진으로 생각해야 하는지 아니면 추락으로 생각해야 하는지 자문해보았다. 둘 중 어느 쪽이라고 판단할 논거를 부단히 찾아보았지만, 답을 얻을 수 없었다. 더욱이 그것은 왕의 머리에서 아직 결정되지 않은 문제일 수도 있었고, 왕이 이번 일로 내가 더 커지는지 아니면 작아지는지를 보려는 일종의 시험 같은 것일 수도 있었다. 그렇게 가정할 때, 나로서는 어쨌든 가능한 한 최선을 다하는 게 중요했다.

손님 중에는 특히 알 카라윈 대학교 총장, 인광공사燐鑛公社 사장, 그리고 베르토 교수라는 나이 많은 프랑스인 의사가 있었다. 그는 고인이 된 국왕을 치료한 의사로 국왕이 코르시카에 유배되어 있을 때도 그를 방문했고, 젊은 현 국왕 역시 주변의 무수한 의사 중에서도 그에게 특히 각별한 애정을 갖고 지금도 계속 만나고 진료를 청하는 사람이었다.

사실 나는 좌중을 즐겁게 해주고 그들에게 호평받을 얘깃거리를 생각할 때 그런 사정을 좀 더 깊이 헤아렸어야 했다. 물론 시작은 아주 좋았다. 우선 나는 그들에게 내가 들려줄 이야기의 저자인 현인 모하메드 알-마흐디를 소개했다. 그는 18세기에 카이로에서 살았던 이집트인으로 자국 행정부에서 여러 가지 중요한 직책을 맡았는데, 특히 어전 회의 비서관이라는 직책이 그랬다. 그는《잠 깨우는 일을 하는 총각이 졸음과 잠의 친구들에게 주는 선물》이라는 책을 한 권 펴냈는데(생전에 그는 자신은 그저 베끼기만 했다고 주장했으나 지금은 본인이 그 책의 저자임이 확실시된다), 프랑스 사람들은 이 책을 번역 출간할 때 제목을 약간 줄여《불행한 열흘 밤, 혹은 지루한 이야기꾼의 콩트》라는 제목으로 간행했다.

그것은 나와 이름이 같은 압데라마네 엘-이스칸데라니라는 한 남자의 이야기였다. 그는 이야기 광증 혹은, 세헤라자드 콤플렉스라고도 할 수 있을 병에 걸린 사람이었다. 다시 말해서 그는 친구든 모르는 사람이든 기를 쓰고 사람들을 저녁에 자기 집에 불러 모아 그들에게 이야기를 들려주어 그들의 감탄을 자아내고 싶어 하는 사람이었다. 한데《천일야화》의 세헤라자드는 술탄을 이야기로 홀려 깨어있게 했지만, 압데라마네 엘-이스칸데라니는 어떤 청중이 되었건 어김없이 모두 잠에 곯아떨어지게 하거나 아니면 그들의 분노를 자아내는 일화를 들려주고는, 그것이 그들을 몹시 기분 상하게 하기에 딱 알맞은 일화였음을 뒤늦게야 깨닫곤 했다. 하지만 카이로의 이 부르주아는 끊임없이 곤란한 상황에 빠지면서도 이야기에 대한 고집을 꺾지 않았고, 그래서 잠을 자지도 화를 내지도 않고 자신의 이야기를 끝까지 들어줄 청자를 찾아 헤매다 결국 전 재산을 탕진한 채 떠돌이로 생을 마감하게 된다.

이러한 서두가 왕과 왕의 손님들에게 큰 효과를 자아냈나는 사실을 얘기하지 않을 수는 없다. 내가 그들에게 책 제목을 말해주고 제목에 대한 설명을 덧붙일 때부터 그들은 웃음을 그치지 않았다. 내가 그들에게 들려줄 이야기가, 이야기로 성공을 거둔 적이 없는 사람, 게다가 이름까지 나와 같은 사람이 쓴 책에서 인용한 이야기임을 예고하는 나의 작은 도발은 기대 이상으로 그들의 마음을 사로잡았다. 특히 폐하께서는 나를 손님들 앞에 등장시켜 그들에게 지금 같은 광경을 연출하게 한 데 대해 몹시 흡족해하는 것 같았다. 나는 그들에게 압데라마네의 지겨운 이야기를 몇 가지 요약해주고 그런 이야기들이 그를 어떤 불행에 빠트렸는지 설명해주었다. 그런 다음 드디어 나는 처음부터 들려주고 싶었던 바로 그 이야기에 이르렀다. 그 모든 이야기 중에는 아주 먼 옛날 우리 왕국에서 일어난 이야기가 하나 있었는데, 제목이 '모로코의 어의御醫, 혹은 우연히 왕이 된 의사'였다. 우리의 불행한 압데라마네는 의사들이 다수 포함된 올라마 평의회에서 이 이야기를 하는 게 좋겠다고 생각했다가, 그 학자들의 원한을 사고 말았다. 내 얘기를 들어보면 고명하신 청중께서도 그 까닭을 이해하게 되실 거라고 나는 말했다. 그들은 다시 한번 웃음을 터뜨렸다. 모두가 나를 바라보며, 조용히 나의 다음 말을 기다렸다. 어떤 이야기꾼도 이야기가 듣고 싶어 이토록 안달하는 청중은 가져보지 못했을 것이다. 왕이 바로 이 순간 나에게서 분명 눈부셔하며 발견했을 재능으로 내가 또 어떤 은총을 입게 될지는 감히 생각해보지 않았다.

이 이야기의 중심인물은 벤 제히르라는 사람이었다. 그는 코르도바에서 태어났으며, 열네 살 때 프랑크족의 죄수가 되었다. 한 상인이 그를 하인으로 거두어 먼 여행길에 데리고 다녔다. 10년 후, 아프리카 연안의 한 항구에서 그는 도매상인 주인의 일행과 함께, 무화히드 칼리파 왕조의 창건자인 모로코 왕 아브드 알-무민(내가 이런 역사적 사실들을 이야기하는 동안 왕은 고개를 끄덕이며 동의한다는 뜻을 나타냈다)의 군인들에게 붙잡혔다. 그는 마호메트가 자신의 예언자이고, 신 외에 다른 신은 없다고 맹세함으로써 회교도 친구들에게 인정을 받았다. 그리고 나서 그는 어째서 그런 생각이 머리에 떠올랐는지 모르겠으나, 자신이 프랑크족의 노예가 되기 전에 의술을 공부했다고 거짓말을 했다. 그 후 얼마 지나지 않아 모로코 군인들이 배가 몹시 아프다며 그에게 치료를 부탁했다. 그는 뭔지도 모르면서 혼합제를 하나 제조했는데, 다행히도 그것이 환자들에게 강력한 구토를 유발하여 그들을 중독시킨 물질을 토해내게 함으로써 그들을 치유하여, 결국 궁지를 모면했다.

이 성공으로 그는 모로코 왕의 궁중 의원으로 임명되었다. 곧 군주가 가장 총애하는 애첩이 그를 불러, 그가 알 수 없는 어떤 가벼운 불쾌감을 치료해달라고 부탁했다. 그가 만든 처방전은 그녀의 병세를 크게 악화시켰고, 얼마 지나지 않아 그녀는 죽어버렸다. 뜻하지 않게 의원 노릇을 하게 된 그는 왕의 분노를 살 거라고 생각했다. 하지만 왕에게는 이미 마음을 달래주는 다른 애첩이 있었고, 그녀는 벤 제히르에게 선물까지 하사하여 그를 놀라게 했다. 그에 대한 궁중의 신뢰는 날로 높아져 그는 수석 의원이 되었고, 얼마 후에는 한 왕자의 주치의가 되었지만, 그 왕자 역시 그의 치료를 받다가 죽어버렸다. 하지만 대재상은 누구도 그에게 이 유감스러운 결말에 대한 책임을 묻지 않을 것이라며 그를 안심시켰다. 어떤 의술로도 치유할 수 없는 불치병에 따른 불상사였다는 것이다.

나는 청중이 아직은 여전히 주의 깊게 듣고 있으나 이전보다 덜 웃는다고 느꼈다. 그러다 내가, 어느 날 이번에는 아브드 알-무민 왕 자신이 병에 걸렸다는 얘기를 꺼내자, 그들은 한층 더 주의를 기울였다. 그사이 그 의원은 대단히 이례적인 여러 가지 주변 상황의 도움으로 자신의 직무로 주어진 의술에 진전을 이루기 위해, 그리고 그가 속으로 거듭 되뇌었듯, 자신의 명성에 걸맞은 지식을 습득하기 위해 부단히 공부에 몰두했었다. 그런 그의 처방에도 불구하고 군주는 며칠 뒤에 숨을 거두었다. 이 군주의 손자인 유명한 아부 야쿱 유수프가 모로코 왕좌를 이어받았다. 새 군주는 벤 제히르에게 치료에 실패한 죄를 묻지 않았고, 궁중 수석 의원의 직을 유지하게 해주었다.

나는 좌중이 망연자실한 표정으로 굳어 있는 것을 보고서야, 내 이야기가 우리 왕국에서 10년 전에 일어난 일, 그들도 연루되었던 그 일을 아주 악의적으로 암시할 수 있다는 사실을 깨달았다. 나를 이 궁지에서 빼내 준 사람은 폐하였다. 그는 다른 이들이 그런 생각을 못 하게 하려는 듯 크게 너털웃음을 터뜨렸고, 그제야 다른 웃음들도 잇달아 터져 나왔다. 폐하를 따라 웃어야 한다고 느끼지 않은 이는 나이 많은 프랑스 의사뿐으로, 그는 나의 이야기에 깊은 분노를 나타냈다. 그것이 그의 학문과 도덕성을 겨냥한 이야기로 느껴져 속이 쓰렸던 모양이었다. 왕은 내가 동명이인인 그 사람처럼 청중의 잠을 부르는 사람이기는커녕 자신이 거느린 최고의 이야기꾼들에 견주어도 손색이 없으며, 진즉부터 자신은 그러리라 믿어 의심치 않았는데 이제 그 사실을 확인하게 되었다고 선언함으로써 좌중이 느꼈을 당혹감을 망각 속에 묻어버렸다.

왕에게서 그런 찬사를 들은 나는 어쩌면 이 "불운한 저녁"이 뜻밖에도 내게 실총보다는 은총을 가져다주지 않을까 하는 기대를 했다. 하지만 나중에, 나를 향한 베르토 교수의 그 노한 시선이 다시 떠오르자, 틀림없이 그가 폐하께 나에 대한 분노를 드러내며 그 이유를 장황히 늘어놓았으리라는 생각이 들었고, 그래서 나는 은총과 실총이 군주의 판단에서 균형을 취해 그저 아무런 뒤탈이 없기만을 바랐다. 그날 이후 나의 모든 임무는 아무 일도 없었다는 듯이 계속되었지만, 왕은 두 번 다시 내게 평소 그를 보필하는 그 이야기꾼들 대신 나서 달라는 주문을 하지 않았다.

8

1971년 7월 10일, 매년 그래왔듯이 왕은 자신의 생일을 기념하기 위해, 수도에서 남쪽으로 얼마 떨어지지 않은 대서양 기슭 스키라트 해변의 유람 궁전에서 축연을 열도록 명했다. 약 천오백여 명의 지체 높은 왕국 신하와 외국인 거류민이 초대되어, 점심 무렵 궁내의 여러 정원으로 나뉘어 자리를 잡았다. 곳곳에 세워진 많은 천막에는 이 손님들을 만족시킬 만큼의 충분한 음식이 차려져 있었다. 그날 아침에는 골프 경기가 시작되었는데, 세계 최고로 손꼽히는 프로 선수들, 특히 미국에서 온 여러 선수가 이번 축연을 빛내기 위해 경기에 참여했다.

수년 전 왕은 이 놀이에 빠져 나라 곳곳에 골프장을 건설하게 했다. 무성한 잔디밭을 가꾸는 데 필요한 물이 기발한 장치들에 의해서만 상시 공급될 수 있는 거의 사막 같은 메마른 곳들에도 골프장을 짓느라 막대한 비용이 들었고, 이에 대해 사람들이 수군거리는 소리도 들렸다. 자신이 수행단과 함께 이동하는 곳마다 골프장이 있기를 원했었기에, 그런 곳들에서 왕국의 업무를 보고, 회의를 열고, 접견을 하는 일이 점점 더 잦아졌다.

또다시 나는 이 놀이에 너무 서툴러서 폐하의 호의에 이르는 길을 스스로 차단해버렸다고 질책받았다. 폐하에 맞서되 폐하가 계속 그의 재능을 존중하게끔 능숙하게 대적함으로써, 폐하가 그 놀이로 보내는 시간에 재미를 더할 수 있는 사람들에게만 주어지는 호의를 말이다. 더욱이 나는 체스 게임이 훨씬 더 왕이 즐길 만한 놀이라고 여기고 있었고, 폐하가 골프라는 놀이 때문에 체스에 대한 흥미를 잃어버리지 않았던 시절을 아쉬워하고 있었다. 수 세기나 되는 연륜으로 보나 우리 책들에서의 탁월한 지위로 보나, 내가 보기에 체스의 우위는 확고했다. 이 세상 어떤 시인, 어떤 철학자, 어떤 역사가가 골프 게임을 예찬했는가? 짧기만 한 골프사의 어떤 사건이 헤지라 5세기에 레온의 왕 알폰소 4세와 시인 이븐 아마르가 다투었던 그 체스 시합에 비견될 수 있는가?

때는 여름이었고, 왕은 아직 젊었다. 그는 이번 축연에 뭔가 *휴식의 분위기*를 조성하고자 했으며, 폴로셔츠와 청바지, 테니스화로 아주 가볍게 차려입었다. 점심 식사 후에 옷을 갈아입지 않고 바로 경기장으로 가서 골프 경기를 할 생각이었다. 고상한 풍채와 행동거지로 그가 왕임을 분명히 알아볼 수 있지만, 그게 아니고서는 옷차림만으로 그를 여느 일반인과 구별하기는 어려울 것이다. 손님들이 받은 초대장에는 그런 소박한 마음가짐으로 "느슨한 여름 복장"을 해달라는 공식 요청이 적혀 있었다. 이 명령 아닌 명령에 따라, 그날 왕국의 최고위 인사들 가운데 일부는 상반신과 두 다리의 맨살을 드러낸 채 수영복 차림으로 산책하는 일까지 벌어졌다. 7월의 날씨가 궁전 바로 앞에 있는 해변으로 나가 수영장이나 바닷물에서 몸을 식히기에 딱 알맞았기 때문이었다.

반면 신분이 낮은 다른 많은 이들은 감히 그 휴식이라는 걸 완전히 믿을 수가 없었다. 그것이 왕에게 어떤 의미를 지닌 것인지도 불확실한 데다, 어쩌면 이 세상사와 세상의 관행에 대한 그들의 이해를 시험하는 덫일 것 같은 예감이 들어, 그들은 신중한 태도로 어떤 예식이 되었건 시중에서 예식에 참여할 때 흔히 갖춰 입는 옷차림, 즉 정장에 넥타이를 매는 편을 택했다. 왕의 주변에서는 아무리 잘 차려입어도

절대 "과하게 차려입은 것"일 리 없고, 불충분하게 입기보다
는 역시 제대로 입는 편이 덜 불편할 듯한 생각이 들어서였
다. 게다가, 적어도 생각을 그렇게 하는 사람들이라면 그들
이 남의 눈에 띄려 한다고는 생각하지 않을 것이고, 그러므
로 그들의 선택이 실수라 하더라도, 사실 그들의 의도가 자
신들이 내막을 잘 파악할 수 없는 이런 일에서 요구를 정확
히 맞추려는 게 아니라 남의 이목을 끌지 않으려는 것이었
으므로 완전히 잘못된 거라고 할 수도 없을 터였다. 또한 그
들이 그런 결심을 한 배경에는 자신들보다 세상사를 더 잘
아는, 그러면서도 목에 넥타이 두르는 것을 거부하지 않은
몇몇 외국 외교관들과 존경스러운 조신들이 있었다. 그 사
람들은 어디를 가나 항상 습관적으로 그렇게 입었으며, 이
번 경우 설령 그들이 스스로 의문을 제기하고 그래도 되는
지 생각해보았다 하더라도, 그들에게는 그런 습관이 '휴식'
이라는 개념과 양립 불가능하지는 않았을 터였다.

그리하여 그날, 왕을 비롯한 왕국의 고관들은 권위를 나
타내는 장식을 모두 떨쳐버린 셈이었고, 왕궁의 문이 일반
인에게 개방된다면, 서민들, 즉 대개 이탈리아 유명 재단사
가 치수에 맞춰 제작한 의상을 기품 있게 차려입은 모습의
초상화를 통해서만 폐하를 아는 서민들이 지위와 의복 비율

의 이 같은 역전 때문에 부득이하게 고관으로 오해받을 위험성이 있었다.

그날 나는 가벼운 정장 차림에 넥타이를 매기로 했다. 지나친 "긴장 풀기"로 폐하와 실제보다 더 친해 보이는 것도, 마크젠 내에서의 실제 내 신분보다 더 높은 신분으로 비치는 것도 싫어서였다. 게다가 얼마 전에 주문한 그 정장을 그냥 옷장의 고독 속에 처박아두기가 아까워 얼른 입어보고 싶은 마음도 있었기에 더욱더 그런 마음을 굳혔다.

아마도 사람들은 쓸데없이 왜 이런 시시콜콜한 얘기를 하는지 의문스러울 것이다. 하지만 그날 벌어진 사태에서는 이러한 세부 내용이 중요했다. 그날의 사태 전개는 다음과 같다.

그날 오후 왕은 골프 경기를 즐길 시간을 기다리면서 그만을 위한 천막이 아닌, 사람들의 시선에 노출된 카이달 천막에서 전통대로 혼자서 점심을 먹었다. 식사가 끝난 뒤 왕은 천막 근처의 일반 초대객 무리와 다르지 않은, 구성원 대부분이 폐하가 개인적으로 잘 아는 사람들이라는 점만이 좀 특별한 우리의 작은 무리에 만족스러운 표정으로 합류했다. 거기엔 프랑스 대사와 벨기에 대사가 있었고, 알-마흐디의 콩트 일로 나와 갈등이 있었던 베르토 교수도 있었다. 그는 언제 그런 일이 있었냐는 듯 내게 친절하게 인사를 건넸다(하기야 그 일이 있은 지 적어도 1년은 족히 흘렀다). 그리고 방돔 광장의 보석상 쇼메 씨와 파리 국립행정학교 학생인 프랑스 젊은이도 한 명 있었다. 왕과 한 번도 만난 적 없는 사람은 그 청년이 유일했기에, 왕은 그에게 주의를 기울여 자기 때문에 그가 주눅이 들지 않도록 신경을 썼다. 왕은 그의 학업에 대해 자세히 묻고는 더없이 다정하고 유쾌한 어조로, 왜 국립행정학교에 앞서 고등사범학교에 다니지 않았느냐고 물었다. 그러면서도 왕은 민중의 지혜가 말하듯, 꼭 완전해야 할 필요는 없다고 강조했다. 얘기가 난 김에 왕은 자신도 '바칼로레아'를 준비하던 콜레주 루아얄 시절에 '윌름 가 출신'(고등사범학교) 선생들에게서 배웠으며, 그 사실이 그저 자랑스럽기만 하다고 말했다. 내가 보기에 그 프랑스 젊은이는 자기 나라의 관습과 교육제도에 대해 잘 알고 있는 군주의 그런 짓궂은 말장난 대상이 된 것을 무척 기뻐하는 듯했다.

이처럼 왕이 마치 더없는 친밀감이 느껴진다는 듯 자신의 손님들과 그들 가족에 대해 자세히 물어가며 대화로 그들을 즐겁게 해주고 있는 동안, 내무부 장관이기도 한 우프키르 장군이 양쪽 어깨에 수건을 두르고 수영복만 입은 모습으로 우리 틈에 끼어들었다. 그는 궁전 주위의 넓은 부지를 파서 만든 여러 수영장 중 어느 한 곳에서 오는 길이었는데, 날씨가 참 좋다고 떠벌리며 크게 만족감을 나타냈다. 왕은 이 같은 축연에서는 의전이나 허례를 줄여버리고자 하는 마음이 아주 컸으므로, 이 대신의 벗은 몸을 나무라기는커녕 찬동한다는 듯 그를 최대한 반갑게 맞아주었고 주변 사람들도 모두 그렇게 했다. 우리 작은 무리의 분위기가 얼마나 화기애애했던지, 프랑스 대사는 특히 이 장면에서 그의 뇌리에 문득 떠오른 재치 있는 말로 분위기를 좀 더 고조시킬 수 있으리라고 생각했던 모양이었다. 실제로 그것은 재미난 농담이었다. 그는 사람들이 듣고 박장대소하리라 믿어 의심치 않은 듯, 큰 소리로 우리에게 이 문장을 날렸다. "내 무부 장관이 팬티 바람이면, 왕은 알몸이어야겠소!"

그의 말은 그 자체로는 매우 재미난 말이었고, 왕이 이 자리에 있지만 않다면 누구라도 마음껏 폭소를 터뜨릴 게 분명했지만, 사람들은 모두 입을 다문 채 웃음을 자제했다. 왕은 이런 대담한 혹은 무분별한 말이 외교관의 입에서 나왔다는 점 때문에 더욱 곤혹스러워하는 듯했다. 왕은 그 대사를 똑바로 바라보았고, 대사는 거의 창백해진 낯빛으로 미루어보건대 자신의 괴이한 돌출 행동을 자책하며 괴로워하는 듯했다. 하지만 왕은 그것이 바로 그 자신이 바랐던 긴장 풀린 축제 분위기의 한 귀결일 뿐이라는 점에 생각이 미친 듯(만약 그가 그 농담에 의혹을 품고 일종의 사고로 여긴다면 축제 분위기는 일시에 날아가 버릴 것이다), 돌연 폭소를 터뜨리며 당혹감 가득한 침묵을 중단시키고자 했다. 왕이 최대한 신나게 웃어대자, 그 자리에 있던 다른 모든 이들도 웃음을 터뜨렸다. 자유롭게 웃었다기보다는 왕이 웃으니 마지못해 웃는 듯했다. 심지어 왕은 그 말이 너무 재미있어 자신의 통치 연감에 기록될 만하다고 덧붙이고는, 내 쪽을 돌아보며 그 임무를 자신의 사료편찬관에게 맡기니 좌중이 모두 증인이 되어 달라고 부탁하기까지 했다.

폐하께서 다른 그룹의 손님들을 만나보려고 막 우리 곁을 떠나려고 할 때 몇 발의 총성이 울렸다. 우리는 처음에는 그것이 자신의 임무를 착각한 어느 하인이 대낮에 쏘아 올린 불꽃놀이 폭죽 소리인 줄 알았다. 태양이 빛나고 있지만 우리는 그래도 하늘에서 뭔가 번쩍이는 빛 같은 것을 볼 수 있지 않을까 싶어 고개를 들었다. 아무것도 보이지 않았다. 그래서 우리는 한심한 기술병의 소행에 대해 더 신이 나서 농담을 했다. 왕은 가까이 있는 서방 대사들에게 도대체 무슨 까닭으로 그들 나라의 언론이 이따금 자신을 전제군주로 묘사하는지 물었다. 자신은 벌건 대낮에 폭죽을 쏠 정도로 상식 없는 사람들을 계속 먹여 살릴 만큼 그지없이 착하기만 한 사람이라고, 만약 자신이 사람들 말처럼 잔인한 독재자였다면 그들은 이미 오래전에 악어 떼에게 내던져지는 꼴을 당했을 거라고 말이다. 그 외교관들은 그저 그의 말을 인정하기에 급급했고, 자신들의 동료인 프랑스 대사가 좀 전에 한 실언을 폐하께 보상해주어야 한다고 생각한 듯 그의 재치 있는 말에 더욱더 요란한 웃음을 터뜨렸다.

다른 총성이 또 들려왔고, 왕은 다시 출발을 늦추었다. 어떤 이들은 좀 더 멀리 떨어진 곳에서 기병들이 기예 공연을 펼치고 있는 건 아닌지 물었다. 하지만 왕이 통지받지 못한 채로, 왕이 특별석에서 그것을 바라보는 최초의 관객이 아닌 채로 그런 기예가 펼쳐진다는 건 생각조차 할 수 없는 일이었다. 그 후 군인들이 나타나 손님들 무리와 뒤섞였다는 소문이 들려왔다. 그렇다면 군부대의 연출인 모양이었다. 왕의 생일잔치 때 그런 공연이 펼쳐지는 게 처음 있는 일은 아니었다. 지난해에도 루바리스 대령의 낙하산 부대가 왕궁의 정원으로 낙하하여 자신들의 기예와 우리 군의 훌륭한 조직 체계를 과시했다. 그들이 바람에 약간 흔들리며 낙하하는 동안 무수한 관객들이 그들에게 박수갈채를 보내며 환호했다.

하지만 올해에는 왕도 분명 그런 여흥에 관한 사전 통보를 받지 못한 데다 깜짝쇼를 즐기고 싶은 마음도 없었기에, 군인들의 참여가 기쁘기보다는 무섭다는 듯 멀리서 들려오는 손님들의 비명이 불쾌하기만 했다. 또다시 총소리가 들렸다. 많은 이들은 이 연출이 폐하의 동생인 압달라 왕자의 아이디어일 것으로 추측했다. 종종 사람들은 여러 가지 꿈같은 일들과 환상적 행위들을 그의 작품으로 여기곤 했다. 만약 그게 사실이라면 이번에는 반드시 그에게 크게 화를 내겠다고 왕은 말했다. 또다시 기관총 소리가 울리더니 듣기에도 끔찍한 군중의 비명이 뒤를 이었다. 그때 우프키르 장군이 "이건 공포탄이 아니군"이라고 말하더니, 얼른 달아날 것을 명하고는 자신이 잘 아는 우회로로 우리를 인도했다.

뜀박질 끝에 우리는 궁전의 접견용 홀에 붙어 있는 화장실에 이르렀고, 가쁜 숨을 몰아쉬며 그 안으로 휩쓸려 들어가 급히 문을 잠갔다. 현장의 극심한 혼란 덕에 우리는 공격자들의 추격을 받지 않고 무사히 빠져나올 수 있었다. 거기서 우리는 프랑스인 해외 협력원 한 명을 발견했는데, 그가 거기에 있었던 이유는 화장실에서 보는 볼일 외에 다른 볼일이 있어서가 아니었다. 그는 막 밖으로 나가려다가 우리무리가 뛰어들자 깜짝 놀랐고, 미처 문밖으로 나서지 못한채 어쩔 수 없이 우리와 함께 있게 되었다.

일행을 살펴보니 벨기에 대사와 베르토 교수의 모습이 보이지 않았다. 이번 뜀박질이 그들의 능력을 넘어서는 노력을 요구했던 모양이었다. 특히 베르토 교수는 이미 그런 신체 움직임을 감당할 수 있는 나이가 아니었다. 어쩌면 그들이 공격자들의 총격에 쓰러졌을지도 모른다는 생각에 왕은 감정을 숨기지 못했다. 그들은 왕국의 진정한 친구였다고 왕은 말했다. 우프키르 장군은 한쪽 벽에 붙어 있는 전화기들에 달려들어 화난 얼굴로 수화기를 하나씩 들었다 놓았다 했다. 전화선은 당연히 끊겨 있었다. 그는 어디 다른 출구가 있는지 찾아보았으나 전혀 찾지 못했다. 천장에 난 하나뿐인 창문이 활짝 열려 있었으나 손이 미치지 않았다. 게다가 그 창문은 누가 위에서 수류탄을 떨어트리기도 쉬워 그를 불안하게 했다. 우리가 갇혀 있는 이곳으로 수류탄이 던져진다면 아마 우리는 몰살당할 것이다. 그는 천장의 여닫이창을 계속 감시해달라고 요청하면서, 자신은 대기하고 있다가 수류탄이 떨어지면 얼른 그것을 주워, 폭발 전에 다시 그 여닫이창을 통해 밖으로 내던지겠다고 말했다. 나는 그런 일이 벌어질 경우를 불안한 마음으로 그려보았다. 우프키르 장군이 실패하지 않고 계획대로 해내려면 아주 숙달된 날랜 동작과 많은 힘이 필요할 것 같아서였다. 어쨌든 나는 장군의 놀라운 정신력에 감탄을 금치 못했다. 그는 우리가 처한 상황의 모든 측면을 분석하고, 그에 따라 자신이 필요하다고 생각하는 해결책을 찾고, 마치 우리가 휘하 병사들이기라도 한 것처럼 우리에게 명령을 내리기도 했다. 견장에 금실 술이 가득한 제복은커녕 수영복만 걸친 거의 알

몸에 가까운 상태라 위신이나 권위를 세우기가 쉽지 않은데도 전혀 흔들림이 없었다.

우리는 이곳에 있던 그 프랑스인에게 앞에 계신 분이 바로 모로코 왕국의 폐하라는 사실을 이해시키는 데 많은 어려움을 겪었다. 폐하가 이 축제일에 입고 있는 아주 간편한 복장 때문이었다. 그는 왕이라면 적어도 정장에 넥타이는 매고 있어야 한다고 생각했고, 그래서 그는 자신의 그런 생각에 가장 잘 부합하는 복장을 한 사람, 즉 나에게 마치 내가 모로코의 군주라도 되는 양 경의를 표했다. 우리가 왕은 다름 아닌 폴로셔츠에 청바지를 입은 이 사람이고 게다가 수영복만 달랑 걸친 사람은 바로 내무장관이라는 사실을 알려주며 그의 착각을 깨우쳐주려 들자, 그는 사람들이 자기를 우롱하려 든다고 생각했다. 그의 항의가 점점 더 적대적으로 변하는 것을 보고서 우리는 그가 바깥의 공격자들에게 우리 존재를 알게 될까 봐 겁이 났다. 그때 문득 지갑에서 지폐를 한 장 꺼내 이 해외 협력원에게 왕의 초상화를 보여주어야겠다는 생각이 떠올랐다. 우리가 애써 알려주고자 하는 사실에 대해 그가 더는 의심하지 못하도록 말이다. 지폐를 보고 나서야 그는 어쩔 줄 몰라 하며 사죄의 말을 늘어놓았다. 겉모습으로 보나 말하는 품새로 보나 그는 지체 높은 사람 같아 보이지 않았다. 왕은 우프키르 장군에게 어떻게 이런 사람이 자신의 생일에 초대받게 되었는지 물어보며, 손님들 대부분은 그래도 사회의 최상위층에 속하는 사람들이었던 만큼, 왕궁의 무분별한 일 처리에 대해 탄식을 금치 못했다. 우리는 그런 질문에 당황한 듯이 보이는 해외 협력원의 구구절절한 설명을 들을 시간이 없었다. 누군가가 문을 두드리는 듯한 소리가 들렸기 때문이다.

그 소리가 다시 들리자 우리는 누군가가 우리를 탐지하려 한다는 사실을 알아챘으며, 누군가의 그런 조심스러운 행동에서 우리는 그의 의도가 우리를 적대하는 게 아니지 않을까 하는 희망을 품게 되었다. 왕은 우프키르 장군에게 문 쪽으로 가서 무슨 일인지 알아보도록 명했다. 그래도 우리 일행은 입구에서 멀찌감치 떨어져, 언제 닥칠지 모를 공격에 대한 두려움에 떨며 최대한 몸을 숨겼다.

우리에게 되돌아온 내무장관은 문 뒤의 남자가 메드부 장군이고, 폐하와 일대일로 대화하고 싶어 한다는 사실을 알려주었다. 소식을 들은 왕의 얼굴이 환히 밝아지는 듯했다. 예전에 부왕을 모시기도 했던 이 근위대 대장을 왕은 높이 평가했다. 그의 출현은 좋은 전조 같았다. 메드부가 여기 있다면 곧 구출되리라는 희망을 품을 수 있었다. 왕은 그런 믿음을 갖고 그를 만나러 갔다. 하지만 면담이 폐하가 예상한 것만큼 순조롭게 진행되지 않는다는 것을 우리가 있는 곳에서도 느낄 수 있었다. 우리는 왕이 화를 내는 소리를 들었고, 왕이 격노해서 어떤 종잇장을 발기발기 찢어 허공에 던져버리는 것을 보았다. 왕은 메드부 장군을 돌려보내고, 문을 다시 닫고, 우리에게 되돌아왔다. 안색이 창백하고 몹시 흥분한 모습이었다. 하지만 이제 그는 우리에게 닥친 이 사태에 관해 좀 더 분명히 알게 되었다. 그가 우리에게 전한 얘기는 다음과 같다.

메드부 장군은 왕에게 애원하듯 항복할 것을 요청하면서 왕에게 종잇장을 하나 내밀었다. 좀 전에 우리가 보았듯 그 종잇장에 서명만 하면 된다고 했다. 자신은 폐하를 해칠 마음이 전혀 없으며, 상황이 좋지 않게 변해버리기는 했으나 여전히 폐하께서 결코 완전히 단절되지 않을 자신과의 특별한 관계를 믿어도 된다는 점을 강조하기 위해 그는 폐하께서 피신한 우회로는 자신만이 알고 있다고 말했다. 그리고 폐하께서 서로 신뢰하는 마음을 갖는 데 동의하고, 항복 문서를 자신에게 넘겨주기만 하면 이 비밀을 다른 사람에게는 알리지 않겠다고 약속했다. 그러면서 그는 이 혁명이 진행되는 동안, 폐하와 폐하의 가족에 대한 조치가 부드럽고 인간적으로 이루어지도록 특별히 신경을 쓰겠다는 말도 덧붙였다. 폐하에게 그런 말이 제대로 들릴 리가 없었다. 메드부는 그가 누구보다 깊은 애정을 느낀 사람 중 한 명이었고 그가 이런 짓을 벌이리라고 꿈에도 의심하지 않았기에, 그의 배신에 폐하는 더욱더 큰 분노를 느꼈다.

하지만 우리 군의 한 분견대를 이끌고 스키라트 공격을 주도한 자는 이 장군이 아니었다. 그 장본인은 이제 겨우 서른 살 남짓한 젊은 장교 아바부 대령이었다. 상관들로부터 아주 좋은 평가를 받고 고속 승진을 한 그는 당시 아틀라스 산악지대에서 아헤르무무 사관학교를 이끌고 있었다. 그나 그가 거칠게 다루는 그의 병사들이나 모두 아주 냉혹하고 대담하다는 소문이 자자했다. 이 소식이 우리의 희망에 그늘을 드리웠다. 폐하가 메드부를 어떻게 대했는지 아는 우리로서는 곧 메드부가 쿠데타를 기도한 이들에게 우리가 숨어 있는 곳을 폭로할 거라는 사실에 겁이 났다. 우리는 언제라도 발각당할 각오를 했다.

하지만 기다림의 시간이 터무니없이 길어졌다. 공격자들에게 왕을 체포하는 것보다 더 급한 볼일이 있거나, 그렇지 않으면 우리가 알 수 없는 어떤 이유로 메드부가 그들에게 왕이 있는 것을 알려주지 않은 듯했다. 폐하께서는 강한 정신력을 보여주었다. 그는 두려워하는 기색 없이, 마음의 동요를 잘 견뎌내지 못하는 이들을 달래주었다. 우리 한 사람한 사람에게 일일이 이렇게 말해주었다. "친구여, 이건 운명입니다. 좀 기다리면 여기서 벗어나게 될 겁니다. 친구들이

여, 여러분은 모두 무사할 겁니다, 무사할 거예요." 폐하께서는 재치 있는 말을 시도했고, 우리는 웃으려고 애썼으며, 그런 노력으로 잠시나마 두려움을 물리칠 수 있었다. 그런 분위기에서 폐하께서는 급히 피신하다가 손목시계를 잃어버린 터에 그 자리에 마침 방돔 광장의 보석상 쇼메 씨가 있는 것을 크게 기뻐하면서, 정기적으로 왕국을 드나들며 정확한 시간을 제공해오던 그에게 왕국의 대 시계공이라는 지위를 수여하기도 했다.

은신해 있는 동안 사람들은 각자 자신의 방식으로 시간을 보냈다. 왕은 줄담배를 피웠다. 우프키르 장군은 팔굽혀 펴기를 했다. 다른 사람들은 대부분 몹시 낙담하여 바닥에 앉아 머리를 무릎에 묻고는 두 팔로 감싸 안고 있었다. 프랑스 대사는 쿠데타의 우발적이고 구조적인 원인에 관해 왕과 대화를 시도하여, 현학적인 어투로 자신의 몇 가지 가설을 내뱉다가 어느 순간 폐하의 평정심만 잃게 했다. 폐하가 보기에 이 사건은 그 대사가 연이어 제시한 동기들, 말하자면 경제학과 사회학, 이데올로기, 심지어 민속학적 요소까지 뒤섞인 그런 현학적인 동기들로 설명될 수 있는 게 아니었다. 그에게 폐하는 자신의 가장 두려운 적들, 이를테면 리비아의 카다피 대령처럼 되고자 한 듯 보이는 아바부 대령 같은 적들은 자신 주변에 있던 사람들, 자신의 조신들이나 친구들 틈에, 왕궁의 복도에 있던 사람들이라는 사실을 지적했다. 권력 근처에 있다는 점이 그 권력을 제 것으로 만들고자 하는 야망에 불을 지핀 것일 뿐, 그들이 대의를 위해 투쟁하는 체하는 것은 단지 그런 폭력적인 야욕을 가장하는 것에 지나지 않는다는 말이었다.

프랑스 국립 행정학교 출신 청년이 곧 머리가 이상해질 것처럼 보였다. 정신이 오락가락하는 와중에 그가 두서없는 노랫가락을 큰 소리로 흥얼거렸다. 프랑스 해외 협력원이 내게 그것이 '에바리스토 교황'으로 불리던, 가수가 된 본국의 어느 수학자가 작곡한 노래라고 알려주었다. 우리는 그 젊은이가 시끄러운 소리로 우리를 더 큰 위험에 빠트리지 못하도록 그를 두들겨 팰 수밖에 없었다.

아무리 침착한 사람이라도 잠시 혼란에 빠지는 순간까지 피하지는 못했다. 우프키르 장군은 손에 무기를 들고 병사처럼 싸우지 못한다는 사실에 분을 참을 수 없었다. 차라리 영광 없는 죽음에 수영복 차림의 자신을 내던지는 편이 나을 것 같았다. 그는 왕이 자신의 방에 숨겨두었다고 말한 권총을 찾으러 뛰어가고 싶어 했다. 폐하는 그랬다가는 경고조차 없이 날아드는 총탄에 쓰러지게 될 텐데, 그것이야말로 미치광이나 하는 짓이라며 그를 말렸다. 그러자 그는 절망과 분노가 뒤섞인 번뇌에 빠져, 몬테카시노에서부터 인도차이나 정글에 이르기까지, 그가 프랑스군에 복무할 당시 참전했던 전투들과 전장에서 세운 공훈으로 받은 무수한 훈장들을 열거하기 시작했다. 마치 항복이나 죽음의 순간에 보이게 될 초라한 모습을 그렇게 액땜이라도 하려는 것 같았다.

우리는 왕이 그런 식으로 정신줄을 놓는 것은 보지 못했다. 하지만 시간이 많이 흐르자, 그는 우리 무리에서 떨어져서 슬픔의 기색이 역력한 표정으로 깊은 생각에 잠겼다. 나는 그가 3백 년 이상 권력을 누려오다 어쩌면 오늘 끝날지도 모를 그의 오랜 왕조를 통치한 모든 술탄의 이름을 중얼거리는 소리를 들었다. 프랑스 대사는 우리가 아는 예의 그 현학적이고 두루뭉술한 어조로 두 자국민에게 그것에 관한 부연 설명을 해주었다. 그들 세 사람이 자신들의 운명에 대해 느끼는 불안감은 우리만큼 크지는 않았다. 그들은 이 왕국의 주인도 신하도 아니기 때문이었다. 하지만 그렇다고 해서 자신들이 살아남을 거라고 완전히 확신할 수도 없었다. 사건이 소란과 광기 쪽으로 흐르고, 그래서 그들이 두 가설 중 어느 쪽도 가능한 그 끝없는 추론을 거듭하며 믿음과 극도의 공포 사이에서 흔들리다 보면 어떻게 될지 알 수 없는 일이었다.

한편 나는 내가 보고 들은 일들을 애써 기억에 담고자 했다. 운 좋게 신의 가호로 살아남게 된다면 이 사건을 기록으로 남기는 것이 왕국의 사료편찬관으로서 내가 마땅히 해야 할 일이기 때문이었다.

오후 다섯 시가 막 지났을 때 누군가가 우리의 문을 세차게 두드리는 소리가 들렸다. 우리가 이곳에 갇혀 있은 지 세 시간이 넘었고, 마침내 이제 우리는 우리의 운명에 대해 알게 될 것 같았다. 나는 어쩌면 왕이 내일은 더는 이 세상 사람이 아니게 될지도 모른다고 생각하면서 왕을 바라보았다. 나는 주님께서 그에게 자비를 베풀어주시도록 빌었다. 주님은 이 세상의 어떤 존재보다 자비로운 분이기 때문이다. 문이 큰 소리를 내며 부서졌다. 군인 세 명이 안으로 들어와 우리에게 총을 겨누었다.

그들은 우리를 총으로 위협하며 밖으로 내몰고는 양손을 머리 위에 올린 채 걸으라고 명령했다. 우리 무리 중 프랑스 사람들은 한쪽에 따로 서고, 모로코 사람들, 즉 왕과 우프키르 장군과 나를 포함한 다른 사람들은 다른 쪽에 서서 걸었다. 우리는 인질로 잡힌 여러 무리 앞을 지나쳤다. 어떤 무리는 바닥에 무릎을 꿇고 있었고, 다른 무리는 등을 벽에 기댄 채 서 있었다. 많은 이들의 옷이 찢어지거나 핏자국으로 더럽혀져 있었다. 외국인이든 이 왕국 사람이든 그들은 모두 편히 사는 데 익숙한 사람들이었고, 갑자기 그렇게 비참한 신세로 전락한 것이 그들을 얼마나 힘들게 하는지 표정만 보아도 알 수 있었다. 그들은 자신들에게 닥친 불행을 견디기 힘들어했다. 여러 공원 곳곳에서, 고통이 자아내는 숨죽인 신음이 들려왔다. 군인들은 이 인질들이 그들에게 보내는 신체적 고통의 표현에 무관심했다. 그들은 젊었고 신경질적이었다. 그중 일부는 눈동자가 이상할 만큼 붉은 것으로 보아, 이 목숨 건 임무에 파견되기 전에 마약을 한 게 아닐까 하는 생각이 절로 들었다.

우리에게 총구를 들이대며 우리를 이끌고 온 사관학교 생도 중 왕이 이곳에 있다는 사실을 알아차린 사람은 아무도 없는 것 같았다. 우프키르 장군을 알아볼 리는 더더욱 없었다. 그 군인들은 외진 시골에서 자라, 태어나서 지금까지 이런 인물들의 얼굴을 볼 기회가 없었던 게 분명했다. 잘 나온 사진이나 멋있게 그린 그림들로만 아주 드물게 몇 번 본 게 고작일 것이다. 그런 이미지들은 본 모습을 약간 담고 있다 해도 이 인물들의 실제 얼굴을 정확히 알려줄 수도 없거니와, 더군다나 지금과 같은 이런 급박한 상황에서 실제 인물들을 즉각 알아볼 힘을 그들의 정신에 아로새겨주기에 충분치 않았다. 게다가 설령 약간 의혹을 품었다 해도, 그날 왕과 내무장관이 한 옷차림 때문에라도 그들을 인질 무리에서 식별해내기는 어려웠을 것이다. 그들 같은 보통 사람들이 생각하기에 왕은 당연히 위엄있게 차려입을 터였다. 그때 나는 만약 그들이 국왕을 학대하거나 살해할 의도를 품고 있다면, 프랑스 해외 협력원이 나의 옷차림을 보고 내가 왕인 줄 오판한 바로 그런 착오를 이용해서, 나를 희생하여 내가 왕이라고 자처함으로써, 왕의 목숨을 구하고 왕에게 도주 가능성을 열어줄 수 있지 않을까 하는 생각을 해보았다.

그들은 우리를 잔디밭 위에 무릎 꿇게 했다. 이제 우리는 여느 인질 무리와 전혀 구분되지 않고 하나의 무리에 속하게 되었다. 우리는 얘기를 나누지 않았고 시선조차 교환하지 않았다. 감시병들의 신경이 극도로 예민해져 있는 지금, 조금이라도 그들의 짜증을 유발한다면 그것은 곧 우리의 피를 흐르게 할 즉결 총살의 구실이 될 수도 있을 것이다. 군인들은 우리에게서 떨어져 자기들끼리 낮은 목소리로 뭔가 얘기를 주고받았다. 우리는 그들이 보초 한 명만 우리에게 붙여둔 채, 좀 더 계급이 높은 사람에게로 가서 얘기를 나누는 것을 보았다. 마침내 그들이 그 부사관과 함께 돌아오더니, 부사관이 우리에게 우리가 바로 화장실에 숨어 있던 그 무리인지 물어보았다. 우리는 그의 화를 돋우지 않으려고 틀림없이 그렇다고 대답했다.

어느새 나의 머릿속에는 방금 우리가 순순히 털어놓은

그 자백으로 그가 우리를 절대 호의적으로 대하지 않을 것이요, 그가 우리의 귀에 온갖 욕설을 퍼붓고, 우리 한 사람 한 사람에게 차례로 총구를 들이대며 누가 왕인지 실토하라고 압박하는 장면이 떠올랐다. 나는 내가 방금 상상한 그 모든 일이 이제 실제로 일어날 시점에 이르렀다고 너무도 굳게 확신했기에, 진짜로 그가 우리에게 그런 요구를 한 바로 그 순간 나는 좀 전에 생각했던 계획을 실행에 옮겼다. 분명 나의 목숨을 희생할 만한 가치가 있는 이 행동이 어쩌면 나를 역사에 기억될 유일의 사료편찬관이 되게 하리라는 생각도 들었지만, 설마 그 부사관이 내가 예상한 대로 크게 격분하지 않을 줄은 미처 생각하지 못했다.

나는 내가 왕이라고 선언하며 몸을 일으켰다. 군인들에게 체포되어, 얻어터지고 끌려가, 어느 어두운 구석에서 개처럼 총살당하는 장면이 떠올랐다. 그 마지막 장면이 나를 강타했지만, 나는 나 자신조차 놀라게 한 확신에 찬 태도로 나의 역할을 더욱더 충실히 이행했다. 나는 두 눈을 그 군인의 두 눈에 꽂으며 그에게 말했다. "그래, 내가 너의 왕이다. 이제 나를 개처럼 쏴죽일 건가?" 그러자 그 젊은 군인은, 내 뺨을 때리고 내 얼굴에 침을 뱉거나 즉각 내게 총을 쏘기는커녕, 이렇게 외쳤다. "폐하, 우리는 폐하를 구출하러 왔습니다!"

그 말을 듣는 순간 내가 얼마나 놀랐을지는 짐작이 될 것이다. 나는 이럴 때 진짜 왕이 취하리라고 생각되는 단호함과 너그러움이 뒤섞인 태도를 가장하여 그 군인에게 이렇게 대답했다. "그렇다면 손에 입을 맞추지 않고 무엇을 기다리고 있는가?" 그는 무릎을 꿇고 내 손을 잡아 성심껏 입을 맞추었다. 그러고는 다시 일어나라는 내 명령을 기다리는 눈치여서, 그렇게 했다. 사태가 돌연 덜 위협적인 양상으로 변했지만, 나는 내가 맡기로 한 그 역할을 계속 수행하기로 했다. 아직은 불확실성이 너무 커서, 지금 바로 왕의 정체를 밝혔다가는 왕을 위험에 빠트릴 수 있으리라는 생각이 들어서였다. 나는 무릎 꿇은 왕을 내려다보았다. 그는 감정을 전혀 드러내지 않았고, 내가 그에게 교묘하게 동조하게 한 셈이 된 나의 이 왕 노릇을 반대하지도 않았다. 왕은 나의 기발한 계획에 동참한 이상 일을 그르치지 않으려고 최대한 신중하게 처신하려 하고, 장군은 그저 왕의 행동을 따르려고만 한다는 생각이 들었다. 이상한 상상이 뇌리를 스치기에, 나는 그것을 멀리 떨쳐버리고자 했다. 어느 한순간, 내가 나의 희생 행위를 월권행위로 만들어, 이 기이한 상황을 이용해 그 군인에게 폐하를 불충한 고문이나 아니면 그저 어떤 해로운 녀석으로 소개하며 체포하도록 명하고, 나자신이 이 사태 해결을 진두지휘하여, 자세한 내막을 숨긴 일련의 사건들을 통해 결국 전권을 장악하는 그림이 뇌리에 떠올랐는데, 물론 그것은 군 복무를 통해 알게 된 몇 안 되는 개념조차 잊어버린 내가 이끌 수 있는 일이 아님을 나는 알고 있었다. 내가 자책해 마지않은 이 못된 꿈은 그 반란군의 설명이 시작되는 순간까지만 지속되었다.

그의 얘기에 의하면 아헤르무무 군사학교 부사관 생도들은 자신들이 내막을 다 알지 못하는 어떤 임무 수행을 위해 당일 아침 새벽에 소집되어, 도로에 길게 늘어선 수십 대의 트럭에 올라타고 출발했다. 그들은 그저 왕을 구하러 간다는 설명만 들었다고 했다. 조정 대신들이 모두 모이는 이 기회를 이용해, 폐하를 에워싸고서 백성들의 고혈로 자신들의 부를 축적하고 나라를 구렁텅이에 빠트리는 '나쁜 고문들'을 제거하기 위해서 간다고 말이다.

그렇다면 왕의 목숨은 더는 위태롭지 않은 듯했고, 이제 왕에게 본래 그의 것이던 권력을 되돌려줄 방법을 생각해야 했다. 나는 왕에게 일어나시라고 하고, 우프키르 장군에게도 그렇게 했다. 그러고는 그 부사관에게 부하들을 데리고 가서, 국왕을 되찾았다는 소식을 전하고, 우리에게 최대한 많은 병력을 보내게 하도록 명했다. 그 병사를 포함하여, 이제부터는 모두가 우프키르 장군의 지휘를 받았다. 내가 그 병사에게 장군이 여기, 그의 눈앞에 있다는 사실을 알려주자 그는 수영복 차림의 장군을 마침내 알아보고 거수경례를 했다. 그러고는 부하들과 장군을 대동하고서 나의 명을 수행하러 뛰어갔다. 장군은 얼른 그곳으로 가서 현장의 무력을 수습하고 상황을 다시 장악하지 못해 안달했으나, 무엇보다 우선 궁전으로 가서 말끔한 제복부터 구해야 했다.

이제 왕과 나, 우리 둘만 남았다. 왕이 말했다. "좀 전의 일은 참 놀라운 일이라 하지 않을 수 없네. 마음에 깊이 새길 가치가 있는 역사란 바로 이런 것이겠지. 이보게, 압데라마네, 내가 자네에게 큰 은혜를 입었어. 그 군인들이 나를 윽박지르려고 했다면 말이네. 사실 그럴 가능성도 다분했지. 하지만 왕국의 사료에는 이 모든 일에 관해 한 마디도 넣지 말길 부탁하네. 하기야 아무도 믿지 않을 걸세. 알렉상드르 뒤마의 소설에나 나올 법한 얘기 아닌가." 내가 폐하의 바람대로 할 것이며, 이제부터는 폐하 혼자 왕 역할을 하시도록 이쯤에서 그만 물러나겠노라는 얘기를 하고 있을 때, 마라케시 군관구軍管區 사령관인 하비비 장군이 헐레벌떡 우리 쪽으로 달려오는 게 보였다. 이 고위 장교는 이번 사태에 큰 충격을 받은 듯했다. 그는 극도로 창백한 얼굴로, 사지를 부들부들 떨면서 왕에게 절을 하고, 왕의 손을 부여잡고 입을 맞추며 그의 손을 눈물로 적셨다.

그는 반란군 우두머리 아바부 대령의 말을 듣고 왕이 서거한 줄 알았고, 그래서 더욱더 폐하를 다시 뵙는 기쁨이 크다고 말했다. 하비비 장군은 쿠데타 소식에 두렵고 황망하여 어찌할 바를 몰랐다고 했다. 그 반도는 하비비 장군을 포함한 여러 고위 장교들에게 왕이 스키라트에서 서거하고 새로운 권력이 자리 잡았음을 믿게 하고는 모두 신속히 자신들의 휘하 기지로 복귀라는 명령을 내렸으며, 그래서 하비비 장군은 마라케시로 향했다. 하지만 자신에게 극도의 고통을 안겨준 왕의 서거 소식을 믿을 수가 없어서, 그는 아바부 대령의 명을 거역하고 그 정보의 진위를 확인하기 위해, 그리고 설령 그런 불행한 일이 사실이라 하더라도 아직 궁전에 있을 왕가의 사람들을 구하기 위해 궁전으로 되돌아왔다는 것이다. 왕은 이 장군의 선의에 감사를 표하고 반도들이 내린 명을 거역한 그의 용기를 치하했다. 왕이 그 반도들을 진압하여 아주 비싼 대가를 치르게 해주겠다고 약속하며 그를 격려하자, 하비비 장군은 다시 한번 절을 하며 좀 전보다 더욱더 '열렬히 왕의 손에 입을 맞추었다.

우프키르 장군은 제복을 차려입고 되돌아왔다. 그는 어서 빨리 군을 지휘하여 모반 부대를 정복하지 못해 안달했다. 그는 하비비 장군이 우리와 함께 있는 걸 보고 깜짝 놀랐다. 우프키르는 그에게 반도들의 전열에 대해 파악한 사항을 물어보았고 기대 이상의 많은 정보를 얻어냈다. 그는 반란이 어떻게 전개되었고 주요 가담자들이 누구인지 잘 알고 있는 하비비 장군에게 나의 머릿속에는 떠오르지 않은 여러 가지 의심을 품는 것 같았다. 그 장교가 우연히 알게 된 사실인 양하며 누설하는 정보가 많아질수록 내무장관은 더욱더 꼬치꼬치 캐물었다. 하지만 그도 하비비 장군이 이번 사태에서 정확히 어느 편에 섰는지 이 자리에서 당장 밝히고 싶지는 않은 듯했다. 정보를 충분히 수집했다는 판단이 서자 그는 궁전으로 되돌아가, 전화선이 다시 제대로 연결되었는지 확인한 후 전화로 일련의 명령을 내려야겠다고 결심했다. 그런 다음 그는 자동차를 한 대 징발하여 라바트로 갔다. 떠나기 전에 그는 폐하께 늦어도 밤 11시경까지는 질서를 회복하겠다고 맹세했다.

나는 왕에게 물러나는 것을 허락해주길 청했고, 왕은 그렇게 해주었다. 군인들은 모두 감시를 해제했고, 놀란 인질들은 이동의 자유를 되찾았다. 부상자들이 많았고, 피 흘리며 누워 있는 죽은 듯 보이는 이들도 많았다. 나는 이곳저곳으로 친구들을 찾아가 무사한 것을 함께 기뻐하며 그들을 격려했다. 그들에게 왕정이 무너지지 않을 거라는 사실을 맨 처음으로 알린 사람이 나였다. 그들은 이번 사태가 자신들의 운명이 걸린 일이었으며, 그리고 이 흐름이 역전되지만 않는다면, 오늘 밤 바로 집으로 돌아가 가족 곁에서 잠을 잘 수 있으리라는 것을 알았다. 쇠고랑을 찬 채 춥고 어두운 감옥으로 끌려가지 않고 말이다. 나는 이마에 상처를 입은 옛날의 적도 발견했다. 상처는 가벼웠으나 피가 많이 났기에, 그를 데리고 천 조각을 찾으러 가서 임시로 붕대처럼 감아주었다. 그리고 나서 우리는 함께 웃음을 터뜨리며 뜨거운 포옹을 나누었다. 그는 쿠데타에 관해 많은 질문을 했지만 나는 대답할 수 없었다.

내가 그는 물론 역시 기뻐서 어쩔 줄 몰라 하며 재회한 다른 두 친구에게, 궁전 주차장에 있는 자동차를 한 대 징발하여 라바트로 되돌아가자고 제안한 때가 아마 저녁 7시 30분경이었을 것이다. 오후가 끝났을 즈음부터 이미 여러 차례 상황이 진정되었다는 소식을 들었지만, 국지전이 벌어지는 어느 고립지에 떨어질 가능성을 아직은 완전히 배제할 수 없었다. 하지만 모두 나의 제안을 받아들였다. 그래서 나는 라디오로 정보도 얻고, 이번 공격에서 빠져나온 데 대해 서로 위안하기도 하고, 바다를 바라보며 인간사와 왕국의 운명에 대해 함께 생각도 해보자며 그들을 내 집으로 초대하기까지 했다. 오늘 같은 여름 저녁이면 테라스 꼭대기에서 바라보는 바다 풍경이 아주 장관이라고 자랑도 했다. 집에 도착하는 데는 시간이 거의 걸리지 않았다. 모든 거리가 사막처럼 황량했다.

집에 도착하자마자 나는 그들에게 전화기를 내주며, 스키라트에서 전화를 이용하지 못했다면 어서 가족에게 전화를 걸어 귀환을 알리도록 했다. 뒤이어 나는 라바트 지역 주파수가 맞춰져 있는 라디오를 켰다. 한데 라디오에서 갑자기 군인들의 행진 소리와 다음과 같은 안내 방송이 번갈아 방송되는 것을 듣고서 우리는 경악을 금치 못했다. "군이, 군이 권력을 장악했습니다. 왕정 체제는 제거되었습니다. 왕은 죽었습니다. 인민의 군대가 권력을 잡았습니다. 주목하십시오, 주목하십시오. 인민이 군과 함께 권력을 잡았습니다. 이제 새 시대가 열립니다." 우리가 더욱 놀란 건 인산염 관리자로 일하는 우리의 친구 드리스가 이 말을 하는 사람의 목소리를 알아들었을 때였다. 나도 정확히 누구인지는 알 수 없어도 왠지 친숙하게 느껴지던 그 목소리의 주인공은 이따금 우리가 모로코의 레이 찰스라고 부르던 시각 장애 가수 압데슬람 아메르였다.

우리는 불안한 시선을 교환했다. 우프키르 장군의 군부 재장악이 실패한 것일까? 하지만 사관생도들이 왕에게 보인 충성심으로 미루어보건대 그것은 불가피한 일일 것 같았다. 내가 주파수 다이얼을 돌려 탕헤르 지역 방송에 맞추자, 거기에서는 우리가 잘 아는 우프키르 장군의 목소리로 녹음

된 전혀 다른 메시지가 들렸다. "… 이제 우리 왕국 전역에서 상황이 진정되었습니다. 정부 공직자와 국민께서는 냉정을 유지해주시기 바랍니다. 정부와 왕국 군대의 최고 수반이신 하산 2세 폐하께서 권력의 고삐를 쥐고 계십니다. 모든 시민 기관과 군 당국에 우리 국왕의 법질서를 따를 것을 명합니다. 하산 2세 만세, 모로코 국민 만세." 연설의 앞부분은 듣지 못했지만, 그의 말을 듣자 우리는 안심이 되었다. 앞서 들었던 안내 방송은 분명 얼마 가지 못한 이전 상황의 흔적인 듯했다. 합법 기관들의 복권이 임박했으며, 나는 우리가 그리 오래 불확실한 상황에 머무르지 않을 것이라고 장담했다. 아니나 다를까, 얼마 지나지 않아 내가 다시 라바트 주파수에 맞추자, 더는 반도들의 선언을 단 한 차례도 들을 수 없었다. 이 방송국은 이제 압데슬람 아메르의 노래를 틀어주었는데, 그것이 우리에게는 참 묘하게 여겨졌다. 혁명이 코미디가 되어버린 것이다.

왕의 안위에 대한 불안이 가시자, 어쩌면 이제 나 자신의 운명에 좀 더 신경을 써야 하지 않을까 하는 생각이 들었다. 왕 앞에서 내가 한 그 짧은 연출, 그의 목숨을 지키기 위해 그의 역할을 빼앗은 그 행동이 과연 사태의 열기가 가라앉고 나서도 계속 왕의 머릿속에 좋은 기억으로만 남게 될까 하는 의문이 들었기 때문이었다. 그 행동을 다시 떠올려

볼수록 폐하는 그것을 좋게도 나쁘게도 여길 수 있을 것 같았다. 폐하의 기분에 따라서나, 혹은 폐하께서 그 일에 대해 어떤 견해를 갖느냐에 따라, 그것은 은총의 동기도 실총의 동기도 될 수 있을 것 같았다.

9

쿠데타는 거의 우프키르 장군이 말했던 시각인 밤이 시
작될 즈음에 진압되었다. 다음날 오후 나는 국왕이 이 대신
을 위시하여 자신이 가장 신임하는 다른 여러 사람을 소집
한 특별 회의에 참여했다. 거기에서 이번 사태의 전모에 대
해 내가 모르고 있던 사실들을 알게 되었다.

아바부 대령은 왕을 전복하는 것, 필요하면 왕을 죽일 수
도 있는 것이 이번 임무라고 말하며 수백여 명의 사관생도
들을 동원한 게 아니었다. 그랬다면 당연히 그들이 따르지
않았을 것이요, 오히려 그에게 반기를 들었을 게 분명했기
때문이다. 그는 자신에게 협력할 사람들에게 이 불의한 계

획의 실상을 숨겨야만 했다. 그래서 그 젊은 군인들은 각 소대 대장들에게서 전달받은 내용대로, 자신들의 임무가 이번 스키라트 대연회를 이용해 왕을 구하는 것이라고 믿었다. 왕 주변에 스며들어 백성과의 관계를 단절시켜서 왕이 백성의 고통을 보지 못하게 가려버린 '나쁜 고문들'과 '불충한 장관들'을 제거함으로써 말이다. 폐하가 몇 시간 동안 자신의 운명이 다했다고 굳게 믿었다가 다시 권좌에 오르게 된 그 놀라운 결말은 이로써 설명된다.

하지만 이러한 결말은 한 가지 특이 상황이 없었다면 불가능했을 수도 있었다. 우리가 반도들 세력이 줄고 사태의 흐름이 재구성된 이후에야 알게 된 그 상황은 최초의 신문訊問들을 통해 구체적으로 드러났다. 국왕과 협상하기 위해 화장실로 찾아왔던 메드부 장군은 국왕과 헤어진 후 어느 외딴 방에서 아바부 대령과 재회했다. 거기서 두 모반자는 격렬한 말다툼을 벌였고, 결국 아바부가 권총을 뽑아 메드부를 쏘아죽이고 말았다.

메드부는 아바부 대령에게 최고 수위의 명령을 내리는 위치에 있었고, 이미 막후 공화국의 대통령으로 지명되어 있었으나(그런 사실을 나는 이 특별 회의장에서 알았다) 쿠데타가 시작부터 유혈 사태로 치닫는 걸 보자 공포에 질려버렸다. 그는 원칙을 중시하는 인물로, 미덕의 이름으로 어쩔 수 없이 왕권의 전복을 공모하기는 했으나 이 작전이 미덕을 짓밟을 줄은 상상조차 하지 않았다. 그의 의도는 국왕이 손님들 무리에서 멀리 떨어져 골프를 치고 있을 때, 폭력 없이 그를 사로잡는 것이었다. 하지만 아바부 대령은 장군이 그에게 체포 가능한 그 정확한 순간을 지시할 때까지 기다리지 않았다. 그는 야만적이고 집단적인 공격, 다시 말해 무차별적인 공격을 가하기로 했으며, 틀림없이 마약을 복용한 그 군인들의 만행에 제동을 걸지 않았다. 사태가 그런 양상으로 치닫자, 화가 나고 아연실색한, 아마 불안하기도 했을 메드부가 아바부에게 면직하겠다는 뜻을 표명했을까? 그래서 아바부가, 그렇게 고립되느니 이제 이 늙은 이상주의자 공화파도 제거하고 이 상황을 틈타 최고 권력을 향해 가속페달을 밟아야겠다고 생각했을까? 이러한 추측은 사실처럼 보인다. 어쨌든 아바부는 반도 무리 중 국왕이 숨어 있는 곳의 위치를 아는 유일한 사람이었던 메드부를 살해해버렸고, 그래서 그 장소를 찾아낼 수 없었다.

메드부가 살해된 시각은 대략 오후 4시 30분경이었다. 아바부는 시간에 쫓겼다. 그는 라바트로 가서 혁명위원회 1차 회의에 참여해야 했다. 셜루아티 대령과 반란군 장군 네 명이 회의 장소인 사령부 사무실에서 그를 기다리고 있었다. 이미 그는 지체된 상태였다. 그래서 그는 스키라트 궁전의 통제를 젊은 군인들에게 맡기고 수도를 향해 빠져나갔다.
그는 혁명위원회에 가서 메드부 장군이 국지전에서 사망했
다고 말했고, 모두가 공화국을 이끌 이 공정한 인물의 죽음
에 눈물을 흘렸다. 왕은 어떻게 되었느냐고 묻자 그는 왕 역
시 살해되었다고 말했다. 그 후 장군들은 각자 자신들이 지
휘하는 군사 지역으로 되돌아갔고, 그는 라디오-텔레비전
방송국으로 갔다.

방송국에서 그는 이집트 출신의 유명한 가수 압델하림
하페스를 만났다. 하페스는 친구인 국왕의 생일을 축하하는
노래를 부를 예정이었다. 그런 그에게 아바부는 왕정의 전
복을 알리는 라디오 방송 메시지를 녹음하도록 요구했고,
하페스는 온갖 협박에도 불구하고 단호하게 거부한 모양이
었다. 맹인 가수 압데슬람 아메르도 그 스튜디오에 있었다.
그는 이 반란군 장교와 마주쳤고, 하페스가 거부한 일을 해
달라는 요청을 받고는 불행하게도 그것을 수락했다. 그렇게
해서 우리는 그날 밤, 이미 더는 현실에 부합하지 않는 반도
들의 메시지를 송출한 최후의 기지국 라디오 방송에서 그의
목소리를 듣게 된 것이다.

하비비 장군은 자신이 지휘하는 군사 지역인 마라케시로
귀환하는 길에 스키라트에 들러 보기로 했다. 국왕의 생일
잔치에 참석한 전 세계의 수많은 외교관이 군인들에 의해

너무 심하게 학대당하는 일이 없도록 하고, 상황이 마음에 들지 않으면 필요한 조처를 하기 위해서였다. 자신들의 새로운 질서가 외국 여론의 비난을 받으며 시작되는 게 불안했기 때문이었다. 그는 그런 구실로 혁명위원회의 다른 구성원들에게 스키라트 방문을 정당화했고, 그들은 그의 계획에 동의했다. 스키라트에 도착한 후 죽은 줄로만 알았던 국왕이 자유로운 상태에서 아헤르무무의 사관생도들을 지휘하고 있는 모습을 본 그는 아마 까무러치게 놀랐을 것이다. 그래서 그는 더욱더 열렬히 국왕의 손에 입을 맞추었다. 그로서는 자신이 반도 중 한 명임이 까발려질까 봐 두렵지 않을 수 없었다. 내가 직접 목격하지는 않았지만, 그가 두려워하던 일은 나중에 실제로 일어났다.

우프키르 장군은 우리가 은신처에서 빠져나온 이후 자신이 어떻게 반격을 주도했는지 몇 마디 말로 전했다. 그는 탕헤르 지역 군사령관의 충성심을 믿었다. 반도들이 자기들 편이라고 믿었던 카사블랑카 지역 사령관은 양다리를 걸쳤다. 페스 지역 사령관에 대해서는 기술적 문제를 구실로 페스 공항에 착륙하지 못하도록 하고 메크네스로 우회하라는 명령을 내려, 그곳에서 접수위원회를 꾸릴 시간을 벌었다. 그리고 마라케시 지역 군사령관 하비비 장군은 불운하게도 스스로 늑대 아가리 속으로 뛰어들고 말았다. 우프키르 장군은 지프를 타고 라바트의 군사령부로 갔다. 거기에서 그는 현관 앞 층계에서 담배를 피우고 있는 아바부 대령을 보았다. 잠시 쿠데타의 순조로운 전개를 즐기고 있는 듯도 했고, 마치 내무장관을 기다리고 있었다는 듯 보이기도 했다. 그가 나타나자 아바부는 자신들과 동맹하기 위해서 온 거냐고 묻기까지 했다. 우프키르의 이야기가 여기에 이르렀을 때 테이블 주위에서 신경질적인 웃음이 터지는가 싶더니, 그가 아바부에게 동맹을 하러 온 게 아니라 항복을 요구하러 왔다고 대답해주었다는 얘기를 전하자 웃음소리가 더욱 커졌다. 아바부에게 그는 대령의 생각보다 훨씬 더 대령에게 불리해진 현재의 무력 대치 상황을 알려주었다. 그제야 자신이 실패했음을 깨달은 그는 자신의 병사들에게 발포 명령을 내렸다. 그러고는 황급히 안으로 뛰어 들어가다가 우프키르 장군을 수행한 병사들의 즉각적인 대응 사격에 총상을 입었다. 우프키르는 아바부를 생포하려고 했지만, 이 반군 장교는 자신을 그림자처럼 따라다니는 거구의 부관 아카에게 체포 전에 자기를 죽이라고 엄명했다. 부관은 그의 명령에 따랐고, 대령의 시신은 그의 병사들에 의해 안으로 옮겨졌다. 하지만 그들이 그 건물을 오래 지킬 수 없으리라는 건 분명했다. 왕국 곳곳에서, 더는 어떤 장교도 곧바로 죽을 작정을 하지 않는 이상 반란군 편에 서지는 않을 터였다.

왕은 진압 작전에 대한 핵심 내용은 다 얘기되었다고 판단했다. 시급한 일은 새로운 인사이동을 실시하고 대국민 담화문을 준비하는 것으로, 그거야말로 내가 많은 역할을 할 수 있는 일이었다. 회의를 마칠 때가 되자 왕은 처음에 강한 인상을 받았다가 잊어버린 생각 하나가 문득 떠오른 듯 이렇게 몇 마디 덧붙였다. "어떤 병사들이 이런 말을 했다는 얘기를 전해 들었소. '쿠데타는 햇빛이 너무 강해서 실패했다….' 햇빛이 너무 강해서! 무슨 말인지 아시겠소? 햇빛이 너무 강해서…." 이어 그는 몸을 흔들며 큰 소리로 웃었는데, 그로서는 그런 상징이 불쾌하지 않았던 모양이었다. 그가 이렇게 말을 이었다. "이제 그놈들도 곧 햇빛 얘기를 듣게 되겠군."

그로부터 3주가 지났을 때 나는 왕의 부름을 받았다. 나 혼자서 왕을 접견했는데, 그것은 아주 드문 일이었다. 이번에 본 왕은 몹시 동요된 모습이었다. 쿠데타 직후, 생존하여 통치를 계속할 수 있게 된 사실만으로도 큰 기쁨을 맛보았고, 거기에 행운의 느낌까지 더해져 비길 데 없이 왕성한 활력을 보였던 그가 얼마 지나지 않아 다시 심히 위축된 모습을 보인 것이다. 그는 자신의 혼란과 싸우고 있었다. 그는 내게 통치의 새로운 장을 열기로 했다고 말했다. 그가 왕위에 오른 지 벌써 10년이 지났다. 그 10년 동안 안정기라고 할 만한 시기들은 상대적이었고 짧았다. 10년이 지났음에도, 그는 자신의 권력을 튼튼하고 온전하고 범접할 수 없는 토대 위에 정립하는 데 성공하지 못했다고 거듭 말했다. 그의 동요는 엄살 같지 않았다. 나는 그의 개혁 노력의 좋은 결과들을 제시하며 애써 그런 비관론을 논박하고자 했다. 이런 상황에서는 그렇게 하는 것이 나의 역할이었다. 그의 감정에 편승하여 그의 말에 맞장구치는 것은 아주 상스럽고 나 자신에게도 위험한 짓일 것이다. 그는 잠시 침묵을 지켰다. 그 침묵은 순수하고 단순한 대화는 이쯤에서 끝내고 이제 *의사 일정*으로 넘어가자는 뜻 같았다. 왕은 내게 내년이 1672년에 즉위한 물라이 이스마엘의 통치 3백 주년이 되는 해임을 주지시켰다.

그러니까 그것이 바로 나를 소환한 목적이었다. 나는 왕국의 사료편찬관이었고, 왕은 내게 그 기념식을 거행하는 게 시의적절한 일인지, 만약 그렇다면 어떤 성격의 기념식으로 구성하는 게 좋을지 생각해보라는 거였다. "사람들은 나를 전제군주라고 비난하네. 아마 전제군주가 또 다른 전제군주에게 경의를 표하려 한다고 떠들어댈 테지…." 그렇게 말하며 왕은 자신의 손을 책상 위에 거칠게 떨어트렸다. 지친 지배자의 소리 나는 몸짓이었다. "그는 두려움을 불러일으켰지만, 어쨌든 왕국을 건설했어. 그의 정치적 업적은 실로 거대하고 통치 기간도 반세기나 되네. 나도 두려움을 불러일으키는 것 같기는 한데, 나 자신의 왕궁 복도에서, 내 등 뒤에 누가 있다고 느낄 때 몸을 떠는 사람은 바로 나란 말이지. 그들은 언제나 나를 방정식方程式에 빠트리고 싶어 하는데, 어쩌면 나도 그들에게 상사변환相似變換으로 응수할 수 있겠지…. 어쨌든 뭔가를 준비해야 하는지 말아야 하는지 아직 확실하게 결정을 내리지 못했어. 자네가 이 문제를 숙고해주길 바라네. 곧 메크네스로 가게. 필요한 자금은 얼마든지 쓰고."

만약 폐하가 진짜로 이 3백 주년 기념행사를 개최할 마음이라면, 몇 달 내로 그 모든 걸 구상하고, 프로그램을 짜고, 실행까지 해야 한다. 준비 기간이 너무 짧았지만, 나로서는 왕의 요구가 거의 불가능한 일인 듯하나 그래서 더욱 나에 대한 왕의 신뢰가 명예롭게 느껴진다고 답하는 외에 다른 대꾸를 찾을 수 없었다. 왕이 필요한 건 뭐든 무제한으로 마음껏 써도 좋다고 거듭 다짐한 걸 보면, 그도 내가 단순히 어려움을 느끼는 체하는 게 아님을 알긴 아는 모양이었다. "그런 일을 할 수 있는 사람은 자네뿐일세", 하고 왕이 말했다. 그러면서 그는 친절하게도 소르본 대학에서 살레의 해적들에 관해 쓴 나의 논문을 거론하고, 여전히 '바바리아'가 아니라 '모레스크'라고 부르는 나의《애가》를 상기시키기도 했다. 나의 능력에 대한 이 같은 오마주는 물론 나를 안심시키고 격려하는 것일 테지만, 이 표면적인 경의의 배후에서 나는 이유는 모르겠으나 이 완벽한 짜 맞춤이 어쩌면 표적 조준일 수도 있겠다는 생각이 들었다. 어떤 무기의 조준장치에 맞춰 놓고 언제든 타격을 가할 수 있는, 세심하게 고른 표적 말이다.

내가 왕에게 이 임무를 나 혼자 수행하게 되는지, 아니면 다른 고문들도 참여하게 되는지, 그리고 역사 연구에 탁월한 역량을 가진 조수 몇 사람을 동원해도 되는지 등을 물어보았을 때도 나는 그런 느낌을 떨치지 못했다. 왕은 이 기념식이 과연 시의적절한지에 대해 미리 생각해보는 단계에서는 어떤 고문도 참여해서는 안 될 뿐 아니라, 그런 축제를 벌이는 걸 결정하여 프로그램을 짜는 단계에 들어가기 전까지는 이에 관해 철저하게 비밀을 유지해야 하며, 따라서 누구의 도움도 없이 나 혼자 일을 진행해야 한다고 말했다. 나는 왕이 더 설명하지 않아도 그 이유를 이해할 수 있었다. 만약 그의 마음이 계획을 포기하는 쪽으로 기운다면, 그에게 그런 계획이 있었는지 아무도 모르는 편이 좋을 것이다. 대중의 소문이라는 건 뭐든 부풀려지기 때문에 말이다. 왕이 그런 계획을 세웠다가 포기한 걸 알게 되면, 사실은 두 가지 가능성 중 하나를 선택한 것일 뿐인데도 사람들은 온

갓 터무니없는 얘기를 떠들어댈 것이다. 그런 축제를 준비할 것인지 말 것인지를 자유롭게 선택할 수 있으려면, 잠재상태의 그 축제가 가능한 한 비밀로 남아 있어야 한다. 그런 다음, 왕의 결심이 축제를 개최하는 쪽으로 정해지면, 당연히 나는 내가 판단하기에 동원하는 것이 유익할 것 같은 자격 있는 모든 이들로 구성된 위원회의 도움을 받을 수 있을 것이다. 왕은 이 계획을 사전에 알려주고 싶은 유일한 인물은 우프키르 장군이라고 말했다. 그에게는 비밀이 없다는 것이다. 하지만 그렇다고 해서 내가 이 장군에게 보고까지 할 필요는 없고, 그에게 내 일에 끼어들지 말라는 말까지 해두었다며 나를 안심시켰다. 당분간은 왕이 나의 유일한 대화상대라는 얘기다.

내가 작별을 고하려 하자, 폐하가 내게 알려줄 마지막 소식 하나를 전하기 위해 나를 붙잡았다. 이 기념일을 위한 축제 개최를 생각하던 폐하는 이란의 샤(페르시아의 왕)가 2천 5백 년의 역사를 가진 페르시아 제국 탄생 기념일 행사를 성대하게 개최하려 한다는 사실을 알게 되었다. 10월에 페르세폴리스에서 개최될 그 축제가 성대한 행사가 되리라는데는 의심의 여지가 없었다. 전 세계의 여러 정부 수반들, 왕자들, 고관대작들이 초대되었다. 샤와의 우정에도 불구하고 왕은 그 행사에 참석하는 것을 포기했다. 스키라트에서의 쿠데타 시도가 불과 3개월 전인데, 벌써 장거리 외유로 나라를 비운다는 게 그로서는 생각할 수 없는 일인 모양이었다. 내 앞에서 그런 두려움을 나타내지는 않았지만, 그런 대축제의 모양새 자체가 그에게 자신의 비극적인 생일잔치의 불쾌한 기억을 떠오르게 하는 것이 분명했다. "둑스*dux*와 세데스*sedes.*⋯", 하고 그가 종종 그러듯 수수께끼 같은 화법으로 말했다. 자신이 말한 수수께끼를 내가 알아듣지 못한 줄 알고, 그 점이 오히려 적잖이 만족스러운 듯한 표정을 지으며 그가 말을 이었다. "둑스와 세데스, 라틴 사람들은 수장과 본부를 그렇게 부르지. 이 둘이 너무 오래 떨어져 있으면, 권력의 문이 반도들에게 활짝 열리게 된다네. 사냥을 떠나는 자는 자기 자리를 잃는 법 아닌가. 파스칼이 말했듯이, 로마가 더는 로마에 있지 않을 때⋯ 그때는 모든 것이 가능해지지. 어쨌든 지금은 내가 닷새 동안이나 페르시아 왕의 집에 가 있을 때가 아니라는 걸 자네도 잘 이해했을 거야." 왕은 자신의 동생이 대신 참석하기로 했으니, 나도 그 왕족을 수행하는 대표단과 함께 가라고 했다. 페르시아인들이 구상해낸 스펙터클이 내게 유익한 영감을 줄 수 있으리라는 이유에서였다.

왕이 담배에 불을 붙였다. 내가 물러나는 동안 그는 웃는 얼굴로, 마치 그의 은銀 라이터의 불꽃에서나 아니면 그가 내뿜은 첫 번째 담배 연기에서 탄생한 듯한, 순간적으로 뇌리에 떠오른 마지막 지침 한마디를 날렸다. "판타지아•보다는 뭔가 좀 더 독창적이었으면 좋겠네!" 나는 돌아서서 그에게 깊이 머리를 조아리며 알겠다고 대답했다.

나는 "물라이 이스마엘 기념식 관련 축제 예비 구상 임무"를 하사받고 접견실을 나섰다. 왕궁의 문턱을 채 넘어서기도 전에, 나는 이 새로운 직책을 왕의 은총으로 보아야 하는지 실총으로 보아야 하는지 자문해보았다. 이번 임무는 두 가지 점에서 까다로울 것 같았다. 우선 축제 준비 기간이 너무 짧아 내가 책임지게 될 실패의 위험이 크다는 점, 그런 실천적 어려움 이전에 기념식의 시의적절성에 대한 조사 자체가 결론에 이르기 쉽지 않다는 점에서 그랬다.

그 점들을 좀 생각해보면, 물라이 이스마엘의 치세가 양면성을 지녔다는 건 왕도 모르는 체하지 않는 듯했다. 사실 그 양면성은 곧 내가 받은 임무의 양면성이기도 했다. 이 폭압적이고 거칠고 잔인했던 17세기 군주가 20세기 왕정의 모범이 되어야만 할까? 하지만 그렇다고 해서 현재의 왕이 왕조의 초석을 세운 인물을 어찌 그늘 속에 그냥 묻어둘 수

• 아라비아 기병의 기예.(—옮긴이)

있겠는가? 그의 권력은 물론 그의 삶까지도 그 선조가 물려주지 않았는가? 그가 그것들을 누리는 건 물라이 이스마엘이 주변에 휘둘렀던 폭력, 마치 오래 가는 어떤 숨결처럼, 수 세기에 걸쳐 잠재적 반도들을 쓸어버린—긴장 상황이 없지 않았지만, 대개는 왕의 가계 내부에서, 형제들이나 사촌들 사이에서 생겨난 긴장이었다—그 최초의 폭력행위 덕분이다. 여러 군주 중에서도 물라이 이스마엘은 백성들에게 가장 잘 알려진 인물이었다. 늘 그의 전설을 들으며 살아온 사람들인데, 어느 날 갑자기 이 인물에 대한 기억을 소홀히 한다면 그들이 용납할까?

집으로 돌아온 나는 앙리 테라스가 쓴 《모로코의 역사, 기원에서부터 프랑스 보호령 수립까지》 제2권을 살펴보았다. 나는 이 책을 좋지 않게 평가한 기억이 있었다. 물라이 이스마엘을 다룬 장의 마지막 부분은 참으로 무자비했다. "그는 증오와 잔혹함을 토대로 해서는 안정된 그 무엇도 설립할 수 없다는 사실을 몰랐다. 그의 업적이 엄청나지만, 야만적이고 자기 과시적인 면모를 너무 자주 보여 물라이 이스마엘을 모로코의 은인으로 꼽기는 어려울 것이다." 테라스의 드넓은 학식과 그가 내리는 판단의 섬세함, 모로코 왕국, 특히 모로코의 건축과 예술 관련 문화유산에 관한 그의 수많은 논문의 가치를 무시한다는 건 부당한 일일 테지만, 그의 관점은 어디까지나 보호령 시대 프랑스 역사가의 관점이었다. 우리 민족주의자 지식인들은 그렇게까지 준엄하지는 않았던 것 같다. 우리는 우리 자신을 알아야 하고, 우리의 위인들을 알아야 한다고 알랄 엘 파시는 말했다. 그 위인 중에 물라이 이스마엘이 있었다. 그는 우리를 굴복시킨 이들의 눈앞에 던져진 권력의 상징이었다. 하지만 우리는 독립했고, 어쩌면 이제는 좀 덜 야만적인 상징이 필요한지도 모른다.

이런 양면성의 존재만으로도 기념식이 과연 시의적절한지 의문시하기에는 충분했다. 어떤 사람의 어두운 부분이 클수록, 그를 추모하며 모범으로 내세우기는 더 어렵다. 아무리 그가 정복자요 탁월한 건설자였다 할지라도 말이다. 내가 왕에게 애써 이해시켜야 할 점이 바로 이것일까? 그러니 그의 계획은 그만 접는 게 좋을 거라고? 아니면 그는 내가 그의 망설임을 떨쳐내도록 도와주고, 그의 적들의 기를 죽일이 모범을 과감히 드러내라고 격려하길 기대하고 있을까?

아마도 나는 물라이 이스마엘의 통치사를 연구하고, 그 특징과 일화를 수집하고, 그 빛과 어둠을 저울질해나가는 한편, 나의 결론으로 왕을 설득하려 들기보다 왕의 은밀한 의도를 깊이 헤아려보아야 할 것이다. 그리고 마침내 그것에 대한 감이 잡혔을 때 나를 거기에 맞추도록 노력해야 할 것이다.

한데 우리의 경축 행사의 밑바탕이 되어야 할 판타지아에 대한 폐하의 그 의중만큼은 혼란스럽지 않을 수 없었다. 우리의 기념행사에 판타지아가 일절 포함되지 않아야 한다는 것인지, 아니면 우리가 특별히 준비해야 할 좀 더 독창적인 다른 오락들 속에 그것이 한 번쯤은 들어가도 된다는 것인지 알 수 없어서였다. 그것을 감히 왕에게 다시 물어볼 수는 없었다. 그의 말뜻을 잘 이해하지 못한다고 비난받거나, 아니면 그의 표현 방식이 명확하지 않다는 뜻으로 들릴까봐 걱정되었기 때문이다. 이는 그가 더욱더 화를 낼 일일 터다. 판타지아가 들어가면 분명 스키라트의 총격 장면을 상기하게 될 텐데, 그 점을 생각하면 넣지 않는 편이 낫다. 하지만 그것은 전통적인 민중 오락인 만큼, 그것이 빠지면 여론이 좋지 않으리라는 점 또한 우려된다.

나는 9월을 보내러 메크네스로 갔다. 회교도 주거지 인근에 있는 다르 자마이 궁전 안의 한 거처에 머물렀다. 그곳은 하산 1세의 대재상 모하메드 벤 라르비 자마이를 위해 19세기 말에 건립된 이슬람 양식의 궁전이었다. 이 재상은 병이 들어 페스에 가서 치료를 받아야 하는 처지가 되자 그 저택을 동생에게 넘겨주었다. 하지만 하산 1세가 서거한 후 그의 아들 황태자가 왕위를 계승하자 새 대재상이 임명되었다. 새로 임명된 대재상은 전임자의 이 저택은 물론, 다른 모든 거처와 토지와 옷가지까지 몰수하라는 명을 내려 그 동생에게 아무것도 넘겨주지 못하게 했고, 심지어는 체포령까지 내려 그를 테투안의 감옥에 감금해버렸다. 그 후, 보호령 당국이 이 궁전을 박물관으로 만들었고, 지금까지 그 상태로 남아 있으나, 내가 갔을 당시에는 건물 일부가 행정 청사로 쓰이고 있었다. 실제 박물관은 아주 오랜 기간 공사 중인 상태였기에, 방문객들에게 방해받을 걱정 없이 그곳을 나의 거처로 삼을 수 있었다. 주거용으로 보존된 구역들은 공간은 넓었으나 가구가 빈약했다. 관사에서는 종종 있는 일이지만, 입주자가 떠날 때 남겨두는 게 거의 아무것도 없기 때문이다. 내가 입주한 곳은 하산 1세 시대 이후 아무도 수리를 하지 않은 듯한 낡은 거처로, 늘 호화로운 생활을 하는 데 익숙한 조정의 많은 이들이 불쾌하게 여길 공간이었다. 하지만 타르파야의 요새에서 야전 침대 생활을 한 시기 이후부터, 나는 안락하다는 느낌을 얻는 데 대단한 무엇이 필요치 않았다. 별것 아닌 것도 내게는 감탄의 원천이 되었다.

그곳에 도착해서 한 며칠간은 연구에 푹 빠져 보냈다. 나의 유일한 기분전환 거리는 궁전 울타리 바깥으로 나가는 일 없이 삼나무들이 우거진 궁전 안의 정원들을 산책하는 것이었다. 나는 마치 정원의 샘에서 영감을 길어내려는 듯 샘 주위를 배회했다, 그러다 보면 나의 발걸음은 어느새 연초록색 벽에 싸인 작은 정자에 이르러 있었고, 나는 무슨 의식을 치르듯 그 앞에서 잠시 멈춰 섰다가 다시 나의 거처로 되돌아오곤 했다. 하지만 그 후부터는 종종 궁전 바깥으로 나가, 물라이 이스마엘에게 많은 것을 빚지고 있는, 이 군주의 흔적이 곳곳에 남아 있는 구도심을 돌아다녔다.

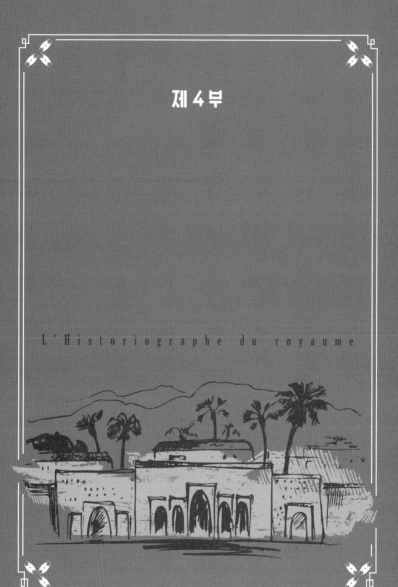

제 4 부

L'Historiographe du royaume

10

교외에 행복의 계곡으로 불리는 아주 독특한 장소가 하나 있는데, 그곳은 눈요기에 좋은 형태와 색의 다채로움이 가득하고, 테라스와 계단, 연못, 폭포 등이 있고, 곳곳이 조가비와 자갈로 장식되어 있고, 태양의 열기가 가장 기승을 부릴 때도 그늘과 시원함이 넘쳐나는 울창한 대공원이었다. 나의 임무가 제기하는 까다로운 문제에서 얼마간 정신의 해방을 맛보고자 할 때, 내가 습관처럼 찾아가 진을 치는 카페도 하나 있었는데, 때로는 그런 식으로 여가를 즐기며 임무에서 떨어져 있을 때 문제의 해결책이 떠오르곤 했다. 이 비할 데 없는 공원은 보호령 시행 초기에 생의 15년 세월을 이 공원 건설에 바친 파농이라는 어느 프랑스인의 작품이었다. 그는 노인이 된 지금도 여전히 메크네스에 살고 있으며, 이곳에서 대중의 사랑과 모로코 왕국 관청의 존경을 누리고 있다.

내가 이 행복의 계곡에서 모르기안 알-메기스티를 처음만난 것은 메크네스에 도착한 지 겨우 3주가 지났을 무렵이었다. 우리는 여러 폭포 중 가장 큰 폭포가 있는 곳 근처 길에서 우연히 마주쳤다. 그녀를 보는 것과 그녀를 사랑하는 것은 내게는 같은 일이었다. 그녀를 바라보는 것만으로 나의 두 눈을 충족시킬 수가 없었기에, 만약 신께서 내게 잠시나마 그녀를 다시 볼 기회를 마련해주신다면, 그녀와의 관계를 유지할 방법을 얻지 않고는 절대 그녀를 그냥 떠나보내지 않겠다고 나는 맹세했다. 한데 바로 그다음 날, 그런일이 실제로 일어났다. 본능적으로 나는 그녀를 만났던 그장소 그 시각에 다시 가봐야겠다고 마음먹었고, 바로 거기에서, 어쩌면 그녀 역시 나를 다시 보려는 마음을 가졌던 게아닐까 하는 생각이 들게 하는 태도로 서 있는 것을 보고 나는 그지없이 행복한 놀라움을 맛보았다. 이 두 번째 만남을 촉발한 것이 단지 우연만은 아니라는 생각이 들어서였다.

그녀는 세상에서 가장 아름다운 갈색 머리 여인이었다. 평균 신장을 넘어서는 키에 균형이 잘 잡힌 몸매, 아름다운목선, 혈색 좋고 아주 섬세한 피부, 생기 있게 빛나는 커다란 검은 두 눈동자, 흠잡을 데 없는 코, 잘 갖춰진 진홍빛 두 입술 등, 반듯한 이목구비를 지닌 것에 더해 사람의 마음을 단숨에 사로잡는 쾌활함과 재기까지 반짝였다.

나는 그녀에게 다가갔다. 그러고는 그녀의 출현이 얼마나 범상치 않은지 강조하기 위해,《봄므의 술탄의 딸》이라는 콩트에 나오는 대사처럼 "당신은 진•인가요, 사람인가요?" 하고 물었다. 그녀는 마치 무한한 생각에 잠긴 듯, 처음에는 아무 말도 하지 않고 나의 눈을 깊이 응시하기만 했다. 그러다 웃는 얼굴로 이렇게 대답했다. "당신처럼 저도 아담의 자손이에요." 나는 그녀가 이렇게 시의적절한 말을 할 수 있고, 우리 두 사람이 틀림없이 잘 통하리라는 사실을 간파하고서 말로 표현하기 어려운 기쁨을 맛보았다. 그녀는 또 그녀대로 자신의 대답이 나에게 낸 효과에 대해 만족한 것 같았다.

당시까지만 해도 나는 어쩌면 내가 평생 자유롭게 살 것이라고 믿고 있었으나, 그녀의 매력 앞에서는 그 자유를 잃어버리지 않고는 못 배길 듯했다. 조정 안에서의 나의 위치와 지나온 삶의 그 이상한 행로들의 추억은 세월이 흐를수록 점점 더 결혼에 대한 희망을 접게 했다. 유배 선고는 모

• 아랍인들이 믿는 공기의 정령.(—옮긴이)

든 면에서 만족스럽게 여겨졌던 한 여자와 막 결혼하려던 순간에 나를 강타했다. 나는 그 믿음이 헛되었음을 깨달았다. 그리고 감옥 아닌 감옥에 갇혀 지낼 때는 열정의 불을 지필 기회조차 주어지지 않았다. 그 불은 그 사막에서 거의 꺼져버렸다. 나는 은자의 생활 습관이 밴 채 타르파야에서 돌아왔고, 그런 습관은—물론 약간 완화되기는 했지만—연구하는 것이 나의 성향에 잘 맞아서도 더욱더 큰 비중을 차지하게 된 사료편찬관 직책을 통해 연장되었다. 하지만 나는 누구도 영원히 열정으로부터 도피할 수 없다는 사실을 알고 있었고, 내 생각은 옳았다.

내가 열다섯 살 이후부터 속하게 된 환경으로 인해 나는 대개 아주 지체 높은 여자들을 알게 되었다. 왕과 나의 사이가 제법 가깝다지만, 나의 신분이 그녀들에게 적합하게 여겨지는 경우는 드물 것이다. 말하자면 나는 궁정 내에서의 나의 존재를 밑받침해주면서 나의 비천한 출생을 상쇄시켜줄 만한 재산이 없는 사람이었다. 사람들은 나의 직책이 왕궁과 정부 부처들로 넘어가는 여러 의사 결정과 재정 지출에 아무런 영향력도 미칠 수 없으며, 따라서 내가 추가적인 소득을 올릴 어떤 이유도 없음을 쉽게 알 수 있을 것이다. 많은 행정 부서 간부들은 그런 추가 소득으로 식솔들을 넓은 집에 살게 하고 자녀들을 외국의 대학에 보내곤 하지만 말이다.

나는 검소한 생활에 익숙해져 있었고, 그것은 내게 일종의 휴식을 보장했다. 왕국의 일부 고관들이 골치 아픈 문제들로 괴로워할 때 나는 상대적으로 편안했다. 만연한 부정축재를 왕이라고 모를 리 없었지만, 왕은 그런 일을 눈감아주었다. 그래서 그런 일에 탐닉하는 자들의 사랑을 받음과 동시에 그런 자들을 자기 뜻대로 다룰 수가 있었다. 가상의 음모를 꾸며낼 필요도 없이, 그저 실존하는 서류 중 한 장만 꺼내 들면 언제라도 그들을 이런저런 불행에 빠트릴 수 있기 때문이다.

나는 소득이 적었지만, 가족을 부양할 일이 없었기에 지출도 적었다. 하지만 만약 내가 부유한 집안 출신 여자와 결혼하면 어떻게 될까? 꼭 필요한 것만 쳐다보려는 생각은 절대 하지 않을 게 분명한 여자, 저녁에 집에 돌아온 나에게서 오늘은 왕의 손에 입을 맞추었다느니, 왕이 나를 대견해하더라는 얘기를 듣는 것만으로 언제까지나 만족해하지 않을 여자와 말이다. 다른 사람들은 가족에게 편안한 삶을 보장하기 위해 자신의 지위를 이용할 줄 아는데, 군주의 여러 고문 중에서 끝내 가장 가난한 신세로 남아 있는 나를 결국 그녀는 경멸하고 말 것이다. 게다가, 나의 삶이 폭력적으로 깨졌었고 앞으로 또 그럴 수 있다는 사실 역시 내밀한 약속을 주저하게 했다. 또다시 왕의 총애를 잃어 그런 약속을 이행하지 못할 위험이 있어서였다. 여자에게 나와 함께 살자고 제안했다가 내가 경험한 적 있는 그런 봉변 속으로 그녀까지 끌어들이게 될까 봐 두려웠다. 젊은 왕이 막 즉위한 직후, 내가 정확히 무슨 이유로 타르파야에 유배되었는지 지금도 여전히 모르고 있기에, 나는 그런 불안을 더욱더 크게 느끼고 있었다. 내가 다시 얻게 된 폐하의 호의, 하지만 앞에서 보았듯 가끔 별것 아닌 일로도 다시 잃어버릴 수 있는 그 호의를 잘 유지해야겠다는 생각에 온통 정신이 팔려, 가정을 꾸리는 데 필요한 시간과 배려를 제대로 제공하지 못할까 봐 두렵기도 했다.

모르기안을 알게 된 당시 결혼이라는 약속에 대한 나의 심경은 그랬다. 앞으로는 두 번 다시 그런 관계를 맺을 기회가 없을 터이기에, 나는 그것을 더없이 진지하게 생각했다. 그토록 많은 매력을 한몸에 지닌 사람은 이제껏 한 번도 만나본 적이 없었다. 그녀의 매력은 나를 나 자신에게서 빼내어 온통 그녀에게 바치게 했고, 그래서 위의 갖가지 이유가 한순간에 모두 물거품이 되어버렸다.

나는 너무나 아름답고 너무나 잘 자란 젊은 여자가 이 세상을 더할 나위 없이 잘 안다고 해서 놀라지 않았다. 모르기

안의 가문은 이드리시 토후국의 여러 *쇼르파*● 명가 중 하나
였고, 그녀는 그런 명가의 후손이라는 자긍심을 숨기지 않
았다. 게다가, 다른 귀족 가문, 말하자면 신분이 낮은 사람
과 결혼을 한다거나 신분에 어울리지 않는 일 등을 절대 하
지 않아 오늘날에는 자신들의 권위를 유지할 큰 재산 없이,
예언자의 후손에 대한 대중과 정부 기관의 존경만 유일한
사치(이따금 채권자들의 몰염치에 대한 유일한 방책이기도 한)로 간
직하고 있는 가문과는 달리, 그녀의 가문은 특히 19세기 말
에 큰 재산을 일구기 시작한 "카사블랑카의 파시" 가문 사람
들과 결혼을 거듭하여 지난 수십 년간 가문의 문장에 다시
금박을 입히는 걸 두려워하지 않았다는 사실도 이번에 알게
되었다. 하지만 그런 사실들에도 불구하고 모르기안은 백성
들의 가난과 귀족들의 부패를 극도로 염려했는데, 그런 면
에서는 정부 혁신의 명분을 내세워 국왕뿐만 아니라 왕정
자체를 원망하는 반대파의 주장과 행동에 동조할 사람처럼
여겨지기도 했다. 하지만 백성을 위하는 그녀의 말들이 그
저 그녀의 염려에서 우러나온 말들이기만 한 것인지, 아니
면 일정 부분 알라위파 왕조에 대한 좀 더 근본적인 적의,
다시 말해 선조로부터 물려받은 적의를 가장한 건 아닌지

● 예언자의 후손.(─옮긴이)

하는 의문이 들 때도 있었다.

그녀 가문의 이름이 모로코 왕국의 역사에 몇 번 거론된 적이 있는데, 이 일가 사람들이 가담한 몇 차례 음모는 이 가문에 어두운 명성을 안겨주었다. 두려움 많은 이들은 이 가문의 이름이 거론되면 몸을 떨었고, 그래서 야기된 침묵은 일종의 저주를 나타내는 징표 같았으며, 사람들이 귀족과 유서 깊은 가문에 대해 갖는 경원敬遠이 그런 예감을 더욱 강하게 했다. 자신들에게 이롭게 행사되리라는 쪽에 운명을 걸고 억압적인 권력에 다가갔다가 그 권력에 의해 역사의 나쁜 쪽으로 내팽개쳐지는 개인들의 운명이 자아내는 경원 같은 것 말이다.

알-메기스티 가문의 역사는 너무나 유명해서 모르기안이 내게 군이 그 주요 장章들을 알려줄 필요는 없었다. 지난 세기 말경, 많은 울라마•와 대신들을 배출한 유서 깊은 가문 출신의 샤이크••아흐메드 알-메기스티는 술탄 하산 1세의 여러 고문 중 한 명으로 성직 관련 업무를 담당했다. 당시

• '학자'를 뜻하며 주로 이슬람법 법학자를 말한다. 이슬람에서는 본래'성직자'나 '사제'를 인정하지 않으나 이 울라마가 역사적으로 형성됨에 따라 넓은 의미의 성직자에 해당하는 말이 되었다.(—옮긴이)

•• 부족의 원로, 수장, 숭배하는 현인, 이슬람 지식인을 의미하는 아랍어. 아랍 국가들의 왕 이름 앞에 주로 쓰인다.(—옮긴이)

그가 저술한 몇 권의 역사서는 오늘날까지도 식자들의 주의를 끌고 있다. 그는 아들 셋을 두었는데, 그중 모르기안의 할아버지인 자파르는 알 카라윈 대학교 교수였고, 시를 썼으며(우마이야 왕조 시대의 송사들에 대한 그의 완벽한 모작들은 그를 모로코 왕국 최고의 울라마 중 한 명으로 꼽는 독자들에게 큰 기쁨을 안겨주었다), 늘 공적인 일과는 거리를 두고 살았으나, 다른 두 형제는 그렇지 않았다.

둘 가운데 압달라 알-메기스티는 1900년대에 알라위 왕조에 맞섰던 주된 반대파로 알려져 있다. 술탄 물라이 압델아지즈가 어쩔 수 없이 왕위를 포기해야 했을 때, 이 세리프는 그 대신 다시 이드리시 왕가● 사람을 왕위에 앉히길 꿈꾸었다. 이드리시 왕조의 마지막 수장의 통치가 끝난 지 거의 천년이 지났는데도 말이다. 하지만 왕위를 승계한 이는 압델아지즈의 동생 물라이 압델하피드였다. 하피드는 즉위 즉시 압달라 알-메기스티를 옥에 가두고 채찍질 형에 처하라는 명령을 내렸고, 이로 인해 그는 사망했다.

또 다른 형제 모하메드는 1920년대에, 보호령 총독부의 여러 계획을 술탄 세습군주제의 오랜 사회 및 종교적 전통의 이름으로 지지하고자 한 치밀한 논증으로 큰 명성을 얻

● 788년부터 974년까지 모로코 지역에 존재했던 시아파 왕조.(―옮긴이)

은 인물이다. 그는 글라위와 동맹을 맺고서 자신의 이름이 갖는 권위를 이용해 수많은 족장을 벤 아라파에게 충성하도록 설득함으로써 1953년 술탄의 폐위 과정에서 결정적인 일익을 담당했다. 당시 그의 마음에는 분명 지난날 자신의 형제에 가한 그 처벌에 대한 기억과 알라위 왕가에 품은 원한이 크게 작용했을 것이다. 하지만 그도 사실은 당시의 혼란을 틈타서, 또 한 사람의 알라위파일 뿐인 그 권력 찬탈자가 아니라 이드리시 왕가 사람을 다시 권좌에 앉히고자 했을 거라고 사람들은 말한다.

모르기안의 아버지는 철도청 임원이었고, 어머니는 부유한 카사블랑카 상인 가문 출신이었다. 그녀는 수도 라바트의 명소인 프린세스의 길에서 성장했는데, 모로코 왕국의 모든 고관과 친하게 지낸다는 그녀의 얘기에 나는 놀라움을 금치 못했다. 그녀의 말로는 우프키르 장군의 저택에서 그의 큰딸에게 수학 특별 과외를 해주기도 한 모양이었다.

그녀는 파리에서 의학을 공부하고 있으며, 10월에 있을 개학에 맞춰 곧 다시 파리로 떠날 예정이었다. 그녀가 메크네스로 온 것은 물라이 이스마엘이 건립한 옛 도시 다르 케비라에 사는 일가친척을 방문하기 위해서였는데, 그곳에 아직도 건재한 일부 대저택은 지금도 쇼르파의 영지로 남아 있다. 그 후에는 여건이 허락하는 즉시 비행기를 타고 나를 만나러 이 도시로 날아왔으니, 의과대학의 모든 수업에 빠짐없이 참석하지 않는 그 분방함도 그렇거니와, 비용에 전혀 구애받지 않는다는 듯 마음 내키는 대로 여행하는 그녀의 자유로움에 나는 경탄을 금할 수 없었다.

그녀는 좌파 조직 내에, 마르크스-레닌주의의 급진성의 정도에 따라 나뉘는 여러 노선이 있고, 서로 세포 공작을 벌이느라 진을 빼며 노선 투쟁을 벌이고 있다는 사실을 잘 알고 있었다. 그녀는 UNEM(국제 모로코 학생연맹)의 프랑스 지부 조직원들과도 알고 지냈다. 프랑스에서 공부하는 동안은 다른 나라의 법 아래에서 사는 터라 더욱더 대담하게 마크젠에 도전하는 프랑스 지부는 이 연맹 내에서도 가장 좌파적인 조직이었다. 그녀는 1968년 5월 사태 때, 파리 국제 학생기숙사 구역의 모로코관에서 노동자 자주관리自主管理 체험에 참여했는데, 7월에 들어 왕궁이 이 반대 세력의 집결지를 침묵시키고자 관을 폐쇄해버린 데 대해 내 앞에서 크게 화를 냈다. 그녀는 옛 수상 아흐메드 발라프레즈의 아들인 아니스 발라프레즈의 친구였다. 아니스는 파리의 국립고등공예학교 학생으로, 프랑스 학생들 쪽에서 "인민의 명분"을 이끄는 리더 중 한 명이었다.

그녀는 종종 내게 왕에 대해 질문하곤 했으나, 사실 왕에 대한 그녀의 견해는 너무나 확고해서, 나의 대답으로 그녀의 견해가 조금이라도 달라지는 일은 없었다. 그녀에게 이 군주의 장점에 대해 알려주고자 애썼지만, 그런 나의 모든 노력은 헛되기만 했다. 그녀는 어쨌든 왕 주변에 나 말고도 다른 정보원들이 있고, 그들이 나보다 왕을 더 잘 알 수 있는 위치에 있으므로 그들의 말이 좀 더 진실에 가까울 거라고 주장하며 내 말에 반박했다. 나는 그런 고집에 맞서지 않았다. 언젠가 그녀는 내게 이렇게 말했다. "왕은 자신에게 아부하는 사람들을 경멸하고, 자신에게 저항하는 사람들을 싫어해. 그와는 어떤 관계도 불가능하지. 수준이 좀 떨어지는 신하를 대할 때는 지적으로 자신과 대등한 사람을 찾으려 안달하지만, 정신적으로 자신에게 전혀 밀지지 않는 사람과 함께 있을 때는 그를 없애지 못해 안달하지. 누구도 감히 그에게 그늘을 드리워서는 안 되니까 말이야." 나는 아무 말도 하지 않았다. 때로는 어떤 신하의 천박함이나 어떤 관리의 시시함이 내 눈에도 참 놀라울 정도여서, 왕이 그들에게 모욕을 가하는 게 당연하고 심지어 정당하기까지 한 것으로 여겨지던 기억들이 떠올랐다. 하지만 그런 생각을 모르기안에게 얘기하는 것은 삼갔다.

여러 차례 그녀는 내가 벤 바르카 사건에 대해 뭐 좀 아는 게 있는지 물었고, 나의 신통찮은 대답에도 전혀 낙담하지 않았다. 더군다나 내가 일부러 모르는 체한 것도 아니었다. 그 사건은 내가 타르파야에 있을 때, 정치와 완전히 동떨어진 세계에 있을 때 벌어진 일이었기 때문이다. 좌파 우두머리 중 한 명에 대한 이 납치극은 그녀에게 수년의 세월이 흘러도 가시지 않는 분노를 자아냈다. 사건 직전 왕이 자신의 그 옛날 수학 선생님에게 쓴 편지는 그를 왕국으로 되돌아오게 하려고 "방정식 문제 해결에" 도움이 필요하다고 말한 것인데, 그 후에 벌어진 일에 비추어볼 때, 그것은 놀랍도록 비겁한 방식 같아 보인 것이다. 나는 그 편지를 쓸 때 왕이 진심이 아니었던 게 아니요, 왕 자신이 그런 끔찍한 짓을 하라는 명령을 내리지는 못했을 거라고 확신했다. 극악무도한 자들이, 훨씬 아래쪽에 있는 그들 자신의 책임 수준에서, 주도적으로 벌인 일이라고 말이다.

반면에 그녀는 그토록 자존심이 강한 왕에게 자신의 옛 선생님 중 한 명을 정치적 반대파로 둔다는 건 견딜 수 없는 일이었기에, 그가 이 지상에서 사라져버렸으면 하는 생각을 부단히 했을 거라고 확신했다. 언젠가 그녀는 이런 말도 했다. "그 인물에 대한 기억, 아니 자기보다 나은 그 인물의 우월성에 대한 기억이 지금도 그를 끔찍이도 괴롭히고 있는 게 분명해. 자신을 반대하는 이들에 대해, *그들은 나를 방정식에 빠트리고 싶어 해*라는 표현을 그토록 자주 쓰는 걸 보면 말이야." 왕이 그런 표현을 꽤 자주 쓰는 것은 사실이었고, 그럴 때마다 나는 강한 인상을 받았었다.

그녀는 내게 자신의 감정을 숨기지 않았다. 지난날의 학급 친구도 왕의 눈에는 그리 나쁜 위치에 있는 것으로 보이지 않을 테니 나더러 조심하라고 조언했을 뿐만 아니라, 차라리 아예 모로코 정계의 뿌리 깊은 개혁을 지지하는 사람들 편에 서는 것도 고려해보라고 충고했다.

스카라트의 반군들 앞에서 내가 왕을 대신했던 모험 이야기를 들려주자, 그녀는 나의 넥타이와 저고리에 속아 나를 왕으로 오인한 그 군인들의 무지에 웃음을 참지 못했다. 왕과 내가 닮은 구석이 거의 없다고 생각했기 때문이었다. 그러고는 내가 그보다 낫다고 단언하며 아양을 떨었지만, 그것은 내가 반박하지 않을 수 없는 단언이었다.

이어 그녀는 알렉상드르 뒤마가 《브라절론 자작》에서 묘사한 터무니없는 대파란 이야기를 들려줌으로써, 내가 그때까지도 완전히 이해하지 못했던 왕이 말한 한 문장의 의미를 명확히 밝혀주었다. 이 소설에는 푸케 총감의 친구인 아라미스 총사銃士가 루이 14세를 유명한 철 가면을 쓴 인물인 그의 쌍둥이 형제로 대체하고 진짜 왕을 체포하여 바스티유 감옥에 가두어버리는 이야기가 나온다. 왕이 사람을

잘못 보았다고 아무리 외쳐보아도 소용이 없다. 둘의 생김
새가 너무나 똑같아서, 왕의 비밀을 알고 있는 사람들만 빼
고는 누구도 그의 말을 믿을 수 없는 것이다. 하지만, 내가
왕을 대신한 시간 역시 겨우 몇 분에 불과했던 것처럼, 이
소설에서 왕이 바뀐 것도 기껏해야 한나절 정도일 뿐이다.
아라미스가 자기도 모르게 저지른 이 미친 짓에 질겁을 한
푸케 총감이 사실을 알게 된 즉시 왕의 석방을 명하기 때문
인데, 하지만 왕은 그런 그에게 별로 감사를 표하지 않는다.

　이 이야기는 우리끼리 주고받은 농담거리가 되었다. 아
니, 그녀가 한 농담이라고 하는 편이 낫겠다. 그녀는 총감이
그런 기회에 참 바보같이 굴었다고 판정하고는, 내가 반도
들의 공격으로부터 왕을 보호하기 위해 잠시 빌린 그 권력
을 왕에게 되돌려준 것도 마찬가지라고 덧붙였다. 내가 왕
국의 역사를 뒤엎을 가능성을 두 손에 쥐었으나, 별생각 없
이 그것을 포기해버렸다는 것이다. 그녀는 군주가 내게 고
마움을 느꼈을 리 없을 거라고(알렉상드르 뒤마의 소설에서 루이
14세가 푸케 총감에게 그랬듯이), 내게 은혜를 입었다고 느끼기
보다는 오히려 내가 사라져버렸으면 좋겠다는 마음이 들었
을 거라고 확신했다.

　모르기안은 기회 있을 때마다 왕의 잘못된 행정을 개탄
했다. 종종 우리는 옛 왕궁 경내에 있는, 물라이 이스마엘이

으레 외국 사절들을 접견하던 정자 근처를 산책했다. 한데, 정자의 차양에 있던 본래의 초록색 기와 덮개가 없어지고, 대신 이미 약간 녹이 낀 추한 양철로 대체되어 있었다. 그녀는 조상들의 유산을 보존하고 복원하는 일을 어찌 이렇게까지 소홀히 할 수 있는 거냐며 분통을 터뜨렸다. 그러고는 노기 어린 시선을 그 양철판들에서 옛 왕궁 정원의 마구 자란 잡초들 쪽으로 옮기더니, 마치 자신이 한 주장의 또 다른 증거인 양 그것들을 손으로 가리켜 보였다. 내가 폐하께서는 결코 이런 유산을 경시하는 사람이 아니요, 내가 맡은 이곳에서의 임무 중 하나가 바로 그런 파손을 보고하여 이를 왕명으로 전달받은 문화부 담당 부서가 서둘러 필요한 조치를 할 수 있게 하는 거라고 대답하자, 그녀는 내가 웃겨 죽겠다는 듯이 깔깔거렸다.

나는 메크네스에서 내가 하는 일의 정확한 성격을 그녀에게 비밀로 유지하여 왕에게 한 나의 맹세를 저버리지 않을 수 있어서 기분이 좋았다. 그녀를 향한 뜨거운 열정 때문에 종종 그 비밀을 털어놓고 싶은 마음이 들었음에도 말이다. 그녀도 조금은 그런 의심이 들었는지, 몇 번이나 내게 왕이 물라이 이스마엘 치세 3백 주년을 축제로 기릴 생각을 하고 있는지 어떤지 물어보았다. 임박한 일인데 어디서도 그런 얘기가 나오지 않는 게 놀랍다는 것이다. 나는 전혀 모르는 일인 체하는 수밖에 다른 선택의 여지가 없었다. 문득 그 일에 대한 그녀의 생각이 궁금해졌다. 청년층의 일부 과격파 학생들이 이 문제에 대해 어떤 감정을 갖는지 파악하는 데 유용할 것 같아서였다. 하지만 그것을 파악하는 건 쉽지 않은 일이었다. 왕이 그녀에게 불러일으키는 격한 감정 때문에 그녀의 생각들은 종잡을 수 없게 사방으로 치달아 모순으로 비치기도 했기 때문이었다. 그녀의 말은 이랬다. 이 군주라면 충분히 할 수 있는 일인데도 축제를 전혀 준비하지 않는다는 건 곧 그가 자국의 역사를 중요하게 생각하지 않는다는 것을 증명하는 것이 된다. 반대로 그가 그렇게 할 생각을 한다면(그녀의 말은 이는 터무니없이 대담한 처신이므로 그러지 말라고 말리는 편이 나을 거라는 투였다), 자신의 위대한 선조와 그 자신 사이의 불균형이 너무 확연하게 드러나, 물라이 이스마엘의 위대함이 이로 인해 퇴색될 위험성이 있다. 그래서 그가 지금은 아무것도 하지 않는 편이 현명하다고 생각할 거라는 게 그녀의 결론이었다.

나는 모르기안에게 두 군주를 비교하는 것이 현재 통치하는 군주를 일관되게 좋지 않은 쪽으로 돌리는 것이어서는 안 된다는 뜻을 밝혀야 할 것 같았다. 많은 피를 흘리게 한 물라이 이스마엘의 잔혹함과 지금 통치하는 왕이 자국의 백성을 나라 발전에 필요한 규율 속에 유지하기 위해 이따금 대신들과 함께 취한 여러 엄격한 치안 조치는 비교할 수 없는 거라고 그녀에게 말했다. 논쟁에서 져본 적이 없다고 자부하는 모르기안은 내가 틀렸다고, 실패한 쿠데타에 가담한 그 젊은 병사들은 자신들의 임무가 무엇인지 잘 알지 못하고 가담했으나 빛 한 줄기 스며들지 않는 지하 감옥에서 극도로 가혹한 처벌을 받았다고 주장했다. 그녀는 현 왕이 자국의 백성과 외국인들에게 숨기고자 한 은밀한 폭력은 맹비난하면서도, 물라이 이스마엘이 많은 피를 흘리게 한 것은 비난하지 않았다. 그는 불굴의 권력, 모로코 왕국 역사상 가장 비범했던 권력의 징표요, 우리를 굴복시키려 들거나 우리를 멸시하려 드는 모든 이들에 맞서, 위협하듯 휘둘러야 할 추억이라는 것이다.

나는 다르 자마이의 거처에서 아주 멋진 대형 체스판을 발견했다. 청동으로 된 길쭉한 말들이 칸에 놓일 때마다 소리가 무겁게 울리며 기분 좋은 느낌을 주었다. 이 작품은 노후老朽된 다른 고상한 가구들과는 달리 뭔가 번쩍거리는 데가 있어, 장인의 공방에서 빠져나온 지 오래되지 않았다는 생각이 절로 들었다. 누군가가 내가 도착하기 직전에 나를 기쁘게 해주려고 특별히 이곳에 비치한 게 아닐까 하는 의문마저 들었다. 모르기안이 처음 내 집에 왔을 때, 마치 그녀는 그것이 여기 있는 줄 알고 있었기라도 한 양 재빨리 이 체스판에 달려들어 나를 게임에 청했고, 나는 더없이 고마운 마음으로 그녀의 청에 응했다. 그녀는 체스 게임에 정통했음을 보여주는 난해하고도 신속한 전술들을 구사하여 판세를 유리하게 이끌어갔다. 곧 그녀는 승리를 거두었고, 내게 복수의 기회를 주었지만 나는 둘 사이의 균형을 맞추는 데 성공하지 못했다. 오히려 첫판보다 더 빨리 지고 말았다. 그래서 나는 아주 난해한 체스 관련 서적들을 뒤적이며 다시 체스 공부를 하기로 마음먹었고, 덕택에 역량을 끌어올려 그 후 몇 차례 승리를 거두긴 했지만, 우리가 겨룬 판들을 모두 헤아려보면 이론의 여지 없이 그녀가 이긴 판이 더 많았다.

원래가 낭만적인 체질인데다 또한 귀족 출신이기도 했기에, 그녀는 우리 관계를 왈라다와 이븐 자이둔* 이야기의 현대판 버전으로 보았다. 왈라다는 헤지라 5세기 때 코르도바를 다스린 우마이야 왕조**의 마지막 코르도바 칼리프의

---

* 1003~1071. 에스파냐 안달루시아(코르도바)의 시인. 대표작은《왈라다에게 바치는 시》가 있으며 산문에서도 유명한 서간문을 남겼다.(─옮긴이)

** 661년부터 750년까지 우마이야 칼리파국, 코르도바 토후국, 코르도바 칼리파국을 지배한 가문이다. 우마이야 칼리파국이 멸망한 후에는 스페인의 코르도바 지역으로 이주해 코르도바 토후국을 형성하였으며, 이후 코르도바 토후국이 코르도바 칼리파국으로 격상됨에 따라 코르도바 칼리파가 되어 1031년 코르도바 칼리파국의 멸망과 함께 왕조가 단절될 때까지 그곳을 다스렸다.(─옮긴이)

딸이었다. 아마 우리는 이 공주가 당대의 가장 빛나는 여성이었다는 사실을 별 무리 없이 주장할 수 있을 것이다. 그녀는 자유롭게 살았고, 시를 썼으며, 문학 살롱을 열었다. 전해오는 얘기에 의하면, 그녀는 도시를 걸을 때 과시하듯 드레스에 반구半句 둘을 수놓아 다녔다고 한다. 예를 들면 모르기안이 불쾌히 여길 리 없는 다음과 같은 구절들이 그렇다.

신이 나를 위대한 존재가 되도록 만들었고, 나는 당당히 나아간다.

이븐 자이둔은 이름난 시인이었을 뿐만 아니라 조정에서의 지위도 높았다. 그는 당시 안달루시아에서 유행했던 시 경연 대회에서 왈라다를 만났고, 두 사람은 서로를 보자마자 열정적인 사랑에 빠졌다. 그들은 시로 쓴 편지들을 주고받았는데, 그 서간집은 곧 아랍 문학의 걸작으로 여겨져, 오늘날에도 학교에서는 그 작품들을 학생들에게 가르치고 있다.

하지만 우리 관계를 그들과 비교하는 게 우리에게 마냥 유익한 건 아니었다. 이븐 바샴은 그들이 "헤아릴 수 없고 세밀하게 조사할 수도 없는 온갖 이야기들"로 사람들의 입방아에 오르내린다고 말한다. 왈라다는 이븐 자이둔이 자신의 노예 중 한 명을 유혹했을 때 크게 분노했다. 그녀는 새로운 시들을 써서 그에게 욕설을 퍼부었다. 유명한 한 시편에서는 불명예스러운 여섯 가지 속성에 부합한다며 그를 '6각형'이라고 부른다. 모르기안은 우리 사이에 언쟁이 벌어질 때면 즐겨 이 시를 거론하며 나의 6각형을 짓겠다고 위협했다. 이븐 자이둔은 역시 널리 알려진 시들을 통해, 자신의 비탄과 후회와 왈라다의 마음을 다시 얻으려는 의지를 표명했으나, 두 번 다시 그녀의 마음을 얻지는 못했다. 그 사이이 공주는 이븐 압두스라는 대신을 유혹했고, 그를 시인보다 더 좋아했다. 이븐 자이둔은 감옥에 갇혔다. 사람들 말에 따르면, 우마이야 가문을 다시 코르도바의 왕위에 앉히려한 어떤 음모에 가담한 모양이었다. 사랑하는 여인의 왕조를 위해 쿠데타에 가담한(만약 그게 사실이라면) 연인의 그런 행동을 모르기안이 최고의 칭송을 받아 마땅한 일로 여겼음을 짐작하는 건 어렵지 않았다. 하지만 칼리프였던 자신의 아버지를 승계한 이들에게 한 번도 괴롭힘을 당해본 적 없는 왈라다는 그런 행동에 모르기안만큼 감동하지 않았던 모양이었다. 이븐 자이둔은 감옥에서 5백 일을 보냈다. 그 후 탈옥하여 코르도바에서 멀리 도주했다가, 권력이 손 바뀜을 했을 때 되돌아왔지만 곧 다시 떠나야 했고, 그러다 세비야의 조정에 정착했다. 그는 이 성도의 칼리프들에게 봉사하다 죽음을 맞이하는 순간까지 왈라다에 대한 사랑의 시들을 써서, 세월의 흐름과 이별·회한·망명 등을 묘사한 최고의 명시들을 남겼다.

낭만적 성향의 모르기안은 먼 옛날 왕조들의 이야기도 좋아했을 뿐만 아니라, 학생과 운동가 들이 조화롭게 권력을 공유하며 알 파라비와 카를 마르크스의 이상에 따라 권력을 행사하는 미덕에 기초한 어떤 미래 공화국의 표상도 좋아했다. 그녀는 왕국의 현 상태에 대해 매우 적대적인데다 혁명이라는 말에 너무나 들떠 있어, 이드리시 왕조의 복원과 프롤레타리아 독재의 수립을 동시에 떠올릴 수 없게 하는 그 차이점들에 대해서는 전혀 신경 쓰지 않는 것 같았다.

나는 그녀에게 뜨거운 애정을 품고 있었기에, 그녀의 말이라면 무슨 말이건 다 좋아했다. 때로는 그 말들이 너무나 과장되어 그녀가 나를 자극하려고 연기를 하는 것 같기도 했고, 마치 우리가 어느 극장에 있기라도 하듯, 그녀도 나 못지않게 그것을 즐기고 있는 것 같다는 생각도 들었다.

하지만 그 연극이 더는 웃을 수 없을 만큼 너무 멀리까지 나아간다는 판단이 들 때가 있었다. 특히 모르기안이 나와의 만남 장소를 어느 유럽 도시 풍의 카페로 잡은 날이 바로 그랬다. 그곳은 이 도시에서 가장 초라한 건물 축에 드는 어느 어두운 건물로, 이 공주에게 익숙한 찬란한 것들과는 단절된 곳 같았다. 나는 처음에는 그녀가 우리의 만남을 조심스럽게 하느라 거기를 골랐다고 생각했다. 하지만 그녀에게 다른 의도가 있었음을 금방 깨달았다. 그 카페에는 밀실이 하나 있었고, 그녀는 나를 거기에 앉혔다. 우리가 자리를 잡자마자 웬 청년들 무리가 들어서더니, 청하지 않았는데도 우리와 합석했다. 하지만 모르기안은 모두 자신이 아는 사람들이라고 내게 속삭이고는, 주변에 우리 이야기를 엿듣는 사람이 없는지 확인한 후 그 청년들에게 각자 자기소개를 하게 했다. 개중에는 군인들도 있었는데, 그들의 동료 여러 명이 스키라트 공격에 연루된 모양이었다. 그들 말에 따르면, 그 후 그 군인들의 가족은 그들의 소식을 전혀 들을 수 없었다는 것이다. 종종 들려오는 소문대로 사막 한가운데 있는 어느 감옥에 갇혀 있을까? 다른 이들은 1965년의 큰 시위에 참여한 학생들이었다. 그들은 감옥에 갇혔었다. 그들 중 한 명은 얼굴에 큰 상처가 나 있었는데, 코가 부러졌음을 짐작할 수 있었다. 그들 역시 몇몇 친구들의 소식을 듣지 못하고 있었다.

나는 모르기안이 사전에 그들에게 내 소개를 어떻게 했는지 모르지만, 그들이 나를 정부 기구 안에서 꽤 좋은 자리에 있는 사람, 그래서 그들에게 정보를 주고 그들을 도와줄 수 있는 사람으로 여긴 것은 분명했다. 나는 그들의 실망을 금방 알아차렸다. 이 만남이 이렇듯 느닷없이 이루어지지 않았다면 아마도 나는 그들에게 좀 더 잘 대답할 수 있었을 것이다. 나는 그들이 나를 위협할지 말지 망설이는 것 같은 느낌이 들었다. 하지만 어쨌든 지금은 모르기안이 함께 있는 데다 지금 내가 맡은 역할이나 미래에 맡을 역할에 대한 확신이 없었기에, 내게 함부로 분노를 터뜨리지는 못했다. 그들은 이 체제가 오래 가지 못할 거라고, 큰 사건들이 준비되고 있다고 장담하며 자리를 떴다. 반란군 측에 마크젠 내에서의 힘이 막강하여 절대 실패할 수 없는 새로운 우두머리가 영입되었다고 그들은 말했다. 그런 말을 듣자 나는 당혹스럽지 않을 수 없었다. 그 말이 사실이라면 그런 정보를 보고한다는 건 위험한 일이었다. 그것은 곧 그 정보와 직접 관계된 사람의 귀에 들어가게 하는 것이고, 당연히 그자는 서둘러 나를 제거하려 들 것이다.

그때까지만 해도 나는 모르기안을 통해 반체제 청년층에 대한 일종의 정보 수집 작업을 수행한다는 기대를 품고 있었으나(그녀와의 이 괴상한 관계가 믿을 수 없을 만큼 위험하다고 판단되는 순간들에도 그 관계를 정당화하기 위해서), 이 뜻밖의 만남 이후에는, 그런 상황이 두 번 다시 발생하지 않기를 바란다는 나의 뜻을 그녀에게 명확히 제시해야 할 것 같았다. 나는 한동안 그녀에게 냉담한 태도를 보였다. 그녀는 내게 침묵으로 응수했다. 아마도 그것은 경고의 의미인 것 같았고, 나는 어떻게 내가 즉시 그녀에게 달려가 제발 다시 만나 달라고 간청하지 않을 수 있었는지 알 수 없었다. 재회의 순간은 그리 오래 기다리지 않아도 되었다. 그녀는 나를 잃으면 괴로울 거라고, 그리고 다시는 나를 그 카페에서 느꼈던 그런 당혹감에 빠트리지 않겠다고 강조했다. 하지만 그러면서도 그녀는 거부하기 힘든 말들로 나를 치켜세우며, 새로운 체제는 간부들이 필요하다고, 그저 나에게 그 체제에서 중요한 직책을 맡을 준비만 하기를 바랄 뿐이라고 설명했다. 그러려면 은밀히 구성되는 그 집단 사람들을 내가 좀 만나볼 필요가 있고, 그래서 자신이 그날의 만남을 주선했다는 것이다. 미리 얘기하면 내가 거부하리라는 걸 알기에 사전에 예고도 하지 않고 말이다.

나는 두 가지 두려움에 시달렸는데, 내용이 서로 너무나 달라 그 상황이 우스꽝스럽게까지 여겨졌다. 말하자면 나는 그녀의 혁명적 사상 때문에 그녀는 물론 나까지도 처하게 될 위험을 더 두려워해야 할지, 아니면 그녀의 가족에게 결혼을 허락받으러 가야 할 순간을 더 두려워해야 할지 알 수 없었다. 나는 이드리시 쇼르파들이 나의 터무니없는 청혼을 듣고 폭소를 금치 못하리라고 상상했다. 그렇게 웃고 나서는 아마 나의 요청이 모르기안에게나 그들 자신에게 모욕

적이라고 생각할 것이다. 뭐라고! 그저 자신의 재주와 큰 행운으로 조정에 겨우 빌붙어 있는 참으로 하찮은 존재가 광기에 가까운 오만에 사로잡혀 뻔뻔스럽게도 감히 이 왕국의 가장 고귀한 가문 출신과 결혼할 생각을 품는단 말인가. 만약 그들이 모르기안에게 그녀가 자기 자신에게만이 아니라 그녀의 혈통과 선조들의 드높은 귀한 신분에 빚진 것도 제발 좀 고려해보라고 간청한다면, 그래도 과연 그녀가 끝내 명예에 관한 문제를 무시할 수 있을까. 나로서는 그런 희망을 품기가 어려웠다.

11

나는 탐구에 필요한 책들을 메크네스로 옮겼다. 그것들 중 일부는 오래전부터 알고 있는 책들이었지만, 몇몇은 이번 연구 덕택에 발견한 책들이었다. 물라이 이스마엘의 무자비한 정권은 서기들이 의연히 자신들의 업무를 수행하도록 가만히 내버려 두지 않았던 게 분명했다. 그의 치세를 후세에 전하는 아랍어로 기술된 가장 중요한 연대기들은 그의 통치가 끝난 뒤에야 기술되었기 때문이다. 예를 들면 압둘 카셈 벤 아흐메드 에지아니의 연대기가 그렇고, 좀 더 뒤에 아흐메드 이븐 칼리드 알-나시리가 《키탑 알-이스티크사리-아크바르 두왈 알-마그리브 알-아크사》('마그레브 말기 왕

조들의 사건들에 관한 심층 연구서')에 기술한 연대기도 그렇다.[•]

반면 외교 사절로 파견되었거나 아니면 포로가 되어 이 술탄에게 접근했던 유럽인들 중에는 그가 살아서 계속 통치하고 있을 당시에 글을 쓰거나 자신들의 증언을 책으로 출간하기까지 한 이들이 적지 않았다. 포로로 있었던 사람들이 남긴 이야기 중에 내가 특히 참조한 책은 《무에트 씨의 포로 생활 이야기》, 《야만의 땅 메크네스에서 체험한 토머스 펠프스의 포로 생활 이야기》, 《남南바르바리에서 겪은 토머스 펠로우의 오랜 포로 생활과 모험 이야기》 등이다. 이 세 권의 책은 각각 1683년 파리에서, 1685년 런던에서, 1739년 런던에서 출간되었다. 외교 사절들이 전하는 이야기 중에는 생-타망이나 피두 드 생-톨롱의 이야기가 가장 유명하고, 포로들의 속죄를 위해 급히 파견된 종교인들이 남긴 이야기로는 특히 자비의 교부들Pères de la mercy의 이야기를 꼽을 수 있다. 역사가들은 파리 외무성의 문서고에 보존된 살레의 영사 장 밥티스트 에스텔의 여러 보고서도 아

[•] 물라이 이스마엘에 의해 왕궁의 이슬람 사원 교전 이론가이자 교수로 임명되었고 메크네스의 회교도 재판관이기도 했던 아부 오스만 엘-오마이리가 그의 조정에서 담당했던 역할을 나도 모르는 바는 아니다. 하지만 그는 이 술탄 통치의 연대기를 쓴 게 아니라, 이에 관한 약간의 정보를 자신의 《파라사》(자서전)에 남겼고 이것이 후세 사가들에 의해 활용되었다.

주 귀한 자료로 평가하며 종종 대폭 인용하곤 한다.

나는 왕이 지니고 있을 자기 왕국의 역사에 대한 지식을 과소평가할 생각은 추호도 없지만, 그의 시간과 수고를 덜어주기 위해서 아주 개괄적인 전체 그림을 통해 그의 조상이 통치한 시기의 주요 사건들을 새로이 제시하는 것이 나의 의무일 것 같았다.

물라이 이스마엘은 1672년 스물여섯 살의 나이로 왕위에 올랐다. 남부 영토 재정복을 자축하던 중 날뛰는 말에 끌려가다가 죽은 형 물라이 라시드의 뒤를 이었다. 17세기 초부터 마지막 사디 왕조의 권위가 약해지면서 부족 간 전쟁이 잇따랐을 때, 물라이 라시드는 6년간의 통치를 통해 나라를 다시 하나로 통일했다. 역사가들이 이 술탄을 알라위 왕조의 초대 술탄으로 꼽는 이유는 이 때문이다. 이전까지만 해도 사람들은 그들을 타필랄레트 지방의 한 유명 쇼르파 가문으로만 알고 있었다.

물라이 이스마엘의 통치 기간은 훨씬 더 길었다. 무려 55년 동안이나 지속했다. 그동안 그는 많은 반란을 진압해야 했다. 특히 그의 형제들이 일으킨 반란이 많았고, 한 조카와는 15년간 전쟁을 치르기도 했다. 그는 자신의 종주권을 인정하지 않는 부족들과도 부단히 싸웠다. 폐하께 올리는 보고

서에서 나는 그를 폐하 자신과 비교해보길 바라며—폐하
로서는 우쭐한 기분이 들지 않을 수 없을 것이다—, 물라이
이스마엘이 스페인 사람들과 전쟁을 벌여 라라슈의 연안 도
시들이며 마모라, 아르실라 등을 획득했을 뿐만 아니라, 그
를 전복하려는 이들을 여러 차례 돕고 재정을 지원한 오스
만령 알제리 사람들과도 전쟁을 벌였음을 부각했다. 이 술
탄의 통치 때 셰리프 제국은 지중해에서 세네갈강*에 이르
고, 사하라 사막에서는 아인 살라, 가오, 팀북투, 젠네까지
영토가 확장되었다. 그 후 이 왕조의 다른 어떤 군주도 그렇
게 넓은 영토를 소유하지 못했다.

그가 이룩한 권력의 막대함과 오랜 기간의 통치는 그가
거둔 승리들, 그가 불러일으킨 공포심, 약탈 행위의 말끔한
수습, 그리고 특히 그가 창안해 잘 이용한 제도 등을 기반으
로 했다. 아랍 부족들의 충성에만 의존하지 않기 위해서, 또
한 그들의 돌연한 서약 파기를 걱정하지 않기 위해서—그
런 예가 많았다—, 그는 사하라 건너편 지역 출신의 자유인
과 노예로 구성된 '검은 경비대'를 창설했다. 이 군대는 점
점 커져 군인들의 수가 15만 명에 달했고, 술탄에 대한 충성
심 역시 한 번도 기대를 저버린 적이 없었다.

---

* 모리타니와 세네갈의 국경을 이루는 강.(—옮긴이)

영국 왕의 백성 토머스 펠로우는 청소년기에 접어들 무렵 바다에서 포로로 잡혀 오랫동안 메크네스에서 노예 생활을 했다. 그러다 그곳에서 물라이 이스마엘의 신임을 얻어 그에게로 전향했고, 그의 군대에서 지휘관의 직책을 맡았다. 그는 이 군주가 왕국의 주요 도시와 여러 지방의 요새 사령관들에게 어떤 방식으로 절대적 권위를 행사하는지 관찰할 수 있었다. 그가 자신의 포로 생활에 관한 이야기에서 전하는 바에 따르면, 사령관들은 궁정에 들어가야 할 때 야단법석을 떨었다고 한다. 왕 앞에 출두하기 전에 신발을 벗고 노예들이 입는 옷을 입었다. 그러곤 땅에 엎드려 술탄의 말이 밟은 땅에 입을 맞추기까지 했고, 왕이 무슨 말이라도 하면 완전한 굴복의 표시로 머리를 앞과 옆으로 조아렸다. 사신들과 옛 노예들은 술탄이 보란 듯이 궁정에서 사람을 자신의 손으로 죽이는 버릇이 있었다고 거듭 이야기하고 있다. 피두 드 생-톨롱(1693년에 메크네스에서 술탄을 본 적 있는)은 이렇게 적었다. "그는 제 손으로 직접 피를 뿌리는 것을 너무나 좋아해서 통치를 시작한 지 20년 전부터 그가 직접 죽인 사람 수가 2만 명이 넘는다는 게 사람들의 공통된 견해다. 내가 그의 궁정에 머문 21일 동안 그가 죽인 사람을 47명까지 헤아리기도 했기에, 나는 그런 사실을 더욱더 잘 추정할 수 있다. 내가 마구간 문 앞에서 마지막으로 그를 접견했을 때도 그는 칼로 목을 막 벤 두 흑인 부하의 피를 의복과 팔에 묻힌 채, 아무런 거리낌 없이 말을 타고 내 앞에 나타났다." 다른 글들은 그의 잔혹함의 폭에 대해 좀 더 절제된 편이지만, 그러나 그를 기리는 기념식이 과연 시의적절한 일이냐는 문제는 내가 이 연구를 깊이 파고들수록 부단히 제기되리라고 판단할 수밖에 없을 것이다.

말에 대한 열정이 대단했던 이 잔인한 전사는 생전에 철학자나 시인의 책을 읽거나 그들을 모방하는 데는 시간을 거의 투자하지 않은 것 같다. 반면 그는 너무나 수도 많고 규모도 방대하여 영원히 완성하지 못한 대규모 메크네스 건설 공사를 벌여 건설자로서 작품을 남겼다. 그는 자신이 통치하는 세상의 새로움을 강조하기 위해 페스가 아니라 이 도시를 수도로 선택했다. 그리고 수도 주변에 40킬로미터 길이의 성곽을 이중으로 쌓고 거대한 성문들을 통해 드나들 수 있게 했다. 그 안에 부속 궁전이 10여 개나 되는 왕궁을 짓게 하고, 대신들의 거처를 왕의 거처 근처에 두었다.

많은 궁전이 이미 오래전에 폐허로 변했지만, 남은 유적들만으로도 그 거대함을 엿볼 수 있다. 내가 전에 그랬듯이, 가을의 어느 신선한 날에 그곳을 산책하노라면, 그의 치세의 주된 특징이 숫자의 크기였다는 느낌을 지울 수 없을 것이다. 모든 것이 다른 곳보다 더 크고 수가 많아야만 했던 것 같다. 이는 곧 물라이 이스마엘이 부린 사람과 짐승의 수나 그 석조 공사들의 규모가 실로 엄청났음을 의미한다. 천2백 명의 내시가 그의 궁전 경호를 담당했다. 만2천 필의 말이 거대한 마사들에서 양육되었다. 이 술탄에게 첩이 5백 명이 나 있었고 자식이 천 명에 달했다는 글은 어느 책에서나 읽을 수 있다. 그래서 나는 현 왕국의 신하 중 많은 이가 비록 이름 없는 가문에서 태어났을지라도 자신 역시 숨겨진 후손의 한 사람이라는 꿈을 꿀 수 있었으리라는 생각이 들었다.

면적이 4헥타르나 되는 아그달 연못은 이 도시를 그린 도면 속에서 위대했던 시대에 대한 추억을 보존하는 한편 먼 거리감 또한 나타내고 있다. 이제 그 연못 기슭들은 왕궁을 환기시킨다기보다 황무지를 연상시키기 때문이다. 모로코 역사학자 알-나지리가 적었듯이, 먼 옛날 이 연못에 우아한 유람선들이 떠다녔다는 사실을 떠올리려면 많은 상상력을 동원해야 했다. 낮에는 이따금 낚시꾼들이 이곳에서 진을 치고, 밤이 되면 젊은이들이 몇 사람씩 어울려 시간을 죽이러 이곳을 찾아오는데, 더러는 너절한 암거래를 하는 이들도 있는 듯했다. 나는 제왕적인 규모를 가진 이 연못의 애조 띤 쓸쓸함이 좋아서, 기분에 따라 시간대를 달리하며 한 바퀴 일주하곤 했다. 곧바로 나는 물라이 이스마엘 통치 3백

주년을 기리기 위한 기념 축제 일부는 이곳에서 거행되어야
하며, 따라서 지난날의 광채를 되찾기 위한 몇몇 공사를 조
만간 명하게 되리라고 확신했다. 알-나지리의 말에 따르면,
이 연못의 황궁 성채 쪽 기슭에 "모로코 전 주민의 곡식"을
수용할 수 있는 거대한 창고가 하나 있었다고 한다. 창고 지
붕은 이미 오래전에 무너져버렸지만, 지붕을 떠받치던 높은
진흙 아치들은 수 세기 동안 자라난 야생식물들로 장식된
채 지금도 여전히 서 있다. 모르기안은 그 기둥들이 하늘 아
래 길게 늘어선 모습을 좋아하여, 그 길쭉한 전망을 탁월한
솜씨로 사진에 담아서 내게 보여주었다.

왕국은 이 술탄이 죽은 날까지 내적 평화를 누렸다. 그것
은 그의 무자비한 권위의 결실이었다. 도둑도 노상강도도
찾아볼 수 없었다. 알-나시리는 이렇게 쓴다. "악당과 난동
꾼은 숨을 곳도 달아날 곳도 없었다. 어떤 땅도 그들을 받아
들이려 하지 않았고 어떤 하늘도 그들을 덮어주려 하지 않
았다." 공포와 세금을 기반으로 한 이 삼엄한 국가는 술탄
이 죽는 바로 그 순간 붕괴했다. 거대한 메크네스 건설 공사
는 미완으로 남았고 앞으로도 영원히 완성되지 않을 것이
다. 왕의 사망 소식을 들은 포로들은 강제로 끌려와서 하던
작업을 중단하고는, 볼루빌리스 로마 유적지에서 가져온 굵
은 돌덩어리들을 수도의 길가 곳곳에 내버려 둔 채 바로 도

주해버렸다고 사람들은 말한다. 검은 경비대 군인들은 도시를 약탈했고, 주인 잃은 권력을 탐하며 사분오열했다. 왕국에 새로운 무정부 시기가 시작되었고, 혼란은 모하메드 3세가 즉위하기까지 30여 년간 지속되었다.

나는 연구에 매진하면서도 물라이 이스마엘의 전기에 기념하기는 곤란한 몇 가지 측면이 있음을 생각하지 않을 수 없었다. 현 왕과 그의 조상의 대응 관계를 강조하다 보면, 요즘 떠도는 이런저런 소문에 주의가 끌리고, 그러다 보면 또 그 소문들이 지금까지와는 달리 중요한 의미를 띠게 될 소지가 다분하기 때문이었다. 알-나시리의 주요 저서 《이스티크사》가 기대만큼 술탄의 환대를 받지 못했다는 건 널리 알려진 사실이다. 왜냐하면 이따금 저자가 "진실을 충분히 감추지 않았기" 때문이었다. 종종 내가 왕이 불쾌히 여길 세부 사실들은 왕에게 알리지 않는 쪽으로 마음이 기운 것도 실은 그래서다. 하지만 그런 걸 왕에게 숨기지 않는 것이 내 의무처럼 여겨진 때도 있었다. 특히, 이런 기념식은 개최하지 않는 편이 낫겠다는 생각이 들 때가 그랬다.

많은 증언이 밑받침하는 그런 세부 사실 중 하나는 바로 물라이 이스마엘의 피부가 아주 검었다는 사실이다. 존 윈더스는 자신의 사절 경험을 이야기한 책에서, 이를 의심의 여지가 없는 명백한 사실처럼 이야기한다. 생-타망도 그의 얼굴이 "백인보다는 흑인에 가까운 심한 혼혈"의 얼굴이었다고 말하는데, 지금 우리 왕국에서도 이와 비슷한 소문이 떠돌고 있다. 스키라트에서 왕을 무너뜨릴 계획을 품었던 모반자들 내부에서는 무례하게도 왕을 '니그로'라는 별명으로 부른 모양이었다. 소문에 의하면 왕의 어머니가 부왕의 첫 번째 아내인 랄라 아블라가 아니라 하렘 출신의 흑인 여성이었다는 것이다. 어떤 이들은 그 여자가 바로 1950년대에 왕의 폐위를 계획한 장본인인 글라우이가 그에게 바친 여자라고 덧붙이기도 했고, 또 어떤 이들은 더욱더 악의적으로, 그녀가 왕궁에 받아들여졌을 때는 이미 임신 중이었을 거라고 말하기도 했다. 그런 악의에 광기까지 덧보태, 그녀를 미리 임신시킨 사람, 즉 폐하의 진짜 아버지는 다름 아닌 글라우이임을 암시하는 이들도 있었다. 정말 말도 안 되는 소리 같지만, 그런 얘기를 믿으려는 사람들이 있었다. 위인들의 삶에 관한 한, 여론의 맹신은 참으로 무한하며 마치 그들이 공통의 자연법칙에 따라서가 아니라 자신의 상상 세계에서만 사는 사람들인 양, 터무니없는 일화들을 그들의 삶에 덧붙이곤 한다.

물라이 이스마엘이 메크네스 왕궁 건설에 동원한 전쟁 수감자와 기독교인 포로와 노예의 운명을 상기하는 것도 편하지 않았다. 그들은 천장이 낮은 미로 같은 지하 회랑에 갇혀 있었는데, 그 폭이 거의 성채만큼이나 넓었다. 그들은 고된 작업장에 갈 때만 밖으로 나왔다. 사람들은 이 거대한 지하 감옥을 합스 카라, 즉 "카라의 감옥"이라 불렀다. 내가 그 감옥을 방문했을 때, 안내자는 감옥에 얽힌 몇 가지 전설을 얘기해주었다. 카라라는 명칭은 술탄에게 이런 거대한 장소를 짓게 하고 자유를 얻은 어느 포르투갈 포로의 이름이었다. 4만 명을 수용할 수 있는 이런 거대한 지하 감옥을 구상하고 완성하려면 실로 많은 창의성과 노력이 필요했기 때문이다. 많은 이들은 그 감옥이 생각보다 훨씬 더 넓으며, 보이지 않는 내벽 뒤에 숨겨진 비밀 회랑들이 더 있어서, 언젠가 프랑스 탐험가들이 그 안에서 길을 잃고는 영원히 돌아오지 못했다고 한다. 지역 주민 일부는 이 거대한 지하 감옥망의 잊힌 지대들이 페스 시 인근까지 뻗어있을 것이라고 확신한다. 안내자는 그런 소문을 전혀 믿지 않는 체했지만, 그런 얘기를 들려주는 것이 무척 즐거운 모양이었다.

나는 은근히 부아가 치밀었지만, 애써 내색하지 않고자 했다. 확실히 우리는 소문의 나라에 살고 있다. 소문이 여왕인 나라, 왕조차 그 신하인 나라에 말이다. 대체 우리는 어떤 국민이기에 우리 발아래에 그런 감옥이 있다고 믿는단 말인가? 상상력이 그 한계를 끝없이 밀어내어 왕국 자체만큼이나 넓을 것 같은, 왕국의 끔찍한 그림자 같은, 빛이 들지 않는 그런 감옥이 있다고 말이다. 나는 그의 궤변을 부조리의 극단까지 밀어붙이고 싶었다. 그래서 안내원의 두 눈을 뚫어지게 쳐다보며 이렇게 말했다. "당신이 그런 꿈같은 얘기에서 주장하듯 그 지하 회랑들이 그렇게 무한하다면, 유럽 포로들이 그 안에서 하나의 비밀 왕국을 이루었을지도 모르겠군요. 지금 우리가 밟고 있는 이 땅 바로 몇 미터 아래에서, 3세기 전부터 우리 모르게 영속해오고 있는 왕국 말입니다. 누가 알겠어요? 실종된 그 프랑스 탐험가들이 바로 그 지하 왕국으로 가버렸는지도요?"

안내원에게 그런 이야기를 듣다 보니, 문득 나는 언젠가 들레 선생이 얘기해준 피에르 브누아의 《아틀란티스》라는 소설이 떠올랐다. 그것은 그가 어렸을 때 출간되어 엄청난 성공을 거둔 소설이었다. 그때가 1920년 경이었다. 그는 당시에도 그 소설을 읽었고, 많은 세월이 흐른 뒤, 보호령에서 직책을 맡았을 때 다시 읽었다. 이 모험 소설은 아틀란티스가 바닷물에 삼켜져 사라진 게 아니라, 바다가 이 섬의 지질학적 윤곽을 지워버리면서 말라가 섬 주민들을 모래사막 한가운데에 남겨둔 것이라는 가정을 토대로 했다. 아틀란티스 주민들은 모래언덕 아래에 비밀 도시를 하나 파고는, 수 세기 전부터 세상 사람들 눈에 띄지 않고 거기에 숨어서 살았다. 그러면서 간간이 비밀 통로를 통해 지상으로 나왔다. 우연히 그 왕국을 발견한 사람들은 죽을 때까지 포로로 잡혀 있었다. 누구도 그런 왕국이 있을 거라는 생각을 해서는 절대 안 되기 때문이었다. 들레 선생은 아틀란티스가 주변 바닷물이 말라서 사라진 거라는 이 직관이 대단히 기발하다고 생각했다. 전에 이미 다른 저자들의 책에 그런 얘기가 나오지 않았을까 하는 의문이 들기는 했지만, 참고 문헌들을 뒤져 그 답을 알아내려고 하지는 않았다. 소설의 서술 그 자체에 대해서는, 프랑스인 탐험가들이 아틀란티스 주민들의 여왕 안티네아 앞에 당도하는 순간까지는 대단히 훌륭하다고 평가했다. 그러나 그때까지 독자를 숨 가쁘게 했던 그 모든 신비가 일시에 무너져내리는 여왕과의 대면 장면은 우스꽝스럽다고 느낀 모양이었다.

안내원은 말이 많고 곧잘 흥분하는 사람이었다. 그는 나의 그런 응수를 어떻게 이해해야 할지 몰랐다. 그에게는 내가 아주 온건한 사람으로 보였던지, 그는 이렇게 대답했다. "그렇습니다, 선생님." 그는 내 앞에서는 그런 믿음을 짐짓 머릿속에서 떨쳐내려 하는 체했지만, 거기에 솔직하게 동조할 수 있어 만족한 표정이었다. 그는 이렇게 덧붙였다. "더군다나 이 지방에서는 사람들이 신비스럽게 사라져버리곤 한답니다." 내가 그에게 좀 더 정확하게 알고 있는 사실들이 있는지 묻자, 그는 그건 시중에 널리 퍼진 이야기고, 모든 사람이 그런 일들을 알고 있다고 대답했다. 그러고는 내 팔을 붙잡고서 이렇게 말했다. "선생님, 지하에 사람들이 있어요. 그들은 두 번 다시 태양을 보지 못한답니다."

내가 느끼기에 왕을 좀 더 잘 매료시킬 만한 소재 중 하나는 사람들이 물라이 이스마엘과 프랑스의 루이 14세 사이에 긋지 않을 수 없는 평행선이었다. 제3의 선에 평행한 두 직선은 서로 평행이라는 기하학의 논리와 마찬가지로, 물라이 이스마엘과 현 왕의 관계가 평행이고, 또 물라이 이스마엘과 루이 14세의 관계가 평행이라면, 루이 14세와 현 왕의 관계 역시 평행이라는 증명이 도출되니 말이다.

두 군주의 통치 기간은 대부분 겹치고 거의 똑같이 길다. 그들은 각자 자신의 왕국에서 내분으로 분열된 나라의 중심에 매우 강력한 왕권을 정립했다. 둘 다 옛 수도를 버리고, 이름 없는 작은 도시에 거대한 새 왕궁을 건설하게 했다. 메크네스나 베르사유는 위대한 왕이 자신의 터무니없이 거대한 감정을 마음껏 과시하기 위해 선택한 성도다. 이런 이유로 물라이 이스마엘을 모로코의 루이 14세 같은 존재로 보는 역사가들이 적지 않다.

그들의 운명은 그저 평행하기만 했던 게 아니라 여러 부분에서 마주치기도 했다. 물라이 이스마엘이 1672년에 통치를 시작했을 때, 1661년에 마자랭이 죽은 뒤부터 홀로 군림한 루이 14세의 위대한 명성은 이미 확고했다. 그래서 그는 이 군주를 하나의 모범으로 보았고, 아마도 그를 스페인과 영국에 함께 맞설 동맹으로까지 여겼을 것이다. 그러려면 당시 대부분 마크젠의 통제하에 있던 살레의 해적들의 활동을 좀 더 제한하고 규제하는 데 동의해야 했다. 그들이 해상에서 배를 타고 행하던 노략질은 그저 프랑스 왕국의 화만 돋우었던 게 아니라, 당시 유럽에서 제일 강력한 이 군주로부터 술탄국의 연안에 대한 포격과 봉쇄를 초래했고, 그 여파와 조짐이 심상치 않았기 때문이다.

1682년 초, 하즈 모하메드 시 태밈이 이끄는 사절단이 파리로 파견되어, 생-제르맹-앙-라여에서 두 왕국의 친선 협정을 협의했다. 나는 메크네스를 산책하다가 유럽 도시풍의 한 서점에서 보호령 말기에 간행된 특이한 소책자 한 권을 발견했다. 《물라이 이스마엘의 사절이 전하는 경이로운 파리》라는 책인데, 내용 중에 사절단 방문 당시 〈르 메르퀴르 갈랑〉지紙에 게재된 르포르타주 형식의 글이 리프린트된 형태로 실려 있었다. 그것은 일화들이 많아 재미있게 읽을 수 있는 이야기로, 시골에 사는 귀족 부인에게 쓴 편지 형식의 글이었다. 나는 이임離任 알현 때 시 태밈 사절이 "언젠가 하

늘이 아프리카 전체를 저의 주인이신 술탄께 주시고 폐하께
는 이 세상의 나머지 모든 부분을 주시기를 바란다"는 말로
연설을 맺었다는 글을 읽고 강한 인상을 받았다.

하지만 두 왕국의 외교 관계는 이 사절단이 기대한 만큼
순조롭게 진행되지 않았다. 귀국한 시 태밈 사절은 프랑스
에서 맺은 협정서를 감히 술탄에게 보여주지도 못한 듯했
다. 이 군주가 너무 불리한 협정이라고 생각하여 크게 화를
낼까 봐 두려웠기 때문이었다. 이듬해에 프랑스 왕의 명을
받들어 그 협정을 승인받기 위해 모로코에 파견된 생-타망
남작은 술탄이 협정에 서명하기는커녕 아예 그런 협정의 존
재 자체를 모른다는 사실을 알게 되었다.

그가 술탄에게 협정 조항들을 제시하자 생-제르맹 협정
조항 스무 개 중 두 개가 이 군주의 동의를 얻을 수 없는 것
으로 드러났다. 하나는 포로들의 석방에 대한 보상금과 관
계된 것이었다. 이 군주는 보상금이 자신이 얻어내리라고
기대한 이익에 비해 너무 적다고(양측에 같은 금액이 책정되었
지만) 판단했다. 다른 하나는 프랑스가 알제리·튀니스·트리
폴리의 해적들에 대해 모로코 왕국에 요청한 상호협력과 관
계된 것으로, 그것은 이슬람의 원칙에 반했다.

두 왕국의 관계는 여러 해 동안 냉랭해졌다. 살레 주재 프
랑스 영사 장-바티스트 에스텔은 단절된 관계를 회복하고

사절들을 부추겨 협상을 재개하기 위해 노력했다. 그가 물라이 이스마엘에 관해 쓴 글은 시 태밈이 사절로 왔을 때 한 말들을 연상시킨다. "이 왕은 말로는 이루 다 표현할 수 없는 절대적 존재다. 프랑스 황제가 어떤 권위로 신하들을 통치하는지 알고서, 종종 자신을 그 위대한 왕과 비교하곤 한다. 자신들 나라에서 본인의 의지가 곧 법인 군주는 이 위엄 있는 왕과 자신뿐이라고 그는 말한다." 여기서 우리는 이 술탄이 어떻게 최대의 찬사를 최고의 오만에 연루시키는지 알 수 있다. 왕가의 귀족 피두 드 생-톨롱이 1693년에 이 술탄을 만나러 메크네스를 방문했다. 하지만 그는 자신의 여행을 기록한 책 한 권뿐, 아무런 소득 없이 귀국했는데, 그가 이 책에서 그린 물라이 이스마엘의 초상화는 프랑스 대중의 눈에 이 지상에 존재한 가장 전제적인 군주의 한 사람으로 비칠 수밖에 없었다.

다시 5년의 세월이 흐른 후 프랑스가 살레를 치러 함대를 파견하기로 결의하자, 영광에 싸인 해적 출신으로 술탄의 초대 대신 중 한 사람이 된 압델라 벤 아이샤가 협상 재개를 시도했다. 그리하여 이번에는 이 해양 사령관이 파리에 사절로 파견되어 1699년 2월에 도착했다. 하지만 그의 행동도 더 나은 결과를 얻지는 못했다. 포로 교환 문제에 관해서는 거의 합의에 이르렀지만, 알제리와 튀니스 선박들이 모로코의 항구들에서 무장할 수 없도록 하는 조항에는 동의하기를 거부했다. 하지만 그의 프랑스 여행은 괴상한 결과를 하나 얻었다. 술탄이 그의 이번 여행 이야기를 듣고서, 루이 14세와 드 라 발리에르 부인 사이에 난 딸인 콩티 왕녀의 초상에 홀딱 빠져 그녀의 부왕에게 구혼을 시도한 것이다. 베르사유 궁정에서는 사람들이 그의 요청에 비웃음을 금치 못했고, 루이 14세는 응답하는 것이 적절치 않다고 판단했다. 물론 그의 그런 이상한 요청에는 감정적인 것보다는 정치적인 동기가 더 크게 작용했다. 루이 14세의 손자가 스페인 왕위에 즉위할 준비를 하던 시점에 이루어진 요청이었기 때문이다. 아마도 술탄은 콩티 왕녀와의 결합을 통해 세우타와 메릴라를 되돌려받는 데 대한 동의를 얻어낼 수 있기를 기대했을 것이다. 루이 14세가 비외교적인 태도로 그의 요청에 무관심했던 이유가 제대로 밝혀지지는 않았지만, 우리는 이 프랑스 왕이 술탄의 그런 의도에 말려들기는커녕, 자국과 하나로 통일될 지점에 근접해 있는 스페인의 강력한 적 하나와 그런 식으로 동맹하기를 바라지는 않았을 것으로 생각할 수 있다.

이 두 왕을 비교해보다가, 나는 연구에 지친 기분을 전환할 겸 시를 한 편 써보았다.

잔인한 손이여,
그대는 땅을 나누고 싶은가

북녘, 북실북실한 구름 떼는 그에게
남녘, 눈부신 창공은 그대에게

(두 세상의 주인이시여
세상의 이 두 주인을
길이 영광되게 하소서)

그대는 말을 하지만, 그는 그대 말을 듣지 않고
그대는 그를 바라보지만, 그는 그대를 보지 않네

그대는 화를 내고
하늘에게 대들며
성난 주먹을 휘두르네

그대의 그림자는
태양의 검은 형제라네

— 한 사람의 위대함은

물라이 이스마엘을 루이 14세와 비교하는 것이 우리 왕의 호기심을 자극하리라는 내 생각은 틀리지 않았다. 왕이 내게 이에 대해 여러 차례 물어보았기 때문이다.

어느 날 왕은 루이 14세의 통치 때 후세의 기분을 상하게 할 만한 특이한 잔혹 행위가 있었는지 알고 싶어 했다. 나는 내가 역사를 공부하던 시절에 간직했다가, 최근 연구 때 다시 떠올려보았거나 보충했던 기억을 머릿속에 그러모아 보았다. 왕에게 나는, 내가 아는 한 그의 통치 때 자행된 처벌 중 가장 눈길을 끄는 행위는 태자를 노르망디에 인질로 잡아두고 그 지방에 공화국을 건설할 음모를 라트레오몽 씨 주도로 꾸민 자들(왕의 어린 시절 친구인 로앙의 기사도 그중 한 명이다)의 처형이며, 푸케 총감을 죽는 순간까지 어느 먼 요새에 거의 30년간 가두어놓은 것 역시 잔혹한 처벌이었다고 말했다. 더구나 이 대신의 죄가 왕을 해치려 한 게 아니라, 총리 역할을 한 마자랭 추기경의 후임을 자처하며 왕에게 봉사하려 했다는 것, 그만큼 자신이 왕에게 꼭 필요한 존재라고 믿고, 자신의 위풍당당한 면모로 왕의 마음을 사로잡을 수 있다고 믿은 것이었다는 점에서 더욱 그랬다. 그 밖에 왕의 냉담이라든가, 직무 배제, 지방 발령, 프랑스 국외 유

배, 중단기 가택 연금 등, 가벼운 질책일지라도 더없이 고통
스럽게 느껴질 수 있는 징계들도 빠트려서는 안 될 것이다.
그런 징계들은 비밀 누설자들, 모험가들, 프롱드의 난의 노
병들, 음모를 꾸미는 자들, 음모의 희생자들, 자주적인 태도
를 보이는 자들, 왕이 세워둔 계획에 따르지 않는 자들 등등
을 덮친다. 온 세상 사람들이 다 아는 바스티유 감옥 제도에
서 다른 무엇보다 두려운 것은 다른 감옥들에 비해 상대적
으로 부드러운 편인 수감자들에 대한 처우가 아니라, 거기
에 임의로 잡혀들어가 무기한으로 갇힐 수 있다는 사실이었
다. 왕은 나의 얘기를 주의 깊게 들었지만, 아무 말도 하지
않고 다른 주제로 넘어가 버렸다.

또 어느 날엔가 왕은 루이 14세 시대 절대 왕정에서의 왕
권신수설 개념에 대해, 그리고 그런 권력 개념이 다르 알-
이슬람에서 통용되는 권력 개념과는 어떤 점이 다른지에 대
해 명확히 설명해달라고 부탁했다. 왕의 부탁을 받기 직전
에 마침 나는 루이 가르데가 쓴 《이슬람 도시국가》라는 책
을 부분적으로 다시 읽었었다. 1950년대에 내가 파리에서
입수한 책인데, 이 책의 내용을 참조하여 왕의 물음에 대답
하면 좋겠다는 생각이 들었다. 내용 중 내가 주목한 몇 쪽은
왕의 호기심을 충족시키기에 딱 좋을 것 같았기 때문이다.

기독교 전통에서는 모든 권한이 신에게서 나온다, 즉 옴니스 포테스타스 아 데오라고 루이 가르데는 말한다. 왕은 이 라틴어 문구를 듣자, 법학 공부를 하던 시절이 떠오른 듯 미소를 지었다. 아마도 그는 그것을 잘 기억해두었다가 기회 있을 때 프랑스 신문기자들에게 써먹어야겠다고 생각했을 것이다. 반면에 이슬람 전통에서는 오직 신의 권한만이 존재하며, 신은 그것을 나눌 수도, 위임할 수도 없다. 신은 이를 수 없는 초월성 안에서 홀로, 절대적으로 무한히 홀로 군림하기 때문이다. 신은 누구도 대동하지 않는다. 나는 왕이 이제 더없이 흥미롭게 내 얘기에 귀를 기울이고 있으며, 이어지는 얘기를 듣고 싶어 안달하고 있음을 알아차렸다. 나는 이렇게 얘기를 계속했다. "권력은 신에게 있습니다. 전적으로, 그리고 직접적으로 신에 의해 행사됩니다. 폐하, 이 사실은 정치에서 두 가지 결과를 낳습니다." 왕은 주머니에서 담뱃갑을 꺼내 열었다. 그리곤 한 개비를 꺼내 궐련 파이프에 끼워 넣고는 입술로 가져가 불을 붙였다. 나는 왕이 그런 준비 작업을 다 마칠 때까지 말을 중단했다. "첫 번째 결과는 통치하는 자가 완전히 임의로 행동할 가능성입니다. 신의 길은 인간으로서는 헤아릴 수 없으니까요." 왕은 두 눈을 찌푸리며 미소를 지었다. 무슨 말인가를 하려는 듯했으나, 결국 아무 말도 하지 않았다. 그는 그저 담배 끝에 생겨난 길쭉한 재를 집게손가락으로 툭 쳐서 떨어트렸다. "두 번째 결과는, 말하자면 첫 번째 결과의 정반대이자 그것을 보완하는 것이기도 한데, 그 권력을 일시적으로 보유한 자의 행위를 평가하는 방식에서 대중 여론이 극단적으로 자유로워진다는 것입니다." 왕은 눈썹을 찌푸리고는 내게 좀 더 분명하게 설명해달라고 부탁했다. 나는 말을 이었다. "왜냐하면 통치자가 신에 의해 위임된, 신에게서 양도받거나 부여받은 어떤 권한도 내세울 수 없기 때문에, 신성하다는 느낌이 군중의 무질서한 움직임으로부터 그를 보호해주지 않습니다. 그래서 우리 종교를 믿는 백성들 틈에서는 대수롭지 않은 소요도 번개 같은 속도로 퍼질 수 있지요. 게다가 이 나라 백성은 왕실 혁명이나 군사 쿠데타 같은 걸 참 쉽게 받아들입니다." 나는 왕이 자신의 권좌에 대해 불안해하는 것을 보았다. 그제야 나는 내가 참 대담한 말들을 내뱉었다는 사실을 깨달았다. 나는 마치 신학자들의 소모임 앞에서 하듯 그에게 그런 얘기를 고했을 뿐, 그가 그 의미를 전혀 다르게 받아들일 줄은 미처 생각하지 못했다. 이미 그는 두 눈을 하늘로 치킨 채, 왼손을 책상 위에 떨어트리고는 손가락 끝으로 책상을 여러 차례 두드리고 있었다. "압데라마네, 자네 미친 것 같네! 제발 부탁하네만, 자네의 이론을 공공장소에서 함부로 떠벌리지는 말게. 안 그래도 난 그런 문제들 때문에 골치가 아파. 입만 열면 문제를 부르는 자네의 그런 모습 다시는 보여주지 않았으면 하네. 지난해에도 내가 자네 목을 조를 뻔하지 않았는가. 자네가 궁정에서 모든 사람을 죽이는 의사 이야기를 했을 때 말이네. 다른 무엇보다도, 자네의 그 루이 가르델이라는 양반이 모로코에 대해 대체 뭘 안단 말인가?"

나는 요령 없는 말로 왕에게 혼란을 안겨준 것이 또다시 실총을 받는 구실이 되지 않을까 두려웠다. 왕이 말했다. "난 어릿광대는 필요 없다네. 이미 차고 넘치니까. 그만 가보게." 나는 왕에게 몹시 후회스럽다는 뜻을 표명하고는 어서 모습을 감춰 그의 진노를 누그러뜨리고자 몸을 빼기 시작했다. 한데 느닷없는 다정한 목소리가 나의 발걸음을 되돌렸다. "게다가, 자네 신학자의 이론과는 달리, 실제로 우리가 관찰하는 바는 부르봉 왕가가 무너졌고, 오를레앙 왕가도 무너졌고, 프랑스인들이 우리 사랑스러운 국민보다 훨씬 더 자주 체제를 바꾸었다는 사실 아닌가. 나만 해도 아직 건재하네. 내가 대표하는 이 왕조는 3백 년 전부터 통치를 이어오고 있단 말일세. 우리는 이 세상에서 가장 오래된 왕조야, 알겠는가? 이론은 이론이고 실제는 실제라네. 나는 자네가 그걸 꼭 기억해주길 바라네." 왕에게 나는 그 신학자의 이론에 대한 왕의 반론이 최고의 학자들에 비해 전혀 손색이 없다고 말해주었다. 그러고는 왕의 시간을 더는 뺏지 않으려고 다시 물러나려 하자, 나를 자신의 후속 생각에 대한 증인으로 삼고 싶은 듯 왕이 또 말했다. "자네의 그 루이 가르델이 그 책에서 산 데오도로스 공화국에 관한 연구도 좀 했던가? 아니라고? 그럼 얼른 그에게 그 공화국도 그의 패러다임 속에 통합시키라고 말해주게. 우리나라보다 라틴 아메리카에서 쿠데타가 더 자주 일어나니 말이네. 내가 알기로, 크리스토프 콜럼버스가 타고 간 그 범선의 화물에 이슬람교가 들어있지 않았던 듯하니 말이야. 어때? 이건 그 패러다임 속에 어떻게 집어넣어야 하지? 틴틴의 모험 이야기나 다시 읽도록 하게. 자네의 그 저자보다 나으니까 말일세." 왕에게 나는 그가 지적한 생각들을 모아 꼭 루이 가르데(나는 신경을 써서 이 저자의 이름을 일부러 왕처럼 서투르게 발음했다) 씨에게 전하겠다고 약속했다. 그러고는, 이 석학도 그 생각들 모음을 읽고 나면 분명 자기 이론을 수정하게 될 거라고 덧붙였다. 그제야 왕은 내가 청했던 퇴청 허락을 승인해주었다.

12

10월에 나는 일전에 왕과 합의한 대로, 왕을 대리하는 물라이 압달라 전하의 대표단과 함께 페르세폴리스 축제에 참석했다. 그는 방탕하다는 소리를 듣는 제멋대로인 사람이었다. 국가 예산 관리보다는 자기 재산 관리에 더 능하고 사치와 익살극을 즐기는 인물로, 정신적인 영역과 관계된 일이나 그것이 주는 즐거움과는 거리가 멀었다. 앞에서 나는 스키라트 축연 때 왕을 수행한 일부 고문들이 반도들의 공격을 바로 이 왕족이 꾸민 불쾌한 익살극으로 오인했다고 말한 바 있다. 물론 이는 전혀 사실이 아니었고, 당시 그는 중상을 당했다. 세상이 그렇게 끝나는 줄 알았고, 결국 다리

하나를 절단해야 할지도 모른다는 두려움에 떨었다. 당시의 그 사건으로 그는 많이 변한 듯했다. 그의 대표단에 들어가 며칠을 함께 지내보니 사람들에게서 들은 그 심술궂은 초상과는 아주 달라 보였기 때문이다. 내 느낌에 그는 현 체제가 지속될 수 있을지 미심쩍어하고, 체제 보호라는 명목하에 취해지는 치안 조치들에 대해서도 불안해하는 것 같았다. 어쩌면 그의 나태한 성격이 전제 군주제의 이런 미봉책들에서 본능적으로 뒷걸음질 치게 한 것인지도 몰랐다.

페르시아의 군주는 축제 준비에 그 무엇 하나 소홀히 하지 않았다. 그는 이번 축제가 금세기의 가장 화려한 축제로 기억되고, 사산왕조의 연대기에도 경이로운 행사로 수록되길 바랐다. 지구촌 곳곳의 왕과 공화국 대통령, 통치는 하지 않는 주요 가문의 수장들에게 초대장을 보냈다. 참석하지 못하는 이들은 그들의 궁정이나 정부에서 선발한 유명 인사들을 대신 파견했다. 샤는 각 나라가 지닌 힘의 정도에 따라 다정하게 미소 짓는 시간의 길이를 조절하며 시라즈 공항에서 그들을 영접했다. 그는 중요한 외교에 쓰이는 모든 언어를 구사했다. 의전은 곧 그의 삶이었고, 표상은 그의 제2의 본성이었다. 나는 마치 살아있는 조각상 같은 사람을 보는 느낌이었다. 이 군주는 스물두 살에 왕위에 즉위하여 인생의 절반 이상을 통치하며 보냈다. 그렇기에 그가 통치하는 국가의 범위가 그에게는 너무 좁을뿐더러 너무 친숙하기도 해서, 그는 자신을 좀 더 큰 세상에 드러내고 싶어 했다. 그가 모든 제국의 수장들을 불러 모으는 이유는 자신이 그들 모임의 주요 인사 중 한 명이라는 것을 확인하기 위함인 듯했다. 그러므로 어느 면에서 그는 그 며칠 동안 그냥 샤이기만 한 게 아니라, 페르시아의 군주들이 아케메네스 제국 이후부터 자신들에게 붙여온 조상 전래의 화려한 칭호인 *샤-안-샤*, 즉 "왕 중의 왕"이기도 했다. '세계'라는 말의 두 의미가 이토록 잘 혼동된 적은 없었다. 사교적 사건이 이렇듯 동시에 세계적 사건인 적도 없었다.

사막 한가운데에 방치된 장엄한 유적들 덩어리인 페르세폴리스에는 그토록 많은 지체 높은 손님들을 맞이할 만한 곳이 없었기에, 그곳의 고고학 유적지 아래쪽에 천막촌이 하나 세워졌다. 그 천막들 하나하나는 완전히 둥근 모양의 집으로, 지체 높은 사람 용인지 그 수행원 용인지에 따라 크기가 다른 몇 개의 방들이 딸려 있었다. 외부는 모두 똑같은 모양이었으나 내부는 장식 양식에 따라 구별되었다. 페르세폴리스 유적지 높은 곳에서 이 천막촌의 다섯 개의 축을 내려다보면 하나의 별 모양이 되는데, 그 중심에 있는 둥근 연못의 분수대는 하늘을 향해 강력한 물줄기를 뿜어내고 있었다. 이 별의 한 가지 끝에 다른 천막들처럼 둥글게 생겼지만 크기가 훨씬 더 큰 빈객용 천막이 하나 있었다. 그것은 바로 샤와 샤바누가 머무르며 손님들을 맞이하는 곳이었다. 하지만 모든 천막 중에서 가장 넓은 천막은, 이 천막 뒤에 있는, 연회용 천막이었다.

사흘 동안 이 캠프촌에서는 묘하게도 최고의 휴가 분위기가 풍겼다. 나는 나이 많은 덴마크 왕이 천막 앞의 접이식 안락의자에 앉아 파이프 담배를 피우며 신문을 읽고 있는 모습을 보았다. 여느 캠프촌에 자리 잡은 평화로운 은퇴자 같았다. 벨기에 왕은 최신 모델의 휴대용 카메라를 무슨 대단한 장난감처럼 몹시 즐겁게 다루며 가족의 모습을 촬영하고 있었다. 그들은 자신들을 해치려는 음모로 고통받지 않는 듯했다. 하지만 나는 폐하가 자칭 "상징적 왕정"이라고 부르는 나라들, 말하자면 왕이 전혀 통치하지 않고 명맥만 이어가는 나라들의 이 대표들을 마치 자기 자신의 운명일 수도 있다는 듯 두려움과 동정 어린 눈으로 바라보리라는 걸 알고 있었다. 그것은 그로서는 차라리 죽었으면 죽었지 절대 받아들이고 싶지 않은 운명이었다. 천막촌에서는 샤의 젊은 아들이 골프장 카트 같은 작은 자동차를 몰고 다니며, 부왕의 손님들을 천막촌 주변 어디든 그들이 가고 싶어 하는 곳으로 태워다주고 있었다.

첫째 날 저녁 공식 대만찬 때, 나는 쇼제딘 샤파의 옆자리에 앉았다. 일전에 내가 듣기로는 이 축제를 개최할 아이디어를 낸 사람이 바로 그였다. 그는 황실 차관 겸 샤의 대변인 중 한 명이었다. 이 강력한 군주의 문화 관련 주요 고문이기도 했으며, 군주는 그를 더없이 높게 평가했다. 그가 군주의 연설문을 작성하고, 때로 그의 저서들을 집필한다는 소문도 들렸다. 그는 프랑스와 이탈리아에서 공부했고, 샤토브리앙·괴테·바이런·라마르틴 등 유럽 문학의 괄목할 만한 작가들의 중요한 작품을 페르시아어로 번역하기도 했다. 오십 대의 우아하고 상냥한 사람이었다.

우리는 시와 역사에 대해서나 파리, 소르본, 라탱 지구 등에 대해 장시간 한담을 나눌 수 있었다. 그러는 동안 팔라비 왕조의 색깔이라고 하는 밝은 청색 연미복을 입은 프랑스 종업원들은 진주 같은 메추리알 요리, 황실 공작 요리, 오래 묵은 샴페인 소르베 등을 차례로 나르며 테이블 사이를 돌아다녔지만, 무엇보다도 나는 그에게 이런 행사를 준비하는 데 시간이 얼마나 필요했는지 얼른 물어보고 싶었다. 행사가 이제 막 시작되었을 뿐이지만 이미 칭찬을 해둔 터였다. 샤에게 이 행사 얘기를 처음으로 꺼낸 게 50년대 말경이었다는 그의 대답에 나는 하마터면 기절할 뻔했고, 마음의 혼란을 내색하지 않으려고 애썼다. 그리고, 물라이 이스마엘 치세 3백 주년 기념식 행사는 시일이 너무 촉박해서 잘 준비하기가 불가능하리라 생각했고, 실패가 확실한 그 임무의 무게에 다시 한번 압도당하는 느낌이 들었다. 나는 샤파에게 그 계획을 털어놓고 싶은 마음이 불같이 일었다. 그는 왠지 신뢰가 가는 사람인데다, 그의 조언이 내게 매우 소중할 것 같았기 때문이었다. 하지만 돌연 생각을 고쳐 그것에 대해 입을 다물어야겠다고 마음먹었다(이곳에 도착한 이후 줄곧 그렇게 생각했다). 그렇게 중요한 행사를 고려하기 시작한 게 겨우 두 달밖에 되지 않았다는 사실을 그가 알고서, 우리 왕국의 의사 결정 기관들의 기능을 의문시하거나 우리 왕국을 얕잡아 보는 일이 있어서는 안 되기 때문이었다.

　　마치 나의 불안을 잠재우고 싶었던 듯, 샤파는 다행스럽게도 페르시아 제국 초기를 기념하는 행사에 대한 자신의 아이디어가 마침내 빛을 보기까지 많은 세월이 흘렀다는 사실을 인지해야 할 이유가 전혀 없었다고 덧붙였다. 그 행사는 원래 1961년에 이루어졌어야 할 일이었다. 당시 만들어진 준비위원회가 1960년 여름에 전시 및 출간 계획을 명확하게 제시한 바 있었다. 하지만 수상이 바뀌고 갑자기 예산이 축소되면서 행사가 연기되었다. 그리고 많은 세월이 흘렀다. 샤는 좀 더 신중하게 생각해보자는 구실을 내세워 그 계획을 망각 속에 묻어버린 듯했다. 권위 있는 대학 소속의 외국 학자들이 자신들이 예전에 속했던 그 준비위원회를 깊은 잠에 빠트린 데 대해 문제를 제기하고 나서자, 사람들은 60년대 말경에 다시 이 문제를 재론하기 시작했다. 조정의 여러 주요 인사들이 그 생각에 다시 생기를 불어넣고자 했고, 샤는 그런 그들의 의지를 꺾지 않았다. 하지만 과거의 계획보다 훨씬 더 야심만만한 새 계획의 초안을 전달받고서 그는 거부의 뜻을 표했다. 기반 시설이 전혀 갖춰지지 않은 이 페르세폴리스 유적지에 외국 조정의 구성원들을 각자의 지위에 맞게 영접하는 일이 얼마나 어려울지 심히 걱정되었기 때문이었다. 이 강력한 군주가 다시 생각을 바꿔 마침내 축제일을 정하고, 너무 오래 중단된 탓에 비공식 기구가 되어버린 구 위원회 대신 고등 위원회를 새로 구성하여 서둘러 축제 준비에 임하도록 압박한 것은 지난해 9월 들어서의 일이었다.

샤파는 이 위원회에 속했다. 그는 특히 학술 대회와 책의 출간을 담당했다. 내게 그는 유럽 대학교수들이 참 굼뜨다고 했다. 거의 모두가 예외 없이 논문을 늦게 보내준다는 것이다. 그래서 원고 마감이 훨씬 더 빨리 이루어져야 한다고 엄살을 떨어 논문들을 제때 받아낸 모양이었다. 나는 모리스 드뤼옹과 미셸 조베르에게 편지를 써야겠다고 생각했던 기억이 되살아났고, 왕국에 돌아가는 즉시 그렇게 해야겠다고 마음먹었다.

9명의 위원으로 구성된 이 고등 위원회는 한 달에 두 번 총회를 열고, 준비 작업의 경과에 대해 파라 팔레비 왕비에게 보고했다. 결국 이 위원회가 과거의 계획을 전면 개혁하여 새로운 계획을 짜고, 특히 실행 준비까지 완료하는 데는 1년밖에 시간이 없었던 셈이다. 내가 처한 상황도 크게 다르지 않은 듯했다. 불안감이 좀 사그라들었다. 나의 과업이 어쩌면 내가 생각한 것처럼 아주 불가능하지만은 않을 것 같았다. 하지만 나도 모르게 나를 격려해준 샤파를 내가 내심 막 치하해주고자 했을 때 그가 덧붙여 말했다. 풀어야 할 과제가 태산 같았고 실패하리라는 생각이 수없이 들었으며, 샤를 만족시키지 못하거나, 또다시 그에게 모든 걸 취소해버리고 싶은 충동을 불러일으키면 어쩌나 하는 두려움에 시달렸었다는 것이다. 그러자 나는 지금도 나 혼자지만, 구체적 계획으로 이어갈지 말지를 검토해야 하는 이 사전 연구를 진행하는 동안도 내내 나 혼자여야 한다는 생각이 뇌리를 스쳤다.

나는 혼란스러운 마음을 애써 감추며, 이 오랜 계획의 자초지종을 소상히 알려준 샤파에게 사의를 표했다. 이제는 우리 테이블에 합석한 다른 손님들과도 얘기를 좀 나누는 것이 그를 위해서나 나를 위해서나 좋을 듯했다. 그래서 나는 내 오른쪽에 앉은 벨기에 여왕 수행단 소속의 한 통역사와 얘기를 나누었다.

긴 저녁 식사를 끝낸 후 손님들은 페르세폴리스 유적지에 줄지어 입장하여 빛과 소리의 공연을 관람했다. 밤공기는 서늘했다. 왕과 왕비 들은 사람들이 미리 마련해둔 발열 담요로 몸을 감쌌다. 샤의 궁정과 친한 그리스 음악가 크제나키스가 자신이 준비한 편곡의 그 귀에 거슬리는 심한 추상 기법에 맞게 모든 조명 장치를 직접 구상했다. 내 옆에 있던 프랑스 대표단 소속의 풍자적 기질이 다분한 사람 하나가 자신의 재치 있는 말이 사방에 들리게끔 큰 소리로, 그 음악은 분명 크세르크세스 군대의 혼을 빼놓으려고 만든 것이며, 그것이 그리스인의 작품이라는 것은 결코 우연이 아니라고 말했다. 하지만 나는 사람들이 그 공연을 보고 페르시아인들이 현대성의 최첨단에 있다는 사실을 기억하게 되리란 걸 의심치 않았다. 그래서 나는 우리의 경우는 어떤 전위 예술가를 우리 왕국의 친구로 내세울 수 있을지 생각해보았으나 답을 찾을 수가 없어 걱정되었다. 그뿐 아니라 내가 음악에 대한 폐하의 취향이 어떤지 전혀 모르고 있다는 생각도 들었다.

공연의 끝을 알리는 불꽃놀이가 끝나고, 모두가 자신이 머무는 대표단 천막으로 되돌아갈 준비를 하는 동안, 기념식이라는 주제가 여전히 나의 관심을 사로잡고 있다는 사실을 깨달은 샤파가 그것에 대해 좀 더 많은 얘기를 해줄 수 있을 사람을 소개해주고 싶어 했다. 그렇게 해서 나는 그가 옥스퍼드 대학 출신의 총명한 젊은 여성이라며 소개해준 아슈라프 카제루니를 알게 되었다. 겉보기에도 기품이 우러나, 아무래도 집안이 이 왕국에서 가장 중요한 가문 중 하나인 듯했다. 그녀는 고등 위원회의 또 다른 한 위원인 압돌레자 안사리의 조수로 일했다. 나는 그 아홉 명의 고관들 각자가 여러 명의 조수를 둘 수 있으며, 테헤란에 있는 장관 청사에서 멀지 않은 곳에 그들이 사용하는 넓은 사무실이 있다는 사실을 알았다. 조수들 대부분은 유럽 대학에서 교양을 쌓은 그녀 같은 젊은이들이었다.

우리는 천막촌 이리저리로 흩어진 손님들 무리에서 떨어져 나와, 별이 총총한 하늘 아래에서 함께 산책했다. 벌써 밤이 이슥해 있었다. 그녀는 같이 담배를 한 대 피우자며 내게 담뱃갑을 내밀었다. 그런 자유로운 태도가 그녀의 고아한 풍모를 한층 돋보이게 했다. 나는 그녀에게 기념식에 대해 질문하는 이유는 밝히지 않고 그저 축제의 놀라운 성공에 호기심이 동해서라고 둘러댔을 뿐이지만, 그녀는 내가 참 유용하게 생각할 것 같은 여러 가지 실질적인 정보들을 알려주었다. 주요 납품업자들은 프랑스에서 골랐다고 했

다. 권위도 있고 일 처리도 신속했기 때문이었다. 그들에게
주어진 기한이 아주 짧았음에도, 그들은 기한을 넘기지 않
고 작업을 끝낼 줄 알았다. 천막들은 파리의 실내장식 명가
장센의 작품이었다. 먹거리 배송은 레스토랑 막심이 담당했
다. 나는 장센과 막심이라는 두 이름을 기억해두었다. 파리
에 있을 때, 루아얄 가에 있는 레스토랑 막심의 문 앞을 몇
번 지나치기만 했을 뿐, 안으로 들어간 적은 한 번도 없었
다. 장센이라는 이름은 들어본 척하기는 했지만 사실 그날
저녁 처음 듣는 이름이었다.

그녀의 얘기를 들어보니, 며칠간 수많은 인사가 회식에
참여한 이 페르세폴리스 축연은 이미 몇 주 전부터 계속되
어왔고 앞으로도 연중 내내 이어지게 될 다양한 행사 중 가
장 눈에 띄는 행사처럼 느껴졌다. 이 밖에도 여러 새로운 박
물관이 낙성되었고, 나라 곳곳에서 학교가 문을 열었다. 학
교들, 그렇다, 이는 왕을 기쁘게 하리라는 생각이 들었다.
백성들에게서 국가 산업의 발전이나 왕국의 모든 신민이 안
락한 생활을 하는 데 유용하게 투자할 수 있는 돈을 왕궁이
일시적 여흥에 함부로 쓴다는 비난을 받지 않으려면 그런
일을 많이 하는 것이 좋을 것 같았다.

끝으로 아슈라프 카제루니는 내게, 여러 기념행사가 페

르시아의 시대들이 어떻게 면면히 이어져 왔는지를 전하기만 하는 것이 아니라, 아케메네스 왕조의 창설자인 키루스 대제의 가호를 비는 데 초점이 맞춰져 있다고 설명했다. 행사들은 키루스를 현명하고 강력한 군주의 모델로 제시하고, 샤가 이렇듯 그에게 경의를 바치니 그의 미덕이 샤에게 투영되게 해달라고 비는 것이다. 나는 이를 모델로 폐하께서 물라이 이스마엘에게 경의를 바치는 문제를 검토해볼 필요가 있지 않을까 하는 생각이 들었다. 우리가 도착하기 전날 밤, 샤는 파사르가다에에 있는 키루스 대제의 무덤 앞에서, 어느 외국 대표단의 프로그램에도 기록되어 있지 않은 연설을 했다. 자국을 너무 오랫동안 비울 수 없는 그들의 시간을 아껴주기 위한 배려였다. 아슈라프 카제루니는 다음날, 대퍼레이드가 끝난 후, 그 연설문 사본을 하나 구해주겠다고 약속했다. 그녀는 그 퍼레이드가 보고 싶어 안달했다.

이번 축제에 대해 나보다 관심이 덜한 듯한 압달라 전하의 천막을 향해 걸어가는 길에 나는 페르시아 왕이 동원한 수단들이 실로 거대하고 무한하다는 생각에 잠겨 있었다. 그는 외국의 왕들과 전 세계에 널리 알려진 스타들과 뉴욕 출신의 전위 예술가들을 자신의 궁정으로 끌어들였다. 그리고 그를 위해 일하는 사람들도 아직 중요한 직책을 맡지 않았지만 하나같이 문학과 과학 분야에 탁월한 역량을 지닌 사람들 같았다. 영국에서 수학한, 아직 서른 살이 되지 않은 아슈라프 카제루니 같은 사람이 그런 예였다. 신이 우리의 왕국들을 후세에 길이 보전해주신다면, 아마도 나는 10년 후쯤 장관으로 일하는 그녀를 다시 만나게 될 것이다(페르시아에는 정부에서 일하는 여성들이 이미 있다). 우울한 얘기지만 나는 우리나라의 상황이 이곳만큼 좋지 않다는 사실을 인정하지 않을 수 없었다. 우리가 기념하고자 하는 3백 년이 페르시아의 2천5백 년에 비하면 너무 짧다는 생각이 문득 들었다.

다음날에는 대 퍼레이드가 있었다. 규모도 대단하고 극도로 정교하기까지 한 실로 장엄한 그 퍼레이드는 전 세계의 텔레비전 채널을 통해 방송되어 사람들의 상상력에 충격을 안겨주었다. 내 자리는 객석 제5열이었다. 그리 중요하지 않은 고문들이며 가장 작은 나라들의 대표단들, 그리고 통치하지 않는 몇몇 왕손과 같은 줄이었다. 바로 거기, 다리우스 1세 왕궁의 남은 13개 원주 기둥 아래에서, 나는 아케메네스, 사산, 파르티아, 셀레우코스, 메디아, 사파비, 카자르 등, 페르시아의 모든 왕조의 전사로 분장한 군인들이 수백 명씩 줄지어 행진하는 것을 관람했다. 고대 복식은 저명한 학자들이 과거의 의상에 대해 알려주는 대벽화며 저부조 등을 아주 세세한 부분까지 연구하면서 재현해냈다. 퍼레이드가 펼쳐지는 어느 순간에는 아마도 그 고대 이미지들을 암시하기 위함인 듯, 군인들이 한 손을 코와 수직이 되게끔 날개처럼 뻗은 자세를 부동으로 유지하려고 애쓰면서 걸었다. 프로필로 그려진 그런 자세의 형상들을 3차원 공간에 재현해낸 듯했다. 그런 식으로 15개 정도의 역사적 장면들이 잇달아 펼쳐졌다. 4각형을 이룬 포병 집단들 사이로 기병들과 전차들, 살 없는 바퀴에 3층으로 올린 첫 왕조 때의 공성 탑塔 하나, 그리고 크세르크세스가 그리스를 공격할 때 띄웠던 배들을 거의 실물 그대로 복원한 선박들이 지나갔다. 태양은 강렬했고, 퍼레이드는 세 시간 가까이 지속되었다. 퍼레이드가 끝났을 때, 한 사자가 내게 다가와 금실로 장정한 소책자 한 부를 내밀었다. 책자에는 파사르가다에에서의 연설문이 페르시아어와 프랑스어로 인쇄되어 있었다.

제1열의 내빈 중, 샤와 몇 좌석 떨어진 곳에 앉아 있는 상고르가 보였다. 나는 급히 그에게 달려갔다. 지금으로부터 15년 전, 그는 세네갈 의원이고 나는 파리 유학생이던 시절에, 내가 들레 선생의 권고로 그에게 보낸 시편들에 대한 답신으로 그가 편지를 한 통 보냈었다는 사실을 말해주고 싶어서였다. 그는 환하게 웃으며 아주 잘 기억하고 있다고 말했다. "《바바리아의 애가》, 맞지요? 그 제목! 어떻게 그걸 잊을 수 있겠어요?" 그는 내게 들레 선생의 안부를 물었다. 그러고는 조르주 퐁피두가 이 자리에 없어, 나를 그에게 소개해주는 기쁨을 맛보지 못해 몹시 애석해했다. 그는 내게 다카르로 꼭 그를 방문하겠다고 약속하게 한 뒤, 나를 "친애하는 친구"라고 부르며 자리를 떴다. 그 후로는 두 번 다시 그를 보지 못했다.

라바트로 돌아오는 비행기 안에서 나의 상상력은 시간이나 예산상의 모든 제약을 뛰어넘어 긴 행렬들을 머릿속에 그리고 있었다. 물라이 이스마엘이 모든 방면에서 선보인 그 거대함은 그런 행렬들과 아주 잘 어울렸다. 그의 권력은 왕궁의 규모이든 군대의 힘이든 간에 비할 데 없는 수치상의 크기를 바탕으로 했다. 퍼레이드는 그런 막강한 권력에 대한 추억을 되살려줄 터이고, 이를 잘 연출하면 기억에 남을 거대한 스펙터클을 끌어낼 수 있을 것이다. 한 사람이 만 2천 필의 말을 소유했고, 15만 명의 검은 경비대가 그를 호위했으며, 전 아프리카에서 당대의 가장 강력한 군대를 소유했다. 나는 만2천 필의 말의 행렬과 15만 명의 사람들이 이루는 또 하나의 행렬의 크기를 머릿속에 그려보려 했으나 제대로 떠올릴 수가 없었다. 당연히 수를 줄여야 할 테지만, 대중이 현재에서처럼 과거에도 왕국이 지닌 거대한 힘 앞에서 열광과 경탄을 터뜨리기에 충분할 정도의 규모가 되도록 신경을 써야 할 것이다.

하지만 나의 상상력은 곧 술탄의 내시들이며 그가 후궁 울타리 안에 가둬두었었다는 여자들, 그리고 그 여자들이 그에게 안겨준 수백 명이나 되는 아이들까지를 그런 행렬을 통해 보여주는 게 적절한가 하는 의문에 부딪혔다. 유럽의 고관들에게 이처럼 근동 *전제 군주제*의 진수를 스펙터클로 제공한다면 아마 그들은 자신들의 눈을 믿지 못할 것이다. 지하 감옥의 포로들은 또 어떻게 할 것인가? 조르주 퐁피두 대통령이나 아니면 페르세폴리스 축제에 프랑스를 대표하여 참석한 샤방-델마 수상의 당황한 시선 아래에서, 큰 돌덩어리들을 밀거나 볼루빌리스 유적지의 돌 파편들을 상처투성이 손에 들고 쇠고랑을 찬 채 창백한 얼굴로 행진하는 그 죄수들의 모습을 머릿속에 그려보던 나는 어떤 코믹한 거북스러움에 사로잡혔다. 미셸 조베르나 모리스 드뤼옹 같은, 우리 왕국의 둘도 없이 소중한 친구라 할지라도 그것만큼은 아마 불쾌한 농담으로 여길 것이다.

이번 공식 여행은 전적으로 장기간 여흥을 즐기는 것이 목적 같아 보였지만, 실은 늘 사람들과 잘 지내려고 신경 써야 하고, 나 자신의 임무와 관련이 있을 만한 것이면 뭐든 노트를 해야 하는 사교적 상황의 연속이었기에 결국 나는 심신이 완전히 지쳐버렸다. 내가 장난삼아 떠올려본 그런 광경들을 나의 상상력에서 몰아내기가 이상하리만큼 어려웠던 이유는 아마 바로 그래서일 것이다. 그런 광경들이 나의 뇌리를 강박적으로 사로잡으려 들수록 나는 점점 더 불길한 느낌이 들었다. 퐁피두 대통령이 가장 기본적인 외교상의 예의를 무시하는 그런 소행에 분노를 표명하고자 귀빈석에서 몸을 일으키는 모습이 눈에 들어왔다. 미셸 조베르의 작은 실루엣도 그를 따랐다. 그는 깊은 불쾌감의 표시로 이맛살을 잔뜩 찌푸리고 있었다. 보호령 시절 바로 이 왕국에서 태어난 그는 왕국에 대해 품고 있던 깊은 우정에 상처를 입었다고 느꼈을 것이다. 그런 대참사가 벌어지는 것을 보고서 대경실색한 왕이 돌연 내게 분노 가득한 시선을 던졌고, 나는 몇 년 전에 경험했던 것보다 훨씬 더 나쁜 영구적인 실총의 그늘이 나를 짓누르는 것을 느꼈다.

그런저런 꿈에 빠져 있던 나는 정신이 번쩍 들었다. 왕 전용기의 둥근 창을 통해, 작은 빛이 오른쪽 날개 끝의 캄캄한 어둠 속에서 반짝이는 걸 보고서야 마음이 가라앉았다. 그것은 그저 터무니없는 꿈, 임무로 인한 피로와 고민 속에서 탄생한 망상일 뿐이었다. 다시 잠에 빠져들기 위해 나는 좀 더 평화로운 장면들을 상상해보고자 했다. 그러자 나의 뇌리에 떠오른 것은 아그달 연못 위로 우아하게 떠 가는 소형 선단이었다. 두 왕국의 미니어처 선단이 추격이나 해전 장면을 흉내 내며 일정 궤적에 따라 해상 발레를 연출하고 있었다. 그 선박들은 선구船具와 용골돌기의 형태로 구분이 되었고, 바람에 펄럭이는 깃발로도 구분이 되었다. 한 선단의 깃발에는 만족한 표정의 황금 태양이, 다른 한 선단의 깃발에는 판독하기 어려운 생김새의 검은 태양이 그려져 있었다. 들레 선생에게 편지를 써서, 루이 14세가 베르사유궁에서 개최한 축제들에 관한 자료를 좀 보내달라고 해야겠다는 생각이 들었다. 베르사유궁의 대운하에서 분명 멋진 선박 퍼레이드가 펼쳐졌을 것 같아서였다.

나는 메크네스궁과 베르사유궁이 더없이 풍성한 무대 장치들을 통해 아그달 연못 양쪽에 서로 마주 보도록 꾸며진 모습을 상상했다. 소형 선단은 처음 한 번 나란히 줄지어 대치했다가 각자 다시 연못의 자기 진영으로 되돌아갔다. 이어 우리의 기함旗艦이 큰 삼각돛을 펼치고서 다시 베르사유궁을 향해 나아가고, 그 뒤를 엘리트 선단답게 질서정연하게 삼각형의 진을 이룬 작은 배들이 따라간다. 그것은 바로 콩티 왕녀에게 술탄 대신 구혼을 청하러 온 해적 벤 아이샤의 사절단이었다. 물론 역사적 사실은 스펙터클에 맞게 좀 더 간단하고 상징적인 형태로 약간 변형되었다. 왕녀는 베르사유궁 앞의 물가에 서 있고, 젊은 후작들과 그녀의 미모를 더한층 빛내주는 시녀들 무리가 그녀를 에워싸고 있다. 벤 아이샤의 선단이 베르사유궁 가까이 다가가자, 프랑스인들은 베네치아의 곤돌라와 아주 유사하게 생긴 듯한 노 젓는 작은 배들을 조종하여 울타리를 치듯 그를 맞이하는 줄을 이루었고, 그 사이로 우리 사절이 특별 잔교棧橋까지 미끄러지듯 천천히 다가갔다. 그러자 스위스 수비대가 적시에 나타나 잔교 위에 거대한 붉은 양탄자를 펼쳤다. 사절은 기사처럼 바닥에 무릎을 꿇고서 콩티 왕녀에게 어보御寶가 찍힌 물라이 이스마엘의 편지를 내밀었다. 그 편지를 뜯어 읽어본 그녀는 주체할 수 없는 감정에 사로잡혔다. 그녀는 쓰러지지 않도록 그녀를 부축해주는 시녀들에 둘러싸인 채 베르사유궁 쪽으로 달아났으나, 단장의 고통을 표하는 듯, 두 팔을 달려가는 방향의 반대편인 사절 쪽으로 내밀었다. 양국의 두 주인공은 큰 슬픔에 잠긴 채 멀리서 서로에게 서정적 작별을 고함으로써, 임시로 설치한 계단식 좌석에 앉아 그 모습을 바라보는 무수한 관객들의 마음을 뒤흔들었다.

나는 창 쪽으로 시선을 돌렸다. 밤이 깊어 아무것도 볼 수 없었다. 머릿속으로 그려본 연출이 조잡한 듯했으나, 나는 이제 막 구상을 시작해서 그런 거라며 나를 안심시켰다. 때가 되어 통치 연감에 기록될 만한 스펙터클을 연출하려면, 구상 작업에 좀 더 심혈을 기울여야 할 것이다. 주변을 둘러보니 대표단과 시민 복장을 한 경호병들이 모두 등받이를 기울인 좌석에 앉아 깊은 잠에 곯아떨어져 있었다. 압델라 전하는 비행기 앞부분에 마련된 국왕 전용 객실에서 자고 있었다.

나는 졸다가 또다시 나의 꿈들 속에 파묻혔다. 잠에 취한 나의 정신은 대장간에서 제작되듯 튀어나오는 끔찍한 허구들을 속수무책으로 마주해야 했다. 말하자면(이런 끔찍한 이미지들이 정신에 나타나는 데 대해 나는 어떤 저항도 할 수 없었다) 술탄 물라이 이스마엘인지 아니면 이 연출에서 그의 역을 맡은 단역인지가 허리춤에 찬 칼을 뽑아 들더니, 주변에 있던 사람들을 마구 찔러 옷을 온통 피로 적셨다. 그러다 갑자기, 마치 그 광기에 찬 행동이 신호이기라도 한 듯, 아그달 연못 가장자리에 떼로 몰려 있던 군중으로부터 굶주린 반도들이 튀어나왔다. 그들은 백성들에게 기껏 *분칠한 가발 쓴 사람들*을 보여주려고 그토록 많은 왕실 국고를 낭비한 데 대해 분노했다. 나는 그들이 자신들 증오의 대상이 *분칠한 가발들*이라고 외치는 소리를 들었다. 어떤 이들은 연못에 뛰어들어 배들을 공격하거나 뒤집어엎으려고 했다. 총이 발사되었고, 그 수가 점점 더 불어났다. 폐하는 경호원과 장관들을 데리고 달아났다.

왕조 역사상 가장 강력한 군주를 기리며 왕조의 장수를 기념하는 바로 그날 왕조가 무너졌다. 나는 나 혼자 남은 왕의 누대 높은 곳에서, 그 끔찍한 결과를 바라보며 무거운 책임감을 느꼈다. 반도들 무리가 나를 가리키며 "저기 저자다!"라고 외쳤다. 마치 그것은 또다시 내가 왕으로 오인되어, 지난날 대담하게도 감히 그런 혼란을 초래한 데 대한 벌을 받는 것 같았다. 나는 숨으려 들기보다는 날아드는 총알에 맞아버리기로 마음먹었다. 스키라트의 악몽이 다시금 나를 사로잡았다. 축제가 실행 상의 문제만이 아닌 다른 문제들을 제기했기에, 그래서 더욱더 준비하기가 어려울 것 같다는 생각이 들었다.

13

내가 들레 선생에게 편지를 써서, 루이 14세가 베르사유 궁에서 개최한 축제에 관한 옛 자료들을 몹시 참조해보고 싶으며, 그 조사가 어쩌면 구체적 결과들로 이어질 수도 있다는 뜻을 자세한 얘기는 하지 않은 채 넌지시 전하자, 그는 나의 호기심을 충족시키기에 충분할 만큼 많은 자료를 찾을 수 있다고 자부했을 뿐 아니라, 아주 오랜만에 한 며칠간 모로코로 여가를 보내러 갈까 생각 중이라는 답신을 보내왔다. 가을의 끝 무렵이나 겨울의 시작쯤에 와서, 방문한 김에 나를 만나볼 수 있다면 행복하리라는 것이다. 나는 그에게 조금도 망설이지 말고 계획을 곧장 실행에 옮기라고 촉구했다. 나의 거처인 다르 자마이의 아파트를 그에게 내어줄 수는 없지만, 이 도시의 어느 최고급 호텔에 크고 멋진 방을 하나 구해 그가 거기에 무료로 머무를 수 있게 해줄 생각이었다. 그런 지출은 나의 예산에 포함되어 있다고 볼 수 있을 것 같았다. 왕이 한 말을 믿자면, 그 예산은 한정된 범위에 갇혀 있지 않았다.

그와의 재회가 나로서는 너무나 만족스러웠다. 나는 타르파야에 혼자 있을 당시 그와 편지를 주고받은 사실을 늘 마음에 담고 있었다. 내가 진짜로 실총을 당한 게 아닌 것처럼 나를 대하며 실총의 쓰라린 감정을 달래준 그에게 더없는 고마움을 느꼈었다. 나는 아주 세련된 도자기 수반 속에, 구시가지 최고의 과일 가게들에서 산 과일들을 내 손으로 직접 피라미드처럼 쌓았다. 그러곤 그것을 그에게 선물로 주며, 누구든 맛보게 해주고 싶은 이들과 나누어 드시라고 했다. 현재 들레 선생은 여러 가지 상황이 그에게 유리한 생의 시기를 맞이하고 있었다. 루이 르 그랑 고등학교와 고등사범학교 동창생인 조르주 퐁피두가 프랑스 공화국 대통령에 당선되었다. 그렇다고 해서 그가 적어도 현재까지는 딱히 직업상의 어떤 이득을 본 건 전혀 없지만, 얼마 전부터 어디를 가나 뭔가 어깨에 힘이 들어가는 일이 점점 더 많아진다는 것을 그는 잘 느끼고 있었다.

농담으로 나는 그에게 셉티메 세베르 황제와 학교를 함께 다닌 그 평민, 대중이 보는 앞에서 자신들이 어린 시절에 동등했었다는 사실을 일깨워주려는 듯이 행동한 그의 불손함 혹은 천진함을 황제가 채찍질로 다스렸다는 이야기를 상기시켜주었다. 그것은 15년 전에 들레 선생이 나에게 조심하라며 들려준 이야기였다. 그 또한, 자신들 틈에 왕자가 있는 줄 아무도 몰랐지만 결국 왕자와 함께 콜레주 루아얄을 함께 다닌 거나 다름없는 처지였기에, 이제는 내가 그에게 그런 충고를 해줄 수 있게 된 것이다. 하지만 조르주 퐁피두는 셉티메 세베르와는 달리, 옛 동창들과 함께 어울리는 것을 좋게 여긴 듯했다. 이곳으로 오기 직전에 들레 선생은 엘리제궁의 저녁 식사에 초대받았는데, 그 자리에는 상고르도 있었고 고등사범학교 후배도 한 명 있었다. 상고르는 그에게 페르세폴리스 축제에서 그의 옛 제자 한 명을 만났다는 얘기를 들려주며 그런 상황을 무척 즐거워했다. 미셸 브뤼기에르라는 후배는 공화국 대통령 집무실에서 고문으로 일하고 있었다. 그 자리에서 들레 선생은 대통령이 다른 동창들과 저녁 식사 자리를 자주 갖는다는 사실을 알게 되었다. 대통령은 30년대에 바로 그 윌름 가의 학교에서 우정을 나누었던 쥘리앙 그라크를 며칠 전에 다시 만났다고 그들에게 얘기해주었다. 그라크는 20년 전에 《시르트의 바닷가》라는 소설로 공쿠르상을 받은 작가였다. 소설 제목 때문에 나는 예나 지금이나 한 번도 읽어본 적 없는 그 소설이 리비아를 배경으로 한 이야기인 줄 알았다.

내가 들레 선생에게 조르주 퐁피두에 관한 얘기를 좀 해달라고 부탁하자 그는 이렇게 말했다. "세월이 많이 흘렀으니, 우리 동창생의 먼 훗날의 운명을 예고하는 징표들을 기억 속에서 더듬어보려 하는 게 당연하지. 회고적 환상에 끌리는 성향을 자제한다면, 사실 나로서는 어떤 징표도 찾을 수 없다고 말하는 게 더 진실에 가까울 거야. 어쩌면 그가 여러 가지 일들을, 눈에 띄는 큰 노력 없이, 아무렇지 않게 해내곤 했다는 걸 들 수 있을지도 모르지. 그는 언제나 작문을 한두 시간 일찍 끝내곤 했다네. 루이 르 그랑 고등학교에 다닐 때 일인데, 어느 날 그는 한 시간 만에 답안지를 내고 시험장을 떠나더군. 한 시간 만에 말이야! 역사 시험이었어. 시험장을 나서며 내 옆에 앉은 상고르에게 다가와 이렇게 말했네, '고르(우리 몇 사람은 상고르를 이렇게 불렀네), 난 나가서 담배 한 대 피울 거야.' 물론 한 대가 아니라 우리를 기다리며 여러 대를 피웠겠지. 그러고도 1등을 했네. 하지만 우리 중에 뭐든 쉽게 해내는 능력—선생들의 표현을 빌자면—을 그만 가졌던 건 아니라네." 그는 잠시 침묵을 지키다 다시 말을 이었다. "그의 인생은 도약과 뜻밖의 일의 연속이었어. 언제나 그는 뜻하지 않은 일의 출현을 도모하는 데 신경을 썼지. 뭐랄까 현재 순간에 적응하는 감각이 남달랐던 듯해. 미래가 그에게 내미는 기회를 포착하는 어떤 비결 같은 것 말이네."

이 군주가 나처럼 초등교사의 아들인데다 외딴 시골에서 태어났다는 사실을 알게 되자, 나는 왠지 내가 그의 운명에 동참하고 있는 듯한 느낌이 들었다. 갑자기 내가 무슨 몰염치에 사로잡혀 그런 생각을 들레 선생에게 털어놓았는지는 모르겠으나, 그는 적잖이 놀라는 눈치였다. 말하자면 나의 그런 위험하고 부적절한 생각이 그에게 나의 앞날에 대한 불안감을 안겨준 것이다. 그는 셰리프 왕정의 신하에게는 자기 자신이 직접 권력을 행사하는 몽상에 빠진다거나 그런 생각을 표현하는 것도 허용되지 않는다고 생각하는 게 분명했다. 나는 들레 선생에게는 알려주지 않은 모르기안의 혁명에 대한 꿈이 나를 그런 생각에 익숙해지게 했음을 알아차렸다. 나는 늘 그녀에게 농담 좀 그만하라고 말하곤 했지만, 사실 그녀는 줄곧 내게 새로운 체제는 어떤 이유로든 나를 격상시키게 될 수밖에 없다고 얘기해댔으니 말이다.

나는 나의 옛 선생에게 왕의 독재가 그가 두려워할 정도까지 나아가지는 않을 거라는 걸 분명히 해두는 것이 좋겠다고 생각하고서, 스키라트에서의 그 특이한 경험담을 들려주었다. 한낱 꿈 같은 아주 짧은 시간 동안이었으나 그때 나는 실제로 권력을 행사했다. 아니 권력을 행사하는 연기를 했다고 하는 편이 정확할 것이다. 그때 폐하는 그것에 대해 그리 흥분한 것 같지 않았다. 폭정의 정신에 따라 판단했다면 다르게 반응했겠지만 말이다. 들레 선생은 나의 얘기에 몹시 놀랐다. 그 얘기는 도무지 사실 같지도 않을 뿐만 아니라(내 말을 의심하는 것은 아니라고 다짐하면서도), 다른 한편으로는 코믹하기도 했다. 모르기안에게도 그랬듯이, 그 일은 그에게도《브라절론 자작》이야기를 생각나게 했기 때문이었다. 그는 나와 마주친 병사의 혼동을 상상하면서 웃음을 참지 못했다. "자네 얘기를 듣고 보니 둘이 좀 닮은 데가 있는 것도 같네. 하지만 과장하지는 마세. 사실 그런 인상을 받은 적은 한 번도 없으니까. 만약 자네가 왕의 쌍둥이라면—좋게 보아도—이란성 쌍둥이라고 해야 할 걸세!" 그가 웃음을 크게 터뜨린데다, 그가 내뱉은 이란성이라는 괴상한 단어가 불씨가 되어 나의 입에서도 걷잡을 수 없이 웃음이 터졌다. 그가 말을 이었다. "그 정도로 안 닮은 쌍둥이 형제라면 머리에 철 가면을 쓸 필요조차 없겠지." 그는 더욱더 크게 웃었고, 이 마지막 말은 나로서는 재미가 좀 덜했지만 그런 느낌을 주지 않으려고 나도 그와 함께 크게 웃어주었다. 그러다 갑자기 그가 제정신이 든 듯 웃음을 뚝 그치더니 정색을 하고 내게 물었다. "더군다나 자네는 왕과 같은 날에 태어나지 않았나?"

나는 그의 물음에 하도 놀라 질문을 다시 한번 되풀이하게 했다. 그가 확신하는 듯한 표정으로, 내 생일이 왕의 생일과 같지 않은지 다시 한번 묻는 것을 보고는 내가 대답했다. "전혀 그렇지 않아요. 왕의 생일은 모두가 알 듯 1929년 7월 9일이지만, 나는 같은 해 11월 6일에 태어났으니까요." 그러자 그가 말했다. "하지만 난 그렇게 믿고 있었다네. 생일이 같다는 사실이 자네가 왕자의 학급 동료로 선택된 이유 중 하나인 듯했거든. 물론 자네 성적이 우수했기 때문이기도 하지만 말이야. 어쨌든 자네가 내 수업을 들을 당시 그런 얘기를 들었던 것 같아. 하지만 그건 다 먼 옛날의 이야기야. 25년 전의 일이네. 아마 내가 무슨 얘기를 듣고 곡해했을 걸세. 어쩌면 우연히 주워들은 얘기에 내가 윤색을 했는지도 모르지. 어쨌든 그 잘못된 기억이 오늘날까지 나의 머릿속에 남아 있었네. 이제 고칠 때가 되었어."

나는 이쯤에서 화제를 돌려야겠다는 느낌이 드는 한편, 옛 스승의 이 흥미로운 지적을 기억하고 있다가 그것이 그저 오해이기만 한 것인지, 아니면 거기에 내가 규명해야 할 어떤 미스터리가 숨겨져 있는 것인지 나중에 조사를 좀 해볼 필요가 있다는 생각도 들었다.

사료편찬관이라는 나의 직책이 그런 기회를 제공했다. 우리가 기억하듯, 이미 들레 선생은 수년 전 한 편지에서, 나의 직책이 담당하는 임무에 관한 얘기를 듣고 싶어 한 적이 있다. 하지만 내가 그것에 대해 자세히 얘기하는 것을 불편해한다는 느낌이 들었는지, 나를 궁지에서 빼내 주려고 프랑스 옛 왕들 시대의 이 직책의 역사에 관해 이야기해주고자 했다. 이에 관해 내가 아는 바는 몇 가지 일반적 지식에 불과했으므로 나는 더욱더 기뻤다.

들레 선생은 어떤 연구를 수행하던 중에 역대 프랑스 왕의 사료편찬관들을 기록한 오래된 명부를 발견했다. 그중에는 라신, 브왈로, 볼테르 같은 아주 유명한 작가들도 있었다. 소렐, 게즈 드 발자크, 쉬피옹 뒤플렉스, 앙드레 펠리비앙, 펠리송, 피노 뒤클로(루소의 친구), 마르몽텔 등, 역사가들이 알 만한 사람도 여럿이었다. 하지만 그 이름들 대부분은 오늘날에는 완전히 잊혔는데, 들레 선생은 자신의 노트를 훑어보며 몇몇 사람의 이름을 내게 말해주었다. 자콥 드 라보두에르, 쥘리앙 펠랑, 니콜라 르누아르, 장-다니엘 쉐플렝, 그리고 〈샤를이라는 이름을 가진 프랑스 아홉 왕의 이야기〉라는 글을 써서 샤를 9세의 사료편찬관으로 추대된 프랑수아 드 벨포레스트라는 이도 있었다. 우리는 웃음을 터뜨렸다. 구상이 황당한 데다 아부가 너무 심했기 때문이었다.

나는 들레 선생의 말을 중단시키고는 사드 왕조의 술탄 중 가장 유명한 알 만수르가 사료편찬관, '문필 대재상', 공인 시인 등의 칭호를 동시에 가졌던 알-피슈탈리라는 문인을 신하로 둔 일을 상기시켜주었다. 그의 여러 직무 중 첫째는 매일같이 통치 연감을 작성하는 것이었고, 둘째는 술탄의 편지를 쓰는 것이었으며, 셋째는 예언자 탄생절 같은 대축제 때 시 작품을 쓰는 것이었다. 좀 더 최근 경우를 보면, 하산 1세가 자신의 옛 가정교사 아흐메드 이븐 엘-하즈에게 사료편찬관 직을 맡겨, 처음에는 알라위 왕조 전 역사를 기술하는 임무를 맡겼다가, 예정된 총 25권 중 겨우 열한 번째 책을 기술하고 있을 때 집필을 중단하고 곧장 자기 치세에 일어난 사건들의 채록 작업에 임하도록 요구했다. 너무 오래 기다리고 싶지도 않았고, 저술이 끝나는 걸 보지 못하게 될 위험도 감수하고 싶지 않았기 때문이었다.

그러자 들레 선생은 나의 말을 받아, 프랑스에는 현 왕에 관해 쓰는 사료편찬관과 옛 군주들에 관해 쓰는 사료편찬관이 따로 있었다고 말했다. 왕이 발언하거나 서명해야 할 문서들을 준비한 이들도 있었고, 통역사의 직무를 수행한 이들도 있었다. 예컨대 가브리엘 샤퀴가 앙리 4세의 사료편찬관으로서 수행한 임무 중 하나가 스페인어를 번역하는 것이었던 게 그렇고, 1570년대에 "영어와 갈리아어, 아일랜드어와 스코틀랜드어를 담당한 왕의 편년사가 겸 사료편찬관"으로 기록된 장 베르나르도 그런 경우다. 가장 덜 알려진 이들 중에는 그 직책을 맡아 어떤 작업을 수행했는지 얘기할 수 없는 경우들도 있다. 하지만 그렇다고 해서 그들의 사료편찬관 직이 실제로 하는 일이 없는, 순전히 명예직이었던 건 아니라고 들레 선생은 말한다. 아마 왕은 라신과 브왈로에게 단지 작가로서의 공로만을 생각해서 연금을 줄 수도 있었을 것이다. 말하자면 그들이 그런 일들 때문에 그들에게 명성을 안겨준 문학 저술 작업을 등한시하게 되는 일이 없도록 말이다. 하지만 그들은 임명된 순간부터 사료편찬관 직에 많은 시간을 바쳤던 것 같다. 그들은 왕의 귀족 장교들에 비해 서툴기만 한 승마 솜씨로 추위에 시달리면서 전쟁터를 전전했고, 그런 그들을 장교들은 얼마간 애정 어린 말들로 놀려대곤 했다.

프랑스 대혁명과 더불어 이 직은 자연스럽게 사라졌지만, 혁명 이후 들어선 총재정부는 피에르-프랑수아 레알이라는 공화국 사료편찬관을 임명했다. 사실 길게 가지도 않은 이 직책을 수행한 이는 아마 그가 유일한 듯한데, 레알은 곧 보나파르트에게 불려가 경무청에서 다른 직책을 수행했으며, 나중에 제정이 수립된 후에는 백작의 작위를 받았다.

왕정복고기에는 왕의 사료편찬관이 없었지만, 샤를 10세 통치 초기인 1825년에 이 직책을 다시 만들어 샤토브리앙에게 맡길 계획을 세웠었는데, 그 연유는 다음과 같다. 루이 18세 통치 말기에 《르네》, 《아탈라》, 《기독교의 정수》의 저자(그의 명작 《무덤 너머의 회상》은 아직 완성하지 않았을 때다)로 명성을 날린 샤토브리앙은 외무부 장관으로 임명되었다가 몇 달 후 갑작스럽게 해고되었다. 아마도 총리였던 조셉 드 비렐의 눈에 그가 너무 자유분방해 보였기 때문일 것이다. 샤토브리앙은 이에 깊은 원한을 품지 않을 수 없었고, 궁정에서 물러나 은신했다. 루이 18세의 죽음이 그가 입은 실총의 상처와 앙심을 지우지는 못했다. 왕 주변의 정객과 고문 대부분이 죽은 왕의 동생인 새 왕 곁에 남았기 때문이었다. 하지만 샤를 10세는 샤토브리앙과 화해하고자 했다. 이 이름난 저자에게 자신에 대해 나쁘게 글을 쓸 이유를 주어서 좋을 게 없다는 판단에서였다. 소스텐 드 라 로슈푸코 자작이 왕의 사료편찬관 직책의 복원 가능성에 대한 보고서를 작성하여 왕에게 두 자리를 만들 것을 제안했는데, 왕은 그중 하나를 샤토브리앙에게 맡길 생각이었다. 대신은 자신이 쓴 보고서에서, 그를 임명하는 것은 화해의 뜻을 나타내는 것일 뿐 아니라 이 작가를 그의 왕성한 정치적 야망을 펼칠 수 없는 직책에 붙들어두는 이점도 있음을 내비쳤다. 그

는 자신의 재능이 너무나 대단해서 공적인 영역에서도 문학
에서만큼 눈부신 활약을 펼칠 수 있다고 생각하는 사람이기
에, 그렇게 해두지 않으면 그가 그 야망을 어디까지 뻗칠지
모른다는 것이다. 하지만 그 계획은 얼마 뒤로 미뤄지다가
결국 완전히 잊히고 말았다. 그 직을 제안받기로 된 사람이
그런 계획이 있었다는 걸 알았는지도 전혀 알 수 없다. 그에
게 주어진 직책은 다른 것이었다. 그는 1828년에 로마 대사
로 임명되었다.

왕의 사료편찬관이라는 직책이 더는 장관으로 쓰고 싶지
않은 사람을 달래려는 자리였음이 분명하게 드러나는 이 이
야기를 듣자, 다시 한번 나는 짓밟힌 나 자신의 야망을 생각
하지 않을 수 없었고, 이제는 정말 다른 얘기, 특히 베르사
유궁과 축제에 관한 얘기를 나누어야겠다는 생각이 들었다.

하지만 들레 선생은 그 전에 사료편찬관이라는 주제로 얘
기를 좀 더 나누고자 내게 놀라운 자료를 하나 보여주고 싶
어 했다. 나는 그의 본의 아닌 암시들로 또다시 마음 상할 일
이 생길까 봐 염려되었고 게다가 어서 빨리 그가 루이 14세
때 사람들이 벌인 축제 얘기를 들려주었으면 하는 조바심이
점점 더 커졌지만, 그 자료를 발견한 이후로 내게 그것을 보
여주지 못해 몹시 안달했다는 얘기까지 하는 그를 차마 제
지할 수는 없었다.

그것은 샤를 소렐이 쓴 "프랑스의 사료편찬관 직에 대하여"라는 제목의 15쪽짜리 텍스트지만, 샤를 베르나르라는 또 다른 저자가 쓴 《루이 13세의 역사》라는 책의 서문으로 쓰인 글이다. 들레 선생은 내게 그 책을 통째 가져다주었는데, 1646년에 간행된 그 책은, 's'는 'f'로 적히고, 'j'는 'i'로, 'u'는 'v'로 적히는 등, 그 시기에 인쇄되었음을 말해주는 모든 흔적을 고스란히 간직하고 있었다. 루이 13세의 사료편찬관 샤를 베르나르는 문학사에서 조카인 샤를 소렐만큼 사람들의 입에 많이 오르내린 인물은 아니었다. 젊은 시절 소렐은 오늘날까지도 사람들이 연구하는 《프랑시옹의 코믹한 이야기》라는 일종의 악당 소설을 썼으며, 이 책에서 전혀 숨기지 않고 드러내듯 방만하고 쾌활하게 삶을 살다가, 아마도 세월의 무게를 느끼기 시작하면서부터 직책과 연금을 뒤쫓기 시작했던 것 같다. 특히 삼촌의 직을 탐했는데, 삼촌이 죽고 나서 그 직책을 물려받았다. 그리고 삼촌이 미완성으로 남긴 루이 13세의 역사를 마무리하고서, 거기에 사료편찬관 직책에 관한 자신의 이 간결한 작문론을 덧붙였는데, 사실 그것은 개인적인 정치적 책략이 가득한 글이었다. 왜냐하면 소렐은 이 직을 받을 수혜자의 수에 제한을 두지 않은 채 누구든 기쁘게 해주고 싶은 사람에게 줄 수도 있고 또 도로 빼앗을 수도 있는 모호한 직함인 왕의 사료편찬관이라는 개념과 유일하고 항구적인 직책, 따라서 더 큰 권위를 누리는 직책인 프랑스의 사료편찬관이라는 개념 사이에 아주 명확한, 말하자면 뛰어넘을 수 없는 차별을 두고자 했기 때문이다. 샤를 9세 이후 오직 다섯 명만 프랑스의 사료편찬관 칭호를 받았고, 자신의 삼촌과 지금의 자신이 바로 그중에 속하므로, 이는 그가 얻을 것이 많은, 오직 그에게만 이득이 되는 차별인 셈이다.

들레 선생은 자신이 발견한 것에 대해, 그리고 마침내 그것을 내게 보여줄 수 있게 된 데 대해 무척 기뻐하는 것 같았다. 그는 나더러 듣고 판단해보라며 그 텍스트의 단락 몇 개를 읽어주었다. 그가 말했다. "이 부분을 한 번 들어보게. *샤를 9세와 앙리 3세는, 예나 지금이나 문인들에게 부여하는 왕의 사료편찬관이라는 지위, 사실은 그저 연금 혜택이 있는 하나의 칭호를 갖는 것일 뿐, 왕의 침실 담당 시종들처럼 무수히 만들어지는 그런 지위 대신, 항구적이고 확립된 직책으로서의 프랑스의 사료편찬관 직을 만들 필요가 있다고 판단했다.* 어떤가, 무엇에나 라벨을 붙이려던 생시몽의 병적 집착이 생각나지 않는가. 귀족들의 특권, 다시 말해 자기 자신의 특권을 악착같이 옹호하려 들던 그 태도 말일세. 자기 자신은 이제 막 새로 공작이 되어서는 말이지." 나는 그런 치밀한 차별들에 대한 욕망은 생시몽이나 소렐 같은 사람만이 아니라 프랑스 사회 자체의 특징 같아 보인다고 말했다. 그들은 단지 그들 나라 전체의 열정을 과장되게 밀고 나갔을 뿐, 사실 나는 그런 많은 예를 보았노라고 덧붙였다. 들레 선생은 내 말에 반박하지 않았다. 오히려 내가 방금 한 말을 예를 통해 더욱더 확고히 하려는 듯, 권위에도 무한한 차이가 있다는 얘기를 들어본 적이 있는지 물었다. 프랑스 정부의 각 부처에는 같은 관리여도 정부의 서열 체계에서 가장 낮은 등급인 단순 관리와 어느 장관 '전속' 관리 사이에 권위의 차이가 있는데, 이 '전속'이라는 말 하나 때문에 관리의 종류와 지위가 달라진다는 것이다. 나는 마크젠의 기구편성에도 그것을 그대로 옮겨놓아 그 차이를 더욱 잘 안다고 대답해주었다.

들레 선생은 눈으로 그다음 쪽을 읽어보더니 또 다른 내용을 발췌하여 읽어주었다. "아! 이것 보게. 내가 읽어보겠네. 프랑스의 유일 직책들은 대부분 프랑스라는 수식이 붙지만 다른 특별직과 하급직에는 그냥 왕의 관리라는 칭호가 붙는다. 몇몇 직책에 대大라는 말이 붙는 건 다른 직책들에 대한 권한을 나타낸다. 프랑스의 대사제가 있고, 프랑스의 대지배인, 프랑스의 대시종이 있다. 그 아래에 왕의 부속 사제들, 왕의 지배인들, 왕의 시종들이 있다. 프랑스의 사료편찬관은 다른 사료편찬관에 대해 권력을 행사하지는 않으며, 그들과 자신을 구분할 일도 전혀 없다. 하지만 그렇다고 해서 그의 직책이 더 높지 않거나, 더 높지 않아야 한다는 건 아니다. 그 직책에 프랑스의 라는 수식을 괜히 붙이지 않았을 왕의 뜻을 따르자면 말이다. 이 저자의 생각이 참 교묘하지 않은가. 프랑스의 사료편찬관이 왕의 사료편찬관보다―시대에 맞지 않는 표현인지는 모르겠네만―계급적 우위에 있지 않다는 걸 그도 인정은 하네. 사실이 그러하니까. 아마 그는 사람들이 이제껏 한 번도 읽어보지도 들어보지도 못한 칭호인 프랑스의 대사료편찬관으로 지칭될 텐데, 권한 관계가 없다고 해서 권위의 우월성까지 없는 건 아니라는 얘기네." 그의 얘기에 내가 대답했다. "잘 알겠어요. 제가 맡은 왕국의 사료편찬관 직도 유일 직책인 건 아세요? 이 저자의 분류에 따르자면, 저도 모로코의 사료편찬관으로 불릴 권리가 있는 셈이군요. 19세기 사람들이 그렇게 불렀듯이…." "그렇지." "하지만 사실 그건 별 의미가 없는 것 같아요. 저는 혼자라, 그가 그토록 같은 취급을 받을까 봐 두려워한 왕의 무수한 하급 사료편찬관과 저를 특별히 구분해야 할 필요가 없으니까요." "가장 이상한 게 뭔지 아는가? 나는 이 자료를 읽고 나서 다른 조사를 좀 해보았다네. 알고 보니 왕의 사료편찬관과 프랑스의 사료편찬관을 구분한 사람은 소렐이 유일한 것 같았네. 두 표현은 시대마다 다르게 쓰였어. 대개는 같은 사람을 지칭하는 말로 쓰였지. 소렐의 이 글을 거론하는 사람들은 모두 그것이 과거로 보자면 근거가 없고 미래에 어떤 결과를 낳은 것도 아니라고 판단한다네. 자신의 직함을 좀 격상시켜보고자 했던 사람의 대담하지만 헛된 시도였던 거지."

나는 결국 옛 은사가 나를 위해 준비한 이 새로운 강의를 듣고서 아주 기분이 좋았다. 그것은 지겹지도 않았고, 콜레주 루아얄 시절을 상기시켜주기도 했다. 그가 이 주제를 무척 좋아하는 것 같기에(아마 베르사유궁 축제보다 훨씬 더), 방금 해준 그의 설명을 좀 더 이어나가려는 뜻에서 나는 그에게 왕의 혹은 프랑스의 사료편찬관들이 '왕국의' 사료편찬관으로 불리기도 했는지 물어보았다. 그것이 나의 정확한 직책 명이기 때문이다. 들레 선생은 아니라고 대답하고는 장난스러운 어조로, 어쩌면 민주주의의 발전 덕에 그런 새로운 호칭이 생겨난 게 아닐까, 하고 덧붙였다. 루이-필립이 자신을 프랑스인들의 왕으로 선언했을 때와 거의 같은 수준으로 말이다. 왕의 사료편찬관도 그렇지만, 현대의 왕도 백성에게 봉사하는 사람이지 그 반대가 아니니 말이다. 우리는 이런 농담으로 많이도 웃었으며, 이런 얘기로 웃을 수 있는 사람은 이 세상에 우리뿐일 것 같은 느낌이 들었다.

하지만 이제는 정말 그가 베르사유궁의 축제 얘기를 들려주어야 할 것 같았다. 왕이 나의 구상을 듣고 추진하도록 동의해줄지 확신할 수는 없지만, 어떻든 그의 얘기는 내가 구상해야 하는 축제에 영감을 주리라는 생각이 들었다.

그는 많은 축제 중 루이 14세의 통치 연감에 기록되어 있는 축제는 특히 세 가지라고 말했다. 그 첫째는 1664년에 있었던 '마법의 섬의 환락'이라는 축제다. 이 축제는 7일간 연속으로 진행되었다. 기마 곡예, 간식, 발레, 몰리에르 희극, 불꽃놀이, 산책, 복권 추첨 등이 축제를 즐기러 온 손님들의 시간을 채웠다.

1668년의 두 번째 축제는 단 하루밖에 진행되지 않았다. 당시 "왕의 큰 잔치"로 불렸던 이 축제는 엑스-라-샤펠의 평화를 축복하는 행사였다. 륄리가 음악을 만든 몰리에르의 희가극 한 편이 공연되었다. 귀족의 딸과 결혼한 한 시골뜨기가 희가극이 전개되는 동안 내내 자신의 야심 때문에 경을 치는 이야기였다. 그 얘기를 듣자, 종종 미친 짓 같기만 하던 모르기안과의 결혼을 꿈꾼 일이 다시 떠올라 당혹스러웠다. 나는 들레 선생의 얘기를 잠자코 듣기만 했을 뿐, 달갑지 않은 그런 생각들에 대해서는 아무 말도 하지 않았다.

세 번째 축제는 1674년에 있었는데, 여름이 시작되는 7월 초부터 8월 말까지에 걸쳐 6일을 할당하여 일련의 축연을 벌인 행사였다. 루이 14세의 사료편찬관 중 한 명이었던 앙드레 펠리비앙은 이 축제를 "왕이 프랑슈-콩테 지역을 정복하고 돌아온 모든 궁중 대신에게 베푼 베르사유궁의 잔치"라는 제목의 이야기를 통해 묘사했다. 들레 선생은 한밤중에 횃불 불빛을 받으며 베르사유 대운하를 곤돌라를 타고 유람한 것이 이 잔치에서 가장 기억에 남는 행사였다고 강조했다. 그 곤돌라들은 베네치아 총독이 직접 프랑스 왕의 궁정까지 보내준 모양이었다. 내가 페르시아에서 돌아오는 비행기에서 깊이 빠져든 그 몽상에서, 메크네스의 연못 위를 누비는 베네치아 유람선들을 본능적으로 떠올린 건 잘못된 게 아니었다. 그 배들은 베네치아와 멀리 떨어진 곳이어도 온갖 종류의 물놀이에 아주 잘 어울렸기 때문이다. 들레 선생은 운하에서의 그런 뱃놀이 외에, 몰리에르의 또 다른 희가극 한 편을 포함한 연극 공연이라든가, 불꽃놀이, 간식과 야식 등은 언급했으나, 그해의 축제들에서 벌어진 기마 곡예에는 특별히 주목하지 않았다.

나의 옛 은사가 이 기마 곡예라는 말을 여러 번 사용했어도, 나는 그것이 정확히 어떤 것인지 감이 잘 잡히지 않았다. 그는 화려한 복식으로 치장한 궁인들이 말을 춤추게 하듯 부리는 승마 오락이라고 말해주었다. 카드릴(4인조 분대)로 불리는 기사 무리가 일련의 장면을 통해 역사나 신화에서 따온 주제들을 연기한 모양이었다. 이탈리아에서 유래한 이 기마 곡예가 왕들이 가장 선호하는 여흥이 된 것은 앙리 2세 왕이 마상 창 시합에서 사망한 뒤부터였다. 이 곡예는 덜 위험했기 때문이었다. 이제 기사들은 서로 대적하여 다치거나 죽을 위험을 감수하는 대신, 특히 말을 달리며 허공에 걸린 고리 속으로 창을 통과시키는 경기 같은 다양한 승마 기교를 겨루었다.

나는 지니고 있던 수첩 한 장에다, 기마 곡예란 변장을 한 기사들이 말을 타고서 멋지고 복잡한 동작을 선보이는 판타지아이며, 허공에 총을 쏘거나 하지 않는다고 적었다. 들레 선생은 내가 그런 식으로 적는 데 대해 이의를 제기하지 않았다.

한데 그가 뭔가 잊어버렸다가 갑자기 생각난 듯 놀라서 말했다. "아! 한 가지를 까맣게 잊고 있었군. 왕을 몹시 즐겁게 해준 그 발레에서 왕도 춤을 추었고, 주변 대신들도 같이 춤을 추게 했다는 것 말이네. 그저 잠깐 출현한 게 아니었어. 춤을 많이, 잘 추었던 모양이야. 1670년경까지 그랬던 것 같아. 그 이후부터는 그냥 관객으로 남고자 했고, 궁정 사람들도 전문 무용수로 대체되었지." 나는 우리 왕이 춤추는 모습을 애써 상상해보다가 그 모습이 웃겨서 더럭 겁이 났으며, 그런 생각을 떠올리지 않으려고 나 자신과 싸워야 했다.

들레 선생은 내게 책을 세 권 선물했는데, 그가 내게 들려준 세 축제를 다룬 책들이었다. 그는 자신을 환대해주고 호텔 방을 제공해준 데 대한 감사의 뜻으로 주는 보잘것없는 선물이라고 말했다. 나는 세 권 각각을 주의 깊게 살펴보았다. 우선 펠리비앙의 저술은 1674년의 축제를 다루었고, 이삭 드 방서라드의 책은 1664년의 축제를 다루었다. 그리고 세 번째 책은 몰리에르 전집 중 한 권이었는데, 그 안에 실린 《조르주 당댕》이라는 희극 작품 뒤에 1668년의 축제에 관한 두 가지 보고문이 수록되어 있었다. 하나는 몽티니 사제가 쓴 글이었고, 다른 하나는 펠리비앙이 쓴 글이었다. 나는 이 책들을 열심히 살펴보겠다고 들레 선생에게 약속했다. 나 자신을 위해서라도 그 약속을 지키기로 굳게 마음먹었다.

이어서 그는 《프랑스 황태자 교육을 위한 보고서》의 발췌문 하나를 보여주며(그는 책을 통째 내게 넘겨주지 못하는 걸 몹시 유감스러워했다), 그런 축제들에 대한 견해를 요약한 내용인데 왕이 직접 쓴 글이라고 말해주었다. "궁정 사람들은 우리와의 허물없는 친근감을 느끼게 해주는 이런 놀이 모임에 말할 수 없을 만큼 감동하고 매료된다. 백성들 역시 언제나 그들을 기쁘게 해주는 게 목적인 이런 공연을 즐긴다. 대체로 우리 백성들은 모두 자신들이 좋아하거나 잘하는 것을 우리가 좋아하는 것을 보며 기뻐한다. 이를 통해 우리는 때로는 보상이나 시혜를 베푸는 것보다 더욱더 강렬하게 그들의 정신과 마음을 사로잡는다. 우리나라를 번창하고 아주 견실한 나라로 보는 외국인들에게도, 불필요한 낭비로 여겨질 수도 있는 그런 지출을 통해, 화려하고 부강하고 위대한 나라라는 아주 유익한 인상을 심어줄 수 있다."

나는 이 글에 찬동하지 않을 수 없었다. 이 글에는 물라이 이스마엘 치세 3백 주년 기념 축제에 대해 내가 성찰하며 이어온 그 정신이 어려 있는 듯했다. 나는 옛 스승에게 이런 글을 알게 해준 데 대한 고마움을 표하며 그것을 왕에게 보여줄 거라고 말했다.

그러자 들레 선생이 말했다. "이번 기회에 왕에게 옛 스승의 존경 어린 추억도 전해주면 고맙겠네." 그의 말에 우리 두 사람은 잠시 거북한 침묵에 사로잡혔다. 내가 알기로 선생들이 너나없이 쓰는, 게다가 자기 자신을 약간은 비꼬듯이 사용하는 이 "옛 스승"이라는 표현이 본의 아니게 군주에게 적용된 이 같은 상황에서는 아주 곤란한 의미를 띠게 된다는 사실을 깨달았기 때문이었다. 들레 선생은 곧바로 이를 수정하고자 했다. "어쩌면 좀 다른 표현을 써야 하는지도 모르겠네만, 내가 하고 싶은 말이 뭔지 자네는 알아들었을 걸세…."

나는 굳이 언급할 필요가 없을 만큼 서로 잘 이해했음을 내비치고는, 이 곤란한 순간을 망각 속에 묻어버리기 위해서, 곧바로 그에게 루이 14세가 정말 혼자 위 보고서를 쓴 것인지, 아니면 그런 글을 쓰도록 도와준 누군가가 있었는지 물어보았다. 그러자 그는 왕의 사료편찬관인 펠리송이라는 문인이 그 작업을 맡았다는 소문이 있다고 말했다. 앞에서 들레 선생은 학자들과 역사가들이 완전히 잊어버리지 않은 사료편찬관 무리 중 한 사람으로 그를 언급한 바 있다. 나는 이 인물에 대해 전혀 모르고 있었으나, 그가 루이 14세의 사료편찬관이었다는 사실에 당연히 호기심이 동했다. 들레 선생은 그가 아주 독특한 삶을 살았다고 말하며 그의 이야기를 들려주었다.

폴 펠리송은 푸케 총감의 친구이자 협력자 무리에 속했다. 심지어 그의 오른팔이었다고 해도 과언이 아닐 것이다. 이 대신이 장 드 라퐁텐을 자기편 문인으로 끌어들인 것도 펠리송 덕분이다. 대신이 마자랭의 뒤를 이어 왕의 재상이 되고자 했을 때, 펠리송은 그를 위한 캠페인을 주도하기도 했다. 하지만 그의 바람과는 달리 푸케는 왕에게 버림받았고, 그는 바스티유에 갇혔다. 그는 이 감옥에 5년간 갇혀 있었으며, 옥중에서도 내내 자신의 보호자를 변호하는 글을 썼으나 소용이 없었다. 그러다 왕이 그를 감옥에서 빼내 사료편찬관으로 자신에게 봉사토록 기용했다. 하지만 그가 잡은 이 행운에는 잔인한 일들이 뒤따랐다.《프랑스 황태자 교육을 위한 보고서》를 집필할 때, 푸케 사건 이야기를 왕의 관점에 따라 다루는 데 동의해야만 했다. 그래서 그는 자신의 옛 보호자를 도둑 취급하거나 그렇게 취급하는 것을 수수방관했다. 그렇게 왕은 그의 영혼을 꺾었다. 그 한 번으로 끝난 것이 아니었다. 펠리송은 신교도였으나 직책을 맡으려면 개종을 해야만 했다. 그가 사료편찬관 직에서 물러나, 그 직책이 라신과 브왈로에게 넘어간 뒤에는, "개종 기금"을 설립하여 관리하는 일을 맡았다. 그는 위그노들에게 사례금을 주며 가톨릭으로 개종하도록 그들을 선동하는 일을 했다. 들레 선생이 말했다 "이 펠리송이라는 인물이 칭송할 만한 재능 있는 문인으로 널리 인정받았다는 사실을 유념하게. 물론 그리 많이 읽히는 저자가 아니라는 데는 동의하지만 말이네." 들레 선생은 내가 그의 운명에 동정심을 느끼는 걸 눈치챈 듯했다. 하지만 어쩌면 꼭 나의 대역 배우 같은 느낌이 들어 더욱더 혼란스러웠다는 것과 그런데도 내가 오늘날까지 그의 이름을 한 번도 들어보지 못했다는 건 알아채지 못한 것 같았다.

왕의 사료편찬관 직을 맡기 전에 바스티유에서 감옥살이를 한 사람은 펠리송만이 아니라고 그는 말했다. 볼테르도 젊었을 때, 섭정을 풍자하는 글을 썼다는 이유로 거의 일 년 동안 바스티유에 갇혀 살았다. 진실과 그리 동떨어지지 않은 듯한 일설에 의하면, 섭정이던 이 친왕이 그를 석방하는데 동의하고, 심지어 보상금까지 주도록 배려해주었을 때, 볼테르는 자신이 친왕 전하께 무한한 은혜를 입었고, 자신의 생계 문제까지 계속 신경을 써주셔서 몹시 고맙지만, 자신의 거처 문제에 관한 한 더는 신경을 쓰지 마시길 간청드린다고 썼다고 한다. 나는 그의 이 재치 있는 응수를 잊어버리기가 어려울 것 같았다. 만약 왕이 또다시 내게 어느 먼 임지의 끔찍하리만큼 공허한 직책을 맡길 생각을 한다면, 이야말로 내가 왕에게 해줄 수 있을 완벽한 응수일 것 같았다.

이제 우리가 헤어질 때가 된 듯했다. 나는 나의 임무에 대해 그에게 아무 말도 해주지 못해 약간은 양심의 가책이 들었다. 그것 때문에 내가 그에게 부탁까지 했고, 그 부탁을 그는 너무도 잘 들어주었는데도 말이다. 그는 정말이지 신뢰를 저버리리라는 의심이 전혀 들지 않는 사람이었기에, 그에게까지 비밀을 지키기로 한 것이 아무래도 너무 심한 것 같았다. 나는 헤어지기 전에 그에게 나의 임무가 무엇인지 조금은 알려주기로 마음먹었다. "그러니까 자넨 지금 *위인전*을 준비하고 있는 셈이로군…", 하고 그가 말했다. 나는 그에게 《물라이 이스마엘의 사절이 전하는 경이로운 파리》라는 책자를 보여주었다. 그는 자신이 몰랐던 그 책을 서둘러 뒤적거려보았다. 루이 14세의 궁정을 가까이에서 본 시태밈 사절의 이야기 속 모든 것이 그의 주의를 끄는 듯했다. 그의 눈길이 어느 한 페이지에서 멈추더니 내용 일부를 큰 소리로 읽어주었다. "그가 이런저런 주제로 왕에 관해 얘기하지 않고 보내는 날은 거의 단 하루도 없었다. 시 태밈은 왕에 관한 새로운 일들을 이야기했고, 다양한 방식으로 그를 칭송했다. 여생을 프랑스에서 보내도록 해준다면, 자신이 매일같이 새로운 예찬과 칭송 거리를 찾게 되리란 것을 그는 추호도 의심치 않으며, 그만큼 이 황제에게는 눈부신 자질들이 많다고 덧붙이기까지 했다." 들레 선생은 이 문구들이 그에게 불러일으키는 아이러니를 굳이 숨기지 않았다. 그는 이렇게 말했다. "이것은 정말이지 오늘날 모로코 왕의 매력에 푹 빠져 그에 대한 감탄 어린 칭송만 늘어놓는 프랑스인들을 두고 쓸 수 있는 얘기 같구먼."

나는 그 책을 들레 선생에게 선물로 주었다. 그것이 우리의 이 기분 좋은 만남을 더욱더 기분 좋게 해주었다. 그가 내게 작별을 고하며 말했다. "사료편찬관 나리, 자네와의 대화가 너무나 즐거워 얘기를 좀 더 나누었으면 하는 마음이라네… 잘 있게나, 친구여!"

14

    내가 현지에서 직접 보았듯이 제국 건설 2천5백 주년을 기린 페르시아인들의 축제는 너무 많은 사람을 동원한데다 준비 기간도 너무 길었기에, 나는 우리의 축제 준비 계획이 처음 예상했던 것보다 훨씬 더 성사시키기 어려운 일 같다는 느낌에 짓눌린 채 여행에서 돌아왔었다. 한데, 진심으로 기대했던 건 아니었는데, 들레 선생의 방문이 내게 희망의 불씨를 되살려주었다. 특히 그가 가져다준 책들, 내가 곧바로 읽어보았던 그 책들 덕분이었다. 이제는 나를 흰 백지 앞이 아니라 선택하고 구성해나가야 할 일정 항목의 필요 사항들 앞에 둠으로써, 내가 일을 해나가는 데 많은 도움이 될 듯한 다양한 사례를 그 책들에서 발견했기 때문이었다.

더욱이 그 사례들은 당시 세상에서 가장 엄격했던 대중에게 수없이 격찬을 받은 것들이기도 했다. 그리고 이 같은 축제에서 사람들은, 가치를 인정받은 적도 검증받은 적도 없는 새로운 볼거리보다는 오히려 전통적으로 인정받은 공연을 다시 보는 데서 더 큰 즐거움을 느낀다는 사실이 내게는 갈수록 더 분명해지는 것 같았다. 그래서 나는 이미 만들어진 원작을 참조하는 쪽으로 생각이 기울었다. 너무 큰 욕심을 부리지 않고, 때로는 섬세하게 또 때로는 눈에 띄게 변형을 가하는 방식으로 과거와 현재를 절충해나간다면, 기념식의 모든 구성 요소를 완전히 새롭게 창안하는 수고도 덜 수 있을 것 같았다.

나는 들레 선생이 선물로 준 1674년 베르사유궁 축제에 관한 이야기의 서두 부분에서, 나의 낙담을 깨끗이 씻어준 펠리비앙의 한 페이지를 읽고 놀라움을 금치 못했다. 그의 글을 읽어보니, 축제 운영에 관한 한, 경험 많고 결의에 찬 사람들로 구성된 작은 팀 하나만 있으면 못할 것이 아무것도 없을 것 같았다. 왕이 나의 계획에 동의만 해준다면, 그런 팀은 내 주변에서도 얼마든지 구성할 수 있을 것이다. "왕이 궁정에 베푸는 축제와 여흥에서 가장 중시해야 할 일 하나는 성대함을 밑받침하는 신속함이다. 감독의 명이 떨어지면 명을 받은 이들이 정성과 각별한 응용력을 발휘하여 너무도 신속하게 일 처리를 하기에, 누가 보더라도 모든 일이 마치 기적에 의해 이루어지는 듯한 생각이 절로 들 것이다. 그래서 어느 순간 사람들은, 알지 못하는 새 극장이 세워지고, 분수와 갖가지 형상들이 널린 숲이 아름답게 꾸며지고, 간식이 차려지는 등, 오랜 시간에 걸쳐 무수한 인부들이 야단법석을 떨지 않고는 이루어질 수 없을 것 같은 온갖 것들이 어느새 만들어진 걸 보고 놀라움을 금치 못한다." 종종 나는 수 세기 전의 나의 동료요 동족인 펠리비앙의 이 글을 생각했다. 아직 머릿속에만 있는 나의 계획들을 생각하며 용기를 얻고 싶을 때는 내심 이렇게 소리 없이 외치곤 했다. "아! 신속함이 성대함을 밑받침하게 해주소서!"

들레 선생과의 대화 중에, 유럽인들이 기마 곡예라고 부르는, 말하자면 총은 전혀 쏘지 않고 말을 춤추게 한다는 그 판타지아 얘기를 듣고 나는 적잖이 놀랐었다. 오늘날에는 공화국 수비대나 소뮈르 기병 학교 같은, 승마술을 익히는 프랑스군의 몇몇 엘리트 집단에서만 그런 것을 연마한다고 은사는 말했다. 나는 우리 두 나라 사이의 공조라는 틀에서 그 병사들이 우리를 도와주기만 한다면, 유능하고 숙달된 그들이 우리 기념 축제의 신속한 구성에 크게 공헌할 수 있으리라는 희망을 품었다. 그것은 더한층 강화된 두 나라의 공조를 상징하는 것이기도 할 것이다.

이 기마 곡예를 떠올리자, 나는 판타지아보다 좀 더 독창적인 공연을 생각해보라던 왕의 명령에도 부응할 수 있겠다는 생각이 들었다. 왕이 그 전통을 포기하라는 뜻으로 그런 요구를 한 건 물론 아니었다. 그렇게 생각한다면 그건 왕의 말뜻을 전혀 알아듣지 못한 소치다. 나는 두 종류의 기마술을 결합해 보아야겠다는 생각이 들었고, 어떻게 하면 좋은 모양새가 될지 고심했다. 둘을 뒤섞어 제3의 형태를 탄생시키는 것이 좋을지, 아니면 양쪽 기마술을 변형하여 잇달아 전개하는 것이 좋을지 망설여졌다.

이처럼 내 머릿속에서 축제의 그림이 조금씩 모양을 잡아나갔다. 메크네스시市의 어느 기념문(내 생각에는 밥 만수르나 밥 라크미스 혹은 밥 베르다인 중에서 하나를 고르는 게 좋을 것 같았다) 아래를 지나는 물라이 이스마엘 시대 복식을 한 고관들과 병사들의 행렬, 라흐딤 광장에서 전개될 가능성이 많은 기마 곡예와 판타지아를 뒤섞은 기마술 공연, 그리고 아그달 연못 위에서 펼쳐질 선박들의 행렬(베르사유궁에서처럼 아마 저녁 시간에 횃불 아래에서 진행하는 것이 좋을 것이다), 이 세 가지가 물라이 이스마엘 기념 축제의 주된 행사가 될 것이다. 물론 이 밖에도 저녁의 대회식, 간식, 불꽃놀이, 연설 등등으로 프로그램을 보완할 테고, 그러면 이삼일은 충분히 채울 수 있을 것이다.

곧 나는 그런 얘기를 왕에게 하기 시작했고, 왕은 생각대로 계속 추진해보라며 나를 격려해주었다. 한데 그러던 어느 날 왕이 나와 전화 통화를 하던 중에 통화를 계속하다가는 골프 시합 파트너들을 기다리게 할 거라며 통화를 끊으려고 했을 때, 그제야 나는 아주 최근 메크네스의 옛 황실 정원 부지에 골프장이 하나 들어섰음을 알면서도 이 오락을 행사에 끼워 넣는 걸 생각조차 못 했음을 깨닫고 나락으로 떨어지는 느낌이 들었다. 담으로 둘러싸이고, 온갖 종류의 꽃과 나무로 장식된 그 9홀짜리 골프장은 조명 장치 덕에 밤에도 경기를 즐길 수 있어 골프 애호가라면 누구나 좋아할 테지만, 그것은 또한 왕에 대한 모르기안의 불만 사유 중 하나이기도 했다. 선조들의 왕궁을 개축한다더니 기껏 시간을 허비하는 그런 하찮은 오락 공간으로 왕궁을 변질시켰다고 그녀는 말했다. 그야 어쨌든, 이 망각만큼은 메꾸기가 그리 어렵지 않았다. 우리 왕국도 이제는 골프 경기를 어떻게 관리해야 하는지 너무나 잘 알고 있어서, 이 왕국 어디에서든 펠리비앙이 베르사유궁 축제에서 본 그 기적 같은 빠른 속도로 경기 개최를 준비할 수 있었다.

하지만 시작할 때부터 나를 사로잡았던 불안감이 아직도

나를 괴롭히고 있었다. 이 축제를 너무 호사스럽게 벌여 백성에게 불쾌감을 줄까 봐 걱정되었다. 하지만 이 문제를 아무리 여러 각도에서 검토해보아도, 이 같은 향연을 성대하게 치르지 않는다는 건 생각하기 어려웠다. 그것은 이런 축제의 본성에 위반되었다. 그래서 나는 백성들의 불만을 살 위험이 너무 크다고 판단되면 차라리 축제를 벌이지 않는 편이 낫다고 결론지었다. 이처럼 축제를 구상하는 즐거움이 커질수록 그 결과에 대한 두려움도 커졌기에, 나는 어느 때는 왕이 기념 축제 개최를 결심해주길 바랐다가, 또 어느 때는 지혜롭게 이 계획을 포기해주길 소망했다.

2월 초쯤, 물라이 이스마엘의 궁정에서 최고위 대신들이라든가 군부대 병사 등이 입었던 의상을 특히 잘 엿볼 수 있는 17세기와 18세기의 판화들을 살펴보고 있는데 왕이 내게 전화를 걸었다. 나는 당혹감을 느꼈다. 이런 일은 드물었기 때문이다. 그가 말했다. "이보게 압데라마네, 자네에게 솔직하게 말하네만 기념식은 하지 않기로 했네. 자네가 이 일을 위해 애를 많이 썼고, 그래서 나의 이런 결정을 마음 아파하리라는 걸 잘 아네. 한데, 실은 어제 우프키르와 만났는데, 그는 한 마디로 그건 미친 짓이라고 하더군. 대외적으로도 그렇고 국내적으로도 말이네. 동맹들은 그런 상징적 행사에 당황할 것이고, 백성은 비용 문제에 부닥친다는 거지. 우리 자신이나 명망 높은 손님들의 안전을 도모하는 문제도 큰 골칫거리가 될 거라고 했어. 페르세폴리스에서와 같은 방식의 행진이라든가 아그달 연못에서의 보트 경기 같은 자네 아이디어를 얘기해주자, 솔직히 털어놓네만 어이없다는 듯 하늘을 쳐다보더군. 정말이지 그는 자네를 좋아하지 않는 것 같아. 그는 자네 같은 시인이 아니잖은가. 하지만 나는 두 사람이 사이좋게 잘 지내길 바란다네. 그는 정치 분야에 밝고, 나는 그를 신뢰하네. 이번 일은 그의 견해에 동조하겠네. 더구나 그건 어느 정도는 나의 견해이기도 하니 말일세. 내게 그는 물라이 이스마엘 치세 3백 주년을 다른 방식으로 기념하자는 뜻을 내비치더군. 아주 놀라우면서도 비용이 전혀 들지 않는 방식, 대형 공연을 연출하고자 하는 자네 구상처럼 오랜 준비 기간이나 많은 인력이 필요 없는 방식, 어느 면에서는 물라이 이스마엘이라는 방정식으로 나를 곤란하게 하지 않을 방식으로 말이네. 무슨 말인지 이해했으리라 생각하네. 그게 뭔지는 나도 모르네. 그가 무엇을 꾸미는지는 두고 보면 알 테지. 뭔가 재미난 일일 거라고 확신하네. 자네가 너무 슬퍼하지 않길 바라네." 물론 나는 왕에게 진히 괜찮다고, 내가 보기엔 그것이 최선의 결정인 듯해 오히려 아주 행복하다고 대답했다. 무거운 짐처럼 나를 짓누르고 있던 그 임무에서 벗어나게 되었으니, 아쉬움과 기쁨이 동시에 느껴진다는 말은 하지 않았다.

통화를 끝내기 전에 그가 뭔가 더 할 말이 있는 듯하더니, 역시 입을 열었다. 그는 나에게 역청질 편암*schistes bitumineux*이라는 것을 아는지 물었고, 나는 전화로 듣기에는 그가 꼭 빛나는 분열*schisme lumineux*이라고 말하는 것 같아 더더욱 긍정적으로 대답할 수가 없었다. 그러자 그가 나의 무지를 다정한 어투로 질책하면서, 그것은 사람들이 극히 최근에야 땅속에서 찾아낸 새로운 에너지원인데, 그것을 채취하는 기술만 완성되면 머지않아 석유를 대체하게 될 거라고 설명해주었다. 우리 왕국에는 유전도 핵발전소도 없지만, 연안 지대, 특히 타르파야 연안에 이 역청질 편암이 넘쳐나는데, 이것이면 대서양의 소금 제거 작업이라든가, 합법 영토를 돌려받으면 공사를 개시해야 할 마라케시와 라윤 간 철도 건설 같은 거대한 기초 공사가 가능해진다는 것이다. 내가 그 지역을 잘 안다는 사실이 기억에 되살아난 듯, 그는 큰 가능성을 지닌 이 에너지원 채취에 관한 "예비 구상 임무" 같은 걸 내게 맡겨볼 생각을 했다. 잠시 나는 지난날 내가 사하라 바다 같은 이상한 계획을 제안하여 그를 우롱하려 한 데 대해 이렇게 보복하려는 것인가 하는 생각이 들었다. 그때 나는 그것에 관해 생각만 했을 뿐 아무것도 하지 않았지만, 어쩌면 그 초등학교 교장의 염탐을 통해 그것에 관해 알게 되었는지도 모를 일이었다. 나는 볼테르가 바스티유 감옥을 나설 때 섭정에게 그랬던 것처럼 용기를 내어, "폐하께서 저의 진로에 대해 신경 써주셔서 무척 고맙습니다만, 저의 거처에 대한 부담은 더는 지지 마시길 부탁드립니다"라고 말할까 하는 생각도 해보았으나, 그런 무례한 말이 내 목구멍에서 나올 리는 없었다. 내가 할 줄 아는 거라곤 그저 이처럼 나를 놀랍도록 다양한 능력을 지닌 사람으로 보아주는데 대해 깊이 감사하는 것뿐이었다.

그 후 몇 주 동안 나는 스키라트에서의 실패한 쿠데타를 소재로 하여 14장으로 구성된 연극 작품을 한 편 썼다. 여름부터 생각해오던 일이지만, 기념사업 임무에 매달리느라 뭔가를 끼적거릴 시간을 낼 수가 없었다. 모르기안과 들레 선생이《브라절론 자작》을 코믹한 방식으로 상기시킨던 그 에피소드는 극 작품에서는 완전히 숨겨버리기로 했다. 이 작품이 상연된다거나 출간되리라는 희망은 전혀 품지 않았지만, 이 집필 덕에 나는 갑자기 나를 찾아든 뜻밖의 한가로움을 때울 수 있었고, 임무의 돌연한 종결이 나의 내면에 자꾸만 움 틔우던 갖가지 불안을 최대한 떨쳐버릴 수 있었다. 왕은 내게 어떤 새 임무도 맡기지 않았다. 그는 아무런 불만 표명도 없이, 나를 보려고도 나와 얘기를 나누려고도 하지 않았다. 하지만 나는 얼마간 메크네스에 머무르면서, 페르시아의 샤가 그랬듯이 혹시 그도 고문들의 얘기를 듣고 생각을 바꿀지도 모른다는 생각에, 언제든 다시 업무에 착수할 준비를 했다. 하지만 그런 일은 일어나지 않았고, 일 문제에서 나는 내가 오랫동안 갖지 못했던 자유를 그 어느 때보다도 많이 누리게 되었다.

하지만 그 자유는 멀리 떠난 모르기안 때문에 그늘졌다. 그녀는 가족 중에 누가 죽어가고 있고 자신이 곁에 있어 주어야 한다면서 6월에 파리로 떠났다. 편지를 한 번 받았지만, 그 뒤로는 어떤 편지도 받지 못했다. 그녀는 내게 주소도 전화번호도 알려주지 않았다. 현지에서 어디에 정착하게 될지 모른다는 이유에서였다. 더구나 그녀는 한군데에 정착하지 않고 파리나 아니면 다른 도시, 프랑스나 프랑스 바깥, 가문의 소유지가 있는 여러 나라 이곳저곳을 돌아다니며, 그간 드물게 보거나 한 번도 보지 못했던 사촌들을 이번 기회에 방문하게 될 가능성도 있었다. 그녀가 나와의 관계를 별로 서두르려고 하지 않는다는 사실이 나를 언짢고 슬프게 했다. 그런 감정은 시간이 흐를수록 점점 더 커지다가 체념으로 바뀌면서 줄어들었고, 결국은 또다시 나를, 이미 얘기했듯 아주 오래전부터 내가 이유를 잘 안다고 믿어온 그 사랑의 불행 상태로 이끌었다.

그녀가 떠난 지 두 달이 지나고, 그녀에게서 어떤 새로운 소식도 받지 못하고 있을 때인 8월 16일 저녁, 왕이 프랑스에서 돌아오는 비행기 안에서 발발한 새로운 테러에서 가까스로 살아남았다는 소식을 듣게 되었다. 나는 정보가 드문 메크네스에 있었고, 왕궁에서 멀리 떨어져 있어, 세간의 소문 외에 뭔가를 알아낼 수단이 별로 없었다. 17일에 나는 다음날 이른 시각에 왕궁에 입궁하라는 전보를 받았다. 공공 업무가 전반적으로 큰 혼란에 빠져 있었다. 메크네스에서 임무를 수행할 때 부렸던 운전사는 찾을 수가 없었고, 그가 몰던 자동차도 마찬가지였다. 하지만 그래도 오후 중에 기차에 올라탈 수 있었다. 지난밤부터 라디오에서는 평소 프로그램 대신 클래식 음악이 흘러나왔다. 간간이 흘러나오는 요약 뉴스가 셰리프의 왕정이 추악한 공격을 아무 탈 없이 이겨냈다고 알렸으나, 테러의 전개 과정이나 그런 명령을 내린 사람들의 정체에 대해서는 일언반구도 없었다.

왕과 정부도 아무런 의사 표명이 없었다. 라바트에서는 소문이 무성했다. 나를 호출한 왕궁 사람들은 전화로는 아무 말도 하려 들지 않았다. 내가 이번 사태에 대해 가장 많이 알게 된 건—사건의 진상이 아니라 시시각각으로 퍼지는 소문들—거리에서, 상점들 입구에서, 카페의 테라스에서였다. 알고 지내던 상인들은 내게서 확증도 받고 다른 사실들을 또 알게 되기를 기대하며 자신들이 알고 있는 내용을 내게 털어놓았다. 그들은 왕국의 주요 인사에 속하는 내가 아무것도 모르고 있으리라고는 생각조차 할 수 없었다. 나는 그들의 믿음 대로 아는 체를 하며, 그들이 무슨 말을 하든, 그들이 큰 비밀들을 알고 있는 듯이 대해주었다. 그들은 나의 그런 판정에 기분이 좋아져 나의 침묵을 존중해주었다.

현재에 일어나는 일들을 아는 건 나의 직책인 사료편찬관의 특전에 포함되지 않는다는 사실을 나는 오래전부터 숙지하고 있었다. 특히 사건들은 나의 소관이 아니었다. 내가 거기에 좀 더 깊이 개입하고자 한다면, 아마 사람들은 아무 일도 없는 듯이 보이려고 주의할 것이다. 내가 어떤 일을 알게 되는 것은 사람들이 적절한 진술을 통해 그 일을 자신들 뜻대로 처분할 수 있게 되는 순간부터였다.

시중에 떠도는 이야기 중에 더는 의심의 여지가 없는 한 가지 사실이 있었다. 우프키르가 사망했다는 것이다. 가는 곳마다 그런 얘기들이 들렸고, 이를 부인하는 사람은 단 한 명도 보지 못했다. 하지만 사망 경위에 대한 소문은 여러 가지가 돌았다. 그중 가장 널리 퍼진 소문, 그래서 사람들이 별 두려움 없이 큰 소리로 거듭 떠벌릴 수 있는—또 곧 여러 신문에도 인쇄될—소문은 그가 스키라트 궁전에서 자살했다는 것이었다. 하지만 어느 장교가 그를 무자비하게 살해해버렸다고 믿는 이들도 있었고, 왕이 제 손으로 직접 그를 죽였다고 믿는 이들도 있었다. 사람들은 이런 이야기를 꼭 다른 누군가에게서 들은 소문임을 강조하면서 에둘러 주고받았다. 다시 말해 여차하면 빠져나갈 수 있는 방식으로만 얘기를 하는 것이다.

나는 저녁에 무라드 게수스를 찾아갔다. 그는 1969년에 친해진 〈오피니언〉지의 기자였다. 우리는 나이가 거의 같았다. 나는 그가 아랍과 프랑스 문학을 아주 잘 알고 있고, 그래서 우리가 틈틈이 즐겁게 대화를 나눌 수 있으리라는 사실을 금방 알아차렸다. 내게 그는 여러 해 전부터 소설을 한 편 집필 중인데 신문사 일이 바빠 지금까지 끝을 낼 수가 없었다고 말했다. 하지만 나는 그의 집필 순간이 자꾸 뒤로 미뤄지는 원인이 일종의 게으름이라고 생각하고 있었다. 그는 닥치는 대로 열심히 일하며 살았고 형편도 나쁘지 않아, 괜한 골칫거리들을 만들지 않으려는 마음이 확고했다. 태평스러우면서도 신중하며, 매력 만점에 비밀을 지킬 줄도 아는 그는 즐겁게 대화하기 좋은 사람이어서 어디에서나 환영받았다.

그가 아는 것과 그가 쓰는 것 사이에는 깊은 구렁이 있었다. 내가 전날 밤에 한 얘기를 다음 날 아침 그의 신문에서 다시 보게 될까 봐 겁낼 필요가 없었기에, 나는 그에게 자유롭게 얘기했다. 그는 자기만 알고 있더라도 정보에 밝은 사람이 되는 것을 명예로 여겼고, 독자에게 알린다는 야심이 없어 더욱더 쉽게 그렇게 될 수 있었다. 모든 음모에 호기심을 가지면서도, 그런 일에 일절 개입하지 않는 지혜도 있었다.

그는 모로코 독립 초기 언론의 자유에 가해진 강력한 제한 사항들을 권력 행사에 필요한 불가피한 일로 여기며 의식의 파열 없이 받아들였고, 어떤 역설로 인해 그런 제한이 세월의 흐름과 더불어 오히려 점점 더 불어나는지 이해해보려 들지 않았다. 더욱이 그런 제한은 그가 매일같이 자신의 직업에 바쳐야 하는 노고의 폭을 한정해주는 이점도 있었다. 언젠가 그는 내게, 자신은 마르지 않는 샘처럼 붓이 마구 치닫는 그런 저자가 아니라고 말했다. 그에게 글쓰기는 고통스러운 작업이었고, 누군가가 그의 일을 쉽게 할 수 있게 해준다면 이를 마다하지 않았다.

그는 현재의 사태에 대해 거의 아무것도 모르고 있는 나의 무지에 놀라움을 금치 못했다. 그 사이 그는 귀중한 여러 가지 정보를 모아두고 있었다. 왕궁에서는 우프키르가 스키라트 이후 군 내부의 국가 전복 핵심 세력들을 제압하는 데 실패해서 자살했다는 얘기가 돌았다. 그는 "그러니까 그건 어느 면에서는 일본식 자살 같은 거죠"라고 말하고는 이렇게 덧붙였다. "충성 자살이라는 표현도 귀에 들어옵디다."

나는 당혹스러웠다. 나는 우프키르의 측근도 친구도 아니지만, 그를 꽤 자주 보았고, 그에 관한 얘기를 수없이 들었다. 나로서는 그런 건 그에게 어울리지 않는다는 느낌이었다. 무라드가 말을 계속했다. "우프키르는 테러 가담자들을 모두 약식으로 처형해버리려고 했어요. 체포하지 않고, 모조리 말입니다. 성공했다면 소송은 없었을 테죠…." 나는 그가 얘기를 어디로 끌고 가려는지 이해했으나, 우선은 침묵을 지키면서 그가 추론을 마저 하도록 내버려 두었다. "우프키르가 음모에 가담했을 수도 있어요. 주동자였을 수도 있죠. 우리끼리 얘기지만, 저는 그렇게 생각합니다. 어쨌든 그는 죽었으니, 이제 제가 그를 겁낼 필요는 없죠. 하지만 왕의 그런 최측근 인사가 스키라트 사태가 있은 지 겨우 일 년만에 또다시 왕을 쓰러뜨리려 했다는 사실을 공식적으로 인정하기는 어려울 겁니다. 그건 정당성의 심각한 위기라 할 수 있을 테니까요. 장관들은 오늘 우프키르의 저택을 방문하여 마지막 경의를 표했습니다. 그가 좋은 쪽에서 죽은 것처럼 만들려는 겁니다." 내가 눈살을 찌푸리자, 무라드는 내가 그의 표현에 놀랐음을 알아차렸다.

그가 이렇게 덧붙였다. "이미 스키라트에서도 양쪽에 발을 걸치고 있다가 마지막 순간에 왕 쪽으로 옮겨간 사람들이 적지 않았어요. 그때 이후로 모두가 양쪽에 한 발씩 걸

쳐두고 있죠. 무슨 일이 생길지 알 수 없으니까요. 모두 자기 운명에 대한 보험을 들려고 하는 겁니다. 양다리를 걸치지 않은 유일한 사람은 왕뿐이죠." 나는 나를 곤혹스럽게 하는 이 말에 토를 달지 않고 대화를 좀 더 가벼운 주제 쪽으로 전환해보려 했지만 여의치 않았다. 그는 반대급부 없이 혼자 너무 많은 말을 한 것을 후회하는 듯했다. 나의 침묵은 우리의 자기 고백을 불균형하게 만들었으나 내가 균형을 회복하려는 노력을 전혀 하지 않을 듯하자, 그는 그런 나의 태도가 놀랍고 불만족스러운 모양이었다. 내 입에서 나도 양다리를 걸쳤다는 얘기를 듣고 싶었던 걸까? 나는 늘 그를 몹시 용의주도한 사람으로 알고 있는데, 그런 그가 이처럼 자기 속내를 내게 털어놓는 게 좋겠다고 생각한 것도 어쩌면 용의주도해서가 아닐까? 어떤 순간에도 대놓고 말을 하지는 않았지만, 자신은 역사의 모든 갈래 길을 좇을 준비가 되어있다는 뜻을 내게 내비칠 필요가 있다고 느껴서?

그날 밤, 나는 잠을 잘 이루지 못했다. 아침에는, 바다에 면한 우다야의 내 집 테라스에서, 도시 위로 동이 트는 걸 보며 서성였다. 하늘은 창백했고, 고지대에는 가볍지만 차가운 바람이 불었다. 나는 몸을 떨었다. 파도에 흔들리는 낚싯배들이 강어귀에서 천천히 흘러가고 있었다. 이 풍경은 콜레주 루아얄 시절 이후 변한 것이 전혀 없었다. 25년의 세월이 흘렀다. 오랫동안 나는 늙은 어부가 제방에서 학대당하던 장면을 술탄이 지켜보았다고 상상했다. 그날, 나는 용감했다. 하지만 진실을 말하자면, 그런 선행을 했을 당시 나는 사실 잃을 것이 아무것도 없었다. 정말 술탄이 시각장애인으로 가장했었는지, 또한 그렇게 가정하더라도, 과연 그가 자신이 본 것을 아들 황태자에게 얘기했었는지는 영원히 알 길이 없었다. 그것은 나의 인생 전체에 영향을 준 문제였다. 나는 사람들이 좋은 쪽으로든 나쁜 쪽으로든 나를 어떻게 보는지에 대해 전혀 알지 못했다.

우프키르의 죽음은 아마도 왕 주변의 많은 것을 변화시킬 것이다. 나의 운명은 어떻게 될까? 왕은 우프키르가 나를 좋아하지 않았고, 시인들을 경멸했다고 말했다. 나는 그가 모든 시인을 무조건 싫어했다는 건지, 아니면 사건에 끼어드는 이들이나 혹은 나만 싫어했다는 건지 명확히 알아보려 하지 않았다. 어쩌면 나는 국가 조직의 기능에 좀 더 중요한 새로운 직책에 봉해질 수도 있고 어쩌면 폐하의 핵심 고문 그룹에 들어가게 될 수도 있을 것이다. 콜레주 루아얄에서 같이 수학했음에도 불구하고, 나는 왕의 즉위 이후 언제나 그런 그룹에서 멀리 떨어져 있었다.

나는 모르기안의 말들, 왕에 대한 그녀의 혹평, 좀 더 정당한 체제에 대한 그녀의 꿈을 상기해보았다. 우리의 대화는 증인이 없었고, 그녀가 그런 걸 누설했으리라는 생각은 들지 않았다. 나의 의사에 반한 만남이었지만 그녀의 주선으로 유럽 도시풍의 그 카페에서 반체제 학생들과 숨어 지내는 병사들을 만났던 그 일에 대한 기억은 더욱더 곤혹스러웠다. 사실 그것은 별일 아니었다. 내게는 너무나 하찮게 여겨진 일이었다. 하지만 만약 쿠데타가 성공했다면 나는 그것을 이용할 수 있었을 것이고, 실패한 지금에는 그것만으로도 충분히 연루될 수 있었다.

그러니까 나도 양다리를 걸친 셈이었다. 이 생각은 내게 깊은 불쾌감을 자아냈다. 스키라트 사태 이후, 모든 사람이 양다리를 걸친다고 무라드는 말했다. 그런 일이 나에게도, 바로 나—왕이 되기 훨씬 전부터 왕을 알고 지낸 나—에게도 일어났지만, 그러나 그것은—하늘에 맹세코—일종의 숙명처럼 내게 떨어진 것이었고, 내가 어떤 방식으로도 추구하지 않은 일이었다. 나는 모르기안이 그 반도들과 친하지 않기를 더 바라지 않았는가. 단 한순간도 나는 그녀의 그 친구들을 만나 보고 싶어 하지 않았다. 그녀는 내게 미리 알려주지도 않은 채, 나를 그들에게 데려갔었다. 그 후부터는 그 모든 일이 언제라도 나에 대한 공격의 빌미가 될 수 있었다. '양다리'는 체제가 바뀔 때는 보호용으로 유용했다. 하지만 만약 권력자가 건재하고 누군가가 자기 반대파와 가까이 지냈다는 사실을 알게 되는 순간, 양다리는 곧 위험이었다. 아직 가설에 불과한 역청질 편암 채굴을 감독하기 위해 또 다시 타르파야 해변으로 유배당하는 것은 그런 범죄 행위에 대한 아주 관대한 처벌일 것이다. 여러 주 동안 이어진 모르기안의 침묵을 나는 괴로워했었다. 지금은 오히려 그것이 얼마간 더 연장되기를 바라야 하는 처지가 되었으며, 그런다고 그 침묵이 덜 괴로운 것도 아니었다. 그녀가 어떤 식으로든 그 음모에 연루되었을 가능성도 있을까? 나의 고민은 점점 더 커졌다. 내가 왕의 비행기 안에 있었다면, 다른 사람들과 함께 죽을 수도 있었기에, 터무니없는 의심의 표적이 될까 봐 겁낼 필요는 없었을 거라는 생각이 들었다. 나와는 달리 무라드는 그런 고민에는 무감각한 채, 눈부신 지략의 빛을 발하는 것 같았다. 지금에야 나는 그가 양다리를 걸쳤음을 확신했다―그것은 틀림없는 사실이었다. 왕 빼고는 누구나 다 그렇다고 그가 말하지 않았는가. 논리상, 그도 거기에 포함될 수밖에 없었다.

잿빛 메르세데스 한 대가 카스바 계단 아래에서 나를 기다리고 있었다. 검은 선글라스로 두 눈을 가린 운전사가 말 한마디 없이 내게 문을 열어주었다. 카스바와 왕궁 사이의 거리는 그리 멀지 않았다. 나는 마치 이 왕국에 난생처음 도착하여 호기심에 찬 눈으로 수도를 살펴보는 외국 여행자처럼, 바깥을 바라보며, 흥분된 마음을 숨기고자 했다. 하지만 나는 이 자동차가 가게 될 모든 길을 알고 있었고, 이 친숙한 도시 정경이 내 기분을 전환해줄 리는 만무했다. 운전자의 검은 선글라스가 슬며시 자동차 실내 천장에 걸린 넓은 백미러 쪽으로 향하다가 잠시 나와 마주쳤을 때, 나는 그가 뒤따르는 자동차들의 이동 경로를 살핀다기보다는 나를 감시하려 한다는 느낌이 들었다. 몇 시간 전부터 나는 아직 길흉을 점치기는 어렵지만 내가 운명의 전환점을 향해 가고 있음을 예감했다. 지금, 내게 말 한마디 건네지 않고 나를 훔쳐보고 있는 저 남자가 무엇이 왕궁에서 나를 기다리고 있는지를 예고하는 첫 징표 같았다. 그것은 나의 파멸이었다.

왕 앞으로 인도된 나는 급히 절을 올리고 그의 손에 입을 맞추었다. 먼저 손등에, 이어 손바닥에 입을 맞춘 다음, 완전한 복종의 표시로 나의 뺨과 이마를 그의 손에 대었다.

알현이 시작되었을 때, 폐하께서 내게 특별히 화가 난 것처럼 보이지는 않았다. 하지만 그렇다고 안심하기에는 아직 일렀다. 사람이 큰 위험에서 벗어나면 일종의 열광 상태에 빠져 괜히 친절해지고 말이 많아지기 쉬운 법이니까. 나는 폐하께서 대파란과 금언과 서정적 수사들이 가득한 자신의 일인극 한 편을 내게 보여주고 싶어 한다는 것을 깨달았다. 그것은 조신들이 칭송을 가장하지 않고 진정으로 높이 평가한, 그래서 그 관객이 되는 것을 하나의 특권으로 여긴 일인극이었다. 그렇게 해서 나는 왕이 하마터면 목숨을 잃을 뻔한 그 공중 테러 사건의 자초지종을 왕에게서 직접 듣게 되었다. 내가 이 자리에 있는 이유는 그 이야기를 통치 문서에 기록하는 사료편찬관 직무를 수행하기 위해서였다. 나의 소환은 다른 동기가 있어서가 아니었다. 내가 나의 운명이 이번 알현으로 결정되리라고 상상한 것은 나의 중요성을 괜히 과대평가한 게 분명했다.

"비행기를 타고 파리에서 돌아오고 있을 때―왕은 이야기를 이렇게 시작했다―갑자기 둥근 창문 밖으로 우리 국적 표지가 붙은 여섯 대의 F-15 전투기 편대가 보이더군. 나는 우리 공군이 파견한 이 편대가 뭘 하려는 것인지 전혀 알 수가 없었네. 그래서 주변의 대표단에게 물어보고, 들리미에게도 물어보았지―아니, 누가 에스코트를 요청한 건가? 한데 미처 대답을 들을 새도 없이 놈들이 우리에게 총을 쏘아댔어. 비행기가 총에 맞아 흔들렸지만 그래도 아직은 똑바로 날았네. 조종사는 카바지라고, 자네도 아는 사람이야. 그는 공중전이 뭔지 아는 사람이지. 우리 공군에서 가장 뛰어난 조종사인데, 그를 내 보잉기 조종사로 선발한 건 정말 잘한 일이었어. 하지만 보잉기 한 대와 F-15 전투기 여섯 대의 대결은 너무 불평등하지 않은가. 그렇게 큰 기체로는 공중회전이나 도약 같은 걸 할 수 없지. 마치 사격장 안에 있는 코끼리 같았네. 카바지가 진로 변경을 시도하자 기내의 물건들이 사방으로 날아다녔고, 모두 좌석을 꽉 움켜쥐었네. 어떤 이들은 끔찍한 비명을 지르며 중앙 복도를 엉금엉금 기어가기도 했다네. 카바지가 비행기를 태양을 향해 수직으로 상승시켜 F-15 전투기 조종사들의 눈을 멀게 함으로써 너무나 귀중한 몇 초라도 벌고자 했을 때, 메크네스의 어느 문에 새겨진 물라이 이스마엘의 문구가 떠오르더군. 자네가 어느 보고서에서 내게 알려준 그 문장 말이네. *나의 찬란한 광채는 저 높은 곳 그의 행운의 별까지 오르고, 그의 빛이 온 하늘을 비추네.* 알겠는가 압데라마네, 자네의 학술적 연구가 아주 헛되지는 않았다는 걸 말일세."

나는 폐하께 감사하며, 그처럼 목숨이 경각에 달린 상황에서도 그런 생각을 할 수 있다는 건 그의 영혼의 힘이 얼마나 대단한지를 증명하는 최고의 증언이라고 말해주었다. 하지만 폐하는 내 말을 평소보다 더 퉁명스럽게 받아들였다. 이런 순간에 그런 아부성 발언을 듣는 게 달갑지 않거나, 내게 또 칭찬을 빚지고 싶은 마음이 없다는 뜻이었다.

"잠깐, 잠깐만, 아직 끝나지 않았네." 하고 그가 말을 이었다. "태양 때문에 그들의 일제 사격이 몇 번이나 빗나가더군. 우리의 희망은 그들이 우리를 격추하기 전에 총알을 모두 써버리는 것뿐이었다네. 하지만 솔직히 그럴 가능성은 별로 없었어. 태양의 도움이 영원히 지속될 수는 없었지. 결국은 우리에게 타격을 주었어. 큰 충격이 있었지. 여러 명이 상처를 입었고, 보잉기의 고도가 빠른 속도로 떨어지기 시작했네. 대번에 천 미터가 떨어지더군. 하지만 카바지는 추락을 제어하는 데 성공했어. 그의 냉정함은 참으로 놀라웠네. 하지만 우리는 훨씬 더 취약한 상태가 되었고, 이제 그들에겐 우리에게 창을 꽂는 일만 남았지."

왕이 말을 하는 동안 나는 그 장면을 그려보았다. 분명 그들은 모두 죽음이 임박했다고 생각했을 것이다. 왕도 마찬가지다. 몇 분, 심지어는 몇 초 내에 죽을 수도 있었다. 그들을 구할 수 있는 건 기적뿐이었다. 나는 그것이 어떤 기적이었는지가 궁금했고, 뒷이야기를 기다렸다. 청자의 호기심을 유발하는 데 아주 능한 왕은 나의 호기심을 간파하고는 뜸을 좀 더 들일 생각으로 잠시 말을 중단하고 담배에 불을 붙였다. 그는 자신에게 놀라운 모험이 닥칠수록 더욱더 자신이 이 나라 최고의 이야기꾼임을 과시했다. 세헤라자데는 이야기를 통해 왕을 그녀를 죽여야 할지 살려줘야 할지 알 수 없는 판단 불능의 상태로 끌고 갔지만, 나의 경우는 의도는 같더라도 이와 반대로 내가 침묵을 지키고 왕을 부추겨 원하는 만큼 실컷 얘기하게 하는 편이 낫겠다는 생각이 들었다. 그럼으로써 그가 자기애를 적절히 충족하게 되면, 아마도 그의 최종 판단 때 그것이 내게 유리하게 작용할 것 같았기 때문이었다.

"이보게 압데라마네, 바로 그때 내게 한 가지 묘안이 떠올랐네." 하고 마침내 그가 입을 열었다. "내가 승무원인 것처럼 목소리를 가장해 그들에게 무선 통신을 날렸지. 왕이 비행기에 가해진 큰 충격으로 사망했고, 기내에 중상자가 여러 명 있으니 그들을 치료할 수 있도록 착륙을 허락해달라고 간청했지. 제네바 협정의 기본 조항들을 내세워서 말이야."

왕의 머리에 떠오른 그 기막힌 생각에 나는 정말 감탄을 금할 수 없었고, 왕도 그것을 알아차렸다. 하지만 그의 이야기는 거기에서 끝나지 않았다. 그는 새로운 돌발 사건을 기대하게끔 하면서 나의 기다림을 계속 통제하고 싶어 하는 듯했다. 그가 다시 말을 이었다. "그 정도로 그들을 되돌아가게 할 수 있었다면야 너무 좋았을 테지. 여러 차례 또 다른 충격이 있었지만, 잘 맞지 않았네. 그러다 전투기 조종사 중 하나가 조종석에서 비상 탈출을 시도하며 기체를 우리 비행기에 충돌시키려 들더군. 총알을 다 써버린 거야." 왕은 잠시 말을 중단했다가 계속했다. "유감스럽게도 나의 천재

성보다는 그들의 어리석음이 더 결정적이었음을 실토하지 않을 수 없구먼." 나는 그의 말에 경의를 표하려 웃는 얼굴로 고개를 조아렸다.

기체에 가해진 그 모든 손상에도 불구하고 왕의 비행기는 라바트에 비상 착륙하는 데 성공했다. 이 역시 카바지의 공이었다. 그 사이 반란군 전투기들은 케니트라 기지에서 실탄을 재장전한 후 다시 이륙했다. 그들은 라바트 공항을 공격하여 왕을 환영하려던 답집과 대기 중이던 공식 행렬 세단들에 총격을 가했다. 세단들은 아무 의심 없이 왕을 기다리고 있다가, 느닷없는 그들의 공격을 피하느라 사방으로 무질서하게 내달았다. 왕은 그 자동차들 무리에 있지 않았다. 그는 공항 직원의 작은 푸조 승용차에 올라타 있었다. 그 직원은 왕을 곁에 모시고 봉사할 수 있게 된 것에 크게 감동했고, 왕은 좀 더 알아보기 어렵게 하려고 체격이 비슷한 그의 옷까지 빌려 입었다. 그렇게 해서 그는 전투기들의 사격을 벗어나 곧 안전한 장소로 피신할 수 있었다.

그의 뒷이야기는 무라드 게수스에게서 들은 이야기와 일치했다. 우프키르는 중무장한 부대들을 케니트라로 급파하여, 왕의 비행기에 대한 그 실패한 테러에 어떤 형태로든 연루된 군인과 장교들을 즉각 제거하라는 명령을 내렸다. 그리고 그 자신은 그날 저녁 스키라트 궁전으로 와서 이번 사태에 대해 보고하라는 통보를 받은 것이다. 하지만 왕은 "충성 자살"이라고 말하는 대신 다른 표현을 썼다. 구성은 같지만 의미는 완전히 다른 "배신 자살"이라는 표현이었다. 휘하 장교들이 저지른 과실에 대한 남다른 책임감 때문에 이 대신이 자살했다고 생각하는 사람은 이제 더는 없었다. 그것은 모든 것이 끝났음을 아는 죄인의 마지막 제스처였다. 우프키르의 저택을 공식 방문한 건 다른 역사 쓰기에 속하는 일이었고, 채 몇 시간 되지도 않았다. 결국 우프키르는 나쁜 쪽에서 죽었다.

왕이 말을 이었다. "그러니까, 그가 물라이 이스마엘 치세 3백 주년 기념식으로 생각해둔 방식이 바로 그것이었던 거야. 알라위 왕좌를 허공에 날려버리는 것 말이네. 자네 충고를 따랐다면 좋았을 텐데. 아그달 연못에서의 수상 발레가 훨씬 덜 공격적이었을 테니 말이지. 다시 또 기념식 준비에 신경 쓰기엔 이젠 좀 늦어버린 것 같아 유감이네." 그는 담배 연기를 한 모금 내뿜고 나서 다시 말을 이었다. "그는 내게 이렇게 말했네. 폐하, 저는 좀 더 간소하고 단순하지만, 그 효과만은 뒤지지 않을 뭔가를 생각하고 있습니다. 압데라마네, 생각만 해도 치가 떨려!" 그는 그렇게 말하며 아직 다 피우지 않은 담배를 재떨이에 짓이겨 꺼버렸다. 바로 그런 격분으로 그는 이 음모자의 저택을 그의 파렴치에 걸맞게 토대까지 갈아엎어 버렸다.

내가 이제 알현이 끝났다고 생각하고서, 예상과 달리 나의 운명이 은총과 실총 그 어느 쪽으로도 기울어지지 않은 채 왕에게서 물러날 준비를 하고 있는데, 나를 좀 더 붙잡아 두고 싶다는 뜻을 나타내는 그의 몸짓이 눈에 들어왔다.

"그건 그렇고, 난 자네를 혼인시키고 싶네", 하고 왕이 말을 이었다. 그의 말에 나는 당황했다. 얼굴에 땀이 났고, 뭐라 대답해야 할지 알 수 없었다. "폐하, 폐하의 선언에 제가 당황해하는 것처럼 보이더라도 제발 용서해주시기 바랍니다. 저로서는 전혀 예상치 못한 말씀입니다."

나는 왕이 궁정 사람들을 결혼시키기를 즐기며 가끔은 거기에 장난기도 없지 않다는 사실을 알고 있었고, 베드레딘 장군의 딸 이야기가 떠올라 겁이 더럭 났다. 그녀는 폐하의 제안을 받아들이지 않았고, 폐하는 전혀 화난 기색 없이 그녀의 거부에 체념하는 체했다. 하지만 시간이 얼마 흐른 뒤, 그것 때문에 끔찍하리만치 시달림을 당한 그녀의 아버지 장군은 딸을 국왕 친위대의 하급 사관 중 가장 천하고 못된 사관과 결혼시키는 데 동의하라는 명을 받았다. 폐하의 그런 명령은 궁정 안에서 이런저런 수군거림을 자아내지

않을 수 없었다. 평소에 왕의 절대 권력을 존중하던 후궁과
시녀들도 그날만큼은 추와 미를 이런 식으로 결합하는 것은
권력 남용이라고 판단했다. 그러니 내게는 또 어떤 불운이
닥칠지 어찌 두렵지 않겠는가.

왕은 두 손의 손가락들을 교차시켜 깍지를 끼고는 턱 높
이까지 치켜올리더니 그의 왕좌 뒤로 보이는, 접견실 한쪽
구석의 작은 문 쪽으로 고개를 돌렸다. 문이 반쯤 열려 있었
는데, 나는 그것을 미처 알아차리지 못했다. 왕이 짧게 한마
디 했다. "이리 오게."

모르기안이 들어섰을 때 내가 얼마나 놀랐을지는 짐작
이 갈 것이다. 그녀의 출현에 나는 뭐라 말할 수 없는 공포
에 사로잡혔다. 나는 배신당했다. 하마터면 분노의 고함을
지를 뻔했으나, 내 몸은 벼락 맞은 듯이 얼어붙었다. 나의
운명이 놀라움에 갇혀, 흐름을 멈춘 채, 어둠 속에 꼼짝없
이 내팽개쳐진 느낌이었다. 이 도발적인 여자는 왕의 계획
에 따라 나를 파멸시키려고 했다. 금방이라도 내게 달려들
어 독을 심을 준비가 된 독사의 출현도 이보다 더 내 동맥의
피를 얼어붙게 하지는 못할 것이다. 체포되고, 구금되고, 고
문당하고, 그러다 결국 빛이 들지 않는 깜깜한 지하 감옥까
지 내몰려, 거기에서 간신히 몸을 지탱하고 있는 내 모습이
보였다. 분명 그녀는 내가 폐하에 대해 말한 모든 유감스러

운 말을 고자질했을 것이다. 무엇보다 곤혹스러운 건 내가 한 그 말들이 대개는 그녀가 하도록 부추겨서 한 말들이라는 사실이었다.

꿈 같은 이미지들이 나의 정신을 가로지르며 빠른 속도로 잇따라 펼쳐졌다. 비행기 한 대가 태양을 향해 올라갔다. 그 금속 기체가 발하는 빛 때문에, 나는 두 눈을 제대로 뜰 수 없었다. 비행기를 시선으로 뒤쫓고자 했으나, 기체가 태양의 축에 놓이자 빛 때문에 아무것도 볼 수 없었다. 빛이 하늘 높은 곳에서 내게 덮쳐드는 것만 같아, 마치 빛에 꿰뚫리기라도 한 듯한 느낌이 들었다.

무엇이 되었건 왕조를 전복하는 데 도움이 될 만한 건 한 번도 진지하게 생각해본 적이 없음을 마음 깊이 잘 알고 있었지만, 모르기안이 왕에게 그와 반대되는 의심을 불어넣는 것보다 더 쉬운 일도 없었기에, 나는 마침내 죽음의 순간이 도래했다고 느꼈다.

하지만 왕은 이렇게 말했다. "내가 알기로 두 사람은 이미 서로 아는 사이 같은데, 그래서 난 기쁘네." 이 연출은 내게 체스 게임의 한 장면을 떠올리게 했다. 졸 하나가 마침내 상대편 왕의 궁전까지 쳐들어가 자신의 여왕을 찾아내어 해방하는 장면이었다. 그는 왕이었고, 그녀는 말하자면 나의 여왕이었고, 나는 졸이었다. 지금처럼 놀라 넋이 나간 상황에서는 그런 생각을 하기 십상이었다. 하지만 그 종은 자신의 여왕과 자유롭게 떠나지 못할 것이다. 규칙이 바뀌었다. 내 눈에는 그것이 너무나 분명해 보여, 나로서는 왕이 나를 가지고 놀다가 그를 더욱더 기쁘게 해줄 수작 하나를 나의 최종 실총에 덧붙이기 위해 이 모든 것을 미리 안배한 것이 아닐까 하고 생각하지 않을 수 없었다.

"이보게 압데라마네, 자네 나이 남자가 여자 없이 지낸다는 건 말이 안 되네", 하고 왕이 말을 이었다. "자네에게 좀 더 높은 새로운 책무들을 맡길 생각을 하고 있어서 더더욱 그래선 안 될 것 같네. 자네가 그런 생각을 안 하는 것 같아서, 내가 자네에게 잘 어울리는 아내를 구해주어야겠다고 생각했다네. 보고 받은 내용을 내가 잘 이해했다면 이 사람이 바로 그런 아내 같네." 그런 말을 듣자 나는 어안이 벙벙해졌다. 두려움이 돌연 희망으로 바뀌었다. 폐하가 보증을 선다면, 모르기안이 출신도 변변찮고 재산도 없는 신분 낮은 사람과의 결혼에 대해 느낄 수 있을 두려움을 날려버릴 수 있고, 이드리스 쇼르파 가문의 반대도 끝장낼 수 있을 것이다. 나는 처음에는 그녀가 배신한 줄 알고 몹시 괴로웠지만, 이제 더는 그런 생각이 들지 않았다. 왕이 자신의 지략과 나에 대한 일종의 승리를 만끽하는 동안, 나는 어쩌면 그가 기대했고 또 내가 두려워한 바처럼 내가 그의 계략에 말려들어 파멸 지경에 이르기는커녕, 모르기안이 우리가 나눈 대화 내용에 대해 그에게 아무것도 누설하지 않았다는 생각이 들었다. 느닷없이 그가 별 반감 없이, 묘한 방식으로, 내 책무의 폭을 확대해줄 뜻을 나타냈기 때문이다. 어느 면에서 그녀는 나를 그녀와 함께 좋은 쪽으로 지켜준 것 같아, 나는 이 이상한 싸움에서 결코 폐하에 뒤지지 않은 승리를 거둔 거라는 우쭐한 기분이 들기 시작했다.

한데, 왕이 얘기를 좀 더 하고 싶어 했다. 나는 왕이 그녀를 내가 알고 있는 모르기안이라는 이름이 아니라 다른 이름으로 부르는 걸 보고 깜짝 놀랐다. 하지만 그것은 왕의 얘기를 듣고 내가 또다시 빠진 혼란에 비하면 아무것도 아니었다. "자네의 선택에 대해 내가 해줄 수 있는 건 칭찬뿐이야", 하고 왕이 말했다. "자네가 형평에 맞지 않는 혼인이라고 여겨 넘보지 않을까 봐 걱정했다네. 한데 사실 두 사람은 다 출신에 빚진 게 전혀 없네. 모든 게 오로지 두 사람의 훌륭한 자질 덕분이지. 라피타의 아버지는 글라우이의 마지막 운전사였네. 그에게 이 왕족이 범한 과실에서 벗어나게 해주는 대신 나를 위해 봉사하도록 했고, 그의 딸 교육은 내가 책임을 졌다네. 우리의 비공식 부인네들이 그녀가 갖춘 남다른 아름다움을 완성하는 데 도움이 될 모든 비결을 그녀에게 가르쳐주었지. 이제 그녀가 자네의 손을 잡고서 마침내 나의 하렘을 떠나는 걸 허락하게 되어 아주 기쁘다네. 본인은 몹시 서운할 테지만 말일세."

나는 왕의 발 앞에 엎드려 절을 올리며, 내게 이런 선심을 베풀어준 데 대해 깊이 감사했다. 그러고는 다시 몸을 일으켜, 내가 이보다 더 나은 아내를 맞이할 수는 없을 거라고 말해주었다. 그는 내게 내일 있을 왕의 집무실 회의에 참석할 것을 명하며, 우프키르 장군의 죽음으로 여러 치안 기관의 질서 회복이 시급해졌다고 강조했다.

나의 운명은 엄혹하면서도 감미로웠다. 물라이 이스마엘의 기념식은 열리지 않을 테지만, 그의 잔학 행위들에 대한 모방은 시작되었다. 그런 사건들은 어쩌면 내 일이 될지도 몰랐다. 이제부터는 은총과 실총 상태가 번갈아 교체되는 게 아니라 하나로 굳어질 것 같은 예감이 들었다.

렌 제2 대학 강사, 델핀 클레르

내가 어떤 상황에서 이 소설의 저자를 만나 그의 원고를 갖게 되었는지 이야기해주는 것이 좋을 것 같다.

1999년 가을, 나는 생트-주느비에브 산 북쪽 측면의 경사 가파른 어느 거리 꼭대기에서 살고 있었다. 팡테옹 광장에서 에콜 가街를 거쳐 생-미셸 대로로 이어지는 거리였다. 고등사범학교 2학년 수업을 시작했고, 더불어 소르본 대학 석사 과정에 막 등록한 참이었다. 졸업 학년 말까지 제출해야 할 100여 쪽의 논문 주제로, 나는《잃어버린 시간을 찾아서》의 탄생과 완성에 끼친《천일야화》와 생시몽의《회상록》의 영향을 선택했다. 마르셀 프루스트가 마지막 권 끝에서, 자신의 소설을 이 두 권의 책 옆자리에 나란히 두고 싶다고 말하는 긴 단락을 출발점으로 삼은 연구 주제였다. 그 텍스트는 뭔가 구불구불하고, 서로 다른 여러 가지를 동시에 주장하는 듯하나, 어떤 작품이 다른 작품에 영향을 준다는 것이 무엇을 의미하는지를 이해하고자 하는 사람에게는 대단히 귀중한 문헌이었다. 우리가 좋아하는 작품을 "다시 만드는" 최고의 방법은 그 작품을 다시 만들기를 포기하는 것이라는 게 그 페이지들에서 프루스트가 하는 주장의 골자다. 그 작품들을 모방하려 해서는 안 되고, 그 고정 관념들의 노예가 되어서도 안 되며, 그 작품들에서 멀리 떨어져 자기 자신의 길을 찾고 그 길을 열심히 끈질기게 따라가야 한다는 것, 오직 그럴 때만이 그런 창조적 노력 끝에, 일종의 은총에 의해, 어쩌면 그 모델들과 재결합하게 되고, 그 작품들에 비길 만한 작품을 만들게 되리라는 것이다.•

프루스트 최고 전문가 중 한 명인 파리 4대학의 아미오 교수가 이 논문의 지도를 수락했다. 아마도 그는 전 세계 곳곳에서 오는 무수한 강연 초청을 핑계로 삼거나, 아니면 프루스트의 미출간 초고들까지 속속들이 알고 있는 그에게 그 작가에 대한 석사나 박사 논문을 지도해 달라며 해마다 몰려드는 학생들의 행렬에 지쳤다면서, 익히 알려진 그 정중하고도 단호한 어조로 내게 각종 예우와 간청에 덜 짓눌린 다른 교수나 강사를 알아보라고 답을 할 수도 있었을 것이다. 그랬어도 나는 그를 기꺼이 이해했을 것이다. 그의 수락

은 몇 달 후 내가 이르게 될 결과에 대한 진심 어린 호기심
과 신뢰의 징표처럼 여겨졌기에, 이에 감동한 나는 학기가
시작되기도 전에 서둘러 작업에 착수했다. 당시 학기는 아
주 늦게 시작되기도 했지만, 시작된다 해도 나의 시간 구성
에 큰 변화를 주지는 못했다. 우리가 해야 할 거라곤 어떤
학생들은 세 차례 정도 참석하고는 더는 발을 들이지 않는
석사 과정 세미나 두 개 뿐이어서, 그해 내내 거의 완전한
자유 시간이 주어진 거나 마찬가지였다.

나는 일주일에 몇 차례씩, 오후 끝 무렵에, 생-루이 섬의

• "내가 작업을 한다면, 오직 밤에만 할 것이다. 내겐 아마 많은 밤이, 어쩌면 백일
밤, 어쩌면 천일 밤이 필요할지도 모른다. 그리고 나는, 아침에 작업을 중단할 때, 술
탄 샤리아르보다 덜 관대한 내 운명의 주인이 과연 나의 사형 집행을 유예하고 다음
날 저녁에 다시 얘기를 계속하게 해줄지 알 수 없는 불안 속에서 살게 될 것이다. 뭐
가 되든, 내가 《천일야화》를, 역시 밤에 쓰인 생시몽의 《회상록》을, 내가 너무나 좋아
했던 다른 어떤 책을 다시 만들려는 것은 아니지만, 어린아이의 천진함으로 내가 사
랑에 매달리듯 맹신적으로 매달렸던 그 작품들과 다른 어떤 작품이 된다는 건 두려
움 없이는 상상할 수 없다. 하지만 엘스티르가 그랬고 샤르댕이 그랬듯이, 우리가 좋
아하는 것을 다시 만든다는 건 오직 그것을 거부함으로써만 가능하다. (…) 이 책도
어쩌면 《천일야화》만큼 긴 책이지만, 그러나 전혀 다른 책이다. 물론, 어떤 작품을 좋
아하면 완전히 같은 뭔가를 만들고 싶어지지만, 자신의 그 순간의 사랑을 희생해야
하고 자신의 취미를 생각하지 않아야 하며, 우리에게 우리의 편애를 요구하지 않고
그런 생각도 금하는 어떤 진실을 생각해야 한다. 오직 그 진실을 따를 때 이따금 우
리는 우리가 버린 것과 마주치기도 하고, 다른 시대의 아랍 콩트들이나 생시몽의 《회
상록》을, 그것들을 잊어버리면서, 쓰게 되는 것이다. 한데 나도 아직 때가 늦지 않은
걸까? 너무 늦어버린 게 아닐까?"

오를레앙 선착장과 되-퐁 가 모퉁이에 자리 잡은 한 카페로 가서 진을 쳤다. 카페 이름도 되-퐁 카페였다. 카페의 홀은 아주 크지는 않았지만, 대개는 나 혼자였다. 덕택에 나는 작은 테이블 두 개에, 중요한 인용문이나 깊이 숙고해보아야 할 아이디어와 계획 초안 등을 끼적거려둔 종잇장과 책을 펼쳐놓을 수 있었다. 맞은 편의 센 강 너머로는 투르넬 다리 끝에 있는 투르 다르장 건물이 바로 보였다. 거기서 약간 왼편으로는 아랍 세계 연구소가 보였는데, 나는 《천일야화》의 여러 판본을 조회하러 그곳 도서관에 곧 방문해보아야겠다고 생각하고 있었다. 이 책을 나는 유명한 앙투안 갈랑의 번역본으로 읽었다. 18세기에 이 아랍 콩트들을 유럽 전역에 널리 알린, 프루스트도 좋아한다고 말했던 최초의 번역본이었다. 내가 가진 책은 예쁜 삽화가 몇 장 들어간 가르니에 총서의 노란색 구본舊本이었다. 생시몽의 《회상록》은 우선은 다소 두터운 여러 권의 선집으로 작업하고 있었다. 척 보기에도 이미 그것들을 통째 읽는다는 건 이번 학년만으로는 부족할 것 같았다.

내가 압데라마네 엘자립을 알게 된 건 11월 초, 바로 이 카페에서였다. 이미 몇 주 전부터 우리는 서로 다른 테이블에 앉아, 서로의 존재를 알아보고, 확인하고, 은밀히 관찰하기도 하고, 결국 가벼운 고갯짓으로 인사를 주고받는 사이가 되어있었다. 물론 아직 말 한마디 주고받은 적은 없었다. 우리는 늦은 오후에 이곳을 찾는 몇 안 되는 단골이었다.

그는 컬이 진 잿빛 머리카락의 나이 많은 신사로, 순한 턱수염을 기른 얼굴은 내가 보기에 거의 칠순은 되어 보였지만 여전히 말끔했다. 험프리 보가트 형 눈썹 아래의 맑은 시선에는 생기가 돌았다. 무겁고 주름진 이마에서는 세월과 걱정과 고민이 묻어났다. 그는 잿빛 양복을 걸쳤는데, 새단이 잘 된 옷처럼 보였지만 세월과 더불어 좀 헐렁해져 있었다. 남자들이 종종 나이가 들어도 20년이나 30년 전의 옷을 수선하지 않고 그대로 입듯이, 그도 그런 모양이었다. 전에는 그에게 꼭 맞았던 게 분명했다. 그는 여러 개의 신문을 들고 와서는 하나씩 천천히 읽어나갔다. 단 하나의 기사도 빠트리지 않는 듯했다. 그의 앞에 놓인 신문 더미에서 나는 〈르 몽드〉, 〈피가로〉 같은 프랑스 일간지와 나로서는 이름조차 판독할 수 없는 아랍어 신문들을 엿볼 수 있었다.

그는 혼자가 아닐 때도 가끔 있었다. 그처럼 옛 스타일로 차려입은, 아마도 그보다 나이를 좀 더 먹은 듯한 남자와 장시간 대화를 나누는 모습도 보였다. 그들의 대화를 엿듣고자 한 선 아니지만, 카페가 좁아 원치 않아도 들을 수밖에 없었던 대화 조각들을 통해서 ─ 미국으로 공부하러 떠난 자식이나 조카 소식을 주고받는 등, 특별한 화제는 아니었다―, 나는 그들이 둘 다 이 시대의 어법에 무감각한 고전적인 프랑스어, 부자연스럽지만 정확한 프랑스어를 구사한다는 걸 알아챌 수 있었다. 하지만 가끔 아랍어를 주고받기도 했는데, 카페의 낯선 사람들의 귀에 흘러 들어가서는 안 될 좀 더 민감한 주제에 접근할 때 그런다는 생각이 들었다. 어느 날엔가는 그들이 시가를 피우는 걸 보았다. 뭔가를 축하하는 듯했다.

그를 알기 전부터 이미 나는 그가 꼭 소설 속 인물 같다는 생각이 들었다. 어쩌면 그는 은퇴한 외교관이 아닐까. 내가 보기에 그는 사람들이 모두 그리 생각하듯 그런 직업을 통해 익히고 다듬었을 세련된 행동거지와 정신의 섬세함, 은밀함의 감각 등을 갖춘 듯했다. 설령 아무리 우악스럽고 잔혹한 체제를 대표한 외교관이었다 해도 말이다. 그는 내게 콩스탕텡 카바피나 로랑스 뒤렐 같은 인물, 오토만 제국의 그 공직자 같지 않은 공직자들, 20세기―이제 우리가 머지않아 끝을 보게 될 이 세기―초, 알렉산드리아 카페들의 테라스에서 문학 한담을 나누며 시간을 죽이던 그 옛 댄디들 중 한 명을 떠올리게 했다. 다른 가설들도 떠올랐다. 어쩌면 파리에서 행복한 나날을 보내기 위해 독재 체제에서 도망쳐 나온 사람은 아닐까. 어쩌면 프랑스와 중동 국가가 어떤 중요한 계약을 체결할 때 꼭 필요한 사람들로 여겨지던 그

수수께끼 같은 '중개인' 카스트에 속하는 사람은 아닐까. 그
들은 나랏법이라는 게 별 효력이 없고, 중개료로 받는 돈이
넘쳐나는 일종의 노 맨스 랜드를 돌아다니며 산다. 최근의
"ELF 사건" 덕에, 역시 소설 속 인물 같은 그 사람들의 능란
한 외교술이 백일하에 드러난 바 있다.● 하지만 진짜 그가
그런 사람 중 한 명이라면, 파리 8구의 호화로운 술집들, 방
음 처리된 비밀 공간에서 온갖 음모가 꾸며질 것 같은 세계,
내게는 너무나 멀고 베일에 싸인 그 세계가 아니라 왜 이 동
네에서 얼쩡거릴까 하는 의문도 들었다.

　같은 카페의 단골들은 서로 대화를 나누기까지 상당한
시간이 걸리는 경우가 많다. 테이블에 자리를 잡을 때마다,
책이나 신문을 읽느라 여념이 없거나 노트에 뭔가를 끼적이
는 데 열중하는 사람들이라면 더더욱 그렇다. 멀리서 가벼
운 인사를 주고받기는 하지만 서로 거리를 유지하는 이 습
관은 점차 서로 얘기를 나누는 쪽으로 발전하는 것이 아니
라 뜻밖에도 더욱 강화될 수 있다. 게다가 우리 경우는 50년
은 될 나이 차이가 소통을 주저하게 한 또 하나의 장애물이
었다. 우리가 대화를 나누게 된 것은 우연히 몰려든 뜻밖의

● 37명의 피고인이 개인적 이득과 정치적 리베이트를 위해 이전 국영 석유 그룹인 EL
F로 부터 거액을 받은 혐의로 기소된 사건.

인파 때문이었다. 카페에 들어선 나는 그의 옆자리만 비어
있는 것을 보았다. 당황한 나는 다른 자리를 찾는 체하며 실
내를 둘러보았다. 그때 그가 신문에서 눈을 떼더니 살짝 고
개를 숙여 내게 인사를 한 뒤, 상황을 파악했다는 듯 주저
없이 손짓하며 자기 옆자리에 앉도록 초대했다. 나는 그에
게 감사를 표하고 테이블 사이를 헤쳐나가 붉은 가죽이 덮
인 긴 의자에 앉아서는 가방에서 노트와 책을 꺼내 곧바로
작업에 몰두했다. 왜냐하면 의외의 상황으로 가까워지기는
했지만 방해받고 싶은 마음은 없음을 분명히 하려는 듯, 그
가 잠시 중단했던 신문 탐독에 다시 몰두하는 걸 보았기 때
문이었다. 사실 그것은 나도 바라던 바였다.

　한데 얼마 뒤 그가 뜻밖의 쾌활한 어조로 침묵을 깼다.
"생시몽과 《천일야화》라. 장담하건대 마르셀 프루스트에 관
한 뭔가를 준비하나 보군요! 내가 틀렸나요?"―알고 보니
박식한 문인 아닌가! 신문기자로 일한 사람이거나 아니면
교수, 어쩌면 작가? 대화의 전망이 돌연 좀 더 가벼워졌다.
"노르말리엔(고등사범학교 학생)인가요? 그래요? 아! 노르말
리엔이라니! 알함두릴라!(신이여 축복받으소서). 틴틴의 모험
이야기에서 하는 말처럼, 우리의 만남에 세 번의 축복이 있
기를! 아주 친했던 지인이 고등사범학교에서 공부했소. 물
론 당신보다 훨씬 먼저 말이오―30년대 일이니… 조르주

퐁피두와 같은 학년이었다오! 퐁피두가 바로 이 근처에 살았다는 건 아실 거요." 나는 조르주 퐁피두가 생-루이 섬에 살았다는 건 알지만 주소는 모른다고 대답했다. "여기서 말 그대로 두 걸음밖에 되지 않아요. 길 건너편, 부르봉 부두 위죠. 마담 퐁피두는 여전히 거기서 살고 있어요. 적어도 내가 알기로는 그래요. 2, 30년대의 건물인데, 약간 투박해요. 오! 물론 장식들이 있긴 하지만, 이 섬의 다른 곳에서 볼 수 있는 17세기의 그 경이로운 장식들과는 너무나 거리가 멀죠. 물론 되-퐁 가의 H.L.M(서민임대아파트) 같은 건물은 전혀 아니지만…. —그 건물들이 H.L.M이라고요? —아니, 글쎄 잘 모르겠지만, 난 건축 스타일을 말한 거예요. 약간, 뭐랄까, 좀 고만고만하다고 해야 하나…." 나는 나의 유치함이 원망스러웠다. 그래서 그에게 그 고등사범학교 출신 친구 얘기를 해달라고 청하며 그런 점을 불식시키고자 했다.

그의 이름은 필립 들레이고, 라바트의 콜레주 루아얄 선생 중 한 명이었는데, 그 후에도 오랫동안 서로 만났다고 그는 말했다. 사실 얼마 전에 나의 *악어*—모든 학생이 한 명씩 수험 지도교사로 선택해야 하는 사범학교 선생들을 가리키는 아주 오래된 은어인데, 그의 반응에서 나는 그가 그런 모든 걸 잘 알고 있음을 짐작할 수 있었다—인 프랑수아 샹바즈는 콜레주 루아얄에서 여러 해 동안 학생들을 가르친 어느 고등사범학교 졸업생에 관해 이야기해준 적이 있었다. 샹바즈는 그 직업을 매우 소설 같은 일로 여기는 눈치였고, 나더러 나중에 교수 자격시험과 박사학위를 마치고 나서 그런 쪽으로 진출해보라며 은근히 제안하기도 했다. 참 공교로운 우연의 일치 아닌가! 겨우 3주 전에 그런 제도가 있다는 걸 알았는데, 모르는 사람과의 대화 중에 참으로 우연히 그것이 다시 화제로 등장한 것이다. 나의 옆자리 이웃—그때까지도 나는 그의 이름조차 모르고 있었다—은 나와 함께 놀라고 즐거워했지만, 특히 모로코는 한 번도 가본 적이 없어 그곳과 닿는 끈이 전혀 없다는 내 말을 듣고 나서는 나의 꿈을 격려하길 망설이는 듯이 보였다. 그래서 내가 그에게 사실 그럴 가능성은 너무나 희박하고, 그것을 진지하게 생각하지도 않는다고 말해주자 그가 안심하는 듯한 느낌이 들었다. "실은 그도 콜레주 루아얄 선생이었소…", 하고 그가 갑자기 내가 갖고 있던 《천일야화》의 노란색 표지에 적힌 앙투안 갈랑의 이름을 검지로 가리키며 말했다. 라바트에서? 그게 가능했나? 나는 앞서 H.L.M을 문제 삼았을 때보다 좀 덜 비판적인 태도를 보여야겠다고 느꼈다. 그래서 나는 적어도 바보 같은 말을 하지 않아야겠다는 생각에 그저 살짝 고개만 끄덕여주었다. "물론 그건 다른 콜레주 루아얄이지요", 하고 그가 말을 이었다. "분명 바로 당신도 다녔을⋯." 나는 그가 무슨 말을 하는지 알 수 없었다. 나는 그가 틀렸다고, 나는 평생 공립학교만 다녔다고 말해주고 싶었다. 하지만 그렇게 하지 않고 그냥 잠자코 있었다. 그러자 그가 다시 입을 열어 나를 당혹감에서 해방해주었다. "사실 그건 오늘날 우리가 '콜레주 드 프랑스'라는 이름으로 알고 있는 학교와 다르지 않으니까요." 그렇지! 지난해 나는 마르크 퓌마롤리의 강의를 듣기 위해 콜레주 드 프랑스에 몇 번 갔었다. 그는 내게 그 퓌마롤리가 모로코의 페스에서 유년 시절을 보냈다고 알려주었다. 그는 정말 뭐든 모르는 게 없었다.

그와의 대화가 즐거워지기 시작했다. 그것은 내가 샹바즈와 윌름 가의 그의 사무실에서 나눌 수 있는 대화와 비슷했다. 대화상대가 이제 자기소개를 할 때가 되었다고 판단한 걸 보면, 그에게도 이 대화가 불쾌하지 않은 모양이었다. 그는 자기 이름이 적힌 명함까지 내밀었는데—스무 살의 내게 그것은 실생활에서보다는 영화에서 더 자주 본 장면이었다. 아랍 세계 연구소 로고가 박힌 그 명함에는, 출판 담당 부소장, 압데라마네 엘자립이라는 글자가 적혀 있었다. 내가 보기엔 아주 멋진 직함 같아 그에게 축하의 말을 건넸지만, 그는 꼭 그렇게 생각하는 것 같지는 않았고, 다른 얘기를 하고 싶어 하는 눈치였다. "여기 이 카페가 내 사무실과 아파트의 중간쯤에 자리 잡고 있어요. 나는 르 르그라티에 가의 조촐한 투룸 아파트에서 살고 있다오. 하지만 거처가 초라한 게 뭐 대수요. 내겐 어진 농부들의 베네치아 취미가 있는데 말이오. 당신은 공부를 많이 하고 안 읽은 책이 없는 사람일 테니 발자크의 이 표현을 알 거요." 나는 그것을 모르지 않는 체했다. "여러 해 전부터 돈을 좀 번 당신네 프랑스 사람들이 마라케시로 와서 호화로운 왕궁 같은 저택에 정착하곤 하는데, 어떤 곳은 규모가 진짜 왕궁만큼 큽니다. 졸졸거리는 분수와 백단향이 온통 그들의 몽상을 지배하죠. 나는 그들을 이해합니다. 이해해요. 나의 욕망도 그들의 욕망과 다르지 않으니까요. 그래요, 같죠. 그저 방향이 다를 뿐. 나의 욕망은 북쪽으로, 생-루이 섬의 부두들로, 저 특급 호텔들로 향하죠. 파리의 겨울이 우울하다고 하지만 그 호텔들의 우아함은 더없이 우울한 겨울날에도 마법을 겁니다.● 태양이 빛날 때는 모든 건축이 아름다워요. 흐릴 때, 하늘도 흐리고 영혼도 흐릴 때, 그럴 때 진짜 아름다운 건축을 보게 되죠. 브르통빌리에 호텔의 아치형 정자, 당신도 아시죠… 예, 그러시겠죠. 아랍 세계 연구소 맨 꼭대기 층 테라스에 올라가 보셨나요? 언제 들르면 안내 데스크에

● 우리가 만났을 당시는 카타르 국가원수의 형제인 압델라 벤 칼리파 알 타니 카타르 대공이 랑베르 호텔을 매입하기 10여 년 전이었다.

말씀하세요. 제가 방문하게 해드리죠. 그 꼭대기에서는 브르통빌리에 호텔을 굽어볼 수 있어요. 정말 경이롭죠. 왜 나는 랑베르 호텔보다 그 호텔이 더 좋은지 모르겠어요. 어쩌면 그것이 섬의 황량한 끄트머리에 좀 더 숨어 있어서, 그래서 마치 꿈결인 양 우연히, 좁게 트인 시각으로만 볼 수 있어서 그런지도 모르지요. 문득 보주 광장의 일부가 솟아오르는 걸 보는 듯한 느낌이 드는데, 참 믿기지가 않죠….” 그의 얘기를 듣다 보니《잃어버린 시간을 찾아서》에 나오는 내용, 화자가 베네치아의 골목들을 헤매다가 관광 가이드들도 모르는, 경이로운 비밀 장소들을 발견하지만, 두 번 다시 그 길을 찾지 못하게 된다는 그 페이지들이 생각났다. 그리고 책 속에서 그 꿈같은 경로가《천일야화》의 한 에피소드와 비교되었다는 사실도 문득 떠올랐다. 나는 그의 양해를 구하고 부디 얘기를 중단하지 말라고 당부하면서, 나중에 확인해볼 생각으로 이를 노트에 적어두었다.

“나는 50년대에 파리에서 살았습니다. 이 섬 부두들을 따라 밧줄에 묶인 배들이 많이 있었고, 사람들은 온종일 줄낚시를 했죠. 맞은편에는 큰 포도주 시장이 보였고요. 말하자면 나는 장-폴 사르트르와 카폴라드 시대에 라탱 지구에서 살아본 겁니다….”—카폴라드? 그가 누구지? 작가, 아니면 철학자? 나는 무식을 드러내고 싶지 않아 입을 다물었다.

샹바즈는 알 테니 나중에 물어봐야지. "하지만 결국", 하고
그가 말을 이었다(나는 그가 내 고등학교 시절 프랑스어 선생님들
처럼 "결국"이라고 말하는 그 방식에 놀랐다), "그리 많이 변하지는
않았어요."

　　나는 모로코에 대해 아는 게 아무것도 없다시피 했지만, 그
래도 국왕 하산 2세의 이미지 몇 개는 기억하고 있었다. 그
는 여름에 죽었다. 브르타뉴 지방 벨-일 섬에 있는 소종 항
구의 어느 카페 테라스에서 신문을 통해 그 소식을 접했다.
태양이 빛나고 있었고, 썰물 때 발이 묶였던 몇 척의 배가 만
조 덕분에 항구를 떠나던 오전 11시쯤이었다. 나는 하산 2세
를 어렸을 때 텔레비전에서 두 번 보았다. 한 번은 〈진실의
시간〉이라는 프로그램의 특별 손님으로 초대되었을 때고,
또 한 번은 그 후 〈세트 쉬르 세트〉에 출연했을 때였다. 그
런 중요한 정치 방송을 거의 놓치는 법이 없는 부모님은 자
국 내 모든 반대파의 입을 봉해버린 이 군주를 난처하고 어
두운 눈길로 바라보았었다. 하지만 노조 지도자들을 가두거
나 망명시켜버린 이 군주에게 프랑스 당국은 좌우를 막론하
고 눈살 한번 찌푸리지 않고 붉은 양탄자를 깔아주곤 했다.
하지만 나는 엘자립 씨에게 그런 자세한 얘기는 하지 않았
다. 그저 하산 2세가 약간은 프랑수아 미테랑처럼 수수께끼
같이 말하고 블레즈 파스칼을 인용했던 게 기억난다는 말만

했다. "그래요, 가능한 일이오. 고인이 된 폐하는 유식한 분이셨으니까", 하고 엘자립이 말했다. 내가 하산 2세에 대해 할 수 있는 얘기는 그 정도뿐이니, 아무것도 모른다고 해야 할 것 같다. 반면 그는 왕을 잘 알았던 듯했지만, 지금은 그만 가보아야 하니, 다른 날 좀 더 자세한 얘기를 들려주겠다고 약속했다.

그해 가을이 끝날 때까지, 우리는 습관처럼 매주 되-퐁 카페에서 어울렸다. 우리가 대화를 나눈 게 총 몇 번이나 될까? 분명 십여 차례는 될 것이다. 몇 번은 짧게 끝났다. 그는 스물다섯 살 난 딸이 하나 있는데, 수년 전부터 어머니와 함께 영국에서 살고 있다고 했다. 내가 그를 마지막으로 본 날 빼고는 결국 하산 2세 얘기는 별로 해주지 않았다. 그는 자신이 책을 여러 권 냈으며, 특히 《바바리아의 애가》라는 시집은 예전에, 그의 말로는 "까마득히 먼 옛날"에 낸 책으로, 이제는 찾아보기가 대단히 어려울 거라고 덧붙였다. 나는 라탱 지구에 있는 아랍 세계 문학 전문 서점들—라르마탕, 제3의 신화, 아비센 등—을 찾아가 엘자립 씨의 책이 있는지 물어보았다. 하지만 어느 서점에서도 찾을 수 없었다. 한 서점 주인은 그런 이름을 모를 뿐 아니라 그걸 들먹이는 것조차 불쾌하다는 듯 쌀쌀맞게 응대했다. 마음이 쓰렸다. 아랍 세계 연구소의 도서관에도 책이 없었는데, 그가 일하고 있는 곳이었기에 더욱더 이상했다. 하지만 그에게 실례가 될까 봐 이에 대해서는 물어보지 않기로 했다. 그에게 알리지도 않고 거기에 갔다는 걸 알게 되면 나를 살짝 꾸짖을지도 모를 일이었다.

어느 날 나는 그에게, 나의 그런 소득 없는 탐색 얘기는 하지 않은 채, 어쩌면 한 부 선물해줄지도 모른다는 생각에 그의 시집을 읽어보고 싶다는 뜻을 밝혔다. 한데 제목을 '바바리아'가 아니라 '모레스크'의 애가로 잘못 말했다. 그는 나를 원망하지 않았다. 오히려 그것을 재미있게 여기며, 그런 실수를 범한 사람이 내가 처음이 아니라고 말했다. 하지만 나는 그 전문 서점 중 한 곳에서 있었던 일을 그에게 얘기해주지 않을 수 없었다. '모로코' 관련 책들이 정렬된 서가를 나 스스로 찾을 수가 없어 어디에 있는지 묻자, 주인이 서점에서 접근이 가장 힘들고 가장 어두침침한 구석 자리를 가리켰고, 그래서 나는 도대체 이 나라를 다룬 어떤 책들이 이런 구석진 자리의 초라한 서가 두 개에 꽂혀 있는지 보기 위해 무릎을 꿇고 납작 엎드려야만 했다는 얘기를 들려주었다. 그에게 나는 내가 마그레브의 지정학을 전혀 모르는 게 아니며, 특히 모로코와 주요 이웃국 알제리 사이의 오랜 분쟁에 대해서는 나도 웬만큼 안다는 사실을 알려주고 싶었다. 그래서 그 서점은 분명 알제리 사람이 운영하는 서점일 거라고 말하자 그는 폭소를 터뜨렸다. 그러고는 먼저 나의 가설이 터무니없는 건 아니라고, 맞을 수도 있는 가설이라고 대답했다. 하지만 곧바로 그는 내가 길을 잘못 들었다고 덧붙였다. 그 서점은 이란의 샤의 옛 국가 비서관 소유인데, 그와는 공유하는 친구가 여럿이라고 말하며, 자신의 왕국을 그런 선반들 속에 처박은 그 불운의 미스터리에 대해서는 나중에 잘 설명해주겠다고 약속했다.

상바즈에게 그에 대해 얘기해보았지만 압데라마네 엘자립이라는 이름의 저자는 알지 못했다. 하지만 그도 당시의 많은 대학 종사자들과 마찬가지로 마그레브 문학에 무지한 사람이 아니었다. 그는 내게 카텝 야신의《별이 빛나는 다각형》을 읽어보도록 조언했다. "놀라운 언어로 쓰인" 작품이라고 했다. 그에게 카풀라드가 누구냐고 묻자, 내가 어떤 사상가나 작가를 염두에 두고 있음을 깨닫고는 미친 듯이 웃어댔다. 알고 보니 그것은 예전에 수플로 가와 생-미셸 대로 모퉁이에 있었던 큰 카페의 이름이었다. 팡테옹을 왼편에 둔 그 자리에는 지금 패스트푸드 음식점 '퀵'이 들어서 있다. 9월 어느 날 저녁, 석사 과정 세미나를 마치고 나오다 혼자 저녁 식사를 한 적이 있는데, 그 후로는 두 번 다시 가지 않았다. 카풀라드는 아주 오랜 세월 동안 라탱 지구의 명물 같은 곳이었다. 하지만 나는 한 번도 들어본 적이 없었고 학급 친구들도 마찬가지였다. 상바즈도 그 카페가 언제 문을 닫았는지 몰랐다.

어느 날 엘자립은 자신의 친구 한 분을 내게 소개해주었다. 그와 함께 있는 걸 몇 번 본 적 있는 분이었다. 그는 압돌레자 안사리라는 이란 사람으로, 혁명 전 샤의 측근 고문이었다고 했다. "서른네 살에 장관을 했소", 하고 엘자립이 말했다. 그의 말에는 감탄과 씁쓸함이 함께 배어 있었다. 안사리는 이제 일흔다섯 살이었다. 이란인들이 많이 사는 파리 16구에서 망명객으로 살고 있었다. 고등사범학교 나와 같은 학년 친구 중에 호메이니 체제를 피해 도망쳐 나온 명문가 출신이 두 명 있었다. 나중에 그 두 친구 중 한 명은 압돌레자 안사리라는 이름이 낯설지 않다고 했다. 다른 친구는 자기 부모님이 그와 여러 차례 저녁 식사를 했다고 말했다. 첫 번째 친구는 어떤 다른 얘기 중에 크게 웃는 얼굴로, ─그것이 그가 종종 하는 농담임을 나중에 알았지만─파리의 모든 이란인이 망명 전에 샤의 고문이나 의사였었다고 하는데, 아무리 그래도 수가 너무 많다고 말했다. 1920년대의 러시아 출신 택시 운전사들이 모두 니콜라이 2세 치하의 왕족이나 대공은 아니지 않았는가?

여러 차례 우리의 대화는 자연스럽게 내가 읽고 있는 책이 화제가 되었다. 그것은 《천일야화》의 노란색 판본이었다. 어느 날, 이 책의 등장인물들이 카스가르의 술탄에게 돌아가며 하는 이야기에 푹 빠져 있던 나는 엘자립 씨가 도착하는 것을 보고서 나의 즐거움을 그와 나누지 않을 수가 없었다. 그는 그 에피소드를 다시 좀 상기시켜달라고 부탁했다. 그것은 술탄의 어릿광대인 키 작은 꼽추 이야기로 시작된다. 꼽추는 어느 재단사의 집에서 저녁 식사를 하던 중 목에 생선 가시가 걸려 숨이 막혀 죽는다. 그의 죽음에 대한 책임을 추궁당할까 봐 겁이 난 재단사는 시신을 다른 사람 집으로 옮기고, 그 사람도 그 시신을 다른 곳에 치워버린다. 이 죽음의 사슬의 마지막 사람이 체포될 때까지 같은 장면이 여러 차례 되풀이된다. 그는 사형 선고를 받았고, 그에 앞선 사람들도 모두 그들 대신 무고한 다른 사람의 목숨을 앗아선 안 된다며 하나씩 차례로 고발당한다. 그 이야기를 들은 술탄은 사건에 연루된 모든 이를 방면해주고는, 이야기가 너무도 신기해서 자신의 특별 사료편찬관에게 그것을 정성껏 기록하여 왕국의 기록 보관소에 첨부해두도록 명했다. 그때, 사건에 연루된 인물 중 하나가 아마도 궁지에서 벗어나게 돼 너무 기뻤던지 참으로 경솔하게도, 그 꼽추 이야기보다 더 놀라운 이야기가 있다고 술탄에게 말했다. 하지만 술탄은 그 이야기가 덜 좋다고 생각했고, 잔뜩 골이 나서, 결국 자신이 풀어주었던 모든 이를 사형시키기로 마음먹었다. 나는 바로 이 대목을 읽고 있었는데, 그들은 세헤라자데처럼 한 사람씩 차례로 나서서 왕에게 꼽추 이야기보다 더 신기한 이야기를 들려주겠다고 약속하며 살려달라고 간청했다. 그러나 술탄은 그들이 들려주는 새로운 이야기들을 들을 때마다 그리 좋게 여기지 않았다.

엘자립이 말했다. "《천일야화》 속의 콩트들에서는 등장인물이 종종 경솔하거나 억누를 수 없는 호기심 때문에 죽을 위험에 처하고 또 이야기를 통해 궁지에서 벗어납니다. 꼭 세헤라자데가 처한 상황의 작은 거울들 같아요. 당신이 내게 상기시켜준 그 에피소드에서는 이야기가 화자를 구하는 게 아니라 위험에 빠트립니다. 우리끼리 하는 얘기지만, 사실 어떤 콩트들은 다른 콩트들보다 재미가 덜하고, 가끔은 아주 지겹기까지 하다는 걸 인정하지 않을 수 없지요. 물론 당신의 석사 논문에서 그런 말을 해선 안 되지요…. 학위 받을 자격이 없는 학생이라며 교수단이 당신을 거부할 테니…."

나는 만날 때마다 나보다 더 많이 아는 사람이라는 느낌을 주는 그에게 뭔가 알려줄 기회를 잡았다. 사실 지난밤, 고등사범학교 도서관에서, 19세기 초에 간행된 갈랑의 한 판본을 찾았는데, 내가 가진 가르니에 고전 총서와 다른 내용이 있어 곤혹스러웠다. 끝부분이 아주 놀라웠다. 나는 그 책을 대출했고, 가방에서 꺼내 엘자립에게 보여주었다. 갈랑의 판본 맨 마지막 줄 뒤에 다음과 같은 주註가 붙어 있는데, 그것을 그에게 읽어주었다. "우리가 방금 읽은 결말은 갈랑의 창작으로, 아마 그는 다른 결말을 알지 못했던 게 분명하다. 《천일야화》의 진짜 결말은 좀 더 기발하고 특히 더 자연스럽다. 1801년에 드 아메르 씨가 어느 아랍 원고에서 그것을 찾아냈으며, 아주 최근에 M. G. -S. 트레뷔티앙 씨가 《천일야화의 미간행 콩트들》과 함께 그것을 번역했다."

주 뒤엔 그 다른 결말이 이어졌다. 엘자립은 그 책을 좀 보자고 하더니 다음 문장을 큰소리로 읽고는 터지는 웃음을 가까스로 참는 듯했다. "그만, 하고 인도의 술탄이 말했다. 그의 목을 자르도록 해, 특히 그의 마지막 이야기들은 견딜 수 없도록 지겨우니까." 그러자 세헤라자데는 이 모든 밤을 보내는 동안 샤리아르에게서 얻게 되었으나 그동안 숨겨온 세 아이를 불러오게 했다. 그가 그녀의 목숨을 살려주고 자기 곁에 있게 해준 것은 오직 그 아이들 덕분이었다. "이 판본 얘기는 한 번도 들어본 적이 없는데, 좀 우스꽝스럽군요", 하고 엘자립이 말했다. "마치 지난 세기 당신의 꼬맹이 친구들이 꾸며낸 장난 같은 느낌이 든달까요. 갈랑의 판본보다 원전에 더 가까운 마르드뤼스 판본에도 세 아이가 나

옵니다만, 그들은 결말의 행복한 성격을 강화해주는 역할을 하죠. 그 행복한 결말의 원인이 아니고 말입니다. 내 기억이 틀림없다면 갈랑은 아이들 얘기를 전혀 하지 않아요, ─ 맞아요, 하고 내가 말했다, 아마 그는 그것이 사실 같지 않고, 우스꽝스럽고, 부적절하다고 생각했을 거예요. ─ 그렇다기보다는, 하고 그가 대답했다, 문학을 높이 평가했다고 말하는 편이 나을 겁니다. 그는 이야기의 매혹적인 미덕만 믿었던 거라고 말입니다. 그는 오직 이야기만이 구원의 원천이 될 수 있다고 생각한 거죠. ─ 어느 면에서는 대단히 현대적이군요, 하고 내가 말했다, 텍스트와 시니피앙과, '책Livre'의 지배 말이에요. 말라르메·블랑쇼·솔레르스·장 리카르두 등이 말하는, 대문자 L로 시작되는….” 그는 수긍하는 척하더니 다시 화제를 《천일야화》 쪽으로 돌려, 어째서 내가 마르드뤼스 판보다 갈랑 판을 더 좋아하는지 물었다. 많은 이들은 마르드뤼스가 외설적인 에피소드에 대한 너무도 자세한 묘사를 문헌학적 정직성으로 정당화하려 했다고 비난했다. 프루스트는 특히 그의 구닥다리 표현을 싫어했다. 내가 그의 판본을 읽으면서 즐거움을 덜 느낀 이유는 '그리고'와 '그래서'로 시작되는 문장들 때문이었다. 그것들 때문에 그의 텍스트에서는 묘하게도 유치하고, 뭔가 성경 같은 어조가 묻어났다. 한데 갈랑의 아름다운 궁정 언어는 아라비아의 동양을, 그리고 이 다른 세계의 빛과 화려함 속에 잠긴 루이 14세의 치세를 하나씩 차례로 엿보게 해주는 필터 같았다. 엘자립은 동의하는 듯, 고개를 끄덕였다. 그가 말했다. "내가 보기에 당신은 의전儀典 시에 대한 감각이 있는 것 같아요." 그는 책을 잠시 빌려달라고 하더니, 앙투안 갈랑의 생애를 전하는 가스통 피카르의 소개문을 뒤적거렸다. 그가 왕과 같은 해인 1715년에 사망했다는 내용을 읽고는, 놀란 얼굴로 자신은 한 번도 이 점에 주의한 적이 없다고 말했다. 그는 내게 페티스 드 라 크루아라는 사람 얘기를 들어본 적이 있느냐고 물었다. 그는 루이 14세와 그의 궁정의 아랍어·터키어·페르시아어 담당 공식 통역사로, 다른 동양 콩트들을 《천일주화千一晝話》라는 제목으로 출간하여 갈랑과 경쟁하고자 했던 인물이었다. 들어본 적이 없다고 내가 대답하자 그는 다음번에 그에 관해 얘기해주기로 약속했지만, 그런 기회는 주어지지 않았다.

반면, 우리는 바로 다음 날부터, 생시몽이 갈랑의 《천일야화》를 읽었는지 — 연대 상으로는 가능하다 —, 그렇다고 가정할 때, 그 콩트들이 그의 회상록 집필에 어떤 영향을 줄 수 있었는지에 관한 연구에 돌입했다. 지금까지 나는 내가 조회한 대학 연구물들에서 그런 주제에 관한 건 읽은 게 전혀 없었다. 물론 두 작품은 프루스트가 죽을 때까지 죽음에 맞서며 보낸 글쓰기와 이야기의 그 모든 밤이라고 말했던, 그 끝없고 무한한 "대하소설 같은" 측면에서 유사하다. 하지만 그것을 어떤 영향으로 내세울 수는 없다. 문체 면에서는 두 책이 매우 다르다. 좀 더 정확하게 말하자면, 생시몽의 문체가《천일야화》는 물론 그의 세기 전체와 달랐다고 해야 할 것이다. 절제되고 간결하며, 가볍고 음악적인 갈랑의 문체는 18세기 전환기의 고전적 문체의 정수다. 반면, 마치 어떤 길들일 수 없는 에너지에 의해 투사된 듯, 온통 불균형적이고 분방한 생시몽의 문체는 루이 14세와 루이 15세 이전의 언어 시대들, 몽테뉴·롱사르·아그리파 도비네의 시대들을 연상시킨다. "그의 문체는 사실 지연된 바로크 문체라고 할 수 있어요", 하고 엘자립이 말했다. "만약 그의 동시대인들이 그 글을 읽을 기회가 있었다면 어떻게 판단했을지 나는 늘 궁금하다오. 아마 많은 이가 그 글을 견디기 힘든 서툰 글로 여길 거라는 느낌이 듭니다. 그가 스스로 벌린 규범과의 간격은 참으로 큽니다. 낭만주의를 경험한 먼 후세에 이르러서야 비로소 그를 재발견하고 그의 중요성을 인식할 수 있었죠." 어떤 의미심장한 영향이 있었다면 둘의 문체상의 그런 큰 불일치가 틀림없이 줄어들었으리라는 데 우리는 동의했다.

한데, 엘자립이 기억에 남는 생시몽의《회상록》에피소드

하나를 내게 강조했다. 그 어조와 분위기가 그에게는 참 이상하게도《천일야화》를 떠올리게 한다는 것이다. 그것은 궁정인 중에 장난이 심하기로 유명한 드 샤르나세 씨가 등장하는 이야기인데, 그는 위폐범으로 감방에 갇히게 되는 날까지 온갖 개수작으로 종종 왕을 즐겁게 해주던 위인이었다. 나는 여태 그 책을 읽어볼 기회가 없었고, 엘자립이 내게 내용을 요약해주었다. 이 샤르나세라는 인물은 앙주에 성을 하나 소유하고 있었다. 성에는 큰 주요 통행로가 하나 있었고, 그 길 한가운데에 아주 오래전부터 작은 집이 한채 있었는데, 집주인이 절대 거기에서 물러나려 하지 않았다. 집주인의 직업은 재단사였고 혼자 살고 있었으므로, 어느 날 샤르나세는 그에게 특별 제복을 한 벌 주문하기로 마음먹고서, 아주 급하게 필요한 척했다. 그러고는 기한 내에 작업이 잘 끝날지 안심이 안 되니, 그에게 자기 집으로 와서 일해달라고 부탁하고는, 작업에 필요한 시간 동안 아주 편히 일할 수 있도록 자리를 마련해주었다. 그런 다음 즉시 그는 방해가 되는 그 오두막을 돌 하나 빠짐없이 완전히 해체하여, 성의 그 통행로에서 멀리 떨어진 곳에 다시 짓도록 명하고는, 실내의 하찮은 물건 하나까지도 정확히 제 자리에 있게끔 신경을 썼다. 작업을 마치고 자기 집으로 되돌아가던 재단사는 집이 사라진 것을 알고 깜짝 놀랐고, 좀 더 멀리 떨어진 곳에 완전히 똑같은 집이 있는 것을 보고는 더욱 더 놀랐다. 그는 자신이 마법에 걸린 줄 알았고, 그 지역 사람들의 놀림감이 되었으며, 그러다 결국 어떻게 된 일인지 알고서 법의 심판을 구하고자 했다. 하지만 그의 고소는 받아들여지지 않았고, 또다시 조롱만 샀을 뿐이었다. 왕은 이 사실을 알고서 웃음을 주체하지 못했다.

나는 《천일야화》에서 그런 일화를 읽을 수 있을 거라는 엘자립의 생각에 전적으로 동의했으며, 그 왕이 결국 칼리프 하룬 알-라시드가 할 법한 그런 반응을 한 점을 지적했다. 둘 다 고결하고 약자에게 관대한 군주이나, 가끔은 다소 상스러운 짓거리도 흔쾌히 즐길 줄 알았다고 말이다. 또 한편으로는 갈랑이 번역본에, 루이 14세에게서 직접 착안한 몇 가지 성격적 특징을 하룬 알-라시드에게 부여했을 것으로 가정할 수도 있었다. 엘자립은 그런 가정에 동의했다.

우울할 새 없이 공부에 매진한 가을이 학구적인 대화의 리듬에 따라 그렇게 흘러갔다. 우리의 대화는 내가 열흘 정도 옥스퍼드와 캠브리지에 가보아야 할 일이 있어 평소보다 더 오래 중단되었다. 그 학교들에 내 친구 몇 명이 일 년간 *외국인 강사*로 채용되어 일하고 있었다.

내가 마지막으로 압데라마네 엘자립을 본 것은 크리스마

스 방학 직전이었다. 2000년을 겨우 며칠 앞둔 날이었다. 나는 그가 마그레브 지역의 일반 국민은 물론 학자들까지도, 유럽 달력으로 1662년에 해당하는 헤지라 천년이 다가오자 이런저런 불안감을 느낀다는 얘기를 한 것으로 기억한다. 자크 베르크가 그의 많은 저서 중 어느 한 책에서 이에 관해 흥미로운 뭔가를 썼다고 그는 말했다. ─내가 그의 책을 읽어보았느냐고? 전혀. 하지만 그의 이름은 알고 있었다.

이어서 그는 생시몽의 글을 간추린 작은 책, 아셰트 출판사에서 보부르돌의 삽화를 넣어 고전 총서로 간행한 책─1951년에 출판된 어머니 소유의 청소년용 낡은 책으로 색이 노랗게 변색해 있었다─을 잽싸게 집어 들더니, 페이지들을 뒤적거리며 긴 독백에 빠져들었다. 우선 그는 겉장의 소개 글부터 소리 내어 읽었다. "*저자 약력, 문학적 이력, 에브뢰 고등학교 교수자격자 교사 루이 테로의 주해와 함께… 1951년에, 에브뢰 고등학교에서 교수자격자 교사로 일했군… 르노 자동차 4CV, 필터 없는 담배… 그래, 삶은 이렇지, 소박하고 조용한… 에브뢰… 한 번도 가본 적이 없는 곳인데… 당신은?… 당신도?…*" 그는 테로 씨가 쓴 소개 말을 몇 쪽 훑어보다가 한 단락에서 멈추었다. "*생시몽은 사람을 두 부류로 나눈다. 우선 개인적으로 존중받을 만한 사람들, 부르고뉴 공작처럼 자신이 인정하는 자격을 가진 사*

람들이 있다. 그밖에 다른 사람들은 자격이 없다고 판단되는, 별 가치 없는 사람들이다. 그런 사람들을 그는 가차 없는 증오로 몰아붙인다. 그는 방돔(사법부)에, 잡놈들에게, 의원들에게 잠시도 쉴 틈을 주지 않는다… 그래! 멋진 문장이야! 그는 방돔(사법부)에, 잡놈들에게, 의원들에게 잠시도 쉴 틈을 주지 않는다… 이 에브뢰 고등학교 교사가 생시몽 공작에게 잔뜩 물이 든 것 같군… 이 주해자의 혈관 속에 저자의 피가 흐르고 있어… 오! 맨 마지막 쪽 과제 관련 주제들이라… 이건 정말 비범한데… 생시몽의 묘사 기법을 연구해보라… 생시몽과 라브뤼예르는 풍속화를 그리는 화가들이다… 생시몽의 초상화들에서 사실주의라는 말을 어떻게 이해해야 하는가?… 사람들은 생시몽의 낭만주의에 대해 말했다. 당신은 어떻게 생각하는가?… 샤토브리앙이 한 이 말, '생시몽은 후세를 위해 아무렇게나 휘갈겼다'라는 말을 설명해보시라… 멋진 인용문이야… 이 문구는 나도 읽은 적이 있지… 내가 좋아하는 건 아마 이런 주제 같소… 그 많은 추억! 초등생들의 그 케케묵은 골칫거리들!… 당신에게 네 시간을 주겠소… 한데 주제가 없군… 당신의 주제… 생시몽의 예술과《천일야화》에 나오는 아랍 콩트 작가들의 예술을 비교해보시오… 아니, 잠깐만… 마르셀 프루스트는 생시몽의《회상록》과《천일야화》를 비교했다. 당신은 이를 어떻게 생각하는가?… 그렇지, 당신은 그것을 어떻게 생각하시오? 방대한 주제요… 주어진 시간은 네 시간… 허… 정신을 바짝 차려야겠소….” 엘자립은 잠시 말을 멈추었다. 마치 그는 큰 단락과 작은 단락들을 아주 일정하게 연결하며 날랜 펜으로 답안지를 작성해나가기 전, 자신감에 차 정신을 집중하고 아이디어들을 끌어모으는 초등학생 같았다. 그가 다시—유식한 학자의 어조를 감쪽같이 흉내 내어—말을 이었다. “우선, 예비 단계로, 갈랑이 생시몽에게 직접적인 영향을 끼쳤을 가능성 문제는 우리가 이미 다루었다는 점에 유의합시다. 그래서 그 영향이 부차적이었다고 판단했지요…. *콘페레 수프라*, 전술前述 내용 참조…. 하지만 그렇다고 해서 이 비교라는 주제로 탐구해볼 게 더 없는 건 아닙니다. 그래서, 만약 내가 네 시간 안에 이 문제를 풀어야 한다면, 나는 진실이라는 주제를 공략 지점으로 선택할 것 같소…. 갈랑의 판본에는 나오지 않을 것 같습니다만, 사실 《천일야화》의 맨 끝에는 이런 글이 적혀 있소. *오직 알라만이 이 모든 일에서 참인 것과 참이 아닌 것을 구분할 수 있다.* 한데 생시몽…, —그렇게 말하며 그는 곧바로 선집 내용 중 회상록 《결론부》를 찾아냈다— 생시몽은 자신이 진실을 말한다고 큰소리로 부르짖습니다. 들어보시오. *마침내 나는 끝까지 이 회상록을 이끌어가리라 스스로 다짐했던 그*

길의 끝에 이르렀다. 완벽하게 진실하지 않고는 좋은 것이 있을 수 없고, 자신이 쓴 일들을 직접 보고 취급한 자나, 아니면 그런 것을 보고 취급한 사람 중 누구보다 신뢰할 만한 사람들을 통해 그런 일들을 알게 된 자에 의해 쓰이지 않고는 진실한 것이 있을 수 없다. 더욱이, 글을 쓰는 자는 자신의 모든 것을 희생하더라도 진실을 사랑해야 한다···. 나의 출세에 가장 해가 된 것도 바로 이 진실에 대한 사랑이었다. 나는 종종 그렇게 느꼈지만, 그래도 나는 다른 무엇보다 진실을 선호했고, 지금도 여전히 비록 나 자신에게 해가 되더라도 진실을 소중히 했다고 말할 수 있다···. 어떻소, 내 생각에 이 대목은 어쩌면 박사 논문 주제로도 삼을 수 있을 또 하나의 주제를 우리에게 던져주는 것 같은데···. 생시몽의 오만과 진실이라는···." 그는 가볍게 한숨을 쉬고 나서 말했다. "나의 경우는, 내가 조국의 왕궁에서 보고 들었거나 나 자신이 연루된 그 모든 일에서, 진실한 것과 진실하지 않은 것을 구분하기가 참 힘들었던 때가 많았던 것 같소."

내가 진실의 개념과 관련하여 동양과 서양을 가를 수 있는 문화 차이 얘기를 시작하려 들자, 그가 크게 웃으며 자신의 신문 더미에서 〈르 카나르 앙셰네〉를 집어 들더니, 제2면, 즉 정치인들의 말이 가득 실린 "오리 연못"이라는 지면을 내게 가리켜 보이며 말했다. "여기도 마찬가지요, 오직 알라만이 진실한 것과 진실하지 않은 것을 구분할 수 있소."
나는 이의를 제기하고 싶었다. 나의 아버지가 읽었고 나
도 고등학교 때 빌려서 읽곤 했던 〈르 카나르 앙셰네〉는 오
직 믿을 수 있는 정보로만 기사를 쓰는 신문으로 정평이 나
있었다. "그러리라 믿어 의심치 않소", 하고 그가 대답했다.
"하지만 정보가 믿을 만할수록 그 이야기를 듣는 신문기자
들에게 자신이 원하는 것을 더욱더 잘 믿게 할 수 있지요."
그는 나도 자기처럼 커피를 한 잔 더 마시고 싶은지 물었고,
나는 동의했다. 그는 계산대 뒤에 있는 종업원의 시선을 붙
잡아, 우리에게 커피를 두 잔 더 가져다 달라고 부탁했다.

그러고 나서 그는 또다시 내 책을 뒤적거리다가, 장 라신
의 실총 이야기가 나오는 대목과 맞닥뜨렸다. 나는 그가 읽
기에 열중하다 얼굴이 창백해지는 것을 보았다. 나는 그 일
화를 기억하고 있었다. 라신은 그를 친구로 대하며 존중해
주던 왕과 맹트농 후작 부인이 함께 있는 자리에서, 공교롭
게도 후작 부인의 전 남편인 희극 작가 스카롱의 이름을 내
뱉고 말았다. 아무런 악의 없이, 문학에 관한 대화 도중에
문득 튀어나온 이름이었다. 엘자립은 그 문장을 소리 내어
읽었다. *왕은 당황했다. 갑자기 찾아든 침묵에 가련한 라신
은 정신이 번쩍 들었다. 그는 자신의 불길한 부주의로 인해
자신이 지금 막 깊은 우물에 빠진 느낌이 들었다. 생시몽은*

이 몇 마디 말로 돌연한 실총의 느낌을 암시했고, 그런 그의 방식에 대한 엘자립의 해설은 훌륭했다. 하지만 이 대목은 그에게 단순히 문학에 그치지 않는 어떤 감정을 일깨워준 듯했다. 그래서 그는 나에게가 아니라 자신에게 말하듯 이렇게 중얼거렸다. "어쩌면 그런 일이 있었는지도 모르지…."

그 사이에 우리 커피가 도착했다. 그는 커피를 한 모금 마셨다. 그러다 자신이 내가 알 수 없는 일들을 암시했음을 깨닫고는 설명을 해주었다. 젊은 시절에 왕이 어느 프랑스 여배우에게 몹시 반한 모양이었다. 하지만 왕위에 즉위하는 순간 그는 그녀와 함께 산다는 희망을 영원히 접어야 했다. 그것은 어쩔 수 없는 전통의 결과로서, 예컨대 국가 이성의 이름으로 베레니스에 대한 사랑을 희생할 수밖에 없었던 티투스 황제의 이야기에서 알 수 있듯, 많은 나라가 그런 전통을 따랐다고 그는 말했다. 그렇게 말하며 그는 라신이 이 주제에서 끌어낸 비극의 시구 둘을 암송했다.

로마는 불변의 법에 따라,
자신의 피에 어떤 외국 피도 용납하지 않는다…

이 비극의 다른 두 구절은 나도 기억하고 있어서, 그에게 맞장구를 치듯 그 구절들을 암송했다.

한 달 후에, 일 년 후에, 우리가 얼마나 괴로울까요,
영주여, 얼마나 많은 바다가 당신과 나를 갈라놓고 있
나요?

그는 우리의 즉흥 연출을 미소와 고개의 끄덕임으로 경
축했다. 내가 말했다. "오렐리앙의 유령이 우리를 사랑해줄
거예요." 그는 생각에 잠긴 표정이었다. 그가 아라공의 소설
에 대한 나의 암시에 별 관심이 없는 것 같아 나는 추억에
잠긴 그를 조용히 내버려 두었다. 사실은 뒷이야기가 궁금
하기도 했다. 그가 말했다. "나는 그 여배우가 나오는 영화
들 제목도 모르고, 그녀가 출연한 영화를 만든 그 당시의 영
화감독들이 누군지도 모르오. 나로선 의식조차 할 수 없는
일이지만, 어쩌면 어느 날엔가 내가 그 일을 암시할 수 있는
말들을 내뱉었는지도 모르지요. 누가 알겠소…."

나는 엘자립 씨도 실총을 당했었는지 궁금했다. 내가 보
기에 그의 운명은 비참한 것 같지 않았다. 더구나 왕을 상기
할 때마다 그는 늘 존경과 애정 어린 태도를 보였다. 적어도
내 눈에는 그렇게 보였다. 막연하게나마 나는 그것이 뭔가
미묘한 주제일 수 있겠다는 느낌이 들었고, 그래서 그에게

더 묻지 않았다. 한데 그가 들려준 다음 이야기는 내가 물어 보지 못한 그 물음에 대한 하나의 대답 같았다.

"결국 왕은 자신의 무수한 자동차, 하나같이 희귀하고 화려한 그 자동차들을 더는 운전할 수가 없었다오. 그래서 한 하인에게, 자신이 보는 앞에서, 왕궁의 넓은 뜰에서 운전해보라고 하더군요. 그러곤 알 수 없는 명상에 잠겨, 천천히 원을 그리며 도는 그 자동차들을 바라보았지요. 롤스-로이스 코르니쉬라는 자동차를 아시오? 안다고? 염려 말아요, 사실 나도 자동차에 대해 별로 아는 게 없으니까. 그래도 그것이 대단히 예쁜 쿠페라는 건 인정해주지 않을 수 없소. 1971년인가 1972년에 시리즈로 나온 최초 모델 중 하나요. 차체는 붉은색에 가까운 짙은 밤색인데, 고가구나, 첼로, 아니면 가을 샴페인 같은 색이죠. 왕이라면 아마 아주 *브리티시*하다고 했을 거요. 7월에, 그의 서거 며칠 전 마지막으로 그를 보았을 때, 그가 나더러 자신이 보는 앞에서 그 차를 운전해보라고 했소. 그걸 내가 명예로 여겨야 했을까요? 명예라면 참 묘한 명예겠죠. 나 같은 신분의 사람에겐 말입니다. 하지만 그건 대답할 수 없는 문제라는 걸 나는 알았어요. 묻지 않는 게 낫다는 걸 말이오. 테라스에 안락의자가 하나 놓였고, 그는 베이지색 정장 차림으로 거기에 앉았습니다. 그는 지난 몇 년 동안 체중이 빠져 옷이 약간 헐렁했고, 감색 넥타이에서는 황금 핀이 반짝거렸죠. 그의 옆에는 하인 한 명이 약간 뒤로 물러서서 그를 햇빛으로부터 보호하려고 작은 양산을 들고 있었어요. 재떨이 하나가 은 받침대 위에 놓여 있었고, 그는 간간이 그쪽으로 담배 파이프를 내뻗곤 했죠. 나는 뜰을 몇 바퀴 돌았습니다. 롤스-로이스의 모터 소리가 얼마나 조용한지 참 인상적이더군요. 바퀴 아래에서 자갈이 밟히는 소리밖에 들리지 않았습니다. 어느 순간 나는 왕이 웃고 있는 것을 보았습니다. 그러다 자동차를 세우고 자기 쪽으로 오라고 손짓하더군요. 나는 차에서 나와 그에게 절을 하고 그의 손 양쪽 면에 입을 맞추었습니다. 그러자 그가 '압데라마네, 이 친구야, 자네 미쳤나? 이제 운전사가 되고 싶은 건가?', 하고 말하더군요. 어쩌면 그게 도깨비장난이었는지도 모르죠―내가 궁정에서 엮인 최후의 사소한 음모랄까요. 어쩌면 그런 도깨비장난을 꾸민 이는 바로 왕 자신일 겁니다. 그것 역시 오직 신만이 알 수 있는 일이지요. 왕은 우리를 미치광이로 만들었습니다. 하지만 왕이 미치광이들에 둘러싸여 있는 건 당연한 일이기도 하죠, 그렇지 않습니까?"

이것이 내가 압데라마네 엘자립에게서 들은 마지막 말이었다. 그는 어떤 거북함을 숨기려는 듯 살짝 미소 띤 얼굴로 그런 말들을 했다. 아마도 자신이 말을 너무 많이 한 듯해 뭔가 거북함을 느낀 것 같았다. 자리를 뜨면서 그는 사흘 뒤, 목요일에 내가 이 카페에 들를지 물었다. 나는 그럴 거라고 대답했다. 페르슈 오지의 수리한 농가에 살고 계시는 부모님을 찾아뵈러 가는 날은 그다음 날이었다. 그는 내가 관심 있어 할 뭔가를 가져다주겠다고 말했다.

12월 말의 그 목요일은 그해의 가장 짧은 날 중 하나, 아마 가장 짧은 날이었을 것이다. 또한 가장 흐린 날 중 하나, 너무 우울해서 밤이 빨리 찾아드는 것을 기뻐하는 그런 겨울날이기도 했다. 밤이 되어야 도시의 불빛과 더불어 색깔과 삶이 되살아나기 때문이었다. 가벼운 눈이 조금 흩날렸어도 보행로에는 아무 흔적이 남지 않았다. 파리 사람들 모두가 이미 떠났거나 집안에 웅크리고 있는 듯했다. 되-퐁 카페는 어느 때보다도 썰렁했다. 5시쯤 내가 카페 안으로 들어서자 여주인이 내게 카페 문을 막 닫으려던 참이라고 말했다. 그녀는 이제 아무도 오지 않으리라고 확신했으며—내가 테이블에 앉을지도 모른다는 생각은 전혀 하지 않는 듯했다—얼른 문을 닫고 크리스마스 쇼핑을 할 생각이었다. 엘자립은 카페에 없었다. 여주인은 그가 내게 소포를 하나 남겼다고 말하며, 계산대 뒤에 간직해두었던 그 꾸러미를 내밀었다. 그것은 커다란 봉투였는데 위에 다른 작은 봉투 하나가 스카치테이프로 붙여져 있었다. 그 안에는 편지가 들어있는 듯했다. 나는 그곳을 떠났다. 이틀 전부터 나는 엘자립이 《바바리아의 애가》를 한 부 줄 생각인가보다 하고 생각했다. 내 생각은 틀렸다. 큰 봉투 안에는 인쇄한 원고가 들어있는 듯했다. 어쩌면 《천일야화》에 나오는 착한 요정이 나 대신 내 석사학위 논문을 써준 게 아닐까 하는 생각이 들었고, 그런 뜬금없는 생각에 절로 웃음이 났다.

나는 집에 돌아와 작은 봉투를 열어보았다. 정말로 편지가 한 통 들어있었는데, 나는 그 편지를 간직하지는 않았다. 간결한 내용이었다. 엘자립은 그것이 자기 삶의 일부에 대한 회고록 원고 꾸러미임을 간단히 밝히고는, 잃어버리지 않도록 주의하고, 반드시 자신이 죽은 후에만 원고를 읽어보도록 명했다. 한데 어째서 자신의 사망 소식이 내게 전해지리라고 생각하는 거지?

나는 그 요구가 몹시 꺼림칙했기에 요구대로 하는 게 전혀 어렵지 않았다. 물론 나는 그것을 이해할 수 있었고, 자기 생전에 출간을 일절 허용치 않은 생시몽의 의지와도 비교할 수 있었다. 하지만 나는 내 의사와 무관하게 그 원고 수탁자가 된 것이 불만스러웠다. 등장인물들이 경고를 받고도 호기심을 참지 못했다가 결국 생전 듣지도 보지도 못한 곤경을 치르게 되는 《천일야화》의 많은 콩트가 생각났다. 나는 병을 고쳐준 왕에게 부당하게 사형 선고를 받고는, 책

페이지에 독을 발라 복수한 그리스 의사 이야기를 기억하고 있다. 왕은 책에서 중요한 사실들을 알게 될 거라는 의사의 말에, 책장을 넘길 때마다 혀로 손가락 끝에 침을 발라가며 급히 넘긴 것이다. 만약 내게 주어진 그 불길한 유예 기간 이전에 이 원고를 읽는다면, 나의 호기심은 어떤 끔찍한 처벌을 받게 될 것인가? 그래서 나는 그 큰 봉투를 열어볼 생각조차 하지 않은 채 서류함에 정리해두었다.

이 일과는 전혀 무관한 다른 상황들이 또 나를 되-퐁 카페와 멀어지게 했다. 생트-주느비에브 산에 있는 자기 스튜디오를 내게 세놓은 친구가 여러 가지 개인적인 어려움 때문에 옥스퍼드에서 하던 일을 갑자기 중단하게 되었고, 그래서 크리스마스 방학이 끝날 때까지 급히 스튜디오를 그녀에게 되돌려주어야 했다. 그래서 나는 얼마간 페르슈의 부모님 댁에 가서 지내기로 했다. 다른 아파트를 파리에서 꽤 빨리 구하기는 했지만, 나는 부모님 댁을 점점 더 자주 찾았다. 하늘이 꾸밈없고 땅이 기름진 시골 풍경들 속에서 작업이 더 잘 된다는 사실을 깨달았기 때문이었다. 거기에서 나는 학술 논문 외에 소설 초고도 하나 썼다. 나의 새 스튜디오는 센강에서 좀 더 먼 곳, 알레지아와 포르트 도를레앙 사이에 있어, 파리에 머물 때도 제5구까지는 자주 가지 않았다. 게다가 12월 26일의 폭풍이 에르네스트 뜰의 커다란 나무 몇 그루를 뿌리째 뽑아버려 뜰이 몇 달간 폐쇄되었기에 학교에도 잘 가지 않았다. 고등사범학교로 공부하러 가는 커다란 매력 하나가 사라져버린 것이다.

그 후에는 미국으로 건너가 볼티모어와 시카고에서 프랑스어 외국인 강사 일을 하느라 2년을 보냈고, 그런 다음 교수 자격시험을 진절머리나도록 준비해 두 번째 응시에서야 겨우 합격했으며, 앙리 드 레니에에 관한 박사학위 논문을 쓰고(사람들은 내게 프루스트 연구는 이제 너무 포화 상태이니, 대학에 채용되길 바란다면 "개척이 좀 덜 된 분야에 투자"하라고 조언했었다), 마침내 2009년에 렌 대학 강사로 임명되어 렌에 정착했는데, 그러는 동안 압데라마네 엘자립과 그의 원고에 대한 추억은 나의 기억 맨 아래쪽에 깊이 처박혀 있었다.

그러던 어느 날, "19세기 프랑스 환상 콩트 속의 오리엔탈리즘"에 관한 논문을 준비하다가 갈랑의 《천일야화》 출간이라는 중요한 사건으로 거슬러 올라가야 했고, 그러다 보니 석사 과정 때 해두었던 노트들을 참조해보아야겠다는 생각이 들었다. 나는 그 노트들을 찾아 예전보다 덜 자주 들르던 페르슈의 부모님 댁으로 잠시 여행을 떠났다. 모든 자료는 푸른색과 흰색 상자로 된 두 개의 커다란 에셀트 서류함에 들어있었다. 당시 아버지께서는 서재에 그런 서류함들을 많이 정렬해두셨는데, 어쩌다 내가 원고를 정리할 필요가

있을 때 몇 개씩 주곤 하셨다. 나는 구분란에 손으로, *석사,*
1999~2000, 1/2, 2/2 같은 식으로 적어두었다. 첫 번째 서
류함에는 나의 수기 노트들이 색깔 있는 서류철별로 분류되
어 있었고, 석사 논문 두 부가 들어있었다. 두 번째 서류함
에는 나보다 공부를 더 열심히 한 동료들이 석사 과정 세미
나 때 한 노트를 복사한 것들이 들어있었는데—바로 거기
에 크라프트 지로 된 두툼한 밤색 봉투가 하나 같이 있었다.
상당한 양의 A4용지가 들어있을 듯한 봉투였다. 봉투는 누
구도 함부로 개봉 못 하게 해두고 싶었던 듯 접착 밴드로 단
단히 봉해져 있었다. 겉봉에는 아무것도 씌어있지 않았다.
봉투 가장자리를 막 찢기 시작했을 때 그게 뭔지 문득 생각
이 났다. 동시에, 반드시 본인 사후에 개봉하라는 엘자립 씨
의 엄명도 떠올라, 손을 봉투 속에 함부로 집어넣을 수 없었
다. 거의 20년이 흘렀다. 나는 그가 아직 이 세상에 살아있
는지, 아니면 그사이에 사망하여, 마침내 내가 지난날의 맹
세로부터 해방된 것인지 궁금했다. 그 순간 내가 참으로 오
랜 세월 동안 맹세를 지켰음을 깨달았지만, 그렇다고 그것
에 대해 자부심을 느끼지는 못했다. 사실 그것은 나의 세심
함보다는 무서울 만큼 효율적인 망각의 힘 덕택이었다.

그래서 나는 지금은 모든 사람이 하고 있지만 90년대 말
까지는 아주 드물었고, 당시였다면 어떤 확실한 결과도 얻

지 못했을 게 분명한 행동을 개시했다. 나는 《천일야화》에 나오는 마법사들 같은 신통력을 가진 구글 탐색 창에 압델라마네 엘자립의 이름을 입력했고, 곧바로 *젊은 아프리카*라는 사이트의 온라인 문서 보관소에서, 2000년 1월에 나온 사망 기사 하나를 찾아냈다. 그러므로 그의 원고를 읽는 데 필요했던 그 운명의 허락을 이토록 오랫동안 기다릴 필요가 없었던 셈이었다. 어쩌면 그는 내게 원고를 선해주도록 부탁했을 때 이미 막연하게나마 그것을 직감했는지도 모른다.

기사 내용은 이랬다. "압데라마네 엘자립은 1999년 12월 21일, 생-루이 섬의 르 르그라티에 가 자택에서, 갑작스러운 계단 추락 사고로 사망했다. 그는 고인이 된 하산 2세 폐하와 같은 해에 태어나 폐하와 함께 콜레주 루아알에서 수학했으며, 폐하는 그를 60년대 말에 왕국의 사료편찬관으로 임명했다. 그는 저술을 몇 권 남겼는데, 특히 시집 《바바리아의 애가》는 비평가들의 호평을 받았다. 하마터면 셰리프 체제를 무너뜨릴 뻔했던 '조종사들의 쿠데타' 직후인 1972년부터, 국왕 측근에서 요직을 맡았고, 그때부터는 문학 관련 저술을 펴내지 않았다. 대신에 폐하를 상찬하는 전기를 집필하여, 소위 '납의 시기'로 불린 극심한 억압기에 폐하의 예언자적 재능을 찬양했다. 반대파는 그를 국왕의 저주받은 영혼 중 한 명으로 꼽았다. 많은 이들이 그를 절대 용서

치 않은 이유는 그가 같은 해인 1972년에, 지난날 그 자신
도 글을 누차 게재한 〈수플〉 지의 폐간을 막으려고 애쓰지
않았고, 시인 압델라티프 라아비의 체포를 막으려는 노력도
전혀 하지 않았기 때문이다.

70년대 말에 그는 2년간 완전히 모습을 감추었다. 혹자는
그가 외국으로 살러 갔다고도 하고, 또 어떤 이들은 그가 비
밀리에 정신병원에 갇혀 있었거나 어쩌면 지하 독방에 처박
혀 있었을 거라고 말한다. 어쩌면 그가 자신이 국왕의 '이란
성 쌍둥이'라고 주장하는 광태를 부렸을 거라는 소문도 있
다. 그 자신이 한 번도 밝힌 적이 없는 베일에 싸인 이 시기
는 체제 2인자로 여겨지던 내무장관 아메드 들리미가 자동
차 사고로 사망한 직후 끝난다. 그때 엘자립은 다시 국왕과
새 원수元帥 드리스 바스리 곁에 등장한다.

하산 2세가 죽은 후, 그와 바스리는 모하메드 4세가 멀리
하는 인사들에 포함되었다. 아버지와 너무 가까웠던 데다
여론에 좋지 않은 추억을 떠올릴 수 있는 사람들이기 때문
이었다. 그는 아랍 세계 연구소 출판 담당 부소장으로 임명
되어 파리로 떠났으나, 그의 망명은 몇 달밖에 지속되지 못
했다. 이 최종 소외에도 불구하고 그는 셰리프 왕조에 대한
자신의 충성 선언을 중단하지 않았다."

왕국의 사료편찬관

첫판 1쇄 펴낸날 2023년 2월 8일

지은이 | 마엘 르누아르
옮긴이 | 김병욱
펴낸이 | 박남주

종이 | 화인페이퍼
인쇄·제본 | 한영문화사

펴낸곳 | (주)뮤진트리
출판등록 | 2007년 11월 28일 제2015-000059호
주소 | 서울시 마포구 토정로 135 (상수동) M빌딩
전화 | (02)2676-7117 팩스 | (02)2676-5261
전자우편 | geist6@hanmail.net
홈페이지 | www.mujintree.com

ISBN 979-11-6111-115-5 03860

* 잘못된 책은 교환해드립니다.